郭预衡 主编

中国古代文学史

上海古籍出版社

图书在版编目 (CIP) 数据

中国古代文学史.1/郭预衡主编.-上海：
上海古籍出版社，1998.7 (2022.7重印)
高等院校文科教材
ISBN978 7—5325—2377—1

Ⅰ.中... Ⅱ.郭... Ⅲ.文学史－中国－古代－高等学
校－教材 Ⅳ.I209.2

中国版本图书馆 CIP 数据核字 (2002) 第 051898 号

高等院校文科教材
中国古代文学史
一
郭预衡 主编
上 海 古 籍 出 版 社 出版、发行
（上海市闵行区号景路159弄1-5号A座5F 邮政编码 201101）
（1）網址: www. guji. com. cn
（2）E-mail: gujil@ guji. com. cn
（3）易文網網址: www. ewen. co
上海崇明裕安印刷厂印刷
开本 850×1168 1/32 印张 9.75 字数 239,000
1998 年 7 月第 1 版 2022 年 7 月第 34 次印刷
印数: 255，001-257，100
ISBN978-7-5325-2377-1
Ⅰ 1208(课) 定价: 26.00 元
如有质量问题、请与承印厂联系 T: 59403640

目　　录

编写说明 ·· 1
序　　言 ·· 1

第一编　先秦文学

第一章　先秦文学总论 ································ 1

第一节　先秦文学的发展轨迹 ··············· 1

第二节　先秦文学的传统特征 ·············· 9

一　发愤著书的传统 ····················· 10

二　忧国忧民的传统 ····················· 11

三　放言无惮的传统 ····················· 12

四　深于取象的传统 ····················· 14

第二章　神话 ······································ 16

第一节　神话的产生及其价值 ·············· 16

第二节　中国古代主要神话 ················ 17

一　自然神话 ···························· 18

二　创世神话 ···························· 19

三　英雄神话 ···························· 21

四　传奇神话 ···························· 23

第三节 中国古代神话的特色与演变 …………… 24

第三章 《诗经》 ……………………………………… 29
　　第一节 《诗经》概说 ………………………………… 29
　　第二节 《诗经》的主要内容和思想意义 …………… 32
　　　　一 周民族的史诗 …………………………………… 32
　　　　二 颂歌与怨刺诗 …………………………………… 34
　　　　三 婚恋诗 …………………………………………… 39
　　　　四 农事诗 …………………………………………… 42
　　　　五 征役诗 …………………………………………… 43
　　第三节 《诗经》的艺术成就和影响 ………………… 45
　　　　一 直抒胸臆的特色 ………………………………… 45
　　　　二 赋、比、兴的手法 ……………………………… 49
　　　　三 语言的声律节奏 ………………………………… 53

第四章 史家之文 …………………………………… 57
　　第一节 《尚书》、《逸周书》 ………………………… 57
　　　　一 《尚书》 ………………………………………… 57
　　　　二 《逸周书》 ……………………………………… 61
　　第二节 《春秋》 ……………………………………… 63
　　第三节 《国语》 ……………………………………… 65
　　第四节 《左传》 ……………………………………… 69
　　第五节 《战国策》 …………………………………… 75

第五章 诸子之文 …………………………………… 85
　　第一节 《论语》、《墨子》 …………………………… 85
　　　　一 《论语》 ………………………………………… 85
　　　　二 《墨子》 ………………………………………… 89
　　第二节 《老子》、《庄子》 …………………………… 92
　　　　一 《老子》 ………………………………………… 92
　　　　二 《庄子》 ………………………………………… 96

第三节　《孟子》、《荀子》…………………… 103

一　《孟子》……………………………… 103

二　《荀子》……………………………… 109

第四节　《韩非子》、《吕氏春秋》………… 114

一　《韩非子》…………………………… 114

二　《吕氏春秋》………………………… 119

第五节　《晏子春秋》及其他…………… 123

一　《晏子春秋》………………………… 123

二　其他诸子…………………………… 125

第六章　"楚辞"与屈原………………………… 128

第一节　楚文化与"楚辞"………………… 128

第二节　屈原和《离骚》…………………… 133

一　伟大诗人屈原……………………… 133

二　不朽杰作《离骚》…………………… 134

第三节　屈原的其他作品………………… 144

一　《九歌》……………………………… 144

二　《九章》……………………………… 149

三　《天问》……………………………… 152

四　《招魂》……………………………… 154

第四节　屈原及其作品的影响…………… 157

第二编　秦汉文学

第一章　秦汉文学总论………………………… 163

第二章　秦统一后的文学……………………… 172

第一节　秦文学的历史土壤及特征……… 172

第二节　刻石之文………………………… 174

第三节　诏令奏议之文……………………………………… 176

第三章　汉代论说散文与史传散文 …………………………… 179

　　第一节　汉代论说散文发展概说 ………………………… 179

　　　　一　西汉鸿文 …………………………………………… 179

　　　　二　经学文风 …………………………………………… 186

　　　　三　复古文风 …………………………………………… 192

　　　　四　复古文风的新变 ………………………………… 195

　　　　五　汉末清议之文 ………………………………… 197

　　　　六　汉代其他散文 …………………………………… 201

　　第二节　司马迁和《史记》………………………………… 203

　　　　一　司马迁的生平 …………………………………… 203

　　　　二　《史记》的体制 ………………………………… 205

　　　　三　"史家之绝唱" …………………………………… 207

　　　　四　"无韵之《离骚》" …………………………… 213

　　　　五　《史记》的文学成就和影响 ………………… 215

　　第三节　班固与《汉书》………………………………… 221

　　　　一　班固的生平与思想 ……………………………… 221

　　　　二　《汉书》与《史记》的比较 …………………… 224

第四章　汉代赋体文学 …………………………………… 231

　　第一节　赋体名称的来源 ………………………………… 231

　　第二节　汉初骚体赋及其流变 ………………………… 233

　　　　一　汉初骚体赋 ……………………………………… 233

　　　　二　骚赋变体 ………………………………………… 235

　　　　三　骚赋的规范化 …………………………………… 236

　　第三节　汉代散体赋 ……………………………………… 238

　　　　一　散体赋的文体因素 ……………………………… 238

　　　　二　散体赋的兴起与流变 ………………………… 240

　　　　三　散体赋的艺术特征 …………………………… 249

　　第四节　赋的抒情化与小品化‥‥‥‥‥‥‥‥‥‥‥253
第五章　汉代乐府民歌与文人诗歌‥‥‥‥‥‥‥‥259
　　第一节　汉代乐府民歌‥‥‥‥‥‥‥‥‥‥‥‥‥259
　　　一　乐府民歌的分类‥‥‥‥‥‥‥‥‥‥‥260
　　　二　乐府民歌的思想内容‥‥‥‥‥‥‥‥‥261
　　　三　《陌上桑》与《孔雀东南飞》‥‥‥‥‥‥267
　　　四　乐府民歌的艺术特色和文学史地位‥‥‥274
　　第二节　汉代文人诗歌‥‥‥‥‥‥‥‥‥‥‥‥‥278
　　　一　庙堂诗歌‥‥‥‥‥‥‥‥‥‥‥‥‥‥279
　　　二　楚歌诗‥‥‥‥‥‥‥‥‥‥‥‥‥‥‥281
　　　三　四言诗与杂言诗‥‥‥‥‥‥‥‥‥‥‥283
　　　四　文人五言诗的产生‥‥‥‥‥‥‥‥‥‥285
　　第三节　《古诗十九首》‥‥‥‥‥‥‥‥‥‥‥‥288
　　　一　《古诗十九首》的思想内容‥‥‥‥‥‥289
　　　二　《古诗十九首》的艺术风格‥‥‥‥‥‥‥293

编 写 说 明

　　本书为国家教委七五规划中的文科教材,与之配套并出者,尚有《中国古代文学简史》、《中国古代文学史长编》、《中国古代文学作品选》等。

　　本书共有四卷,始于先秦,迄于清代中期。全书皆由集体编写。具体分工如下:

　　全书主编:郭预衡

　　各个时期的主要执笔者:

　　先秦　　　　　　　　熊宪光

　　秦汉魏晋南北朝　　　万光治

　　隋唐五代　　　　　　林邦钧

　　宋辽金　　　　　　　赵仁珪

　　元明清　　　　　　　段启明

　　还有林邦钧参与撰写了元代诗文,郭预衡撰写了魏晋南北朝文论和明清诗文,郭英德撰写了明代传奇的个别章节。

序　言

自从六十年代以来,中国古代文学史已有全国统编的教材;近年以来,又有地方院校自编的教材。本书作为国家教委七五规划的文科教材,力求吸收前此诸书之长,反映三十年来文学史研究新的成就,并有所开拓;但作为教材,也力求稳妥。和以往的同类教材相比,本书所致力更张者,主要在以下三个方面:一、体例的变更。二、内容的增补。三、规律的探索。

一　体例的变更

鲁迅在 1935 年 11 月 5 日写给王冶秋的信中说:"史总须以时代为经,一般的文学史,则大抵以文章的形式为纬,不过外国的文学者,作品比较的专,小说家多做小说,戏剧家多做戏剧,不像中国的所谓作家,什么都做一点,所以他们做起文学史来,不至于将一个作者切开。"中国古代的作家,尤其是魏晋以后的作家,"什么都做一点"的情况比较普遍,因此,在过去一些文学史中,"将一个作者切开"的情况,也就不少。例如韩愈、柳宗元,既见于"唐代古文运动"的章节,又见于"中唐诗人"的章节。这样的现象如何避免呢?鲁迅又说:"我想做起文学史来,只能看这作者的作品重在那一面,便将他归入那一类。例如小说家也做诗,则以小说为主,而将他的诗不过附带的提及。"(均见《鲁迅全集》十卷本 283 页)在"以文章的形式为纬"的情况下,采取这个办法是不得已的。事实上,在以往的一些文学史中,常常只讲一个作家的一类作品,而不及其余。这样的情况很多,从唐、宋两代来看,李白、元结、元稹、白居易、刘禹锡、陆游、辛弃疾等,都是显例。

"以文章的形式为纬",有利于论述文体的演变,而不利于论述作家的总体。尤其是魏晋南北朝以后的许多作家,除去设有专章者外,大半残缺不全。这是个不小的缺欠。

本书的编写,为了弥补这一缺欠,于魏晋南北朝以后,基本上不再"以文章的形式为纬",而主要以作家为纬,以突出作家的总体成就。与此同时,又加强各个时期的总论和各种文体的分论,以论述文学的发展,包括"文章的形式"的演变。这样一来,不仅韩愈、柳宗元这类作家的诗文可以同时并论,不至切为两段;而且像陈子昂、李白、元结、元稹、白居易、刘禹锡、李商隐以及陆游、辛弃疾等,也都可兼顾诗文,写得比较充分。这既能体现中国古代作家"什么都做一点"的特点,也弥补了以往文学史中论述作家只讲一面而不见"全人"的缺欠。

二 内容的增补

本书的内容,和以往的同类教材相比,有所增益,填补了一些空白和薄弱环节。除了前面提到的因体例变更而加强了总论、文体分论和作家总体的论述之外,还有下列几个方面。

首先是填补了空白。

以往的文学史教材,一般于先秦和汉代之间略去秦代统一天下以后的一段历史。讲秦之作品,一般也只讲李斯写于秦并六国之前的《谏逐客书》一文,而不及其他。本书则于秦代统一天下之后,专设一章四节,讲述"秦文学的特征及其历史土壤"、"刻石之文"、"诏令奏议之文"以及"秦之佚文"等等。如果是写"文学鉴赏"之类,这些自可不讲；但是，既然写史，则这些史实，不可或缺。刘勰撰《文心雕龙》，虽谓"秦世不文"，却又说"颇有杂赋"《诠赋》，"秦皇灭典，亦造仙诗"《明诗》，以及"始皇铭岱，文自李斯，法家辞气，体乏弘润，然疏而能壮，亦彼时之绝采也"《封禅》。如此等等。《文心雕龙》一书，并非专门之史，而于此期文学，尚有这些论述；那么，今天作为文学专史，其不可缺遗，也就显而易知。

以往的文学史教材，对于唐代以前之隋，宋代以下之辽、金，讲述亦少。本书对于这两个时期，亦有较大幅度的填补。

其次是增补了作家。

从先秦至清，本书对于历代作家，和以往的同类教材相比，增补亦多。这里仅以唐代诗人而论，所增者便有唐太宗、魏征、张说、张九龄、许浑、张祜、刘驾、曹邺、韩偓、吴融、唐彦谦以及诗僧王梵志、寒山、皎然、贯休、齐己等二十余人。散文作者，亦有增补，于韩愈、柳宗元等几个作者之外，增补了李翱、皇甫湜、孙樵、刘蜕等多人。其中有的作者，在以往的同类教材中，或仅出姓名，或附带提及；本书则别立专题，或设专节。

当然，作者罗列众多，未必都属必要。但本书所增补者，大抵都与诗人流派和风格特点有些关系。

再次是增补了作品。

和以往的同类教材相比，本书所增作品，量亦不少。先秦的史家之文和诸子之文，汉代的赋体之文和文人之诗，唐代的僧诗和敦煌俗文学，两宋的西昆派和理学家的作品，元、明、清三代的诗文等等，都有较大幅度的增补。

凡所增补，并非可有可无。以明代而论，以往的同类教材，对于所谓的"台阁体"和前后"七子"，大抵只是架空批判，而少具体分析；本书则列举具体作品而给以较为全面的评价，不复人云亦云。

三 规律的探索

文学史写出发展规律,这是一大难题。这个问题在以往的同类教材中有所探索,本书在这方面则作了进一步的探索。

古人不曾说过什么发展规律的话,只是讲过一些合乎规律的现象,例如刘勰曾说:"文变染乎世情,兴废系乎时序。"(《文心雕龙·时序》)朱熹曾说:"大率文章盛,则国家却衰。"(《朱子语类》卷三九《论文上》)赵翼曾说:"国家不幸诗家幸。"(《题遗山诗》)如此等等。这些话都很简单,却也概括了一定的历史事实,值得思考。由此而进一步探求,也可以发现比较普遍的现象,从中或可看出一定的规律性。例如朱熹讲"文章盛,则国家却衰"时,曾举唐代的文章为例,他说:"如唐贞观、开元,都无文章;及韩昌黎、柳河东以文显,而唐之治已不如前矣。"这话是不错的。唐代国势转衰之时,文人多有忧患意识,写出了许多爱国忧民的作品,不仅韩、柳之文如此。

从朱熹所举唐代之例,还可以得到更多的启迪。综观历代,"文章盛"时,似亦多在"国家却衰"之日。例如晚周战国,文章之盛,前所未有,章学诚说:"盖至战国而文章之变尽,至战国而著述之事专,至战国而后世之文体备。故论文于战国,而升降盛衰之故可知也。"(《文史通义·诗教上》)战国文章极盛之日,正是大周王朝土崩瓦解之时。"文章盛,则国家却衰",这是可以得到证明的事实。

及至秦皇统一六国,国家之盛,前所未有,但"秦世不文"。文章之衰,亦前所未有。国家盛,而文章却衰,朱熹的话,又可以从反面得到证实。

从周、秦两代来看,国家衰,则政令松弛,思想解放,文章乃盛;反之,国家盛,则法严令具,文化专制,文章乃衰。国家的一盛一衰,政令的一张一弛,与文章的盛衰恰成反比。周、秦两代如此,唐代以后,宋、元、明、清各代,亦大抵如此。这可以说是一条规律。因此,本书在论述各个时期的文学发展时，对于国家的盛衰、政令的张弛，以及由此引发的社会风气的变化，文人思想的变化等等，都有进一步的探索。尤其是关于世风、士风与文学的关系，本书论述较多。例如汉末的清议，魏晋的玄学，六朝文人之"无特操"，唐宋文人之兼"儒、释、道"，明人思想之反道学传统等等，本书都有较多的论述。

各种文体的发展和演变，有其自身的特点，但也与时代和社会的变化相关联。鲁迅在讲到"图画的种类"时，曾说："这种类之别，也仍然与社会条件相关联，则我们只要看有时盛行诗歌，有时大出小说，有时独多短篇的史实，便可以知道。"(《论旧形式的采用》，见《鲁迅全集》十卷本卷六)本书对于各种文体，也多结合时代社会，论其源流，详其蜕变。这里可以赋体之文为例，班固《两都赋序》云："或曰：赋者古诗之流也。"这是说，赋是从古诗发展变化而来的。但刘师培说："盖骚出于诗，故孟坚以赋为古诗之流；然相如、子云，作赋汉廷，指陈事物，殚见洽闻，非惟风雅之遗音，抑亦史篇之变体。"又说："写怀之赋，其源出于《诗经》；骋词之赋，其源出于纵横家；阐理之赋，其源出于儒道两家。"(《论文杂记》)这是说，赋之来源，又不仅是"古诗之流"，因为相如、子云作赋之时，社会条件已与前代不同了。赋体之变，实"与社会条件相关联"。本书在论述赋体之文时，和以往的同类教材比较，也更详细地讲述了汉赋的来源、发展和演变。从骚体到散体，从歌颂到抒情，从润色弘业到刺世嫉邪，其发展演变，都与世态相关。

赋体之文如此，其他各种文学形式，如唐诗、宋词、元曲等等，其发展和演变，无不以前代的文学形式为前提、为借鉴，亦无不因当代的社会条件而发展而变迁。

总的说来，本书的编写，主要是从历史事实出发，力图对历史上的文学现象作出比较准确的论述。但由于编者学疏识浅，挂漏失误，实所未免。切望同行专家和读者提出批评意见。

最后还要说明的是,本书的编写,曾以前辈专家和当今学者的著作成果为参考,谨此致谢。在编写过程中,又曾得到国家教委高教一司和社科司的资助和关怀,并得到上海古籍出版社的支持与协力。编者对此,实深感激。

编　者
1995 年秋季

第一编　先秦文学

第一章　先秦文学总论

中国文学历史悠久,源远流长,先秦文学为其源头。所谓"先秦",有广、狭二义。广义的"先秦",指秦统一中国(前221)以前直至远古,包括原始社会(从远古到传说中的尧、舜、禹时代)、奴隶社会(夏、商、周、春秋时代)和封建社会确立的战国时代。至于狭义的"先秦","犹言秦先,谓未焚书之前"(《汉书·河间献王刘德传》颜师古注),即主要指秦统一天下前的春秋战国时期。前此文学作品遗留不多,讲先秦文学,主要是讲春秋战国特别是战国时期的文学。

第一节　先秦文学的发展轨迹

在先秦特定的历史条件下,文学按照自身的规律走过了漫长的历程,留下了清晰的发展轨迹。

春秋以前,文学的发展尚处于萌芽阶段。诗歌是最早产生的文学样式。"夫志动于中,则歌咏外发。……虽虞、夏以前,遗文不睹,禀气怀灵,理无或异。然则歌咏所兴,宜自生民始也。"(《宋书·谢灵运传论》)应该说,自人类有了语言,诗歌便产生了。原始的诗歌,与人类的劳动生活紧密相连,《吕氏春秋·淫辞》说:"今举大木者,前呼'舆谔',后亦应之。"《淮南子·道应训》也有同样的记载,但改"舆谔"为"邪许",并明言"此举重劝力之歌也"。这是在集体劳动中为协调动作、减轻疲劳、提高效率而发出的有节奏的呼应倡和之声。它们的创作者,鲁迅曾称之为"杭育杭育派"(《门外文谈》)。这说明,诗歌起源于人类的集体生产劳动。

诗歌发展的最初阶段,与音乐、舞蹈结为一体。《礼记·乐记》论及三者关系道:"诗,言其志也;歌,咏其声也;舞,动其容也。三者本于心,然后乐器从之。"三者同本于心,都是人的主观情感的客观化,只不过表现形式不同。《吕氏春秋·古乐》载"昔葛天氏之民,三人操牛尾,投足以歌八阕",即在传说中的远古时代,人们手持牛尾,脚踏节拍,载歌载舞。尽管记述不免揣测之意,但原始歌谣与音乐、舞蹈不可分割应属可信。

原始歌谣为原始人集体口头创作,代代口耳相传,反映了初民现实生活中的思想、感情、意志和愿望,在文学史上具有重要的价值。但因年久湮灭,今人已难明其原貌。在一些古籍中,载有所谓神农、黄帝、尧、舜时代的歌谣,如《击壤歌》(见《艺文类聚》卷十一引《帝王世纪》)、《康衢谣》(见《列子·仲尼》)、《尧戒》(见《淮南子·人间训》)、《卿云歌》(见《尚书大传》)、《南风歌》(见《孔子家语·辨乐》)、《赓歌》(见《史记·夏本纪》)等等,实际上多系后人伪托,或经改窜之作,大都不足凭信。

不过,倘细加分辨,仍可发现载籍中少数质朴的歌谣,比较接近原始的形态。如《吕氏春秋·音初》载:"禹行功,见涂山之女。禹未之遇而巡省南土。涂山氏之女乃令其妾候禹于涂山之阳。女乃作歌,歌曰:'候人兮猗!'实始作为南音。"只此一句的《候人歌》,除去表感叹而无实义的"兮猗",实仅"候人"二字,可说是极简单的诗歌创作。再如《吴越春秋》卷九所载《弹歌》:

断竹,续竹,飞土,逐宍(古"肉"字)。

以二字短句和简单的节奏,表现出砍伐竹子、制造弹弓、射出弹丸、射中鸟兽的整个劳动过程。弓箭的发明,是人类进入高级蒙昧社会的主要标志。看来它可能是原始人由蒙昧过渡到野蛮时代的创作。另一首比较古老的歌谣是《礼记·郊特牲》所载相传为伊耆氏(一说即神农,一说为帝尧)时代的《蜡辞》:

> 土,反其宅!水,归其壑!昆虫,毋作!草木,归其泽!

古代年终合祭万物之神与宗庙称"蜡祭"。《蜡辞》即"蜡祭"祝祷辞,仿佛是对自然界发出的"咒语",意即命令土、水、草木各还其所,昆虫不要为害。表达了征服水患、虫灾、草木荒以夺取农业丰收的强烈愿望,是一首节奏鲜明、用词简单的短歌,明显带有原始宗教意识色彩。这样的作品,虽也不免后人的加工润饰,但从内容到形式,可能多少保留了原始歌谣的基本风貌。

远古口头文学除原始歌谣外,还有神话传说。古代神话丰富多彩,只因年久散失,未能系统、完整地保存下来。现在所看到的一些零星的片断,大都出于后世的传闻,但毕竟渊源有自。散见于《山海经》、《淮南子》等古籍中的神话较著名者如《精卫填海》、《夸父逐日》、《女娲补天》、《鲧禹治水》、《后羿射日》、《黄帝杀蚩尤》、《刑天与帝争神》和《羽民国》、《奇肱民》等,包括了自然神话、创世神话、英雄神话和传奇神话诸类型。神话作为原始的社会意识形态,通过想象和幻想,以一种不自觉的艺术方式,形象地反映了远古人类的社会生活与精神世界,具有不朽的认识价值。神话还是人类永不复返的童年时代的艺术瑰宝。它以自身的壮丽奇伟和无穷魅力显示出高度的审美价值。神话又是我国浪漫主义文学的源头。它以炽热的激情、神奇的幻想,表现了原始人类企图认识和改造自然的愿望、追求美好生活的理想和对英雄主义、乐观主义的赞颂。

原始歌谣和神话的产生,虽然早于文字,但中国文学的"信史"时代,应起于文字发明之后。文字应用于文献记录,是人类社会过渡到文明时代的重要标志之一。我国文字的产生,经历了漫长的岁月。据考古发掘证明,河南舞阳贾湖新石器遗址出土的距今八千年之甲骨上所显示的锲刻符号,其个别形体与安阳殷墟甲骨卜辞的字形已相近似,这很可能就是中国最原始的文字。据推测,夏代可能已有成形的原始文字,但尚有待于进一步考古发现。现存最古可识并用于文献记录的是三千多年前殷商时期的甲骨文。

自 1899 年起陆续发现于河南安阳西北小屯村的殷墟甲骨卜辞,证明至迟在殷商中期(约前 14 世纪)就有了初步定形的文字和历史文献记载。甲骨卜辞是刻在龟甲和兽骨上的占卜记录,间或也有少量其他记事文字。卜辞作者即殷商时期身兼神、史之职的巫觋。殷人迷信鬼神,凡事必卜。占卜涉及狩猎、农业、祭祀和战争等。卜辞可说是我国最早的散文。其特点是内容简单,形式朴拙,文字省略,不成篇章。如:

> 癸卯卜,今日雨。其自西来雨?其自东来雨?其自北来雨?其自南来雨?

(《卜辞通纂》三七五)

> 戊戌卜贞,今日旦,王疾目,不丧明?其丧明?

(《殷虚文字乙编》六四)

事关雨水、农事、王目之疾,有疑问,有推测,有担忧。形式较为整齐,语句含有感情。但只能说它含有一定文学因素,意味着我国书面文学的萌芽。

这类作品,还有《易经》中的卦、爻辞。《易经》即《周易》本经,原为卜筮之书,以卦、爻辞指告人事吉凶祸福。中国古代文化与巫卜关系至密,散文始于巫卜记事,《周易》即系统的卜筮著作。卦、爻辞记载了巫史卜筮所积累的经验,反映了比甲骨卜辞更宽广的社会内容,特别是爻辞中含有一些富于文学意味的片段。如《屯》六二:

> 屯如,邅如,乘马班如,匪寇,婚媾。女子贞不字,十年乃

字。

简洁生动地描画出一幅古代抢婚图。与此相类者还见于《贲》六四：

　　　　贲如，皤如，白马翰如，匪寇，婚媾。

两段爻辞都反映了原始社会遗留的抢婚风俗，但描写各有侧重。前者主要写乘马而来的人，后者则重在写所乘之马，都写得简练而形象。再如《履》六三：

　　　　眇能视，跛能履，履虎尾，咥人凶，武人为于大君。

意谓并无大君之德的"武人"，却据有大君之位，必将胡作非为而遭致大难临头；这就如同眼瞎而视，脚跛而行，终将踩着虎尾，及于虎口，凶险之至。这一段爻辞无疑是生活经验与政治经验的结晶，意蕴深刻而又富于形象。又如《中孚》六三：

　　　　得敌，或鼓、或罢（疲）、或泣、或歌。

这是描写打仗获胜、虏敌凯旋的情景：有的击鼓而庆，有的疲劳而病，有的激动而哭泣，有的欢乐而高歌。以白描手法，写战后的场面历历如绘，仿佛速写，洗练而传神。有的爻辞还隐含一段故事，如《无妄》六三：

　　　　无妄之灾，或系之牛，行人之得，邑人之灾。

言邑人不慎失火，焚其宅，其牛系于宅外，惊而逃奔，为行人所得。所记小有情趣，每句四言，颇见整饬。更有近似四言诗者，如《中孚》九二：

　　　　鸣鹤在阴，其子和之。我有好爵，吾与尔靡之。

以鹤鸣于树荫起兴，言我有美酒，愿与你共饮，似是一首咏嘉宾饮宴的诗。内容和形式与《诗经·小雅·鹿鸣》首章的"呦呦鹿鸣，食野之苹；我有嘉宾，鼓瑟吹笙"颇相似。

此外,在传世的数千件商周有铭彝器中,也可见到早期散文的萌芽。铸器勒铭原为颂扬祖先功德,昭示子孙,永保政权代代相传。"夫鼎有铭,铭者,自名也。自名以称扬其先祖之美,而明著之后世者也"《礼记·祭统》。这些铭文保留了较早的史家记事文字,可说是史家之文的源头。

商代早期彝器铭文,类同甲骨记卜,往往只记作器者之名或族名或为某人作器,非常简略;至后期则有所发展,如《小臣邑斝》和《丁巳尊》:

> 癸巳,王易(赐)小臣邑贝十朋,用作母癸蹲彝。惟王六祀,彡日,在三月。

(《续殷文存》下)

> 丁巳,王省夔京。王易小臣俞夔贝,惟王来征夷方,惟王十祀有五,肜日。

(《殷文存》上)

这些文字虽仍简略,却能紧扣制作彝器这一中心,明确记述时间、地点、人物和事件;内容涉及赏赐、祭祀或征讨,形式也大体一律。其他如《宰椃角》《殷文存》下)、《殷作父巳甗》(《殷文存》上)、《戍嗣鼎》(《殷周金文集录》五〇),铭文特点也大致如此。

商代彝器传世者不多,今存多周铭。西周铸器勒铭为一时风尚,彝器之丰远过于商,内容既富,文字也大增,如《毛公鼎》铭文长达四百九十余字,且形式颇为讲究。有的还杂以韵语,几有通篇用韵者。如清道光年间出土于陕西宝鸡虢川司的《虢季子白盘》:

> 隹(唯)十又二年正月初吉丁亥,虢季子白乍(作)宝盘。不(丕)显子白,壮(壮)武于戎工,经缵(维)四方。博伐厰(猃)狁(狁)于洛之阳。折首五百,执嘫(讯)五十,是以先行。趄趄(桓桓)子白,献馘于王。王孔加子白义,王各(格)周庙宣廀爰卿(飨)。王曰:"白父,孔颙又(有)光。"王赐(赐)椉马,是用左

（佐）王。赐用弓彤矢，其央。赐用戉（钺），用政（征）蛮（蛮）方。
子子孙孙，万年无疆（疆）。

《两周金文辞大系考释》

此铭111字，记述虢季子白奉周王命伐猃狁于洛之阳，立战功受赏
于周庙，作宝盘以记之。主旨与商彝相似而叙事益详，既记事又记
言，除首句外一韵到底。又如《班簋》（《殷周金文集录》六九三）、《禹鼎》（同
上二八八）也有类似特点。总之，殷商甲骨卜辞，《易经》卦、爻辞和商、
周彝器铭文，都是书面文学萌芽时期代表作。

诗歌和散文是先秦文学作品的主要样式。《诗经》为古代第一
部诗歌总集，收录305篇，编定于春秋时代，迄今已有二三千年的
历史。作品大致产生于西周初年至春秋中叶（前11到前6世纪）约
五百年间，广泛而深刻地反映了周代社会的历史和现实，内容丰
富，感情真挚，风格淳朴，手法多样，语言优美，不愧为古诗辉煌的
开端，为诗歌的优秀传统奠定了坚实的基础。

以屈原为代表作家的"楚辞"，继《诗经》之后为中国诗歌史树
立了一座新的里程碑，正如刘勰所说，"楚之骚文，矩式周人"（《文心
雕龙·通变》），"轩翥诗人之后，奋飞辞家之前"（同上《辨骚》）。《诗经》和
"楚辞"是我国文学史上巍然屹立的两座高峰，代表着先秦诗歌的
最高成就，对后世文学有极为深远的影响。从《诗经》到"楚辞"，清
楚地显示了先秦诗歌前进的足迹。

《尚书》为第一部古典散文集和最早的历史文献，大体上是春
秋以前历代史官所藏官府要件和论文选编。其语言古奥艰涩，体现
了早期散文的风貌。

春秋时期，礼崩乐坏，社会发生了从奴隶制向封建制过渡的历
史巨变。铁器与牛耕的使用，大大推动了农业的进步。昔日奴隶制
度下"千耦其耘"、"十千维耦"的集体劳动，逐渐为一家一户的小农
经济所取代。手工业与商业也相应发展。荒地的开垦和生产效率
的提高，使私田不断增加，周代所谓"井田制"逐渐废弛。鲁宣公十

五年(前 594)实行的"初税亩",意味着鲁国土地私有制的合法化。诸侯国适应竞争新形势,经历了不同程度的改革。齐任管仲改制,楚令尹子木使"庀赋",郑子产作"丘赋",都加速了奴隶制的崩溃,所谓"社稷无常奉,君臣无常位"、"三后之姓,于今为庶"(《左传·昭公三十二年》),所谓"君子之泽,五世而斩"(《孟子·离娄下》),都是社会大变革的反映。先前"工商食官"的格局打破了,士、农、工、商处于分化之中。旧的礼、乐、刑、政难以继续维持,"僭越"、"犯上"之事多不胜数,阶级关系发生巨大变化。在新形势下,昔日的王官之学,散入民间。孔子肇始的私家讲学、著述之风推动了散文大发展。代表儒家之文的《春秋》和《论语》,是这一时期散文的主要作品。

进入战国,劳动者解脱了奴隶制桎梏,社会经济空前繁荣。商旅往来,财货交流,"货币的进军"冲破了诸侯国之间宗族的樊篱,尊卑贵贱有序的礼制日趋没落,人们的伦理道德观念也起了深刻变化。以三家分晋和田氏代齐为标志,晋、齐两国完成地主阶级政治革命,楚、秦、燕等也先后进行了社会改革。新兴的地主阶级取代了奴隶主贵族的统治地位。七雄奋发图强,变法之风,吹遍各国。魏之李悝,楚之吴起,秦之商鞅,赵之武灵王,韩之申不害,都是革新的著名代表,特别是商鞅变法成效卓著,使秦国富兵强,为日后统一天下打下坚实的基础。

战国所经历的这场巨变,实为"古今一大变革之会"(王夫之《读通鉴论》卷末,叙论四)。随着氏族贵族礼制统治的瓦解,旧的世卿世禄制受到致命打击,西周宗法的"宗子维城"化为历史陈迹,一个流品颇杂的新的"士"阶层勃然崛起,有贵族没落降而为"士"的,也有自下层而上升为"士"的,其中甚至有鸡鸣狗盗之徒和引车卖浆者之流。他们是在领主经济转化为地主经济、封君政治转化为官僚政治的特定历史背景下的产物,也是打破了先前"学在官府"的垄断,文化学术走向民间的结果。他们大抵受过"六艺"的教育,有知识、有才干,或用舌和笔,或用刀与剑,身处时代潮流的漩涡,活跃于政治舞台,成为风云际会的人物。其中的一些"文士",从事教育和著述,聚徒讲学之风盛极一时。"诸侯异政,百家异说"(《荀子·解蔽》),诸子百家应运而生,争鸣之风大炽于天下。所谓"百家",主要指儒家、道家、阴阳家、法家、名家、墨家、纵横家、杂家、农家、小说家等,就中以儒、墨、道、法、纵横诸家最为活跃。他们放言争辩,无所忌惮,造成了旷古未有的思想活跃、精神解放的新局面。

思想领域的"百家争鸣",促成学术领域的"百花齐放",不仅政治、经济、军事、哲学、史学、法学、教育、文学等社会科学具有划时代发展,天文、地理、数学、物理以及农学、医学等自然科学也都有长足进步。

散文作为记事、论争和著述的有效工具,适应了社会经济的发展和政治、文化活动的需要,也发生了质的飞跃,产生了以《国语》、《左传》、《战国策》为代表的史家之文,和以《庄子》、《孟子》、《荀子》、《韩非子》为代表的诸子之文。先秦散文由简而繁,从片断的文辞到语录体、对话体,再到较为系统完整的长篇大论,经历了漫长的过程;发展到战国,出现了它的黄金时代。

总之,春秋战国经济的发展,社会的变革,文化的繁荣,特别是思想的解放和士阶层的崛起,为文学的发展提供了优越条件,促使先秦文学由幼稚渐趋成熟,"至周末而臻极盛"(刘师培《论文杂记》),取得了炫耀千古的伟大成就,沾溉后世无限。"至战国而文章之变尽,至战国而著述之事专,至战国而后世之文体备。故论文于战国,而升降盛衰之故可知也。"(章学诚《文史通义·诗教上》)

第二节　先秦文学的传统特征

先秦时期,文学虽然尚未独立为科,文学、史学、哲学以及其他学科尚无明显的分界;但这时的诗文已经有了辉煌的成就,形成了传统特征,对于后代,具有深远的影响。尤其是到了战国时代,特征更为显著。刘勰著论《宗经》，曾谓后代各体诗文皆源于"六艺"。章学诚论及"诗教"，也谓"至战国而文章之变尽"，"至战国而后世之文体备"，又说："后世之文，其体皆备于战国。"古人探讨源流，就文体而言，故有此论。若从思想和艺术的传统而言，其特征尤为突出。要略言之，盖有四端：

一 发愤著书的传统

《史记·太史公自序》云："昔西伯拘羑里，演《周易》；孔子厄陈、蔡，作《春秋》；屈原放逐，著《离骚》；左丘失明，厥有《国语》；孙子膑脚，而论《兵法》；不韦迁蜀，世传《吕览》；韩非囚秦，《说难》、《孤愤》；《诗》三百篇，大抵贤圣发愤之所为作也。"司马迁这一段话，概括了先秦各家发愤著书的传统。他自己之写《史记》，也是继承了这个传统的。他在上述这一段话之后，继续写道："此人皆意有所郁结，不得通其道也，故述往事，思来者。于是卒述陶唐以来，至于麟止，自黄帝始。"这就是说，《史记》之作，也是因为"心有所郁结"，乃"述往事，思来者"的。《报任安书》所谓"恨私心有所不尽，鄙没世文采不表于后"云云，与此意同。

《文心雕龙·诸子》在论述诸子著书之后，深有感慨地说："嗟夫，身与时舛，志共道申，标心于万古之上，而送怀于千载之下，金石靡矣，声其销乎！"刘勰这一段话，既概括了先秦以来诸子百家著书立说的传统，也寓有自己秉笔摛文的意向。所以纪昀于此有评语云："隐然自寓。"

由于"身与时舛"而发愤著书，秦汉以下，历代皆然。在司马迁以后，扬雄、王充，以及王通、王绩，都是继承了这个传统的。在唐宋两代，韩愈所谓"不平则鸣"，欧阳修所谓"穷而后工"以及世人所谓"穷愁著书"云者，都是阐述这个传统的。

在唐、宋两代，最典型的作者有柳宗元。宗元早年，志在"辅时及物"，不在著作文章。直到贬官之后，才开始有意为文。他在《答吴武陵论〈非国语〉书》中说:"仆之为文久矣,然心少之,不务也;以为是特博弈之雄耳。故在长安时,不以是取名誉,意欲施之事实,以辅时及物为道。自为罪人,舍恐惧则闲无事,故聊复为之。然而辅时及物之道不可陈于今,则宜垂于后。言而不文则泥,然则文者固不可少耶!"又在《寄许京兆孟容书》中说:"贤者不得志于今,必取贵于后,古之著书者皆是也。宗元近欲务此。"因为不得志于当时,所以要垂文于后世。这是同先秦诸子之"身与时舛,志共道申"完全一致的。

历代的好文章大概都是在发愤著书的情况下产生的。韩愈撰《柳子厚墓志铭》,一面惋惜他"材不为世用,道不行于时",一面则指出:"然子厚斥不久、穷不极,虽有出于人,其文学辞章,必不能自力以致必传于后如今无疑也。"韩愈这几句话,说明了柳宗元在文学上取得成就的一个重要原因,也同样说明了历代作家发愤著书的一个重要传统。

对于这个传统,欧阳修在《梅圣俞诗集序》中曾有更高一层的概括。他说:"予闻世谓诗人少达而多穷,夫岂然哉?盖世所传诗者,多出于古穷人之辞也。凡士之蕴其所有而不得施于世者,多喜自放于山巅水涯,外见虫鱼草木、风云鸟兽之状类,往往探其奇怪;内有忧思感愤之郁积,其兴于怨刺,以道羁臣、寡妇之所叹,而写人情之难言,盖愈穷则愈工。然则非诗之能穷人,殆穷者而后工也。"这里揭出了"穷者而后工",可以说更加明确地阐发了先秦以来发愤著书的传统。

二　忧国忧民的传统

先秦的儒者,从维护统治者的长远利益出发,曾经提出关心民间疾苦的政治主张,孟子曾讲"乐民之乐","忧民之忧",反对"庖有肥肉,厩有肥马,民有饥色,野有饿莩"的暴君暴政,而主张"发政施仁",使平民百姓能够得到最低的生存需要。他甚至提出过"民为贵,社稷次之,君为轻"的著名的民贵君轻之说。这样的思想,到了后代,不仅形成了"民胞物与"的思想传统,也形成了忧国忧民的文学传统。忧国忧民的作家,几乎历代都有。杜甫咏叹的"朱门酒肉臭,路有冻死骨",白居易所称道的"篇篇无空文,惟歌生民病",都可以说是孟子"忧民之忧"这一传统的继承。

先秦的墨家,从小生产者的生存利益出发,也同样提出过关心民瘼的政治主张。例如墨家主张"非乐",荀子曾经指为"蔽于用而不知文",但墨家乃是从"万民之利"出发,因为当时的"王公大人""撞巨钟,击鸣鼓,弹琴瑟"等等活动,都是"亏夺民衣食之财"的。其所以著为《非乐》,曾经自有解释:"子墨子之所以非乐者,非以大钟、鸣鼓、琴瑟、竽笙之声以为不乐也";"然上考之,不中圣王之事,下度之,不中万民之利。是故子墨子曰:为乐非也。"《非乐》之外,墨家之讲"节用"、"节葬",也多半是从"万民之利"出发,其"忧民之忧",与儒者孟子亦颇相似。儒墨两家,在战国时代,并称显学,虽然秦汉以后,墨学不传,但其忧民的思想传统,并未断绝。

诗人屈原之"存君兴国",也是忧国忧民。《离骚》、《哀郢》,影响更大。历代的迁客骚人之忧国忧民,无不受其启迪。范仲淹所谓"居庙堂之高,则忧其民;处江湖之远,则忧其君",并提出"先天下之忧而忧,后天下之乐而乐"的名言,显然兼有孟子"忧民之忧"、"乐民之乐"以及屈原"存君兴国"的思想传统。

忧国忧民这一思想传统,历代作家都有所继承。历史上曾有许多作家,不顾身危而为民请命。虽然有人说过"自从老杜得诗名,忧国忧民成儿戏",但从文学的主流考察,忧国忧民,始终是文学作品中严肃的主题。直到鲁迅《自题小像》仍有"寄意寒星荃不察,我以我血荐轩辕"的诗句,显然也是屈原以来忧国忧民这一传统的继承。

三　放言无惮的传统

鲁迅在《摩罗诗力说》中说屈原之著《离骚》、《天问》，"放言无惮，为前人所不敢言"。其所以如此，乃缘"茫洋在前，顾忌皆去"，这是指出了屈原为文的一大特点。现在看来，这又不仅是屈原为文的特点，先秦的诗文著作大抵都有这个特点。伪古文《尚书·汤誓》曾有"时日曷丧？予及汝偕亡"的愤辞，鲁迅认为："古人并不淳厚。"《诗》三百篇也有许多直言不讳的作品。顾炎武《日知录·直言》说："《诗》之为教，虽主于温柔敦厚，然亦有直斥其人而不讳者。如曰：'赫赫师尹，不平谓何？'又曰：'赫赫宗周，褒姒灭之。'……如曰：'伊谁云从，维暴之云。'则皆直斥其官族名字，古人不以为嫌也。"

《诗》、《骚》尚且如此放惮直言，诸子著书立说有更其甚者。孟子之斥暴君为"残贼之人"，庄子之讥诸侯为"窃国"之盗，都是显例。墨子之斥王公大人，也是不留情面。吕不韦集宾客著书，较之晚周诸子，虽然语尚平实，但其中对于"今世之人主"，亦多所非议。所以方孝孺曾说："世之谓严酷者，必曰秦法；而为相者，乃广致宾客以著书，书皆诋訾时君为俗主；至数秦先王之过无所惮。若是者皆后世之所甚讳，而秦不以罪，呜呼，然则秦法犹宽也！"（《逊志斋集·读〈吕氏春秋〉》）

先秦之时，尤其是战国之世，邦无定君，士无定主，王纲解纽，百家争鸣，诸子立说，无所忌讳。秦法虽称"严酷"，但当其尚未一统之时，亦未施行文化专制，故诸子著书，仍然敢于放言。

秦汉以后，天下一统，秦皇燔灭《诗》、《书》，汉武独尊儒术，"放言无惮"的传统于是难乎为继。但司马迁生当武帝之世，曾是敢于"微文刺讥，贬损当世"的。《史记》之为"谤书"，为"无韵之《离骚》"，盖由于此。

在这以后，每当王纲解纽，或易代之际，往往也是放言无惮之时。例如汉魏之际，曹操为文之通脱、坦率，孔融为文之"气扬采飞"；魏晋之际，阮籍、嵇康之"师心以遣论，使气以命诗"，还有鲍敬言之著"无君论"，都是"放言无惮"的继续。

唐宋两代，虽然法严令具，但政论比较开明。唐太宗勇于求言，宋太祖不罪言者，故直言极谏之文，产生了不少。唐末小品之"锋芒"，尤有特色。宋儒发明道学，曾谓作文"害道"，为文不免拘忌；但欧、苏诸家之文，"是是非非"、"不避诛死"，曾是敢于放言无惮的。明清两代，文禁甚严，放言无惮这一传统，不绝如缕；但在个别时期、个别作者，仍有"独抒胸臆"、"不拘格套"之文。这样的文章，也仍是继承了先秦以来放言无惮的传统的。

四　深于取象的传统

章学诚《文史通义·易教下》云："战国之文，深于比兴，即其深于取象者也。《庄》、《列》之寓言也，则触蛮可以立国，蕉鹿可以听讼；《离骚》之抒愤也，则帝阙可上九天，鬼情可察九地。他若纵横驰说之士，飞钳捭阖之流，徙蛇引虎之营谋，桃梗土偶之问答，愈出愈奇，不可思议。"章氏这一段话，旨在说明"易象"通于"六艺"，与《诗》之比兴，互为表里。其举战国之文为例，恰又指出了先秦文学的又一传统特征，即"深于比兴"，"深于取象"。

从章氏所举实例来看，其所谓"深于比兴"、"深于取象"，大抵即指善用比喻、多用寓言、构思奇妙、取象生动。这确是先秦文学的又一传统特征。

章氏所列举的，是《易》、《诗》、《离骚》、《庄子》、《列子》和《战国策》，此外诸子百家著书立说，无不具此特征。在先秦诸子中，号称"不文"的，是"法家"的著作；但《文心雕龙·诸子》仍谓"韩非著博喻之富"。韩非尚且如此，则其他诸子不言可知。

先秦文学的这一特征，到了后代，便形成了一个极为独特的传统。就散文而言，"深于取象"，尤为汉语文章的一大特征。以唐宋八家之文为例，韩愈之文，"如长江大河，浑浩流转，鱼鼋蛟龙，万怪惶惑，而抑遏蔽掩，不使自露；而人望见其渊然之光，苍然之色，亦自畏避，不敢迫视"(苏洵《上欧阳内翰第一书》)。"鱼鼋蛟龙，万怪惶惑"，非取象奇特，何以致此？韩愈这些文章，并非都是吟风弄月之作，而多属经世致用之言。只缘不是抽象说理，而是"深于取象"，所以令人叹服如此。

再如苏轼，他自述为文云："吾文如万斛泉源，不择地皆可出，在平地滔滔汩汩，虽一日千里无难。及其与山石曲折，随物赋形，而不可知也；所可知者，常行于所当行，常止于不可不止，如是而已矣。"（《自评文》）"万斛泉源"、"滔滔汩汩"，亦非专指吟风弄月、抒情写景之文，而是包括了大量的言事论政之作。此外，苏轼论文，还有所谓"如行云流水"、"姿态横生"等语，也都是兼指议论文章之"深于取象"而言。这与先秦之文，特别是庄子之文的"无端涯之辞"极为近似，显然也是继承了"深于取象"的这一传统。金元以后，下迄明清，各代之文，由于官方儒学的桎梏、八股时文的影响，其"深于取象"容有未逮；但是，一些讲究行文的作者如桐城派的姚鼐，标举"神、理、气、味"和"格、律、声、色"，其中亦不免有所"取象"，体现了汉语文章的传统特征。

第二章　神话

神话是古代人民以不自觉的艺术方式口头创作的神异故事,是对自然现象及社会生活的曲折反映和超现实的形象描述,表现了初民的原始理解力,是借助想象以征服自然力并使之形象化的艺术结晶。

第一节　神话的产生及其价值

神话产生于生产力极为低下的人类童年时代。面对林林总总的天地万物和变化多端的自然现象,诸如天地形成、人类起源、日月运行、风云雷电等等,都使原始人迷惑惊异、神奇莫测,自然界的无穷威力甚至使他们恐惧不已,于是产生了"万物有灵"的盲目崇拜思想,凭藉自身狭隘的生活体验,创造出人格化的神的形象。"神"的产生,意味着神话时代的开始。

从一些古籍的记载中,可以间接窥测原始人心目中所谓"神"的含义。《国语·鲁语下》记仲尼之语曰:"山川之灵,足以纪纲天下者,其守为神。"《礼记·祭法》云:"山林川谷丘陵能出云,为风雨,见怪物,皆曰神。"许慎《说文解字》解"神"为"天神,引出万物者也"。尽管这都是后人对"神"的解释,但不妨认为在一定程度上也反映了原始人类对所谓"神"的认识和理解,并由此造作出神的故事,后世即称之为神话。

神话的产生经历了从无到有、由简到繁的漫长历史过程,其内容和形式都在不断地演变。最先出现的应是自然神,而最早的神话则是以人格化的动、植物神为标志的灵性神话。然后出现了关于祖先神、创世大神、以半人半兽形和以人形为标志的神性、人性神话。神话的诞生有其特殊的社会历史条件,即生产力极为低下、意识原始、思维幼稚。随着自然力的实际上被人类所支配,神话也就消失了。

神话是人类童年时期开放的艺术奇葩,以特殊的方式反映了初民生活及历史发展进程,展现出其心灵世界,为后人探索其历史奥秘透露了许多可贵的信息,为了解远古人民的意识、情感、精神、意志和性格提供了不少形象的资料。神话具有不朽的认识价值。神话作为人类历史上永不复返的阶段所产生的艺术形式,具有鲜明的原始性、幻想性、超自然性等基本特征。其形象表现极其率真,意义蕴含至为深广。它以自身的瑰丽多姿构成了蔚为奇观的艺术殿堂,显示出永久的魅力,给后人以美妙无比的艺术享受,具有特殊的审美价值。神话还是文学史上浪漫主义的源头,它本身就是"一种规范和高不可及的范本"(马克思《政治经济学批判》导言),为后世文学艺术的发展提供了取之不竭的丰富营养,无愧为文学艺术的"武库"和"土壤"。

第二节　中国古代主要神话

神话的产生固然很早,但用文字记录下来则较晚。我国古代缺乏系统记载神话的专门典籍,但在《山海经》、《庄子》、《楚辞》、《淮南子》、《列子》中,或多或少存有一些神话传说。特别是"古之巫书"《山海经》,较为集中地记载了海内外山川神祇异物,保存神话最多,对研究者具有非常重要的意义。兹就自然神话、创世神话、英雄神话、传奇神话略加论述。

一 自然神话

在中国古代神话中,自然神话是颇为出色的一类。《山海经》中有较多自然神话的遗存,其中不乏神奇怪异、令人惊叹的自然神形象。如"雷神"、"海神"、"水伯":

> 雷泽中有雷神,龙身而人头,鼓其腹。在吴西。

(《山海经·海内东经》)

> 东海之渚中,有神,人面鸟身,珥两黄蛇,践两黄蛇,名曰禺䝞。黄帝生禺䝞,禺䝞生禺京。禺京处北海,禺䝞处东海,是为海神。

(《山海经·大荒东经》)

> 朝阳之谷,神曰天吴,是为水伯。在䖺䖺北两水间。其为兽也,八首人面,八足八尾,背青黄。

(《山海经·海外东经》)

还有"身长千里",主宰昼夜明晦、冬夏寒暑的"钟山之神""烛阴":

> 钟山之神,名曰烛阴,视为昼,瞑为夜,吹为冬,呼为夏,不饮,不食,不息,息为风,身长千里。在无启之东。其为物,人面,蛇身,赤色,居钟山下。

(《山海经·海外北经》)

它们都是人面兽身、以动物为主体的自然神形象。另如所谓"风师曰飞廉";"飞廉,神禽,能致风气";"飞廉,鹿身,头如雀,有角,而蛇尾豹文"(见《楚辞补注》卷一洪兴祖注引),也大体如此。此外,还有植物神形象,如神树"扶桑":

> 汤谷上有扶桑,十日所浴,在黑齿北。居水中,有大木,九日居下枝,一日居上枝。

(《山海经·海外东经》)

尤为动人的自然神形象是衔木石而填东海的神鸟"精卫":

> 发鸠之山，其上多柘木。有鸟焉，其状如乌，文首、白喙、赤足，名曰精卫，其鸣自詨。是炎帝之少女，名曰女娃。女娃游于东海，溺而不返，故为精卫，常衔西山之木石，以堙于东海。
>
> （《山海经·北山经》）

在这个神话中，娇小美丽的"精卫"是溺死于东海的"女娃"所变。这无疑是原始社会意识中"精魂化物"观念的产物。为了征服海洋对人们生存所构成的威胁，小小的精卫要用木石填平浩瀚的大海。"精卫衔微木，将以填沧海"_{陶渊明《读山海经》}，如此动人心魄的超现实想象，充分表现了远古人民英勇顽强地与大自然作斗争的决心。《夸父逐日》的神话也很富于魅力：

> 夸父与日逐走，入日。渴欲得饮，饮于河、渭；河、渭不足，北饮大泽。未至，道渴而死。弃其杖，化为邓林。
>
> （《山海经·海外北经》）

据《淮南子·墬形训》高诱注："夸父，神兽也。"《山海经·西山经》载："有兽焉，其状如禺（按即母猴）而文臂，豹虎（疑为"尾"之误）而善投，名曰举父（郭璞云：或作"夸父"）。"《北山经》载："有鸟焉，其状如夸父，四翼、一目、犬尾。"《东山经》亦载："有兽焉，其状如夸父而彘毛。"可见夸父实为动物神的形象。这个"与日逐走"的神话，形象地反映了初民企图认识和征服太阳的强烈愿望。夸父为此献出生命，其无私无畏的悲壮精神永远感召后人。

自然神话多以山川风雷、鸟兽草木为描述对象，反映了初民敬畏和征服自然的心态。

二　创世神话

对于世界形成和人类起源的探索，构成了创世神话的基本主题。这些神话尽管形成文字较晚，且明显杂有后人意识，仍然特色鲜明，引人入胜。《淮南子·精神训》载：

> 古未有天地之时，惟像无形，窈窈冥冥，芒芠漠闵，澒濛鸿洞，莫知其门。有二神混生，经天营地，孔乎莫知其所终极，滔乎莫知其所止息。于是乃别为阴阳，离为八极，刚柔相成，万物乃形，烦气为虫，精气为人。是故精神天之有也，而骨骸者地之有也。

这里的记述显然杂糅了一些后人对于天地创始、万物生成的意识和观念。至于比较富于原始的色彩者，是讲天地混沌、宇宙开辟的盘古神话：

> 天地混沌如鸡子，盘古生其中。万八千岁，天地开辟，阳清为天，阴浊为地。盘古在其中，一日九变，神于天，圣于地。天日高一丈，地日厚一丈，盘古日长一丈。如此万八千岁，天数极高，地数极深，盘古极长，后乃有三皇。

（《艺文类聚》卷一引徐整《三五历纪》）

尽管其记述出自三国时人徐整之手，形成文字较晚，但渊源甚古。"天地混沌如鸡子"的观念，具有世界性普遍意义。东、西方不少民族的创世神话中都有象征着宇宙开端之核心的"蛋"即"圆"的意象。从鸟、蛇等动物由蛋孵化而出的直观印象中得到启示，由此联想到天地开辟、万物化生之前的混沌状态，进而生发出带有哲学意义的"蛋"的具体形象，这种思维的混沌性、象征性、神秘性和借助直觉来传感和领悟的特征，正是原始思维的本质体现，保留了较多的原始形态。与此类似者还有盘古首生、死化万物的神话：

> 首生盘古，垂死化身：气成风云，声为雷霆，左眼为日，右眼为月，四肢五体为四极五岳，血液为江河，筋脉为地理，肌肉为田土，发髭为星辰，皮毛为草木，齿骨为金石，精髓为珠玉，汗流为雨泽。身之诸虫，因风所感，化为黎甿。

（《绎史》卷一引《五运历年记》）

在这里，人与万物同源合体，万物与人共生交感，彼此相融，物我不分。这种思维主体与思维对象相互渗透、相互作用的"互渗"现象，恰恰是原始思维的基本特征之一。

创世神话中特具魅力的是《女娲造人》的神话：

> 俗说天地开辟，未有人民。女娲抟黄土作人，剧务，力不暇供，乃引绳绖于泥中，举以为人。故富贵者，黄土人也；贫贱凡庸者，绖人也。

《太平御览》卷七八引《风俗通》

泥土造人的神话，在全世界有极大的相似性。原始人类面对着原始的自然，泥土为雕塑最理想的物质材料，因而生发出泥土造人的联想。其中抹掉生物与非生物本质区别，也是原始思维的一大特征。至于强分"富贵"、"贫贱"，分明是后世等级观念的反映。

女娲是人类的始祖，又是补天的神灵。《淮南子·览冥训》载：

> 往古之时，四极废，九州裂，天不兼覆，地不周载，火㸌炎而不灭，水浩洋而不息，猛兽食颛民，鸷鸟攫老弱。于是女娲炼五色石以补苍天，断鳌足以立四极，杀黑龙以济冀州，积芦灰以止淫水。苍天补，四极正，淫水涸，冀州平，狡虫死，颛民生。

"补天"意味着敢于弥补大自然缺陷的斗争精神。《山海经·大荒西经》郭璞注："女娲，古神女而帝者，人面蛇身，一日中七十变。"许慎《说文解字》云："娲，古之神圣女，化万物者也。"她的形象透露了此神话出自母系氏族社会的信息。创世神话反映了先民对宇宙开辟和人类起源勇于探索、积极创造的精神。

三 英雄神话

自然神话和创世神话重在反映先民对自然界的探索与借助想象对自然力的征服；英雄神话则反映先民自我意识的新觉醒，朦胧意识到自身成为世界的中心、宇宙的主人。其中主角多是半人半神或受神力支持的"英雄"。这类神话数量较多且极为壮观,如《鲧禹治水》：

> 洪水滔天。鲧窃帝之息壤以堙洪水,不待帝命。帝令祝融杀鲧于羽郊。鲧复生禹。帝乃命禹卒布土以定九州。

> 《山海经·海内经》

对洪水浩劫的回忆为远古真实的自然灾害留给后人心灵的回声。《鲧禹治水》独具特色。《山海经·海内经》郭璞注引《开筮》说:"鲧死三岁不腐,剖之以吴刀,化为黄龙。"禹又是鲧腹所生,父子都是半神半人的英雄。鲧治洪水献出生命,子继父业历尽艰辛。终于大功告成,九州平定。它不像《圣经》所记,人类面临洪水浩劫,靠上帝恩赐和"诺亚方舟"才侥幸存活,而是强调同自然作斗争的英雄精神与夺取胜利的坚定信念。《后羿射日》也具有类似的特点:

> 逮至尧之时,十日并出,焦禾稼,杀草木,而民无所食。猰貐、凿齿、九婴、大风、封豨、修蛇,皆为民害。尧乃使羿诛凿齿于畴华之野,杀九婴于凶水之上,缴大风于青丘之泽,上射十日而下杀猰貐,断修蛇于洞庭,禽封豨于桑林。万民皆喜,置尧以为天子。

> 《淮南子·本经训》

《楚辞·天问》曰:"帝降夷羿,革孽夏民。"《山海经·海内经》云:"帝俊赐羿彤弓素矰,以扶下国。"羿和鲧、禹一样是半神半人的英雄,是射技非凡的弓箭手。弓箭的发明,标志着人类社会进入蒙昧时代高级阶段,善射的羿,自属先民心目中了不起的英雄神。至于"十日并出"的奇观,实即"假日"或"幻日"现象。当酷热大旱之年,"十日并出",后羿为民除害,业绩辉煌,成为先民征服自然力的理想化身。

《鲧禹治水》、《后羿射日》颂扬与自然作斗争、为民兴利除害的英雄;《黄帝杀蚩尤》则描述了氏族部落之战的英雄:

蚩尤作兵伐黄帝,黄帝乃令应龙攻之冀州之野。应龙蓄
水,蚩尤请风伯、雨师,纵大风雨。黄帝乃下天女曰魃,雨止,
遂杀蚩尤。

《山海经·大荒北经》

传说中黄帝是中原部落首领,蚩尤为南方九黎族酋长,他有"兄弟
八十一人","并兽身人语,铜头铁额"《史记·五帝本纪》张守节《正义》引
《龙鱼河图》)。蚩尤与黄帝之战,反映了氏族社会南方与中原部落之
间的斗争。《帝王世纪》说,黄帝"征诸侯",擒蚩尤于"涿鹿之野",又
"使应龙杀之于凶黎之丘","凡五十二战而天下大服"(见《艺文类聚》
卷十一)。呼风唤雨显示战争风云之惊天动地。与此相类者还有《共
工怒触不周山》:

昔者共工与颛顼争为帝,怒而触不周之山,天柱折,地维
绝。天倾西北,故日月星辰移焉;地不满东南,故水潦尘埃归
焉。

《淮南子·天文训》

部落联盟领袖争夺帝位的斗争如此严酷激烈,共工一发怒竟改变
了天地日月星辰。刑天是又一个敢于斗争的英雄:

刑天与帝争神,帝断其首,葬之常羊之山。乃以乳为目,以
脐为口,操干戚以舞。

《山海经·海外西经》

"刑天舞干戚,猛志故常在!"(陶渊明《读山海经》)它象征着头可断、志
不灭的英雄浩然之气。从鲧、禹、羿到黄帝、蚩尤、刑天,这一系列神
奇怪异的英雄群像,在古代神话的宝库中熠熠闪光。这类神话以男
性英雄为中心,表明产生于父系氏族社会之后。

四 传奇神话
还有不少关于异域奇国、怪人神物的传奇神话,多载于《山海

经》中,出自所谓山、海、大荒之四裔。如吐丝女、羽民国、长臂国、厌火国:

> 欧丝之野在反踵东,一女子跪据树欧丝。
>
> 《山海经·海外北经》
>
> 羽民国在其东南,其为人长头,身生羽。一曰在比翼鸟东南,其为人长颊。
>
> 《山海经·海外南经》
>
> 长臂国在其东,捕鱼水中,两手各操一鱼。一曰在焦侥东,捕鱼海中。
>
> (同上)
>
> 厌火国在其南,其为人兽身黑色,火出其口中。一曰在谨朱东。
>
> (同上)

此外还有"人面、鸟喙、有翼,食海中鱼,杖翼而行"的"骓头"(《山海经·大荒南经》),"一臂三目"、"能为飞车"的"奇肱民"(并见《山海经·海外西经》及张华《博物志》),"一身三首"的"三首国"(《山海经·海外南经》),"食稻啖蛇"的"黑齿国"(《山海经·海外东经》)等等。

传奇神话反映了远古人民企图突破种种自然条件限制,改造自身生活环境的愿望和理想,表现出惊人的超现实、超自然的想象力。其中也含有描述华夏四裔氏族社会野蛮生活状态的痕迹。传奇神话数量较多,涉及面广,形象奇特,别有意趣。

第三节　中国古代神话的特色与演变

中国古代神话的主要特色是将人神化,重视人的力量和人的社会性,不像古希腊神话那样将神人化,重视命运的主宰和人的自然性。中国古代神话自具鲜明的民族特色。无论是对世界产生、人类起源的真的探索,对勤劳、勇敢、正义、善良的善的礼赞,还是对崇高、粗犷、神奇、悲壮的美的讴歌，都在一定程度上反映了先人的思想、情感和性格。它们是中华民族的精神原型，是中华文化的艺术瑰宝。

中国古代神话大致经历了从灵性到神性再到人性神话的不同阶段，但在流传中经后人不断改造、加工，失去本来面目，故以现存者而论，各发展阶段便难以明晰分辨界定。以人格化的动、植物神为标志的灵性神话，其原始面貌多已失去；而以半人半兽形神为标志的神性神话，也往往和以人形神为标志的人性神话混杂在一起。不过，倘细加分辨，也不难窥见其分属于不同的发展时期。

至于它的演变，则比较显而易见。由于神话本身具有多学科性质，含有哲学、宗教、历史、地理、科学、文艺等多种因素，故其演变往往趋向于某一方面，演变 的显著结果为历史化、文学化和宗教化。

历史化表现最为突出。这可能与以孔子为代表的儒家轻视、曲解、改造有关系。"子不语怪、力、乱、神"(《论语·述而》)。儒家后学也多讲经世致用，依据实用经验煞费苦心地改造神话，使之化为历史，载入简册。如《大戴礼记·五帝德》载孔门师生问答：

> 宰我问于孔子曰："昔者予闻诸荣伊言：黄帝三百年。请问：黄帝者，人邪？抑非人邪？何以至于三百年乎？"
>
> 曰："生而民得其利百年，死而民畏其神百年，亡而民用其教百年：故曰三百年。"

这就把一个本来充满神秘意味的传说，"合理"地装扮为实实在在的史迹了。又如子贡请教孔子："古者黄帝四面，信乎？"孔子诡释道："黄帝取合己者四人，使治四方，不谋而亲，不约而成，大有成功，此之谓四面也。"(见汪继培辑本《尸子》卷下)孔子的说教使神话中一个具有四张人面的天帝，就变成古史中善治四方的人王了。

至于《韩非子·外储说左下》所记孔子答鲁哀公问，把"夔一足"讲成"夔非一足也","夔有一,足",更是将神话历史化的典型。据《山海经·大荒东经》记载:"东海中有流波山,入海七千里。其上有兽,状如牛,苍身而无角,一足,出入水则必风雨,其光如日月,其声如雷,其名曰夔。黄帝得之,以其皮为鼓,橛以雷兽之骨,声闻五百里,以威天下。"可见"夔"本是神话中只有一只脚的奇异动物神,孔子却将其化而为人,称尧"使为乐正"。随着神话的历史化,其精神内核给抽掉了。后人又常用历史眼光审视神话,屈原就对神话提出不少疑问,司马迁《史记·五帝本纪》也指称"百家言黄帝,其文不雅驯,荐绅先生难言之",因而删去不少传说材料,并加以历史化的改造,神话消亡的厄运终难避免了。

神话流为寓言是文学化的主要表现。神话本身含有一定的哲理。后世思想家为宣扬自己的哲学观点、政治主张或伦理道德观念,常将神话改造为有所寄托的寓言,神话便文学化了。在先秦诸子,尤其是"寓言十九"的《庄子》中,寓言不胜枚举。如《庄子·应帝王》中的"儵忽与浑沌":

> 南海之帝为儵,北海之帝为忽,中央之帝为浑沌。儵与忽时相与遇于浑沌之地,浑沌待之甚善。儵与忽谋报浑沌之德,曰:"人皆有七窍以视听食息,此独无有,尝试凿之。"日凿一窍,七日而浑沌死。

这则寓言当脱胎于《山海经·西山经》"帝江":

> 有神焉,其状如黄囊,赤如丹火,六足四翼,浑敦无面目,是识歌舞,实惟帝江也。

庄子把植根于原始思维的神话,加工改造为别有寄托的寓言,宣扬道家"顺物自然"的思想和"天道无为"的主张。又如《山海经·中山经》有"姑媱之山,帝女死焉,其名曰女尸,化为䔄草,其叶胥成,其华黄,其实如菟丘,服之媚于人",《庄子·逍遥游》修饰为"藐姑射之山,有神人居焉,肌肤若冰雪,绰约若处子。不食五谷,吸风饮露。

乘云气，御飞龙，而游乎四海之外。其神凝，使物不疵疠而年谷熟"，宣扬道家"逍遥无为"的思想。河神与海神的神话在《庄子·秋水》中加工为河伯"望洋兴叹"，说明囿于一隅则不识大道。凡此种种，都是神话文学化的结果。

　　神话与原始宗教有如孪生兄弟，都是原始思维的产物。神话含有宗教的因素，易为宗教所利用。神话流为仙话，就是神话宗教化的主要表现。西王母和月亮神话逐渐演变为仙话，是神话宗教化的典型实例。

　　在《山海经·西山经》中，西王母"其状如人，豹尾虎齿而善啸，蓬发戴胜，是司天之厉及五残"。这位主管上天灾厉及五刑残杀的半兽半人形神，面目狰狞，粗蛮鄙恶，浑身上下充满原始的野性。再参以同书中"有人戴胜，虎齿、豹尾，穴处，名曰西王母"（《山海经·大荒西经》）和"西王母梯几而戴胜，其南有三青鸟，为西王母取食，在昆仑虚北"（《山海经·海内西经》）的记载，都见出西王母形象的原始和粗野，但后来逐渐演变。《庄子·大宗师》说："夫道，……西王母得之，坐乎少广，莫知其始，莫知其终。"西王母一变而为"得道"的"真人"，即"大宗师"之一，不过还涂有一层"莫知其始，莫知其终"的神秘色彩。到汉武帝欲求长生，迷恋神仙之道，西王母亦顺时而变俨然成了"仙人"："汉武帝时，献青桃，颜容若十六七女子，甚端正。"（见《庄子·大宗师》成玄英疏）《汉武内传》所记更为明快："西王母与上元夫人降帝，美容貌，神仙人也。"原先的原始神话，终于演变成道家方术之士的仙话。

　　月亮神话的演变亦颇引人注目。"有女子方浴月。帝俊妻常羲，生月十二，此始浴之。"（《山海经·大荒西经》）这一记述尚基本保留其部分原始面貌，但后来却演变为"姮娥奔月"的仙话。《淮南子·览冥训》说："羿请不死之药于西王母，姮娥窃以奔月。"东汉高诱注："姮娥，羿妻；羿请不死之药于西王母，未及服之，姮娥盗食之，得仙，奔入月中，为月精。"张衡《灵宪》还说："姮娥遂托身于月，是为蟾蜍。"到唐代又进而变为"羿烧仙药，药成，其妻姮娥窃而食之，遂奔入月中"(李冗《独异志》卷上)，这又成为方术之士宣扬炼丹、服药、成仙、长生的故事。

可见神话演变的宗教化，抽去了原始神话的本质核心，也成为神话质变、趋于消亡的原因之一。

第三章 《诗经》

《诗经》是我国第一部诗歌总集。作为我国诗歌传统的起点和源头,《诗经》以其伟大的文学成就彪炳史册。

第一节 《诗经》概说

《诗经》原名《诗》,或称"《诗》三百",列为儒家"六经"之一。《庄子·天运》记孔子谓老聃曰:"丘治《诗》、《书》、《礼》、《乐》、《易》、《春秋》六经。"《荀子·劝学》提及"始乎诵经",《诗》亦列入其中。可知《诗》之为"经",由来已久,但获得尊崇地位是后来之事。汉武帝"卓然罢黜百家,表章六经","置五经博士"(《汉书·武帝纪》),崇《诗》为"经",称《诗经》。

《诗经》存目 311 篇,其中《南陔》、《白华》、《华黍》、《由庚》、《崇丘》、《由仪》六篇乃所谓"笙诗",有目而无辞,故实有 305 篇。《墨子·公孟》"诵《诗》三百,弦《诗》三百,歌《诗》三百,舞《诗》三百"和《史记·孔子世家》"三百五篇孔子皆弦歌之",都说明《诗经》为配乐演唱的乐歌总集。

《诗经》只有少量篇目如《小雅·节南山》"家父作诵"、《小雅·巷伯》"寺人孟子,作为此诗"、《大雅·崧高》和《大雅·烝民》"吉甫作诵"、《鲁颂·閟宫》"奚斯所作"等提及作者。据《左传·闵公二年》所记,《鄘风·载驰》乃许穆夫人所赋。此外作者已难确考。故司马迁《史记·太史公自序》、《报任安书》，只笼统而言"《诗》三百篇，大抵贤圣发愤之所为作也"。《毛诗序》虽谓某诗作者为某王、某公、某大夫或某夫人，实不足信。《诗经》主要献自公卿列士，部分采自民间，再经周王朝各代王官、乐师加工修订；流传既久，经手亦多，具有集体创作性质。

《史记·孔子世家》称"古者诗三千余篇，及至孔子，去其重，取可施于礼义"，定为"三百五篇"，此即孔子"删诗"之说。此说影响颇大，但唐代孔颖达已疑其讹，后世学者亦多不信。《诗经》编订成集，约当公元前六世纪中叶。《左传》记襄公二十九年吴公子季札入鲁观乐，乐工为之歌《诗》，其顺序大体已如今本。其年孔子仅八岁，故"删诗"之说不足凭信。但孔子曾自道"吾自卫反鲁，然后乐正，《雅》、《颂》各得其所"（《论语·子罕》)，则其所做属"正乐"性质。

《诗经》依《风》、《雅》、《颂》分类编排。《风》即"十五国风"，计周南、召南、邶风、鄘风、卫风、王风、郑风、齐风、魏风、唐风、秦风、陈风、桧风、曹风、豳风，共 160 篇。《雅》分《小雅》、《大雅》，《小雅》74篇，《大雅》31 篇，共 105 篇。《颂》包括《周颂》31 篇，《鲁颂》4 篇，《商颂》5 篇，共 40 篇。《诗经》何以如此分类编排？古今学者聚讼纷纭。现多据"《诗》皆入乐"，认为主要是照音乐特点划分的。

关于"风"的解释，亦多歧异。或着眼于封建政治、道德、伦理，释为"风也，教也；风以动之，教以化之……上以风化下，下以风刺上"（《毛诗序》）；或以风土、民俗观点，释为"风土之音"（郑樵《通志·昆虫草木略》），或谓"民俗歌谣之诗"（朱熹《诗集传》卷一《国风序》）。现在大都认为，"风"指音乐曲调，《国风》即诸侯所辖地域乐曲，犹如后世地方乐调。

"雅"即"正"，又与"夏"通。周王畿一带原为夏人旧地，周人亦自称夏人。王畿是政治、文化中心，其言称"正声"或"雅言"，即标准音。宫廷和贵族所享乐歌为正声、正乐，《雅》指相对于各地"土乐"而言的"正乐"，其名为尊王观念的反映。《雅》又分《小雅》、《大雅》，主要区别于音乐的不同和产生时代的远近。

《颂》用于朝廷、宗庙祭神祀祖,以诗、乐、舞合一形式祈祷神明、赞颂王侯功德。《颂》诗多简短,音调缓慢,韵律欠规则,不分章,不叠句,表达对神祖的虔诚崇拜,是奴隶社会神权王权至上的反映。《颂》在当时最受尊崇,而从文学角度看,价值远不如《风》、《雅》。

《诗经》的确切年代已难一一考定,可大致论定作于西周初年至春秋中叶(前 11 至前 6 世纪)约五百年间。《周颂》最早,主要为周初之作,《鲁颂》较晚,是春秋鲁国宗庙祭乐,《商颂》并非商诗,而是春秋殷商后裔宋国庙堂乐歌。《大雅》多数为周初和宣王"中兴"时作,少数为西周后期厉、幽两代之什。《小雅》也以西周后期者为多,少数为春秋之作。《国风》多由民间口头流传,历时甚久,年代更难确定。一般认为《国风》大部分作于春秋初、中期,小部分为西周后期。至于《诗经》里最晚者,大都认定为讽刺陈国君灵公(前 613—前 599)与夏姬淫乱的《陈风·株林》。

《诗经》具有鲜明的地域特征。《周颂》出于镐京,"二雅"乃王畿之乐,也出于周都(西周都镐,东周都洛邑)及其周围地区。至于"十五国风",其名称大都标明了产生的地域;唯《豳风》与"二南"(《周南》、《召南》)尚难确指。总之,《诗经》产生的地域甚广,以黄河流域为中心,向南扩展到江汉流域,延及当时中国的大部。

《诗》三百皆可入乐供演奏歌唱,又可藉诗言志、美刺、观俗,春秋时广及诸侯政治、外交和社会生活的祭祀、朝聘、婚礼、宾宴等各种典礼仪式。《论语·阳货》载:

> 子曰:"小子何莫学夫《诗》?《诗》,可以兴,可以观,可以群,可以怨。迩之事父,远之事君;多识于鸟兽草木之名。"

这里所谓"兴"、"观"、"群"、"怨",概括了《诗》的感染、认识、教育和讽刺作用。其中特别强调《诗》的实用价值,意在维护封建礼教,政治目的是明显的。

春秋时政治、外交场合公卿大夫"赋诗言志"颇为盛行,赋诗者借用现成诗句断章取义,暗示自己的情志。公卿大夫交谈,也常引用某些诗句。这就扩大了《诗》的应用范围,发展为战国的"著述引诗",对后世产生了不小的影响。

春秋时贵族社会普遍在传诵《诗》,春秋末年孔子广招弟子传道授业,教习"六艺",《诗》即其一。战国时儒家"诵经",《诗》亦其一。秦皇焚书禁学,《诗》因便于讽诵,特赖口耳相传得以保全。汉代传授《诗经》的有鲁(鲁人申培公)、齐(齐人辕固生)、韩(燕人韩婴)、毛(大毛公鲁人毛亨和小毛公赵人毛苌)四家。郑玄《诗谱》说:"鲁人大毛公为《诂训传》于其家,河间献王得而献之,以小毛公为博士。然则大毛公为其《传》,由小毛公而题《毛》也。"鲁、齐、韩三家诗属今文经学派,盛于汉武帝后百余年间。《毛诗》属古文经学派,较为晚出。"三家诗"盛时,《毛诗》受压,"三家诗"东汉趋于衰微,《毛诗》代之而兴。郑玄作《毛诗笺》"申明毛义难三家"(陆德明《经典释文序录》),《毛诗》盛行天下。"三家诗"先后失传,存者唯《毛诗》,即今之《诗经》。

第二节 《诗经》的主要内容和思想意义

《诗经》思想内容广阔,涉及周民族的史诗、赞颂、怨刺、婚恋、农事和征役等等,丰富多彩。

一 周民族的史诗

《诗经·大雅》保存了五首古老的周族史诗《生民》、《公刘》、《绵》、《皇矣》、《大明》,记述了从周始祖后稷诞生到武王灭商的一些传说和英雄史迹。

《生民》本是颂神祭祖的乐歌。全诗八章,首章生动地描述后稷神奇非凡的诞生：

> 厥初生民，时维姜嫄。生民如何？克禋克祀。以弗无子，
> 履帝武敏，歆。攸介攸止，载震载夙，载生载育，时维后稷。

说姜嫄无儿求神，禋祭时踩天帝脚拇指印，喜而感孕生后稷。后稷
"无父而生"，反映母系氏族社会"感生"神话意识。随着父权制的确
立，又掺进新意识。章三写道：

> 诞寘之隘巷，牛羊腓字之；诞寘之平林，会伐平林；诞寘之
> 寒冰，鸟覆翼之。鸟乃去矣，后稷呱矣，实覃实讦，厥声载路。

这就是所谓"无人道而生子，或者以为不祥，故弃之"（朱熹《诗集传》卷
十七）。神异的是，这弃儿屡弃而屡逢庇护，终于留养。章四写他稍长
即知农艺，具天赋才能：

> 诞实匍匐，克岐克嶷，以就口食。蓺之荏菽，荏菽旆旆。禾
> 役穟穟，麻麦幪幪，瓜瓞唪唪。

他刚会爬行就能识别食物；稍大试种豆、谷、麻、麦、瓜，都长得丰
美，智慧非凡。以下四章赞美他长于农事，功德齐天，勤奋创业，业
绩辉煌，凸现了周始祖"农神"后稷的崇高形象。

《公刘》描述后稷曾孙公刘自邰迁豳的史迹。全诗六章，围绕不
肯苟安、开拓奋进、率部迁徙、营建新邑的主线次第展开。首章写治
田备粮，扬戈启行：

> 笃公刘！匪居匪康。迺场迺疆，迺积迺仓。迺裹餱粮，于
> 橐于囊，思辑用光。弓矢斯张，干戈戚扬，爰方启行！

举族自邰迁豳标志周族兴盛之始。章二写初到豳原，民心舒畅；公
刘规划指挥，上下奔忙。章三写暂居京师，一派欢声笑语，勃勃生
机。章四写定居于京，大宴臣下；章五写勘察测量，规划开发；末章
写营建宫室，安居乐业。史诗歌颂周族开国伟业，描述公刘忠诚厚

道、受人爱戴。在周民族发展史上还有一次影响至为深远的由豳迁岐,由公刘九世孙、周文王祖父古公亶父(周太王)率领,规模更大:"豳人举国扶老携弱,尽复归古公于岐下。及他旁国闻古公仁,亦多归之。"(《史记·周本纪》)它标志着周族的发扬光大和王业初开。《绵》诗九章即描述这一史实。开篇即以"绵绵瓜瓞"起兴,象征周族日益繁盛,绵延不绝。

《皇矣》、《大明》均以周族自太王至文王时期的重要史实为描写对象。《皇矣》主要写文王伐密伐崇,继承先祖遗业,发展壮大周族的伟大功绩;《大明》描述王季、文王的婚姻和家庭,并着重赞颂武王伐商的辉煌胜利。

合观《生民》至《大明》五篇,以粗线条较完整地勾画出周族发祥、创业、建国、兴盛的光辉历史。远古传世的史诗极少,此组诗显得格外珍贵。其中如《大明》绘声绘色地描述历史上有名的牧野之战,既有军阵、军容的描摹,又有战车、战马的形容;既有整体的鸟瞰,又有局部的特写,写出大战雄伟壮观、惊天动地的场面和师尚父(姜太公)的生动形象。

二 颂歌与怨刺诗

古诗素有"美刺"传统,具有鲜明的功利性和实用性,《诗经》可谓开其端者。其中庙堂或宫廷乐歌多歌功颂德之作,出自公卿列士或乐官之手,在《颂》诗中保存最多,《雅》诗中也有不少。有的颂帝王歌天命。如赞美天道深远,文王德行纯美遗惠子孙的《周颂·维天之命》:

> 维天之命,於穆不已。於乎不显,文王之德之纯。假以溢我,我其收之。骏惠我文王,曾孙笃之。

又如《大雅·文王》礼赞文王勤勉兴邦,祝其在天之灵保佑国运永昌。其首章曰:

> 文王在上，於昭于天！周虽旧邦，其命维新。有周不显，帝命不时。文王陟降，在帝左右。

这类作品由鼓吹天命为周王统治的合理性寻求神学依据。还有的颂战功扬王威，如《商颂·殷武》歌颂殷高宗武丁讨伐荆楚大获全胜的赫赫武功，赞美殷武受命中兴、天下畏服的伟大功绩。又如《大雅·江汉》赞美周宣王大臣召虎（召穆公）平淮夷之乱，战果辉煌，立功受赏。这类作品大都讴歌战争胜利，赞美将领功绩，主旨仍在宣扬帝王威德，内容较为单调，描写亦颇浮泛。还有一些颂宴饮赞嘉宾之作，实亦颂歌之一支。如：

> 呦呦鹿鸣，食野之芩。我有嘉宾，鼓瑟鼓琴。鼓瑟鼓琴，和乐且湛。我有旨酒，以燕乐嘉宾之心。

此《小雅·鹿鸣》第三章，乃专用于宴飨宾客的乐歌。类似者还有《小雅·南有嘉鱼》、《小雅·鱼藻》等。此类诗歌直露地反映王公贵族恣意享乐的生活，具有一定认识意义。

在《雅》诗和《国风》中，与颂歌异调的，是怨刺诗，亦即前人所谓"变风"、"变雅"。《毛诗序》指出："至于王道衰，礼义废，政教失，国异政，家殊俗，而'变风'、'变雅'作矣。"《汉书·礼乐志》也说："周道始缺，怨刺之诗起。"这些话在一定程度上揭示了怨刺诗产生的社会背景和伦理因素，而所谓"刺过讥失，所以匡救其恶"（郑玄《诗谱序》），则指明了怨刺诗的主旨所在。怨刺诗主要产生于西周末年厉、幽时期及其以后，无不带有乱世的鲜明印记。

"二雅"中的怨刺诗多为公卿列士的讽谕劝戒之作。有的借古讽今，如"托于文王所以嗟叹殷纣"（朱熹《诗集传》卷十八）而刺厉王的《大雅·荡》，全诗八章，末章以僵仆之树喻将亡之国，谏厉王应以殷鉴为戒：

> 文王曰：咨！咨女殷商！人亦有言：颠沛之揭，枝叶未有害，本实先拨。殷鉴不远，在夏后之世。

又如《小雅·正月》相传为"大夫刺幽王"(《毛诗序》)。诗人以"赫赫宗周,褒姒灭之"儆戒今王,是更直接的经验教训。

更多的作品是针砭时弊,指斥昏君。如《大雅·民劳》相传为召穆公刺厉王:"时赋敛重数,繇役烦多,人民劳苦,轻为奸宄,强陵弱,众暴寡,作寇害,故穆公以刺之。"(郑玄《毛诗正义》卷十七)全诗五章,均以"民亦劳止"开头,再三感叹人民的劳苦。其末章曰:

> 民亦劳止,汔可小安。惠此中国,国无有残。无纵诡随,以谨缱绻。式遏寇虐,无俾正反。王欲玉女,是用大谏!

所谓"穆公以刺之"之说虽不必拘泥,但诗人一片愤世忧民之心昭然可见。与《民劳》类似的《大雅·板》"责之益深切耳"(朱熹《诗集传》卷十七),全诗八章,首章揭橥作诗之由:

> 上帝板板,下民卒瘅!出话不然,为犹不远。靡圣管管,不实于亶。犹之未远,是用大谏!

诗人指责最高统治者违反常道,妄行政令,言而不行,变化无常,使下民举措无从,惶惧忧怨,苦不堪言。又如《大雅·桑柔》,《毛诗序》及《左传·文公元年》均指为芮伯(芮良夫)刺厉王,全诗十六章,反覆指陈厉王暴虐之乱政,其首章以桑为喻:

> 菀彼桑柔,其下侯旬。将采其刘,瘼此下民。不殄心忧,仓兄填兮!倬彼昊天,宁不我矜!

以桑树叶茂荫浓喻周之盛;至厉王肆行暴虐,周室凋敝,似桑之叶稀荫疏,人民深遭其殃。

较为出色的同类作品还有《小雅》中"家父作诵,以究王讻"的《节南山》;感叹战乱饥荒而"鼠思泣血,无言不疾"的《雨无正》;特别是《十月之交》,全诗八章,开篇写周幽王六年(前776)十月初一发生的一次日食,以下几章由日食、月食、地震等自然灾异写到人间暴政,怒斥"四国无政,不用其良"。章四列举"皇父卿士,番维司徒，家伯维宰，仲允膳夫，聚子内史，蹶维趣马，楀维师氏，艳妻煽方处"，七男一女，无非奸佞，逆天背德，致使下民"亦孔之哀"。诗人强调"下民之孽，匪降自天"，而是"职竞由人"，把怨刺矛头直指统治者。其笔力之劲锐、情感之激越，超出同类诗作。

　　还有一些以斥责奸佞为主题的怨刺诗，亦颇引人注目。如《小雅·巷伯》对谗佞小人的切齿痛恨，全诗七章，末章声言道："寺人孟子，作为此诗。凡百君子，敬而听之。"此乃遭谗被宫刑者抒发幽愤、忠告世人之作。班固论及司马迁《报任安书》时说："乌呼！以迁之博物洽闻，而不能以知自全，既陷极刑，幽而发愤，书亦信矣。迹其所以自伤悼，《小雅·巷伯》之伦。"（《汉书·司马迁传赞》）如此则《报任安书》也可当无韵之《巷伯》读，《巷伯》之典型意义可见一斑。此诗章六把愤怒的投枪掷向谗佞：

　　　　彼谮人者，谁适与谋？取彼谮人，投畀豺虎；豺虎不食，投畀有北；有北不受，投畀有昊！

连豺虎都厌弃不食、北大荒也憎恶不要的谗奸之徒，只好交由苍天严惩吧！如此狂飙骤雨般的激烈诗句，正显示了诗人怨愤之无比深广。这些怨刺诗无论是借史讽今，还是针砭时弊，直刺昏君，怒责奸佞，都敢于直面人生，大胆揭露社会矛盾，表露了诗人"忧心惨惨"、"忧心愍愍"（《小雅·正月》）的强烈忧患意识。

　　"二雅"中的怨刺诗多出自贵族文人之手，《国风》中的怨刺诗则多出自民间，因而更直接地反映了下层民众的思想、感情和愿望。其内容更深广，怨愤更强烈，讽刺也更尖刻，具有更激烈的批判精神，如《魏风·硕鼠》揭示了在奴隶主残酷剥削压榨下，奴隶们辛勤劳动果实被掠夺一空，以致无以为生、流落四方的悲惨现实。全诗三章，首章即怒斥道：

　　　　硕鼠硕鼠，无食我黍！三岁贯女，莫我肯顾。逝将去女，适彼乐土。乐土乐土，爰得我所！

其章二、三分别以"无食我麦"和"无食我苗"反覆咏叹,层层递进,直呼奴隶主为贪婪可憎的大老鼠,唱出奴隶们对剥削者的无比愤恨,也表露了他们对美好生活的憧憬。《魏风·伐檀》堪称《硕鼠》的姊妹篇。它是一首伐木工人之歌。全诗三章,复沓重唱。首章唱道:

> 坎坎伐檀兮,寘之河之干兮,河水清且涟猗。不稼不穑,胡取禾三百廛兮?不狩不猎,胡瞻尔庭有县貆兮?彼君子兮,不素餐兮!

诗人以委婉曲折的反语,辛辣地讽刺了无偿占有劳动成果的剥削者。如果说《硕鼠》是对贪残丑恶的奴隶主贵族的痛快斥骂,那么,《伐檀》则是奴隶们发自内心的不平呐喊!

《国风》中的怨刺诗更多的是对统治阶级种种无耻丑行的揭露和讥嘲。如《邶风·新台》:

> 新台有泚,河水瀰瀰。燕婉之求,蘧篨不鲜。新台有洒,河水浼浼。燕婉之求,蘧篨不殄。鱼网之设,鸿则离之。燕婉之求,得此戚施!

此诗刺卫宣公荒淫乱伦。宣公为其子伋迎娶齐女宣姜,闻姜貌美而欲自娶,建新台于黄河之滨,半路劫媳,占为己有。诗人比宣公为丑陋不堪的癞虾蟆,给予辛辣嘲讽。

统治者在光天化日之下如此肆无忌惮地伤风败俗,则宫闱之淫秽更不堪言。例如《鄘风·墙有茨》即可看作《新台》的续篇:

> 墙有茨,不可埽也。中冓之言,不可道也。所可道也?言之丑也!　墙有茨,不可襄也。中冓之言,不可详也。所可详也?言之长也!　墙有茨,不可束也。中冓之言,不可读也。所可读也?言之辱也!

据《左传·闵公二年》所记,卫宣公死后,其庶子昭伯(公子顽)又与宣姜私通,生齐子、戴公、文公、宋桓夫人、许穆夫人。这样的乱伦丑闻尽管发生在宫闱深处,却也难以秘而不泄。诗人的嘲讽也是不遗余力的。此外如《齐风·南山》之讽齐襄公和文姜,和《陈风·株林》之讽陈灵公君臣,都充满着鄙夷和愤懑。

广大民众对于统治阶级的无耻淫乱是切齿痛恨的。《鄘风·相鼠》说:

> 相鼠有皮,人而无仪。人而无仪,不死何为? 相鼠有齿,人而无止。人而无止,不死何俟? 相鼠有体,人而无礼。人而无礼,胡不遄死!

诗人以鼠尚有皮、有齿、有体,反衬统治者竟无仪、无耻、无礼,揭露了他们无异于衣冠禽兽的实质,痛快淋漓地表达了民众内心深处的蔑视和憎恶。

《国风》中的怨刺诗无不在有力的讽刺中蕴含深沉的怨愤,反映了广大下层民众正直的人格和高尚的情操,吐露了他们不平的心声。这些怨刺诗在文学史上闪耀着特殊的思想光辉。

三 婚恋诗

《诗》三百,精华在《国风》,《国风》中又以婚恋诗最为精彩。“婚恋”指以恋爱、婚姻为主题的诗篇。特点是“男女相与咏歌,各言其情”(朱熹《诗集传》序)。爱情的主题像一条红线,贯穿于历代文学作品,《诗经》则为其重要源头。

《诗经》中的婚恋诗,无论是“男悦女之词”,或“女惑男之语”(朱熹《诗集传》卷四);或表追求、言思慕、叙幽会、寄怀念;或描述爱情、婚姻的悲剧,抒发内心的哀痛;莫不丰富多彩,生动活泼,情真意挚,感人肺腑。婚恋诗中写得最多的是情歌。例如作为“《风》之始也”(《毛诗序》)的《周南·关雎》:

> 关关雎鸠,在河之洲。窈窕淑女,君子好逑。 参差荇菜,左右流之。窈窕淑女,寤寐求之。求之不得,寤寐思服。悠

哉悠哉,辗转反侧。　　参差荇菜,左右采之。窈窕淑女,琴瑟
友之。参差荇菜,左右芼之。窈窕淑女,钟鼓乐之!

诗人以河洲上雌雄和鸣的雎鸠起兴,写一个男子对一个采荇菜的
美丽姑娘的单恋,热烈而坦率,醒着想,梦里也想,终于在想象中与
自己心爱的姑娘结合了:"琴瑟友之","钟鼓乐之"。因此诗置于《诗
经》之首,后儒说诗者硬给它披上神圣的面纱。或说"《关雎》,后妃
之德也"《毛诗序》,或称"此纲纪之首,王教之端也"(朱熹《诗集传》卷一
引汉康衡语),而它实在是一首炽热感人的情歌!

这样的情歌在《郑风》中最为突出,以致朱熹痛斥"《郑》、《卫》
之乐,皆为淫声",而"《郑》声之淫,有甚于《卫》"(见《诗集传》卷四)。道
学家之所谓"淫",往往正表明这类情歌之敢抒真情实感。例如《野
有蔓草》叙男女不期而遇的欢乐:

野有蔓草,零露漙兮。有美一人,清扬婉兮。邂逅相遇,适
我愿兮。　　野有蔓草,零露瀼瀼。有美一人,婉如清扬。邂逅
相遇,与子偕臧(藏)。

又如《风雨》一诗写女子怀念情人之缠绵缱绻:

风雨凄凄,鸡鸣喈喈。既见君子,云胡不夷。　　风雨潇
潇,鸡鸣胶胶。既见君子,云胡不瘳。　　风雨如晦,鸡鸣不
已。既见君子,云胡不喜!

还有《溱洧》一诗,写"维士与女,伊其相谑,赠之以勺药"的恋爱情
景,《召南·野有死麕》、《邶风·静女》表现对爱情的大胆追求和对
情人的热切思念,大都洋溢着一派热烈欢快的情调。婚恋诗中还有
一些情感深沉执著的恋歌。如《王风·采葛》:

彼采葛兮,一日不见,如三月兮。　　彼采萧兮,一日不
见,如三秋兮。　　彼采艾兮,一日不见,如三岁兮。

一日不见,便如隔"三月"以至"三秋"甚至"三岁"! 如此特殊感受,

非苦恋痴情,不能有此错觉。他如《卫风·木瓜》的主人公发出"永以为好也"的爱的誓言,《郑风·出其东门》的主人公不为"有女如云"所动心,而对"缟衣綦巾"的爱人念念不忘,《秦风·蒹葭》抒写了对"所谓伊人,在水一方"的缠绵悱恻而反覆追寻,如此等等的恋歌,都展现了主人公深沉执著的心灵。

另有一些恋歌则表现了青年男女对礼法压迫的反抗及其内心创伤。如《郑风·将仲子》的女主人公,强压着深挚的爱情,求其心爱的"仲子"不要翻墙折树来幽会。因为"父母之言"、"诸兄之言"、"人之多言",均"可畏也"。姑娘的心理矛盾交织。这样的恋歌抒发的情感尤为沉挚。恋歌中写得执著而大胆的,如《鄘风·柏舟》:

> 泛彼柏舟,在彼中河。髧彼两髦,实维我仪。之死矢靡它!母也天只,不谅人只! 泛彼柏舟,在彼河侧。髧彼两髦,实维我特。之死矢靡慝!母也天只,不谅人只!

这个姑娘毫不顾忌地大胆声言:那个垂发少年,才是我心中思念的对象,并且发誓坚持到死!对于爱情的压迫者,她发出了呼天抢地的控诉。

在婚恋诗中最能反映社会问题的是"弃妇诗"。以《邶风·谷风》和《卫风·氓》为代表的"弃妇诗",以浓郁的哀伤情调,描述了沉痛的婚恋悲剧。《谷风》以一劳动妇女口吻,自述遭遗弃的哀痛。全诗六章。首章追述初婚时"及尔同死"的心愿,次章叙遭弃,章三写弃因,章四言己德,章五诉说丈夫无情寡义,反爱为仇,末章曰:

> 我有旨蓄,亦以御冬。宴尔新昏,以我御穷。有洸有溃,既诒我肄。不念昔者,伊余来墍!

一个善良、勤劳、好义、重情的贫家妇女,终于被喜新厌旧、凶暴薄情的负心男子遗弃。这样的遭遇,是十分悲惨的,也是相当典型的。同样典型的作品为《卫风·氓》,也是以劳动妇女口吻追述由恋爱结婚到婚变被弃的完整过程,抒发了内心的不平和哀伤。全诗六

章,其末章写道:

> 及尔偕老,老使我怨。淇则有岸,隰则有泮。总角之宴,言
> 笑晏晏。信誓旦旦,不思其反。反是不思,亦已焉哉!

《氓》的女主人公虽较《谷风》的为清醒、刚强和果断,而其命运却是同样悲惨。在有中国特点的宗法制度下,处于社会最底层的劳动妇女,受压迫、受凌辱,以至被遗弃,乃是不可避免的,她们的哀怨和悲伤,具有广泛代表性。

四 农事诗

周之始祖以农立国,周代经济以农为主,用于祭祀的《周颂》中就有写农事的篇章。如周王暮春省耕告戒群臣及农官的《臣工》,祭告成王、祈求丰收并戒农官的《噫嘻》,祭祀社稷的《载芟》,以及秋收后答谢社稷的《良耜》等,都属这类作品。其中大多赞颂农业成就,夸耀田土广大、农夫众多、收获丰盛,表达祈求丰年的愿望。所谓"明昭上帝,迄用康年"(《臣工》),"率时农夫,播厥百谷。骏发尔私,终三十里。亦服尔耕,十千维耦"(《噫嘻》),"获之挃挃,积之栗栗。其崇如墉,其比如栉。以开百室,百室盈止"(《良耜》)等等,就是这样的内容。

《雅》中也有类似歌唱。如"曾孙之稼,如茨如梁。曾孙之庾,如坻如京。乃求千斯仓,乃求万斯箱。黍稷稻粱,农夫之庆。报以介福,万寿无疆!"(《小雅·甫田》),"我仓既盈,我庾维亿。以为酒食,以享以祀。以妥以侑,以介景福"(《小雅·楚茨》)等等,也都是极力夸张谷物收获之丰盈,赞美农夫的勤敏和君上爱农以事神,体现了《雅》、《颂》农事诗的基本思想特征。

《国风》农事诗的杰出作品,当推《豳风·七月》,这是一曲饱含血泪的奴隶之歌。全诗八章,八十八句,篇幅之长,为《国风》之冠。首章至末章由春耕写到寒冬凿冰,反覆咏叹,诉说男女奴隶一年到

头除繁重的农业生产,还要为奴隶主贵族制衣、打猎、酿酒、修房、凿冰、服役,而辛苦劳累换来的却是饥寒交迫的悲惨生活:"七月食瓜,八月断壶。九月叔苴,采荼薪樗,食我农夫!"并且"无衣无褐,何以卒岁!"充分揭示了奴隶们内心的悲苦和哀伤,真实而生动地展现了一幅古代奴隶社会的生活画图。

五 征役诗

西周晚期王室衰微,戎狄交侵,征战不已,苛酷的兵役、徭役带给民众以深重的苦难,这在民歌中有广泛的描述:

> 肃肃鸨羽,集于苞栩。王事靡盬,不能蓺稷黍!父母何怙?悠悠苍天,曷其有所?
>
> 《唐风·鸨羽》首章

> 陟彼冈兮,瞻望兄兮。兄曰:"嗟!予弟行役,夙夜必偕。上慎旃哉,犹来无死!"
>
> 《魏风·陟岵》章三

> 伯兮朅兮,邦之桀兮。伯也执殳,为王前驱。 自伯之东,首如飞蓬。岂无膏沐?谁适为容!
>
> 《卫风·伯兮》章一、二

由于终年行役,以致父母失养,兄弟分散,夫妻别离,惨痛的人间悲剧一幕接着一幕,民众的痛苦无穷无尽。《诗经》中抒写兵役之苦的征役诗还可以《小雅·何草不黄》为例:

> 何草不黄!何日不行!何人不将!经营四方。 何草不玄!何人不矜!哀我征夫,独为匪民! 匪兕匪虎,率彼旷野。哀我征夫,朝夕不暇! 有芃者狐,率彼幽草。有栈之车,行彼周道。

这是《小雅》中的最末一篇。朱熹说:"周室将亡,征役不息,行者苦之,故作此诗。"(《诗集传》卷十五)它以征夫口吻,诉说行役在外的满腔悲愤和愁怨。

与《何草不黄》句句凝结征夫之泪者不同,《王风·君子于役》字字深含思妇之情:

> 君子于役,不知其期。曷至哉?鸡栖于埘,日之夕矣,羊牛下来。君子于役,如之何勿思! 君子于役,不日不月。曷其有佸?鸡栖于桀,日之夕矣,羊牛下括。君子于役,苟无饥渴!

此诗揭露征役不息给民众带来的无限痛苦,表达了一个山村农妇深切怀念久役不归的丈夫,渴望过和平劳动生活的美好愿望。

《诗经》征役诗颇多佳作。他如《小雅》中愤然于"役使不均",怨叹"王事靡盬"的《北山》;感慨于"山川悠远,维其劳矣"的《渐渐之石》;还有《国风》中叙写征人解甲还乡途中抒怀的《豳风·东山》;怨愤终日"为乎中露"、"为乎泥中"的《邶风·式微》等等,也都是征役诗中的出色之作,都深刻揭示了尖锐的阶级矛盾和征夫、思妇不平的内心世界。

怨征役之苦,抒怀乡之情,忧父母失养,思远方亲人,均征役诗常见的主题。此外,在征役诗中也有爱国思想的反映,《小雅·采薇》便是其中的杰出代表。这首"遣戍役之诗"(朱熹《诗集传》卷九),写兵士归途中对战事的回顾及其百感交集的心态。全诗六章,前三章写戍边远征饥渴劳顿、王事无休、有家难归的忧闷,章四、五回顾紧张的军旅生活,末章写归途中雨雪饥渴的苦楚和痛定思痛的伤悲。其首章曰:

> 采薇采薇,薇亦作止。曰归曰归,岁亦莫止。靡室靡家,猃狁之故;不遑启居,猃狁之故。

《汉书·匈奴传》说:"至穆王之孙懿王时,王室遂衰,戎狄交侵,暴虐中国。中国被其苦,诗人始作,疾而歌之,曰:'靡室靡家,猃允之故';'岂不日戒,猃允孔棘。'"由此看来,当国家受到侵凌之时,征人便不只抒发自己的怨愤,而是别有一股爱国之情流露于字里行间。还有《秦风·无衣》也是一首战歌：

> 岂曰无衣？与子同袍。王于兴师，修我戈矛。与子同仇！
> 岂曰无衣？与子同泽。王于兴师，修我矛戟。与子偕作！
> 岂曰无衣？与子同裳。王于兴师，修我甲兵。与子偕行！

据《左传·定公四年》所记，吴伐楚入郢，楚昭王奔随。楚大夫申包胥入秦求救，立倚于庭墙而痛哭七日。秦哀公终受感动，"为之赋《无衣》"而出兵相助，说明此诗在当时是一首颇具影响的著名战歌，不仅反映了"尚气概，先勇力，忘生轻死"的"秦人之俗"（朱熹《诗集传》卷六），而且表现了同仇敌忾、勇抗外侮的精神。此外，传为许穆夫人所作的《鄘风·载驰》也是一首心系祖国、奔赴国难的诗篇。总之，这样一些诗篇，或委婉沉郁，或慷慨激昂，格调有所不同，但都展现了高尚的心灵和威武的气概。

第三节 《诗经》的艺术成就和影响

《诗经》是在中国文学史上占有极其重要地位的奠基之作，对后世文学的发展产生了巨大而深远的影响。

作为一部乐歌总集，《诗经》的作者不一，内容各异，艺术风格自然不尽一致，艺术成就也高下不同。如《颂》和《雅》中的一些庙堂和宫廷乐歌，呆板枯涩，艺术上没有多少值得称道之处。但《国风》和《小雅》中的优秀诗篇，则具有鲜明的艺术特色。概括言之，主要体现在以下三个方面：

一 直抒胸臆的特色

中国诗歌直抒胸臆，是从《诗》三百篇开其端的。这主要表现为真实地反映现实生活和真率地表达思想感情。在"真"的统率下，达到思想深度与艺术美感的统一，《毛诗序》所谓"在心为志，发言为诗",孔颖达《正义》所谓"舒心志愤懑,而卒成于歌咏"等等,讲的都是真情实感的自然流露。因此,无论是积极干预时政的怨刺诗,抒写民间疾苦的征役诗,还是反映社会生活的婚恋诗、农事诗,无不直面人生,表达真情实感,不作无病呻吟。特别是那些"饥者歌其食,劳者歌其事"(《春秋公羊传》卷十六何休注)和"男女有不得其所者,因相与歌咏,各言其伤"(《汉书·食货志》)的诗篇,如《豳风·七月》、《魏风·伐檀》、《魏风·硕鼠》等,都是揭露现实、倾诉心声的作品。这些"满心而发,肆口而成"的诗歌,既朴素真实,又自然生动,汉代的乐府民歌、《古诗十九首》以及唐代的"新乐府"都继承了这个艺术传统。后代作者所谓"独抒性灵"、"我手写我口"云云,也多是对于这一传统的继承。

有些诗歌对于现实政治的揭露也是真率的。例如相传为谭国大夫所作的《小雅·大东》就是这样的作品。《毛诗序》说:"《大东》,刺乱也。东国困于役而伤于财,谭大夫作是诗以告病焉。"王符《潜夫论·班禄》也说:"赋敛重而谭告通。"此诗针砭时弊,反映了东方诸侯国人对现实的不平和对周室的怨愤。如第四章所写:

> 东人之子,职劳不来;西人之子,粲粲衣服。舟人之子,熊罴是裘;私人之子,百僚是试!

诗人以鲜明的对比,揭露了周室贵族子弟与东方诸侯国人地位的不平等及由此必然产生的尖锐矛盾。历史证明:当一个统治集团以人缘、地缘、血缘划线,确定亲疏,分别贵贱,排斥异己,独享特权,直至"私人之子,百僚是试"的时候,必然陷于政治腐败、民怨沸腾的困境,也必然难逃崩溃的厄运。在漫长的中国封建社会,统治阶级中的不少有识之士曾以此为戒。如唐武后朝萧至忠在《陈时政疏》中,针对"宰臣贵戚及近侍要官子弟亲眷多居美爵,忽事则不存职务,恃势则公违宪章,徒忝官曹,无益时政"的腐败之风,就节引《大东》此章抨击时政,并且说道:"前人之所讥,后王之所戒。"可见此诗的揭露批判意义是极其深远的。

像《大东》这样深刻揭露现实矛盾的作品,在《诗经》中不胜枚举,比较典型的还有《小雅·北山》,其章四、五、六揭示种种不均现象云:

> 或燕燕居息,或尽瘁事国。或息偃在床,或不已于行。
>
> 或不知叫号,或惨惨劬劳。或栖迟偃仰,或王事鞅掌。　或湛乐饮酒,或惨惨畏咎。或出入风议,或靡事不为。

一面是安居高卧,饮酒作乐,另一面却是尽瘁于国,忧灾惧祸。劳逸如此不均,苦乐如此悬殊,社会如此不公:凡此均淋漓尽致地揭露出历史的真实。

真实,是《诗经》反映现实生活的突出特点,而真率又是《诗经》作者抒发情感的重要特征。《诗经》抒情或喜或悲,或爱或恨,或怨或怒,或忧或愤,大都直抒胸臆,决不矫揉造作,扭捏作态。如相传为"周大夫行役至于宗周,过故宗庙宫室,尽为禾黍,闵周室之颠覆,彷徨不忍去"(《毛诗序》)而作的《王风·黍离》,全诗三章,每章之末均反覆叠唱:"知我者谓我心忧,不知我者谓我何求。悠悠苍天,此何人哉?"直露而真率地抒发了诗人内心沉重而深广的忧伤。这就是所谓"黍离之悲"。司马迁曾在《史记·屈原列传》中指出:"夫天者,人之始也;父母者,人之本也。人穷则反本,故劳苦倦极,未尝不呼天也;疾痛惨怛,未尝不呼父母也。"像这样直呼苍天、父母而表达"劳苦倦极"之状、"疾痛惨怛"之情的诗篇,在《诗经》中也非止《黍离》。他如《鄘风·柏舟》两章,章末即两番悲号"母也天只!不谅人只!"《唐风·鸨羽》三章,章末次第怨叹"悠悠苍天!曷其有所?""悠悠苍天!曷其有极?""悠悠苍天!曷其有常?"《秦风·黄鸟》三章,章中均反覆哀呼"彼苍者天!歼我良人!"《小雅·巷伯》第五章也愤愤求告:"骄人好好,劳人草草。苍天苍天!视彼骄人,矜此劳人!"如此等等,都是"人穷则反本"的情感宣泄,语直而情真,不存丝毫矫饰。即使是表达内心深处隐秘的爱情,在《诗经》中也真率坦荡。如思慕所爱的姑娘便直书"窈窕淑女,君子好逑"《周南·关雎》;赢得姑娘的爱情则径写"有女怀春,吉士诱之"《召南·野有死麕》;吐露心中之所爱就直说"云谁之思? 美孟姜矣"《鄘风·桑中》;思念远征的爱人竟宣称"愿言思伯,甘心首疾"、"愿言思伯,使我心痗"《卫风·伯兮》。更为典型的是,写一位姑娘渴求爱情的《召南·摽有梅》:

> 摽有梅,其实七兮。求我庶士,迨其吉兮! 摽有梅,其实三兮。求我庶士,迨其今兮! 摽有梅,顷筐塈之。求我庶士,迨其谓之!

诗人以梅子黄落起兴,写树上梅子由七分到三分到全部落光,象征着青春易逝,韶华难留。于是姑娘发出渴求爱情的心声,写得直率真诚。

《诗经》中不少诗篇出自民间,直接来源于现实生活,富有强烈的生活气息和真切的乡土情调。清方玉润对此有颇为精到的见解,在《诗经原始》中论及《豳风·七月》时指出:"《七月》所言皆农桑稼穑之事,非躬亲陇亩,久于其道,不能言之亲切有味也如是。"又论《周南·芣苢》道:"读者试平心静气,涵泳此诗,恍听田家妇女,三三五五,于平原绣野、风和日丽中群歌互答,余音袅袅,若远若近,忽断忽续,不知其情之何以移而神之何以旷,则此诗不必细绎而自得其妙焉。"方氏所言,可以说道出了《诗经》作品之"亲切有味"及其动人的美感同现实生活的密切关系。像《七月》、《芣苢》这样不事雕琢,自然而然地从心田流出,仿佛天籁之音的诗歌、在《诗经》里实举不胜举。

《诗经》是来自现实生活的诗,是出自诗人心底的歌,真实地反映社会人生,真率地抒发内心情志,形成朴实自然的艺术风格,独具真朴之美。此特点也正体现了今人所云之现实主义精神。

二 赋、比、兴的手法

前人从《诗》三百中归纳出所谓"赋"、"比"、"兴"的表现手法，概括和总结了《诗经》的艺术技巧，揭示出古代诗歌艺术表现手法的基本特点。

赋、比、兴与风、雅、颂旧时合称"六诗"或"六义"。《周礼·春官·大师》说："大（太）师掌六律、六同，以合阴阳之声。……教六诗：曰风、曰赋、曰比、曰兴、曰雅、曰颂。"《毛诗序》说："故《诗》有六义焉：一曰风、二曰赋、三曰比、四曰兴、五曰雅、六曰颂。"唐孔颖达说："风、雅、颂者，诗篇之异体；赋、比、兴者，诗文之异辞耳。大小不同，而得并为'六义'者，赋、比、兴是《诗》之所用，风、雅、颂是《诗》之成形。用彼三事，成此三事，是故同称为'义'，非别有篇卷也。"（《毛诗正义》卷一）南宋郑樵也说："风、雅、颂，《诗》之体也；赋、兴、比，《诗》之言也。"（《六经奥论》卷三）但关于赋、比、兴的解释，历来不同。东汉郑玄认为："赋之言铺，直铺陈今之政教善恶。比见今之失，不敢斥言，取比类以言之。兴见今之美，嫌于媚谀，取善事以喻劝之。"（《周礼·春官·大师》注）西晋挚虞认为："赋者，敷陈之称也；比者，喻类之言也；兴者，有感之辞也。"（《文章流别论》，见《艺文类聚》卷五六）南宋朱熹则从"诗言志"的观念出发，认为："兴者，先言他物以引起所咏之词也"，"赋者，敷陈其事而直言之者也"，"比者，以彼物比此物也。"（《诗集传》卷一）南宋胡寅《斐然集》卷一八《致李叔易》引河南李仲蒙之说则主要突出了"诗缘情"的观念："叙物以言情，谓之赋，情物尽也。索物以托情，谓之比，情附物者也。触物以起情，谓之兴，物动情者也。"诸家侧重不同，解释大同小异。简而言之：比即比喻，兴即起兴，赋即铺陈直叙。

其中，赋是最基本、最常用的表现手法。明谢榛说："予尝考之《三百篇》，赋七百二十，兴三百七十，比一百一十。"（《四溟诗话》卷二）可见《诗经》用赋之广。除绝大部分《颂》诗而外，如《大雅》中的《生民》、《公刘》、《大明》、《民劳》、《板》，《小雅》中的《十月之交》、《北山》、《无羊》,《国风》中的《豳风·七月》、《秦风·无衣》、《郑风·将仲子》、《王风·君子于役》、《鄘风·载驰》、《邶风·静女》等等,都纯用赋法。如《豳风·七月》以月份为经、以农事为纬组合成篇,好似一幅幅连环画面。《王风·君子于役》用白描手法直写山村黄昏之景,勾画出一幅山村黄昏思妇怀人之图。《小雅·无羊》则像一幅牛羊放牧之图,其首章写牛羊之蕃盛:

> 谁谓尔无羊,三百维群。谁谓尔无牛,九十其犉。尔羊来思,其角濈濈。尔牛来思,其耳湿湿。

章二铺写牧场之景:

> 或降于阿,或饮于池,或寝或讹。尔牧来思,何(荷)蓑何(荷)笠,或负其餱。三十维物,尔牲则具。

章三写牧人之勤:

> 尔牧来思,以薪以蒸,以雌以雄。尔羊来思,矜矜兢兢,不骞不崩。麾之以肱,毕来既升。

末章写牧人之梦:

> 牧人乃梦:众维鱼矣,旐维旟矣。大人占之:众维鱼矣,实维丰年;旐维旟矣,室家溱溱。

此诗以赋法作动态描写,穷形尽状。清人王士禛说:"字字写生,恐史道硕、戴嵩画手,未能如此极妍尽态也。"(《渔洋诗话》)

当然,在《诗经》中更为出色的还是比、兴。比的运用亦甚普遍。刘勰指出:"何谓为比?盖写物以附意,飏言以切事者也。故金锡以喻明德,珪璋以譬秀民,螟蛉以类教诲,蜩螗以写号呼,浣衣以拟心忧,席卷以方志固:凡斯切象,皆比义也。至如'麻衣如雪','两骖如舞',若斯之类,皆比类者也。"(《文心雕龙·比兴》)所举作品之例,分别见于《卫风·淇奥》、《大雅·板》、《小雅·小宛》、《大雅·荡》、《邶风·柏舟》、《曹风·蜉蝣》和《郑风·大叔于田》。此外《诗经》用比之例尚多,非常出色者如《卫风·硕人》第二章描写卫庄公夫人庄姜之美:

> 手如柔荑,肤如凝脂。领如蝤蛴,齿如瓠犀,螓首蛾眉。巧
> 笑倩兮,美目盼兮。

形容庄姜之美用了一连串比喻。这种写法千百年来脍炙人口,并为后世文人所仿效。曹植《洛神赋》中"惊鸿"、"游龙"、"秋菊"、"春松"之喻,或即取鉴于此。比较出色的作品还有《小雅·鹤鸣》:

> 鹤鸣于九皋,声闻于野。鱼潜在渊,或在于渚。乐彼之园,
> 爰有树檀,其下维蘀。它山之石,可以为错。　　鹤鸣于九皋,
> 声闻于天。鱼在于渚,或潜在渊。乐彼之园,爰有树檀,其下维
> 榖。它山之石,可以攻玉。

此诗通篇用借喻手法,以鹤之长鸣,鱼之潜游,檀树之高,蘀(当作"柝")、榖之矮以及石可攻玉等一连串譬喻,表达了对人才的见解和主张。意谓人才有的显露于上,有的潜藏于下,无论高低贵贱,均应为国各尽其用。即使是他国之才,也可为我所用。朱熹说:"此诗之作,不可知其所由,然必陈善纳诲之词也。"(《诗集传》卷十)王夫之说:"《小雅·鹤鸣》之诗,全用比体,不道破一句,《三百篇》中创调也。"(《薑斋诗话》卷下)所谓"创调",盖指用"比"而不"道破",也即是朱熹所谓"不知其所由"者。类似的作品还有《周南·螽斯》、《魏风·硕鼠》等,尤其《豳风·鸱鸮》很有特色:

> 鸱鸮鸱鸮!既取我子,无毁我室。恩斯勤斯,鬻子之闵
> 斯!　　迨天之未阴雨,彻彼桑土,绸缪牖户。今女下民,或
> 敢侮予!　　予手拮据,予所捋荼,予所蓄租,予口卒瘏,曰予
> 未有室家!　　予羽谯谯,予尾翛翛,予室翘翘,风雨所漂摇,
> 予维音哓哓!

通篇是一只痛失爱子的母鸟的哀哀泣诉,以此寄寓苦难重重、忧患股股的人的悲歌。《鸱鸮》可认作中国文学史上第一首"鸟言诗"和"寓言诗"。

兴在《诗经》中运用也很广泛,通常用于一首或一章的开头,"以引起所咏之词"。兴的主要作用固然在起头,但常蕴含联想、象征、寄寓、烘托、渲染等意味,艺术效果非止一端,且常兼有比义,如《周南·关雎》开篇即写"关关雎鸠,在河之洲"。由于雎鸠雌雄和鸣,遂引发"窈窕淑女,君子好逑"的感兴。唐释皎然解释说:"取象曰比,取义曰兴。义即象下之意。凡禽鱼、草木、人物、名数,万象之中义类同者,尽入比兴。《关雎》即其义也。"(《诗式·用事》)再如《周南·桃夭》三章皆以兴发端。其首章曰:

> 桃之夭夭,灼灼其华。之子于归,宜其室家。

这是以桃花盛开之景,引发出姑娘出嫁、和顺美满之情。这样的"兴",似亦兼"比",既启人联想,又有象征意味。光华灼灼、艳丽夺目的满树桃花,也烘托、渲染了婚礼的欢乐热闹气氛。其艺术效果不仅在于"起头"。又如《邶风·谷风》,以"习习谷风,以阴以雨"起兴,不仅用自然界的风雨交加烘托出夫妇绝情的阴森气氛,而且还借以暗示丈夫的暴怒。

《诗经》中还有一些作品是借用熟句起兴,采择旧歌中一二句为发端,取其声韵,引领下文。这种起兴,除与下文有音韵关联外,意义上关系并不大。如《郑风·山有扶苏》:

> 山有扶苏,隰有荷华。不见子都,乃见狂且。　　山有桥松,隰有游龙。不见子充,乃见狡童。

其起兴之句与下文所述,于情于理均无必然联系。还有《唐风·山有枢》三章,分别以"山有枢,隰有榆"、"山有栲,隰有杻"、"山有漆,隰有栗"起兴,句法与用法均与《山有扶苏》相似。又如《郑风·扬之水》与《王风·扬之水》,起兴之句中均有"扬之水,不流束薪"和"扬之水,不流束楚",其引出的下文却又意义迥别,此亦民歌起兴特点。

还有,赋、比、兴虽相对独立,各有特点,但又不可截然分割,明郝敬指出:"赋、比、兴非判然三体也。诗始于兴。兴者,动也。……兴者,诗之情。情动于中而发于言为赋。赋者,事之辞。辞不欲显,托于物为比。比者,意之象。故夫铺叙括综曰赋,意象附合曰比,感动触发曰兴。"(《毛诗原解序》)赋、比、兴三者交相为用,互为补充,构成《诗经》表现手法的基本特征。

三 语言的声律节奏

《诗》三百篇都是入乐之作。其用语特点,多与入乐有关。首先是单音之词多被重叠使用,"重言"、"双声"、"叠韵",层出不穷,形成了修辞手段的一大特征。刘勰指出:"诗人感物,联类不穷;流连万象之际,沉吟视听之区。写气图貌,既随物以宛转;属采附声,亦与心而徘徊。故'灼灼'状桃花之鲜,'依依'尽杨柳之貌,'杲杲'为出日之容,'瀌瀌'拟雨雪之状,'喈喈'逐黄鸟之声,'喓喓'学草虫之韵。"(《文心雕龙·物色》)其中所举,都属"重言"。它们分别见于《周南·桃夭》、《小雅·采薇》、《卫风·伯兮》、《小雅·角弓》、《周南·葛覃》、《召南·草虫》。以"重言"摹写状、貌、声、容,几随处可见,甚至有用于整章的。如《卫风·硕人》之末章:

> 河水洋洋,北流活活,施罛濊濊,鳣鲔发发,葭菼揭揭,庶姜孽孽,庶士有朅。

正如王夫之所说:"用复字者,亦形容之意,'河水洋洋'一章是也。"(《薑斋诗话》卷上)此章除末句"有朅"为"朅朅"之变用外,其余各句均用"重言",分别形容黄河水势浩淼,水声洪大,网撒水中沙沙响,鱼在网中泼喇喇,河边芦苇支支高耸,姜家妇女个个顾长。绘声绘色,惟妙惟肖。顾炎武说:"连用六叠字,可谓复而不厌,赜而不乱矣。"

《日知录》卷二一)

至于"双声"、"叠韵"的运用,在《诗经》中也很出色。清洪亮吉说:"《三百篇》无一篇非双声、叠韵。"(《北江诗话》)可见《诗经》运用双声叠韵之广。例如:窈窕、参差、辗转(《周南·关雎》),崔嵬、虺隤、玄黄(《周南·卷耳》),窈纠、忧受、夭绍(《陈风·月出》),臒发、栗烈、肃霜、涤场(《豳风·七月》),拮据、漂摇(《豳风·鸱鸮》)等等,既穷形尽状,又朗朗可诵。清李重华说:"叠韵如两玉相扣,取其铿锵;双声如贯珠相联,取其宛转。"(《贞一斋诗说·诗谈杂录》)"铿锵"、"宛转",是其特点。

重言、双声、叠韵之外,虚词的运用也是《诗经》语言艺术的特色之一。唐代成伯玙指出:"'已焉哉!'谓之何哉!'伤之深也。'俟我于庭乎而,充耳以青乎而',加'乎而'二字为助者,悔之深也。'其乐只且',美之深也。"(《毛诗指说·文体》)所举各例,分别出自《邶风·北门》、《齐风·著》和《王风·君子阳阳》。所谓"伤之深"、"悔之深"、"美之深",就肯定了虚词有助于增强诗歌的抒情效果和感染力量,不仅使音韵和谐圆转、铿锵可诵,而且恰如其分地表达了语气和情态,是构成《诗经》语言艺术的一个重要因素。南宋洪迈说:"《毛诗》所用语助之字以为句绝者,若之、乎、焉、也、者、云、矣、尔、兮、哉,至今作文者皆然。他如只、且、忌、止、思、而、何、斯、旃、其之类,后所罕用。"(《容斋随笔》五)可见《诗经》中虚词的运用,又是具有独特性的。

其次,《诗经》的句型以四言为主,节奏为每句二拍。这种四言二拍的形式,也是适应当时入乐的节奏。当然,为适应内容表达和感情抒发的需要,有时也变换句型。清沈德潜说:"《三百篇》中,四言自是正体。然诗有一言,如《缁衣》篇'敝'字、'还'字,可顿住作句是也。有二言,如'鳣鲨'、'祈父'、'肇禋'是也。有三言,如'螽斯羽'、'振振鹭'是也。有五言,如'谁谓雀无角'、'胡为乎泥中'是也。有六言,如'我姑酌彼金罍'、'嘉宾式燕以敖'是也。至'父曰嗟予子行役'、'以燕乐嘉宾之心',则为七言。'我不敢傚我友自逸',则为八言。短以取劲,长以取妍,疏密错综,最是文章妙境。"(《说诗晬语》卷上)如此种种句型的出现,对后世各型诗体,特别是五言诗、七言诗的产生,提供了重要的启示和借鉴。西晋挚虞说:"诗之流也,有三言、四言、五言、六言、七言、九言。古诗率以四言为体,而时有一句两句,杂在四言之间。后世演之,遂以为篇。"(《文章流别论》,见《艺文类聚》卷五六)

《诗经》联章复沓、回环往复的特点,也同《诗》皆入乐有关。复沓的章法正是围绕同一旋律反覆咏唱的形式。一首诗分为若干章,各章字、句大体整齐划一,仅换其中少数词语,以适应反覆咏唱的需要。如《周南·芣苢》,三章如一,仅变换各章中的动词,分别用"采"、"有","掇"、"捋","袺"、"襭",反覆歌唱采摘芣苢的劳动过程。这种形式既显示了以诗入乐的特点,也体现了民歌的艺术特征。

《诗经》的语言是经过提炼加工的书面语。除了精于锤炼词语和善于选用各种句式而外,比拟、夸张、对偶、排比、层递、拟声等多种修辞方式的恰当运用,也是《诗经》语言艺术的特点之一。还有,作为入乐之诗,《诗》三百的节奏之鲜明,声韵之和谐,极富音乐美,也是一个重要的艺术特点。明陈第对此曾有论述:

> 夫诗必有韵,诗之致也。《毛诗》之韵,不可一律齐也。盖触物以摅思,本情以敷辞。从容音节之中,宛转宫商之外,如清汉浮云,随风聚散,蒙山流水,依坎推移,斯其所以妙也。……总之,《毛诗》之韵,动于天机,不费雕刻,难与后世同日论矣!
>
> (《毛诗古音考》附《读诗拙言》)

《诗经》用韵的特点,是"从容"、"宛转",出于自然。尤其是民歌入乐,这个特点更为明显。历代学者对于《诗经》用韵也曾作过不少探索。顾炎武《日知录》卷二一谓《诗经》用韵之法"大约有三":一是"首句次句连用韵,隔第三句而于第四句用韵",二是"一起即隔句用韵",三是"自首至末句句用韵",并且指出"汉以下诗及唐人律诗"的用韵皆"源于此"。

在漫长的中国封建社会里,《诗经》曾被作为宣扬礼教、维护封建统治的工具;但它的思想魅力和艺术成就,在文学史上的影响是至为深远的。刘勰就曾认为,屈原《离骚》的"典诰之体"、"规讽之旨"、"比兴之义"、"忠怨之辞"即"同于《风》、《雅》"(《文心雕龙·辨骚》)。钟嵘也曾指出,《古诗》及曹植诗皆"源出于《国风》"(《诗品》卷上)。陈子昂批判齐、梁之诗"彩丽竞繁,而兴寄都绝","《风》《雅》不作","耿耿"于心(《与东方左史虬修竹篇序》)。李白感慨"《大雅》久不作,吾衰竟谁陈?《王风》委蔓草,战国多荆榛。"(《古风》其一)杜甫倡言"别裁伪体亲《风》《雅》"(《戏为六绝句》其六)。白居易奉"《诗》三百之义"为准的,盛赞"风雅比兴外,未尝著空文"(《读张籍古乐府》)。如此等等,足以说明,《诗经》奠定了我国古代诗歌的优良传统,哺育了一代又一代的诗人。

第四章　史家之文

我国自古有重史的传统。"惟殷先人,有册有典"（《尚书·多士》）;大概至迟在商代,就已设立了专司史职之官。《汉书·艺文志》说:"古之王者,世有史官,君举必书,所以慎言行、昭法式也。左史记言,右史记事;事为《春秋》,言为《尚书》。帝王靡不同之。"《礼记·玉藻》则说:"动则左史书之,言则右史书之。"有了记言记事的史官,也就产生了名目繁多的史书。孟子曾指出:"晋之《乘》,楚之《梼杌》,鲁之《春秋》,一也:其事则齐桓、晋文,其文则史。"（《孟子·离娄下》）史家记事之文绵绵不绝,日益发展。自殷商迄战国,从类同甲骨卜辞的钟鼎彝器铭文,发展到洋洋大观的史家散文,由简而繁,由质而文,由片断的文辞到较为详细生动的记言、记事、记人,经过了漫长的历程,留下了悠久的传统。

第一节　《尚书》、《逸周书》

唐刘知幾《史通·六家》辨析古史之体,首列"《尚书》家",并说"盖《书》之所主,本于号令,所以宣王道之正义,发话言于臣下",即谓《尚书》以记言为主。故清浦起龙释之为"记言家"（见《史通通释》卷一）。类属此家的先秦史籍,除《尚书》之外,还有《逸周书》。

一　《尚书》

《尚书》是我国最早的一部历史文献,大体是春秋以前历代史官所收藏的政府重要文件和政治论文的选编。《尚书》原称《书》,"尚"通"上",指"上古之书";儒家列入"六经",又称《书经》。所载"皆典、谟、训、诰、誓、命之文"《史通·六家》,不外政府文告,主上誓言,君王命令和贵族诫词。

《汉书·艺文志》说:"《书》之所起远矣,至孔子纂焉。上断于尧,下讫于秦,凡百篇,而为之序,言其作意。"此说流传颇广而不足凭信。其实,《尚书》是汇编而成的典籍,由何人辑为定本,已难确考。孔子也许是"编次其事"者之一,但未必是最后的编定者。此书先秦时以多种形式广为流传,文字也不尽一致。汉代以来,《尚书》有今、古文之分。今文《尚书》是秦始皇焚书后由汉初经师故秦博士济南伏生所保存、传授,用当时通行的隶书写成,有二十八篇;古文《尚书》则是汉武帝时陆续发现,用先秦"古文"书写。古文《尚书》较今文《尚书》多十六篇,后亡逸,仅存篇目,佚文见于《汉书·律历志》等。至于今本《十三经注疏》所载《古文尚书》五十八篇,乃东晋梅赜所献,将伏生本二十八篇分为三十三篇,并入其中,其所增二十五篇,自宋吴棫、朱熹始疑其伪,后经明梅鷟和清阎若璩、惠栋等详加考辨,确证全属伪作。因此,现在研讨《尚书》,只限于今文二十八篇。

今文《尚书》包括虞、夏书各二篇,商书五篇和周书十九篇。一般认为商、周书虽也难免后人损益,总较可靠;而所谓虞、夏之书则疑为春秋战国人所作。但那时去古未远,记述必有所据,非尽凭空杜撰,也值得重视。《尚书》记事涉及原始社会末期和奴隶社会夏、商、周三代,时代跨度颇大,内容相当丰富。

《尚书》的思想核心是商、周时代的神权政治观念。殷商时代强调"天命神授"。《商书·汤誓》说:"有夏多罪,天命殛之","夏氏有罪,予畏上帝,不敢不正"。《商书·盘庚上》说:"先王有服,恪谨天命","天其永我命于兹新邑,绍复先王之大业,厎绥四方";《盘庚下》说:"肆上帝将复我高祖之德。"认为"天"和"上帝"是宇宙的最高主宰,天子是代天行令的人,因而极端崇尚天帝神权,维护其至高无上的地位。到了周代,殷王朝被推翻的无情现实,给周初统治者以深刻教训,使之逐步认识到人民的力量,对传统的宗教神学作了修正。其重要标志是提出了"德",强调"敬德保民",认为"德"体现上天意志,"敬德"即"敬天"。《周书·梓材》说:"先王既勤用明德,怀为夹,庶邦享作,兄弟方来,亦既用明德。……肆王惟德用,和怿先后迷民。"又说:"欲至于万年,惟王子子孙孙永保民。"《周书·召诰》说:"呜呼!天亦哀于四方民,其眷命用懋,王其疾敬德。"并一再告诫:"肆惟王其疾敬德。王其德之用,祈天永命。"与此同时,周初统治者还提出了"罚"作为"敬天保民"的补充。《周书·康诰》明确提出"明德慎罚",强调"敬明乃罚",主张"若有疾,惟民其毕弃咎。若保赤子,惟民其康乂"。从"天命神授"到"敬天保民",体现了神权政治观的发展和演变。

《尚书》的一大思想特点是重视总结和借鉴历史经验教训,这在《周书》中反映最为突出。周代统治者从殷末周初的动乱中深受震动,认真思考前代盛衰兴亡的原因。《酒诰》指出:"古人有言曰:'人,无于水监(鉴),当于民监。'今惟殷坠厥命,我其可不大监,抚于时?"《召诰》说:"我不可不监于有夏,亦不可不监于有殷。"由此清醒认识,周人生出"敬德保民"、"明德慎罚"的新政治观念,提出用人、理政的原则、方法和勤勉治国、力戒逸乐的主张。《洪范》将用贤与兴邦相联系,指出:"人之有能有为,使羞其行,而邦其昌。"《立政》肯定"任人、准夫、牧,作三事"为"立政"之要,意即设立管理政务、司法和臣民的官长,并强调用贤:"其惟吉士,用劢相我国家","继自今后王立政,其惟克用常人。"《酒诰》明确指出贪图逸乐使殷商亡国:"故天降丧于殷,罔爱于殷,惟逸。"《无逸》更反覆论述"君子所其无逸"。这些见解和主张,都无疑是对历史经验的总结,对后代深有影响。

以今人眼光看，《尚书》未必能算真正的文学作品，然而"唐虞文章，则焕乎始盛"（《文心雕龙·原道》），作为我国第一部兼记叙和论说的散文集，《尚书》确已具有不少文学因素，体现了初步的艺术技巧和一定程度的形象性，对后世文学的发展有所启发，"虽非为作文设，而千万世文章，从是出焉"（李耆卿《文章精义》），故其文学价值不容忽视。

《尚书》之文已具备记叙、描写、议论、抒情等多样表达方式，虽为"记言"，却并不单调。记叙简明扼要，描写用笔不多而颇生动，议论要言不烦而剀切中肯，抒情皆直抒胸臆而富于感染力。有的篇章还能适当地运用一些修辞手段，如《盘庚上》就有"若颠木之有由蘖，天其永我命于兹新邑"；"若网在纲，有条而不紊。若农服田，力穑乃亦有秋"；"若火之燎于原，不可向迩，其犹可扑灭？""若射之有志"等等文句，取譬设喻通俗生动，富于生活气息。有的善用对偶、排比之句，如"何忧乎驩兜，何迁乎有苗，何畏乎巧言令色孔壬？"（《皋陶谟》）"九州攸同，四隩既宅。九山刊旅，九川涤源，九泽既陂。"（《禹贡》）"无偏无陂，遵王之义；无有作好，遵王之道；无有作恶，遵王之路。无偏无党，王道荡荡；无党无偏，王道平平；无反无侧，王道正直。"（《洪范》）其特点是简古紧凑，大体整齐而又错落有致。

《尚书》文字古奥，语句拗口，韩愈所谓"周诰殷盘，佶屈聱牙"（《进学解》），指出了《尚书》语言的这一特点。

《尚书》的文风质直古朴，即扬雄所谓"虞、夏之《书》浑浑尔，《商书》灏灏尔，《周书》噩噩尔"（《法言·问神》）。《尚书》之文，主要是"记言"，而所记之言，多属论事。"非上告下，则下告上也。寻其实质，此类皆论事之文"（黄侃《文心雕龙札记》）。记"论事"之言，重在意旨，故其所记，大都质实，不事藻饰。

《尚书》的文体是自成一家的。所谓"典、谟、训、诰、誓、命之文"，实即古代散文体式的早期形态。此类文体，自春秋末年以后，虽已不甚流行，但对汉代以后的官方文告仍有影响。刘勰说："诏、策、章、奏,则《书》发其源。"(《文心雕龙·宗经》)柳宗元说:"著述者流,盖出于《书》之谟、训。"(《杨评事文集后序》)都肯定了《尚书》在古代散文史上的奠基意义。

二 《逸周书》

《逸周书》原名《周书》、《周史记》,又称《汲冢周书》,是一部与《尚书》略相类似的史籍。此书内容驳杂,可谓杂史,其文亦自具特点。

关于《逸周书》的成书时代,学者所见不一。《汉书·艺文志》颜师古注引刘向云:"周时诰誓号令也,盖孔子所论百篇之余也。"李焘《逸周书考》则谓"抑战国处士私相缀辑,托周为名,孔子亦未必见"。书中的一些史料来源甚古,但基本上是战国时期纂辑而成的拟古之作,并非出于一人一时。虽名为《周书》,除较为集中地记载西周文、武、周公的有关史实外,也记有后代之事。

《史通·六家》说:"又有《周书》者,与《尚书》相类。"其实,无论思想内容还是表现形式,二者都显有差异。正如黄蚠《逸周书序》所指出:"观其属辞成章,体制绝不与百篇相似,亦不类西京文字。"既不同于《尚书》之体,也不同于西汉之文,而是颇有特色的先秦史家之文。《逸周书》原为七十一篇,今存者并《序》实为六十篇。其文长短不一,内容驳杂。有的篇章夸饰怪诞,颇类传说,文章的思想倾向也不尽一致。刘知幾说它"有明允笃诚典雅高义,时亦有浅末恒说,滓秽相参"(《史通·六家》);姚鼐更明确指出:"其书虽颇有格言明义,或本于圣贤,而间杂以道家、名、法、阴阳、兵权谋之旨。"(《辨逸周书》)说明它显然具有"杂"的特点。

《逸周书》中有些说理之文,议论中肯而明畅。如《史记》篇记周王在成周,"召三公左史戎夫"发论,历陈前代亡国教训,一连列举了"皮氏"、"华氏"、"夏后氏"、"殷商"等二十九个"身死国亡"的史例。这样的历史经验总结确实可称"要戒"之言,较之《尚书》中主要以殷为鉴的同类文章,如《酒诰》、《召诰》,显然更为深广。至于《命训》、《酆保》、《文传》等篇,已颇似战国后期之文。如《文传》篇写道:"山林非时,不升斤斧,以成草木之长。川泽非时,不入网罟,以成鱼鳖之长。不卵不蹼,以成鸟兽之长。……土不失其宜,万物不失其性,天下不失其时。……有十年之积者王,有五年之积者霸,无一年之积者亡。……兵强胜人,人强胜天。……令行禁止,王之始也。"立论和行文,均与《荀子·王制》颇为相似。《命训》篇讲"以法从中则赏,赏不必中,以权从法则行,行不必以知权";《酆保》篇论"内备五祥、六卫、七厉、十败、四葛,外用四蠹、五落、六容、七恶",其遣词命意与《韩非子》之文亦有共通之处。像这样议政论法,说古道今的说理文章,颇似战国时代的文风。

《逸周书》中以记叙为主的文章,更富生气,如《王会》篇描叙"成周之会",写得庄严、肃穆、雍容、华贵。其叙"蕃国"上贡,绘声绘色:"秽人前儿(鲵),前儿若猕猴立行,声似小儿。""良夷在子,在子币身人首,脂其腹,炙之霍则鸣曰在子。""青丘狐九尾。""义渠以兹白,兹白者若白马,锯牙食虎豹。"如此记述,显然是在史实的基础上杂糅传说写成。此外,《职方》篇分述各方山川地理、民俗物产,较《尚书》中相类之文《禹贡》更富生活气息。《克殷》篇记武王伐纣,气势恢宏,文笔尤为精彩。如"击之以轻吕,斩之以黄钺,折县诸大白"云云,虽不免夸饰,却非无稽之语。所以朱右曾说:"《克殷》篇所叙,非亲见者不能。"(《逸周书集训校释序》)特别富于形象性和感染力的,是《太子晋》篇,记述颇为怪诞,有如传说故事。例如最后一段关于王子年寿的描叙:

> 师旷对曰:"汝声清汗,汝色赤白,火色不寿。"王子曰:"然。吾后三年,将上宾于帝所。汝慎无言,殃将及汝。"师旷归。未及三年,告死者至。

对于这样的文字,姚鼐称其"说尤怪诞"(《辨逸周书》),鲁迅则认为

"其说颇似小说家"《中国小说史略》。此外,《程寤》(逸文)以奇幻之笔写太姒之梦;《世俘》篇记武王"征四方","俘人三亿万有二百三十",姜士昌也认为"夸诞不雅驯"《逸周书序》。正是这些"怪诞"之文,体现了《逸周书》为文特点的一个方面。

第二节 《春秋》

《春秋》是我国现存的第一部编年体断代简史。它以年为经,以事为纬,记载了上起鲁隐公元年(前722),下迄鲁哀公十四年(前481)共二百四十二年的史实,是继《尚书》之后以记事为主的一部史书。其体式、内容、叙事、语言均自成一家,不仅是后世编年体史书之祖,而且在散文发展史上有重要地位。

《春秋》本是周代史书较为通用的名称。《墨子·明鬼下》就有"著在周之《春秋》"、"燕之《春秋》"、"宋之《春秋》"、"齐之《春秋》"的记述。鲁国的史书,亦名《春秋》。如此命名,据说是"言春以包夏,举秋以兼冬,年有四时,故错举以为所记之名也"《史通·六家》。历来认为,孔子是这部《春秋》的作者。《孟子·滕文公下》说:"世衰道微,邪说暴行有作,臣弑其君者有之,子弑其父者有之。孔子惧,作《春秋》。"司马迁也说,孔子"乃因史记作《春秋》"《史记·孔子世家》。实际上,这部《春秋》即鲁之《春秋》,是春秋时鲁国不同历史阶段的史官集体所撰,孔子作了较大加工修订,使之成为授徒的教本,开创了私家著述的先例。因此应该说,《春秋》是孔子依据鲁史修订而成的史书。因其属于儒家所谓"六经"之一,故又称《春秋经》。

一般认为,《春秋》乃孔子晚年之作。据《史记·孔子世家》所记,孔子生于鲁襄公二十二年(前551),卒于鲁哀公十六年(前479)。鲁哀公十四年(前481)春"西狩获麟",传说孔子"绝笔于获麟"《杜预《春秋左氏传序》》,则《春秋》成书当在孔子卒前二年。

《春秋》开创了编年的体制。按鲁国国君"十二公"——隐、桓、庄、闵、僖、文、宣、成、襄、昭、定、哀的顺序分年记事，"以事系日，以日系月，以月系时，以时系年"《史通·六家》，严格而系统地展现出史实发展的时间关系。它以鲁国为主体，兼及他国，记事清晰地显现了时代背景，揭示出同一时代此一史实与彼一史实之间的逻辑联系。此体例属于伟大创举。其内容、叙事、语言都较《尚书》之文具有新的特点。

孔子说过："知我者其惟《春秋》乎！罪我者其惟《春秋》乎！"《孟子·滕文公下》知《春秋》融进孔子心血，体现出其思想倾向，主要指遵循周制，维护周礼，明王道，重人事，褒善贬恶，反对"邪说暴行"，志在"拨乱世反之正"。此乃所谓"文成数万，其指数千"的《春秋》"礼义之大宗"《史记·太史公自序》，亦即后儒所称"大义"之所在。而其"大义"经由"微言"以体现，故于遣词命意极为讲究。如同是记叙杀人，无罪者称"杀"，有罪者称"诛"，下杀上称"弑"。又如吴、楚之君擅自称"王"，《春秋》仍贬之曰"子"。僖公二十八年（前632）晋文公胜楚而骄，召命周襄王会于践土。孔子恶其"以臣召君，不可以训"，乃曲笔而书"天王狩于河阳"以"褒讳"。在如此隐微的记述中，蕴含着"明王道"、"褒周室"、"辨是非"、"别嫌疑"之深意，此即所谓"微言大义"。陆德明称《春秋》"上遵周公遗制，下明将来之法"《经典释文序录》，司马迁亦赞《春秋》之义行，则天下乱臣贼子惧焉《史记·孔子世家》，都在强调《春秋》思想内容的政治意义。

欧阳修称《春秋》叙事"简而有法"，并说在"六经"之中，惟有《春秋》如此《论尹师鲁墓志》。这一特点不仅是私家著述简练有序的体现，而且是史家之文有长足进步的标志。如《春秋·僖公十六年》记："春，王正月，戊申，朔，陨石于宋五。是月，六鹢退飞过宋都。"《公羊传》解释道："曷为先言陨而后言石？陨石记闻，闻其磌然，视之则石，察之则五。……曷为先言六而后言鹢？六鹢退飞，记见也。视之则六，察之则鹢，徐而察之则退飞。"其记叙文约事丰，后世学者备极推崇。刘知几赞其"加以一字太详，减其一字太略"《史通·叙事》),知其遣词命句颇具匠心。据《公羊传·鲁庄公七年》载：
"不修《春秋》曰：'雨星不及地而复。'君子修之曰：'星陨如雨。'"知
孔子修订《春秋》一丝不苟,以至于"笔则笔,削则削,子夏之徒不能
赞一辞"(《史记·孔子世家》)。《春秋》叙事的简练严谨与孔子的笔削不
可分。

　　《春秋》不过一万八千余字,却记载了二百四十二年的史实。其
语言之凝练含蓄,历来为人叹赏。所谓"一字见义"、"一字褒贬",集
中体现了《春秋》的语言特点。其叙事之"微显阐幽,婉而成章"(《史
通·叙事》),也主要得力于此。较之《尚书》,《春秋》已明显地由"佶屈
聱牙"一变而为简明含蓄,意味着史家之文的发展和进步。如《春
秋·隐公元年》记郑庄公与共叔段兄弟争权成仇,互相攻伐,仅用
六字："郑伯克段于鄢。"《左传》解释道："段不弟,故不言弟;如二
君,故曰克;称郑伯,讥失教也;谓之郑志,不言出奔,难之也。"(隐公
元年)如此以一字寓褒贬的语言特点,后世誉之为"《春秋》笔法",影
响至为深远,以至尊崇为"师范亿载,规模万古,为述者之冠冕,实
后来之龟镜"(《史通·叙事》)。但有的条文仅出一字则流于苟简,曰
"螟"(隐公五年、八年)、曰"饥"(宣公十年、十五年),最长也不过四十六字
(襄公十四年)。特别是它刻意"为尊者讳"、"为贤者讳"、"为亲者讳"
的主观倾向,有悖于"善恶必书"的"实录"精神,对后世史传文学亦
有不良影响。

第三节　《国语》

　　《国语》是我国最早的一部国别史,是继《春秋》之后的一部重
要历史著作,较之《尚书》和《春秋》又有新发展。其作者,司马迁认
为"左丘失明,厥有《国语》"(《史记·太史公自序》及《报任安书》),又旧传
《国语》与《左传》为同一作者,说《左传》传《春秋》,故称《春秋内
传》,而《国语》则为《春秋外传》(见《汉书·律历志》);王充《论衡·案书

篇》也说:"《国语》,《左氏》之外传也。《左氏》传经,辞语尚略,故复选录《国语》之辞以实。"其实,《国语》主要来源于各国史官的记述,也可能与左丘明的传诵有些关系。《国语》与《左传》作者既非一人,内容亦自成体系。

刘熙《释名·释典艺》说:"《国语》,记诸国君臣相与言语谋议之得失也。"《国语》始创国别史之体,分国记载周、鲁、齐、晋、郑、楚、吴、越八国的史事,因以记言为主,故名《国语》。上起周穆王,下迄鲁悼公,包括的时代大体为西周末年至春秋时期(约前967—前453)。编纂成书则大约在战国初年或稍后。

《尚书》多载训诫之文,《春秋》多寓褒贬之言,《国语》则多记教诲之语。其目的虽都在善善恶恶,为维护统治阶级利益服务,但《国语》显然按照某种明确的说教意图,对史实作过一番选择。其所记者,大都是能够从中引出某种教训的言谈和事件。较之《尚书》和《春秋》,《国语》已有新的发展,思想内容有一些新的特点。"重民"、"尚礼"、"崇德",是其主要表现。其思想观念固驳杂不纯,但基本体现儒家思想倾向。

《国语》论及民、神关系,基本上是民神并重而先民后神。如《周语上》记内史过论神:"神飨而民听,民神无怨。"又说:"国之将亡,……百姓携贰,明神不蠲而民有远志,民神怨痛,无所依怀。"并断定:"虢必亡矣。"因为"虢公动匮百姓以逞其违,离民怒神而求利焉,不亦难乎?"《周语中》还借《太誓》之言道:"民之所欲,天必从之。"《鲁语上》记曹刿问战,提出"惠本而后民归之志,民和而后神降之福"的见解,都反映了这一基本倾向。

《国语》论及君民关系,也显示出"重民"的思想倾向。《周语中》记单襄公论郤至贪天之功以为己力,明确指出:"王天下者必先诸民,然后庇焉,则能长利。"《周语上》记邵公谏厉王弭谤,提出"防民之口,甚于防川"的名言。《鲁语上》记里革论晋臣杀厉公乃"君之过也",认为"若君纵私回而弃民事,民旁有慝无由省之,益邪多矣";并说:"夫君也者,民之川泽也。行而从之,美恶皆君之由,民何能为焉!"《楚语上》记伍举论"安民以为乐","民实瘠矣,君安得肥?"反映了"重民"的思想特点,较之商、周时代的神权政治观念,即由"天命神授"到"敬天保民",无疑是一个进步。

"尚礼"也体现了《国语》儒家思想的特点。《晋语四》载宁庄子之言曰:"夫礼,国之纪也;……国无纪不可以终。"又载负羁之言曰:"礼宾矜穷,礼之宗也。礼以纪政,国之常也。"《鲁语上》记曹刿谏庄公如齐观社说:"夫礼,所以正民也。是故先王制诸侯,使五年四王,一相朝。终则讲于会,以正班爵之义,帅长幼之序,训上下之则,制财用之节,其间无由荒怠。"

《国语》还有引人注目的"崇德"倾向,而"德"的规范与核心,则如《周语上》记内史兴之说:"成礼义,德之则也。"《楚语上》记申叔时说:"教之语,使明其德,而知先王之务用明德于民也。""语"的主旨就在"明德",故《国语》所记突出"德"的重要。《晋语六》记范文子之言曰:"唯厚德者能受多福,无德而服者众,必自伤也。"并明确提出:"天道无亲,唯德是授!"《郑语》记史伯之言曰:"夫国大而有德者近兴。"《楚语上》记白公子张讽灵王宜纳谏,谓齐桓、晋文"以德有国"。这些记述都说明了国君能否"树德于民",乃是决定国家兴衰、事业成败的一大关键,必须予以重视。

《国语》也重教诲,故其所记,多与国之兴衰、事之成败密切相关,富于政治色彩。这意味着自春秋以来,史家已能比较自觉地借鉴历史经验,通过有选择的史事的记述,表达或寄托某种思想观点了。但《国语》中也杂有不少关于天命神鬼、祸福预言的记述。这也许是巫史遗风的流播。作者津津乐道于此,反映了迷信、落后的观念。柳宗元曾作《非国语》,即非难其"不概于圣"(《非国语序》)。他所批驳的"诬淫"之说,即多系此类。

从文学角度看,《国语》在一定程度上形象地反映了春秋时代尖锐激烈的阶级矛盾,展现了其时政治变化的轮廓。不少篇章深刻揭露了统治者的凶残和穷奢极欲,揭示了广大民众处境的悲惨,为后代提供了鲜明的历史画卷,具有不朽的认识价值。它虽以记言为主,也注意描述形形色色政治人物的精神面貌,且有一些性格较为鲜明的形象,如《晋语》中的重耳、骊姬、子犯,《吴语》中的夫差,《越语》中的句践,都富于文学色彩。特别是对重耳着墨较多,通过一连串若断若续的小故事,把人物置于矛盾冲突之中,显示其性格特征和成长历程,出色地刻画了一个有血有肉的人物形象。还以重耳为轴心辐射而及其妻姜氏、其舅子犯,用笔经济而传神,给人以深刻印象。如《晋语四》记重耳避骊姬之难出奔的一段记述,与《左传·僖公二十三年》所记虽大体相似,而《国语》之文更具体而富于情趣,性格特征也更鲜明。

《国语》包括二百四十三则长长短短的故实,各含繁简不等的情节。其中尚有一些虚构和想象的成分。如《晋语五》记灵公使鉏麑杀赵宣子,鉏麑自杀前的一番慨叹,记之凿凿,何从得知?再如《晋语一》记骊姬夜半而泣谮申生,如此“床笫之私,房中之事”,又何从得知?这些描写,曾被指为“荒唐诬妄”。其实这样一些描写正闪耀着文学的光彩。

《国语》的语言平实自然,明白流畅,既与《尚书》的“佶屈聱牙”大不相同,也有别于《春秋》的凝练含蓄。其所用词汇大都明白易懂,句式也比较接近口语。特别是虚词的大量出现,显得通俗自然,富于生活气息。然《国语》毕竟由八国史事汇编而成,非出一人之手,文章风格并不统一。《周语》、《鲁语》颇重文辞,较为典雅,风格近于《左传》;《晋语》多记谋略,事胜于辞而不乏幽默风趣之笔;《楚语》讲究修饰,文章亦较有气势;《吴语》、《越语》文笔别具一格,精彩动人。例如《吴语》所记吴、晋之战的场面:

> 吴王昏乃戒,令秣马食士。夜中,乃令服兵擐甲,系马舌,出火灶,陈士卒百人,以为彻行百行。行头皆官师,拥铎拱稽,建肥胡,奉文犀之渠。十行一嬖大夫,建旌提鼓,挟经秉枹。十

旄一将军，载常建鼓，挟经秉枹。万人以为方阵，皆白裳、白旆、素甲、白羽之矰，望之如荼。王亲秉钺，载白旗以中陈而立。左军亦如之，皆赤裳、赤旂、丹甲、朱羽之矰，望之如火。右军亦如之，皆玄裳、玄旗、黑甲、乌羽之矰，望之如墨。为带甲三万，以势攻，鸡鸣乃定。既陈，去晋军一里。昧明，王乃秉枹，亲就鸣钟鼓、丁宁、錞于振铎，勇怯尽应，三军皆哗釦以振旅，其声动天地。晋师大骇不出，周军伤垒。

这段描写顺依时序，线索分明。其中军"望之如荼"、左军"望之如火"、右军"望之如墨"，以及万人方阵、带甲三万的描绘，气势恢宏，金鼓齐鸣、三军呐喊的渲染，惊天动地。如此有声有色、雄伟壮观的场面，在以"记言"为主的《国语》中，显得极为突出。再如《越语上》记句践志在灭吴而先谋生聚的一段文字，文笔恣肆奔放，明快畅达，与他篇风格迥然不同。诚如崔述所说："《国语》周、鲁多平衍，晋、楚多尖颖，吴、越多恣放，即《国语》亦非一人之所为也。"（《洙泗考信录·余录》）探究《吴语》、《越语》风格之特异，也许还是南、北文风不同的佐证。

第四节 《左传》

《左传》是我国第一部记事详赡完整的编年史，也是优秀散文的典范，思想内容和艺术形式都有不少新特点，标志着史家之文发展到一个崭新阶段。

《左传》是《春秋左氏传》的简称。又名《左氏春秋》、《春秋古文》、《左氏》、《左氏传》、《古文春秋左氏传》、《春秋内传》等，且与西汉初年写定的《春秋公羊传》、《春秋穀梁传》合称"春秋三传"。但以此书为解《春秋经》之"传"，与《公羊传》、《穀梁传》等量齐观，学者颇有异议。汉时博士已称此书"不传《春秋》"，晋王接认为："《左氏》辞义赡富，自是一家书，不主为'经'发。"（《晋书·王接传》）唐赵匡指出：“《公》、《穀》守经，《左氏》通史，故其体异耳。”（《春秋集传纂例·赵氏损益义》）宋叶梦得也说：“《左氏》传事不传义。”（《春秋传序》）可见此书确非《公羊》、《穀梁》一类经学著作，而是自成一家的编年体史书，“《左传》是史家，《公》、《穀》是经学。”（《朱子语类》卷八三）但虽非“依经作传”，而记事之详赡多有助于说明《春秋》，二者“犹衣之表里，相待而成”，如无《左传》，“使圣人闭门思之，十年不能知也。”（桓谭《新论·正经》）因此也不能说它与《春秋》毫无关系。

《左传》相传为春秋时左丘明作。左丘明约与孔子同时或稍前。司马迁称其为“鲁君子”，班固说他是“鲁太史”，后儒也有说他是“孔子弟子”的。至唐代，赵匡始谓“左氏”并非左丘明。《左传》的作者，后世异说甚多，有说是子夏的，有说是吴起的，更有今文派经学家如康有为等，指《左传》为刘歆所造。看来《左传》与《国语》一样，并非成于一人之手。但既以左氏为名，与之当有某种关系。说其中部分史料可能出于左丘明传诵，大概比较可信。

《左传》记事起自鲁隐公元年（前722），终于鲁悼公十四年（前453），比《春秋》增多二十七年。其书末尾记道：“知伯不悛，赵襄子由是惎知伯，遂丧之。知伯贪而愎，故韩、魏反而丧之。”这已涉及韩、魏、赵三家灭知伯之事；而三家分晋、田氏代齐的预言，书中亦曾屡见，足证《左传》成书当在此后。此外，书中还有“郑其先亡”（襄公二十九年）、“郑先卫亡”（昭公四年）、“毕万之后必大”，以及“初，毕万筮仕于晋”，卜人辛廖所谓“公侯之子孙必复其始”（闵公元年）之类预言。这些预言大多应验，显为后人附会之语。因此可以认为，《左传》大约成书于战国之初，与《国语》成书同时或稍后。

《左传》与《国语》成书时代较为接近，二书思想倾向也基本一致，然《左传》较《国语》有新的发展，民本思想更加鲜明、突出。首先，《左传》记事表明了民重于天、民为神之主、民重君轻、民为邦本的观点，这比《国语》“民神并重，先民后神”和“论及君民，以民为主”的思想又有进步，而与孟子“民为贵，社稷次之，君为轻”（《孟子·尽心下》)已经接近了。

春秋时期,神权政治日趋没落,人的作用日见突出,《左传》多有反映。如季梁肯定"夫民,神之主也。是以圣王先成民而后致力于神"(桓公六年),闵子马作出"祸福无门,唯人所召"的论断(襄公二十三年),子产更提出"天道远,人道迩"的观点(昭公十八年)。这些见解相对于天命神权思想已有不小进步。

严酷的现实斗争,使神权衰落,君权受到冲击,民的地位较前大为提高。如文公十三年记邾文公之言曰:"苟利于民,孤之利也。天生民而树之君,以利之也。"又如襄公十四年记师旷论卫人出其君乃是君之过,曰:"夫君,神之主而民之望也。若困民之主,匮神乏祀,百姓绝望,社稷无主,将安用之?弗去何为?……天之爱民甚矣。岂其使一人肆于民上,以从其淫而弃天地之性?必不然矣!"这样比较清醒的认识,正是认真总结历史经验和吸取现实斗争教训的结果。

其次,《左传》非常重视民心的向背,一些政治家、思想家悟出得民则兴、失民则亡这一真理,悟出了民心的向背不仅是统治者个人成败的决定因素,而且直接关系着战争的胜负和国家的兴亡。这正是民本思想的突出表现。例如成公三年记晋郤克、卫孙良夫伐廧咎如,廧咎如溃,因其"上失民也"。哀公元年记逢滑之语曰:"臣闻国之兴也,视民如伤,是其福也。其亡也,以民为土芥,是其祸也。"又如昭公三年记晏婴、叔向论齐、晋季世中的一段文字:

> 晏子曰:"此季世也,吾弗知齐其为陈氏矣!公弃其民,而归于陈氏。……民参其力,二入于公,而衣食其一。公聚朽蠹,而三老冻馁。国之诸市,屦贱踊贵。民人痛疾,而或燠休之,其爱之如父母,而归之如流水,欲无获民,将焉辟之?……"叔向曰:"然。虽吾公室,今亦季世也。……庶民罢敝,而宫室滋侈,道殣相望,而女富溢尤。民闻公命,如逃寇雠。……公室之卑,其何日之有?……"

这一段论述不仅揭示了齐、晋二国分崩离析、即将没落的必然趋势,而且深刻地启示人们:得民心者得天下,失民心者失天下!作者借历史人物之口传达的这一真理,无疑具有振聋发聩的意义。

《左传》的民本思想还表现为对民意和舆论的重视。襄公三十一年记子产不毁乡校,认为"夫人朝夕退而游焉,以议执政之善否。其所善者,吾则行之。其所恶者,吾则改之。是吾师也。若之何毁之?"庄公三十二年更借史嚚之口,明确提出"国将兴,听于民;将亡,听于神"的观点,都强调了重视民意和舆论的重大意义。此外,作者还在史实的记述中,不时引用一些当时广为传诵的民谣、民谚,借以表达民情。这是由于民间谣谚在一定程度上确乎可以反映民意。

当然,《左传》的编撰者在思想上也存在一定的矛盾,既有进步的倾向,也有消极保守的方面。首先,《左传》维护旧礼制、宣扬血缘宗法很突出,对当时一些革新措施颇为不满。如鲁宣公十五年(前594)"初税亩",作者斥之为"非礼也"。昭公四年(前538)"郑子产作丘赋",作者引述"国人"毁谤之言:"其父死于路,已为虿尾。以令于国,国将若之何?"又引子宽之言指责子产"偪而无法"、"政不率法",且预断"国氏其先亡乎!"昭公六年(前536)"郑人铸刑书",《左传》记叔向诒子产书,认为"国将亡,必多制",并警告他:"终子之世,郑其败乎!"昭公二十九年(前513)晋国"铸刑鼎",著范宣子所为刑书,《左传》特引孔子贬责之言:"晋其亡乎,失其度矣!"又述蔡史墨之评论:"擅作刑器,以为国法,是法奸也!"从作者有所选择、用心显豁的记述中,暴露出保守立场。此外,作者本于"实录"精神,无情揭露了暴君的丑行,但又反对"弑君"。这既是维护旧礼制,也反映了进步与保守思想的矛盾。

其次,《左传》对妖鬼、神怪、占卜、报应之事,亦屡屡称道,不厌其烦。这与孔子"不语怪、力、乱、神"(《论语·述而》)、"未能事人,焉能事鬼?""未知生,焉知死"(《论语·先进》)的观点,显然有所背离。大概因《左传》与《国语》一样,都出于宫廷史官的传诵,"文史、星历,近乎卜祝之间"(司马迁《报任安书》),无怪乎要对此类事津津乐道了。

《左传》之文,洋洋大观,历来备受推崇。刘知幾说它"不遵古法,言之与事,同在《传》中。然而言事相兼,烦省合理,故使读者寻绎不倦,览讽忘疲"(《史通·载言》)。程廷祚说它"不独修饰安顿有痕迹,且有腔调碛径,于三代之文,特为近时"(《复家鱼门论古文书·附尺牍》)。刘大櫆赞其"情韵并美,文彩照耀"(《论文偶记》)。刘熙载更称它是"众美兼擅"(《艺概·文概》)之作。就散文艺术而论,《左传》确已趋于成熟、完善,无论叙事、写人、记言,都有不少新成就,达到其时最高水平,因而刘勰称之为"实圣文之羽翮,记籍之冠冕"(《文心雕龙·史传》),后世作家往往视为典范,奉为圭臬。

《左传》散文艺术最突出的成就是长于叙事。《春秋》虽也记事,但文笔过于简略,后人甚至有所谓"断烂朝报"(见孙觉《春秋经解》周麟之跋引王安石语)之讥。《左传》则不同,其叙事虽也尚简,但"其言简而要,其事详而博"(《史通·六家》);至于《国语》,虽与《左传》有相似之处,但它以记言为主,记事则颇零散,不如《左传》构思之工巧和结构之严谨。

《左传》记事精妙优美,达到了微而显、婉而辩、精而腴、简而奥的辩证统一。诸如《郑伯克段于鄢》(隐公元年)、《宫之奇谏假道》(僖公五年)、《烛之武退秦师》(僖公三十年)、《晋灵公不君》(宣公二年),以及僖公四、五、二十三、二十四年记晋公子重耳出亡;襄公三十、三十一年记子产治郑,叙事艺术都达到了前所未有的高度。清冯李骅在《读〈左〉卮言》中盛赞《左传》"叙事全由自己剪裁",并详加论析道:"其中有正叙,有原叙,有顺叙,有倒叙,有实叙,有虚叙,有明叙,有暗叙,有预叙,有补叙,有类叙,有串叙……"一连列举了二十九种叙事之法,虽不免于烦琐,但足见《左传》叙事手法确乎多姿多彩。正如刘熙载所指出:"《左氏》叙事,纷者整之,孤者辅之,板者活之,直者婉之,俗者雅之,枯者腴之:剪裁运化之方,斯为大备。"(《艺

概·文概》)

　　尤为出色的是善于描写战争,这集中体现了它高超的叙事艺术。作者生当战乱之世,耳濡目染,习于战事,了解并善于描述战争。对当时一些著名战役,如秦晋韩之战(僖公十五年)、宋楚泓之战(僖公二十二年)、晋楚城濮之战(僖公二十七年)、秦晋殽之战(僖公三十二、三十三年)、晋楚邲之战(宣公十二年)、齐晋鞌之战(成公二年)、晋楚鄢陵之战(成公十六年)、齐晋平阴之战(襄公十八年)、吴楚柏举之战(定公四年)、齐鲁清之战(哀公十一年)等等,都有非常出色的描写。《左传》之写战争,结构完整,情节精彩,运笔灵活,并不局限于正面的战斗场面描写,而能着眼于战争的前后左右;重在描述战争的来龙去脉和胜败的内外因素,以历史家的卓越识见,揭示其前因后果、经验教训,因而波澜起伏、跌宕多姿。并且还以简练形象之笔,描写战争中的人物和事件,绘声绘色。这样的战争描写,不仅前所未有,而且后所难及。比较典型的实例如记齐鲁长勺之战的《曹刿论战》(庄公十年),与《国语·鲁语上》所载《曹刿问战》一节内容大体相同,但两相比较,知《左传》之文不仅记战前之问,而且记了战时之情和战后之论。《国语》则仅记战前之问而显得冗长、芜杂,不及《左传》所记之精练、完整、细致、传神。《左传》描写战争的卓越艺术由此可见一斑。

　　《左传》散文艺术的另一突出成就是善于写人。古之史官,有所谓记言、记事之分。其实往往言中见事,事中有言,机械区分很难,而记言记事皆必记人。《左传》虽以年为经,以事为纬,并非自觉描写人物,但毕竟涉及了形形色色的历史人物。全书有姓名可稽者,几近三千之众。其中形象较为鲜明、具有一定个性者为数不少。作者通过一系列政治、军事、外交活动的描述,刻画了许多各具性格特征的动人形象。如写晋文公重耳避骊姬之乱出亡十九年,历经狄、郑、卫、齐、宋、曹、楚、秦诸国,备尝艰困磨炼,终于称霸诸侯。成功地刻画了一个胸怀大志、坚定沉着、深谋远虑的国君形象。又如子产,也是以浓墨重彩着力描绘的。他崭露头角即一鸣惊人,表现出政治家的远见卓识。他在矛盾重重中受命为相,勇于革新,采取一系列内外措施,使郑国由乱而定,由弱而强,受到四方诸侯敬重。他"苟利社稷,死生以之",深得人民拥戴。此外,如老谋深算、虚伪狡诈的郑庄公,野心勃勃、强横"汰侈"的楚灵王,学识超群、稳健保守的叔向,德高望重、明达机智的晏婴,勇于进取、厉行改革的吴王阖庐,忍辱负重、志在雪耻的越王句践等等,都不愧为《左传》中出类拔萃的人物形象。

《左传》散文艺术的又一突出成就是工于记言。尽管它以记事为主,而记言亦多,且较以记言为主的《国语》更富文采。春秋时列国外交空前频繁,行人聘问讲究外交辞令。刘知幾说:"周监二代,郁郁乎文。大夫、行人,尤重词命。语微婉而多切,言流靡而不淫。"《史通·言语》"其文典而美,其语博而奥。"《史通·申左》这些外交辞令经《左传》采录后精心提炼,都已成为千古传诵的美文。例如僖公四年齐帅诸侯之师伐楚,楚之使臣与管仲的一段对话;又如僖公十五年阴饴生与秦伯的一段对话;还有襄公二十一年、二十五年、三十一年子产回答晋国质问的几番对话,都针锋相对,富于文采。这样的美文,在《左传》中不胜枚举。

第五节　《战国策》

《战国策》既称战国"杂史",又号"纵横家言",不仅是重要的历史著作,而且是一部优秀的散文集,标志着史家之文的发展攀上一个新高峰。此书汇集了战国时代一些重要史实和游说谈资,虽有不少"增饰非实"之辞,不可尽信,仍是研究战国历史的基本史料。"逮孔子云没,经传不作,于时文籍,唯有《战国策》及《太史公书》而已。"《史通·六家》司马迁也说:"战国之权变亦有可颇采者。"《史记·六国年表序》从文学角度看,此书也取得了多方面成就,不愧为一部影响深远的散文杰作。

《战国策》未经辑录前,曾有《国策》、《国事》、《短长》、《事语》、《长书》、《脩书》等不同名号。1973年底长沙马王堆三号汉墓出土大批帛书,其中一种整理者定名为《战国纵横家书》,共二十七章,有十章内容见于今本《战国策》,可见当时流行的此类策书还有更多的传本。西汉成帝时,刘向受诏领校秘书,将其所见《国策》整理汇编,按东周、西周、秦、齐、楚、赵、魏、韩、燕、宋、卫、中山十二国顺序,分列为三十三篇。刘向谓此书乃"战国时游士辅所用之国,为之策谋"《战国策书录》之作,故定名《战国策》。但也有学者认为此所谓之"策",非指"策谋",实乃"简策":"夫谓之策者,盖录而不序,故即简以为名。"《史通·六家》后此书散佚,至北宋,曾巩重加校理,使之"复完"。

《战国策》作者不可确指。但就其"纵横"色彩看,原本或出于战国末或秦汉之际纵横家之手,亦非一人一时一地之作。因"其事继《春秋》以后,讫楚、汉之起"《战国策书录》,《汉书·艺文志》遂与《史记》并列之,归入《春秋》类。历代史志及《四库全书》也都归于"史"部。唯宋晁公武指出"其纪事不皆实录,难尽信,盖出学纵横者所著",以之改入其《郡斋读书志》"子"部"纵横家"。元马端临等赞同此说。实则《战国策》原本为贯串纵横家思想的战国史料汇编,亦史亦文,集历史资料与纵横家言于一书。

《战国策》间杂儒、墨、道、法、兵诸家而倾向于纵横家,所记主要人物多为活跃于各国政治舞台的谋臣策士。作者大肆渲染其言行计谋,对其"一怒而诸侯惧,安居而天下熄"《孟子·滕文公下》的政治能量尽情鼓吹,纵横之势、长短之术、诡谲之计充溢全书。即便是儒、墨、法、兵各家代表人物,如孟轲、荀卿、墨翟、韩非、吴起之流,一入其书,也无不带有纵横色彩。这正表明,就总体而言,此书主要体现了纵横家思想倾向。因其不合儒家正统思想,历来颇受冷遇,"学者不习"《鲍彪《战国策序》》,后儒直视为异端,斥为"邪说"《曾巩《战国策目录序》》,指为"坏人心术"之书《陆陇其《战国策去毒序》》。《战国策》思想倾向确与儒家格格不入,特别是其政治观和人生观,表现出一些突破传统思想的特点。

《战国策》中历来为人称道的一些"名篇",其实并不代表其主要思想倾向。如《齐策四》所载《赵威后问齐使》向为人所重,篇中赵威后"苟无岁,何以有民?苟无民,何以有君"的"民本"思想,显然出自儒家而非纵横家。又如《赵策二》的《赵武灵王胡服骑射》中明确提出"观时而制法,因事而制礼",分明出于法家。这样的篇章《战国策》中还有,但毕竟不占主要位置,不代表其主要思想倾向。真正有代表性的还是苏秦、张仪、公孙衍、陈轸等"游说权谋之徒"的"从横短长之说"。其中虽不无虚构之辞,却最能体现《战国策》的主要倾向。

《战国策》思想倾向的新特点,反映在政治观上,主要为崇尚计谋策略,尊奉机巧权变。策士的计谋策略成了决定一切的因素。《秦策一·苏秦始将连横》中,作者论断道:"故苏秦相于赵而关不通。当此之时,天下之大,万民之众,王侯之威,谋臣之权,皆欲决苏秦之策。"所谓"苏秦之策",似乎已成为天下之主宰。作者甚至断言:"计听知覆逆者,唯(虽)王可也。计者,事之本也;听者,存亡之机。计失而听过,能有国者寡也。"(见《秦策二·楚绝齐齐举兵伐楚》章末)意谓定计谋,听意见,能分辨顺逆者,即使统治天下也不难。谋略乃事业成功的根本,如失计而听过就难免亡国。这样的议论,充分表现出策略至上的政治倾向。以此为主导,《战国策》鼓吹策略万能,以计谋服人。所谓"式(用)于政,不式于勇;式于廊庙之内,不式于四境之外"(《秦策一·苏秦始将连横》),"计不下席,谋不出廊庙,坐制诸侯,利施三川"(《秦策三·蔡泽见逐于赵》),"比之堂上,禽将户内,拔城于尊俎之间,折冲席上"(《齐策五·苏秦说齐闵王》)等等,都是崇"计"贬"战"思想的直接表现。

纵横家的计谋策略主要施之于外交,因而又突出地宣扬外交的重要性,并特别讲究游说艺术。《赵策二·苏秦从燕之赵始合从》中宣称："为大王计，莫若安民无事，请无庸有为也。安民之本，在于择交。择交而得则民安，择交不得则民终身不得安。"纵横家认为运用计谋策略处理好国与国之间关系，乃务本之要，故对深谙外交之道、不辱使命的唐且、公孙弘等推崇备至，不惜以夸饰之辞把他们描绘为存国安邦的英雄。

至其所谓"计谋"，乃是策士们以实现某种功利为目的，为人或为己所谋划并实施的一套巧妙的策略。不外乎投其所好，巧言进谏；因其所惧，危言耸听；弄虚作假，挑拨离间；夸言其长处而以利诱之，攻击其短处而以威逼之。此即纵横捭阖之计，长短倾侧之术，或曰"奇策异智"，"为一切之权"（刘向《战国策书录》），"为机变之巧"（《孟子·尽心上》）。作者对此淋漓尽致地加以描绘，以赞赏和歆羡的情调，记叙纵横策士的言行，着重突出他们以腾说而致富贵的经历和情景。纵横家这种"以智服人"的主张，既不同于法家的"以力服人"，更与儒家奉行的"以德服人"背道而驰。

《战国策》思想倾向的特点更突出地表现在人生观上，即公开宣扬追求"势位富贵"，争名逐利。这与儒家的重"义"非"利"针锋相对。孔子曾说："君子喻于义，小人喻于利"，"放于利而行，多怨。"（《论语·里仁》）孟子也曾说："上下交征利而国危矣。"（《孟子·梁惠王上》）他还借《齐人有一妻一妾》的故事，对那些孜孜于"求富贵利达者"，予以无情的挪揄和讽刺（见《孟子·离娄下》）。《战国策》所记的纵横家则不同。如《秦策一·苏秦始将连横》记苏秦游赵王得用，"封为武安君，受相印，革车百乘，绵绣千纯，白璧百双，黄金万溢（镒）"，可谓"富贵利达"之至。当他得意还乡之时，尤其趾高气扬，骄其妻、嫂甚至父母；十分感慨地说道："嗟乎！贫穷则父母不子，富贵则亲戚畏惧。人生世上，势位富贵，盖可忽乎哉！"如此露骨地追求富贵利达，在《战国策》以前的著作里实为罕见。这显然是战国时期纵横之士一种新的人生观。又如《秦策一·司马错与张仪争论于秦惠王前》，张仪也亮出了"争名者于朝，争利者于市。今三川、周

室,天下之市朝也"的观点。这班纵横之士如此不加掩饰地奉"利"、
"名"为追求的目标,载"千金"为游说的资本,挟"实利"为诱人的钓
饵,充分反映了战国时期"货币的进军"打入政治、思想领域,图财
赢利的商人意识渗透纵横家的灵魂。他们为向上层统治者争一席
之地,可以不择手段,敢于冲破旧思想的束缚,大胆向传统的道德
伦理挑战,公然宣扬惊世骇俗之见。如苏秦就对被奉为"天下之高
行"的"信"、"廉"、"孝"激烈抨击,说"信如尾生,廉如伯夷,孝如曾
参",只不过是"所以自为也,非所以为人也。皆自覆之术,非进取之
道也",明确宣称"去自覆之术,而谋进取之道"(见《燕策一·人有恶苏秦
于燕王者》)。所谓"进取",实即追名逐利、求取"富贵利达"。这样的人
生观,不仅为前人未曾道,也为后人所不敢言;虽属丑恶之至,却亦
颇为坦率。

值得注意者,《战国策》作者对此一味颂扬,激赏之情,溢于言
表。如此心心相印,表明他们思想倾向的一致性。因而《战国策》曾
被视为"畔经离道之书"(李梦阳《刻战国策序》)。

《战国策》打破"编年"限制,以人物的游说活动为记叙中心,并
以此统率记言、叙事,描绘了形形色色的人物群像。上自国君、太
后,下至平民百姓,公子王孙、谋臣武将、说客策士、嬖臣宠姬,涉及
者相当广泛,其中尤以"策士"的各类形象最为突出。例如苏秦、张
仪、陈轸、公孙衍这四位纵横策士的头面人物,在《战国策》中分别
有三十六章、五十三章、十九章、三十章叙及其人其事。他们都具有
崇尚计谋、巧于权变、明于时势、长于辩难等纵横家的共同特征。作
者既写出他们的共性,也描绘出其独特的个性。例如苏秦,在《战国
策·苏秦始将连横说秦》一章中已经有了相当完整的形象:

说秦王书十上而说不行,黑貂之裘弊,黄金百斤尽,资用
乏绝,去秦而归。嬴縢履蹻,负书担橐,形容枯槁,面目犁黑,
状有归色。

在此之前,《国语》、《左传》诸书,对于人物少有如此具体的形貌描绘;而且与此同时对于苏秦当日的处境,还有细节的描述:

> 归至家,妻不下纴,嫂不为炊,父母不与言,苏秦喟叹曰:"妻不以我为夫,嫂不以我为叔,父母不以我为子,是皆秦之罪也。"乃夜发书,陈箧数十,得《太公阴符》之谋,伏而诵之,简练以为揣摩。读书欲睡,引锥自刺其股,血流至足,曰:"安有说人主不能出其金玉锦绣,取卿相之尊者乎!"

像这样的细节描述,在前此的一些著作中也是比较少见的。本章最后一段描述,尤为生动:

> 将说楚王,路过洛阳,父母闻之,清宫除道,张乐设饮,郊迎三十里。妻侧目而视,倾耳而听,嫂蛇行匍伏,四拜自跪而谢。苏秦曰:"嫂何前倨而后卑也?"嫂曰:"以季子之位尊而多金!"……

世上的人情冷暖,人物的精神状态,无不毕现纸上。当然,这样一些描述未必都是史实;但作为人物描写,则是相当出色的。这一章文字,可以说已是一篇有声有色的人物传记。这对于此后司马迁创为纪传体的《史记》提供了重要的依据。

除各类游士外,《战国策》对于其他各种类型的人物也有所刻画。例如《秦策二·秦宣太后爱魏丑夫》章描绘的太后形象亦颇出色。不仅写她生前与魏丑夫淫乱,而且写她"病将死"时还特别出令:"为我葬,必以魏子为殉。"不仅揭露了她的自私残忍,而且反映了剥削阶级腐朽丑恶的灵魂。又如《赵策四·赵太后新用事》章描写赵太后和左师触龙的形象、性格也是有特色的:

> 赵太后新用事,秦急攻之。赵氏求救于齐,齐曰:"必以长安君为质,兵乃出。"太后不肯。大臣强谏,太后明谓左右:"有复言令长安君为质者,老妇必唾其面!"左师触龙言愿见太后,

太后盛气而揖之。入而徐趋,至而自谢,曰:"老臣病足,曾不能疾走,不得见久矣。窃自恕,而恐太后玉体之有所郄也。故愿望见太后。"太后曰:"老妇恃辇而行。"曰:"日食饮得无衰乎?"曰:"恃粥耳。"曰:"老臣今者殊不欲食,乃自强步,日三四里,少益耆食,和于身也。"太后曰:"老妇不能。"太后之色少解。

这里对于赵太后和触龙的描述,虽是一时一事的言谈举止,而其形象之生动、性格之突出,都达到了新的水平。在一定的程度上,写出了人物性格的复杂性和丰富性。《战国策》往往是一章一事,一人之事又往往分在各章。尽管这些篇章不相连属,但通过一系列的描叙,便多方面地表现了人物的性格特征。即使身分相同或相似的人物,在作者笔下也各显风采,多姿多态。

《战国策》的语言也是精妙奇伟的,历来备受推崇。宋李文叔称其"文辞骙骙乎上薄六经,而下绝来世"(《书战国策后》),王觉赞之为"文辞之最"(《题战国策》)。其语言艺术的总体风格是辩丽横肆,具体表现为生动形象、敷张扬厉、明畅通俗三大特点。

第一,生动形象。战国策士为达游说目的,善以生动形象的语言表述抽象道理,其主要手法是巧于比喻、善用寓言和博引史事。比喻多以日常生活中习见的事物为喻体,令人一目了然,少有晦涩难解之处。如《秦策三·应侯谓昭王》章记范睢以"百人舆瓢而趋,不如一人持而走疾"为喻,揭示分权之弊,生动地说明了令从王出、君主专权的重要意义。《楚策三·苏秦之楚三日》章记"楚国之食贵于玉,薪贵于桂,谒者难得见如鬼,王难得见如天帝。今令臣食玉,炊桂,因鬼见帝",用一连串比喻,形象地描述了难见楚王的困境,同时抒发了怨恼的心情。《楚策四·庄辛谓楚襄王》章记庄辛论幸臣之危国,由蜻蛉而黄雀、黄鹄,再及蔡侯、君王,其设喻由小至大,从物到人,因外及内,缓而不骤,娓娓动人,陆陇其誉为"最善为词令"之作(见《战国策去毒》下卷批语)。此外如"唇亡则齿寒"、"譬若虎口"、"譬犹以千钧之弩溃痈"、"譬若驰韩卢而逐蹇兔"、"断齐、秦之要,绝楚、魏之脊"、"无异于驱群羊而攻猛虎"、"如使豺狼逐群羊"、"譬犹抱薪而就火"、"心摇摇如悬旌"、"危于累卵"、"轻于鸿毛"、"重于丘山"等等俯拾皆是。

善用寓言,为另一常见手法。《战国策》载有近七十则寓言故事,散见于各策之中。虽只是各章的有机组成部分而无不具有相对的独立性。倘若分离出来,未尝不是形完神备的文学佳作。如《齐策三·齐欲伐魏》章所记《韩子卢逐东郭逡》:

> 齐欲伐魏,淳于髡谓齐王曰:"韩子卢者,天下之疾犬也。东郭逡者,海内之狡兔也。韩子卢逐东郭逡,环山者三,腾山者五,兔极于前,犬废于后,犬兔俱罢,各死其处。田父见之,无劳倦之苦,而擅其功。今齐、魏久相持,以顿其兵,弊其众,臣恐强秦大楚承其后,有田父之功。"
>
> 齐王惧,谢将休士也。

这则寓言情节精彩,故事生动,寓意显豁。与此异曲而同调者,尚有"两虎相斗,一举而兼"、"鹬蚌相争,渔人得利"(分别见《秦策二》《燕策二》)等,形象虽别而寓意如一。再如《秦策三·天下之士合从相聚于赵》章,记秦相应侯(范睢)为说明天下之士无非"己欲富贵",特地讲了个《群狗争骨》的寓言:

> 王见大王之狗,卧者卧,起者起,行者行,止者止,毋相与斗者;投之一骨,轻起相牙者,何则?有争意也。

此以狗喻"天下之士",不可谓不尖酸刻薄,但也确乎揭示了纵横策士唯利是图的思想实质。其"纵横"色彩之鲜明和取譬设喻之粗俗,正是《战国策》寓言的突出特征。他如脍炙人口的"画蛇添足"、"狐假虎威"、"海大鱼"、"惊弓之鸟"、"骥服盐车"、"土偶与桃梗"、"江上之处女"、"三人成虎"、"南辕北辙"等寓言故事,也莫不如此。此外,博引史事为又一常用手法。策士们为阐明某种观点,使对方确信不疑,常引古证今,以古例今,展现一幅幅鲜明的历史画图,使对方得到启示和教益。这类实例比比皆是,不烦赘述。

第二,敷张扬厉。《战国策》之文,沉而快,雄而隽;气势充沛,如江河直下;词锋逼人,似高屋建瓴。正如章学诚所指出:"其辞敷张而扬厉,变其本而加恢奇焉,不可谓非行人辞命之极也。"(《文史通义·诗教上》)策士说辞,大都酣畅流丽,明快犀利,故其论形势,析利害,破敌说,陈己见,无不气势恢宏,文雄词隽。如《齐策一·苏秦为赵合从说齐宣王》形容齐国之强盛、临淄之富实道:

> 齐地方二千里,带甲数十万,粟如丘山。齐车之良,五家之兵,疾如锥矢,战如雷电,解如风雨。即有军役,未尝倍太山、绝清河、涉渤海也。临淄之中七万户,……甚富而实,其民无不吹竽、鼓瑟、击筑、弹琴、斗鸡、走犬、六博、蹹踘者;临淄之途,车毂击,人肩摩,连衽成帷,举袂成幕,挥汗成雨;家敦而富,志高而扬。

又如《魏策四·秦王使人谓安陵君》章,记唐且针对秦王所谓"天子之怒,伏尸百万,流血千里"而论"布衣之怒"道:

> 夫专诸之刺王僚也,彗星袭月;聂政之刺韩傀也,白虹贯日;要离之刺庆忌也,仓鹰击于殿上。……若士必怒,伏尸二人,流血五步,天下缟素,今日是也!

作者综合运用比喻、夸张、对偶、排比等修辞手段,极尽铺陈夸饰之能事,增强文章的气势和语言的力量,令人有天风海雨逼人之感。《战国策》中所载说辞,大率如此。

第三,明畅通俗。《战国策》语言之通俗,在先秦散文中颇为突出。策士们出于功利目的,其说辞得让人一听就懂,否则,纵为奇策妙计,也不免枉费心机。又,其时国君多昏庸,"世主之能识议论者寡"(《吕氏春秋·遇合》),说者务必"卑之勿甚高论"。故《战国策》的语言通俗明白,非常接近当时人民群众的口语,极少生僻的词汇、别扭的句式或怪异的表达方式。即使是引用《诗》、《书》、成语,也能把古语、今语、口语自然、和谐地熔为一炉，构成浑然的艺术整体，产生感人的艺术魅力。较之《国语》语言的平实自然和《左传》语言的委婉含蓄，其风格显然别是一家。特别是其纵横恣肆的文风、富丽华赡的文采，对后世作家如贾谊、司马迁以及苏洵、苏轼等，都有重大影响。

当然，《战国策》毕竟是一部作品汇编，思想内容和艺术形式并不完全统一，文学价值也参差不齐。

第五章　诸子之文

春秋以前，学在官府，无私人之师，亦无私家著述。春秋之末，王道既微，官失其守，私人之学兴起，私家著述也相继出现。战国之时，百家争鸣，诸子横议，著书立说，一时蔚为风尚。《汉书·艺文志》所谓"诸子十家"：儒、道、阴阳、法、名、墨、纵横、农、杂、小说家，影响最大者，当推儒、道、墨、法四家。各家均以散文著述，阐明事理，陈说主张，多能"持之有故，言之成理"（《荀子·非十二子》）。正如刘熙载所说："周、秦间诸子之文，虽纯驳不同，皆有个自家在内。"（《艺概·文概》）

第一节　《论语》、《墨子》

孔子、墨子分别为儒家、墨家的开山祖师。儒、墨二家时称"显学"，足见其地位之高，影响之大。这两家的代表著作便是《论语》和《墨子》。

一　《论语》

《论语》是一部记述孔子及其弟子言行的典籍，也是一部优秀的语录体散文集。《论语》之名，乃编纂者所定，一般认为，"论"即论次编纂，"语"指孔子及其弟子的言语。语经论纂，故称《论语》。《汉书·艺文志》说："《论语》者，孔子应答弟子时人及弟子相与言而接闻于夫子之语也。当时弟子各有所记。夫子既卒,门人相与辑而论纂,故谓之《论语》。"

今本《论语》共二十篇。书中既有孔子弟子的笔墨,也有其再传、三传弟子的笔墨,先后相距数十年之久。书中所记,有重见之语,有传闻异辞,文体、称谓也有所不同,可知记述非一人,论纂亦非一次。大约战国初年始编纂成书。

《论语》主要记述孔子的言行。孔子(前551—前479),名丘,字仲尼,鲁国陬邑(今山东曲阜)人。其先世为宋国贵族,后因变乱迁鲁。概其一生,初尝从政,曾任鲁之司寇,未能得志;周游宋、卫、陈、蔡等国,到处碰壁;终于返鲁,从事教学和著述。相传《诗》、《书》、《春秋》等古代典籍都经他整理。他授徒甚众,"弟子盖三千焉,身通六艺者七十有二人"(《史记·孔子世家》)。

《论语》一书比较忠实地记述了孔子的言行,也比较集中地反映了孔子的思想。孔子的政治思想核心是"仁"与"礼"。所谓"礼",指统治阶级规定的秩序,包括政治制度、道德规范等,其根本之点乃是尊卑、贵贱、长幼有严格规定的等级制度。孔子主张"非礼勿视,非礼勿听,非礼勿言,非礼勿动"(《颜渊》),认为君子应该"博学于文,约之以礼"(《雍也》),强调"礼"维护"君君,臣臣,父父,子子"(《颜渊》)的作用。所谓"仁",不仅指主观的道德修养,也指客观的伦理教化。孔子说:"克己复礼为仁。一日克己复礼,天下归仁焉。"(《颜渊》)可见"仁"是目的,"礼"是手段。在孔子看来,通过"克己复礼"可使"天下归仁",这说明"仁"在孔子心目中是涵盖了主、客观世界的理想境界。以"仁"和"礼"为核心的政治思想,反映了孔子的政治倾向。

作为一部优秀的语录体散文集,《论语》在文学上具有不容忽视的价值,并对后世散文的发展有着深远的影响。它意味深长地记述孔子的议政论道之语,言简意赅,含蓄隽永。这类语录在《论语》中占有显著地位。有的不过三言两语,如"为政以德,譬如北辰,居其所而众星共之"《为政》，"周监于二代，郁郁乎文哉！吾从周"《八佾》，"朝闻道，夕死可矣"《里仁》，"岁寒，然后知松柏之后凋也"《子罕》等等。有的则如政治短评，如：

> 孔子曰："天下有道，则礼乐征伐自天子出；天下无道，则礼乐征伐自诸侯出。自诸侯出，盖十世希不失矣；自大夫出，五世希不失矣；陪臣执国命，三世希不失矣。天下有道，则政不在大夫。天下有道，则庶人不议。"
>
> 《季氏》

此段议论主要从政权归属和群众舆论两方面，指出了所谓"天下有道"或"天下无道"的显著差异，见解精辟而用语简要。此外，还有篇幅稍长的政论，如论季氏将伐颛臾《季氏》，论尊五美、屏四恶《尧曰》等。其特点是坐而论道，富于感情色彩。

孔子是中国历史上第一位伟大的教育家。公开收徒创设私学始于孔子。通过教学实践建立起系统的教育理论，总结出不少可贵的经验和行之有效的教育方法。《论语》生动地记述了孔子诲人不倦、因材施教的言行，充分体现了循循善诱的特点。孔子主张"有教无类"《卫灵公》，说"自行束脩以上，吾未尝无诲焉"《述而》。他强调"知之为知之，不知为不知"，认为"学而不思则罔，思而不学则殆"《为政》。他教学多方，重在启发："不愤不启，不悱不发。举一隅不以三隅反，则不复也。"《述而》他更善于针对学生的不同特点，有区别地予以教诲。如《先进》所记："子路问：闻斯行诸？子曰：有父兄在，如之何其闻斯行之？冉有问：闻斯行诸？子曰：闻斯行之。"公西华对孔子如此截然不同的答问迷惑不解，孔子解释说："求也退，故进之；由也兼人，故退之。"可见孔子有知人之明，能因人施教。这些诱导之言，侃侃而谈，富于变化，娓娓动听，不同于一般的说教之语。

《论语》中还记有孔子评论文艺的一些言论，反映了孔子的文艺观。如《为政》有云:"子曰:《诗》三百,一言以蔽之,曰:思无邪。"
再如《泰伯》有云:"子曰:兴于《诗》,立于礼,成于乐。"还有如《八
佾》有云:"子夏问曰:巧笑倩兮,美目盼兮,素以为绚兮。何谓也?子
曰:绘事后素。曰:礼后乎?子曰:起予者商也!始可与言《诗》已矣。"
诸如此类的论述,言简意深,文采斐然,也不同于一般抽象的评论
文字。

《论语》主要是记纂言谈,无意刻画人物。但在记言的同时,也
表述了人物的神情语态,展示了人物形象。孔子的言谈笑貌,就很
突出。所以刘勰说:"夫子风采,溢于格言。"(《文心雕龙·征圣》)《论语》
中关于孔子仪态举止的介绍性叙述不少,如《乡党》篇记他在本乡
本土,"恂恂如也,似不能言者";在宗庙朝廷,"便便言,唯谨尔";上
朝之时,"与下大夫言,侃侃如也;与上大夫言,誾誾如也";"君召使
摈,色勃如也,足躩如也。揖所与立,左右手,衣前后,襜如也。趋进,
翼如也。宾退,必复命曰:宾不顾矣。"但《论语》关于孔子言谈举止
的精采刻画,并不在这里,而在他和门人弟子的交谈议论之中。例
如《季氏》篇《季氏将伐颛臾》章:

> 季氏将伐颛臾,冉有、季路见于孔子曰:"季氏将有事于颛
> 臾。"孔子曰:"求!无乃尔是过与?夫颛臾,昔者先王以为东蒙
> 主,且在邦域之中矣,是社稷之臣也,何以伐为?"冉有曰:"夫
> 子欲之,吾二臣者皆不欲也。"孔子曰:"求!周任有言曰:'陈力
> 就列,不能者止。'危而不持,颠而不扶,则将焉用彼相矣?且尔
> 言过矣,虎兕出于柙,龟玉毁于椟中,是谁之过与?"冉有曰:
> "今夫颛臾,固而近于费;今不取,后世必为子孙忧。"孔子曰:
> "求!君子疾夫舍曰欲之而必为之辞。丘也闻有国有家者,不
> 患贫而患不均,不患寡而患不安。……吾恐季孙之忧,不在颛
> 臾,而在萧墙之内也!"

在这三次问答之间,孔子的声容语态表达得淋漓尽致。其声音之高

兀,气色之严厉,大不同于平居之日。语言的感情色彩非常鲜明,人物的精神状貌也十分突出。这样的篇章虽是语录,却非后代的"语录"所能比拟。此外,《先进》篇的《侍坐》一章,列叙孔子和几个门人坐而言志,也都穷形尽状。还有《宪问》、《微子》等篇写到的一些隐逸之士,如讥嘲孔子为"知其不可而为之"的"晨门",被孔子称为"果哉!末之难矣"的"荷蒉",高歌"凤兮凤兮!何德之衰"的"楚狂接舆",讽刺孔子"四体不勤,五谷不分"的"荷蓧"丈人,以及自称"辟世之士","耦而耕"的长沮、桀溺等等,都是隐者而形貌不同。《论语》既刻画了他们,也衬托并突出了孔子的形象。

《论语》的语录之体自具特点,旨在记言,全用口语,通俗浅显,不同于《尚书》、《春秋》的书面语言。而且孔子为人重视文采,师徒问答言皆有文。虽只言片语,也不同寻常笔墨。虽有加工润色,却似一出自然。这样的著作,对后代的文章影响极大。历代作家行文用语无不取法于此。汉语文章的典范性也发源于此。

但是,《论语》的文章又是不可勉强模拟的。扬雄之著《法言》,王通之著《中说》,都不免貌合而神离。虽"近似圣人"《艺概·文概》却只是形似。在这以后,《朱子语类》、《二程语录》等等,大抵言而无文。《论语》文采之富,在先秦诸子中很突出,后世之"以语录为文"者,是很难企及的。

二　《墨子》

墨子名翟,鲁国(一说宋国)人。生平事迹不详,约生于孔子后,活动于战国之初。一说墨非其姓,因日夜勤劳面目黧黑得号。他出身手工业者,擅机械,晓军事,亲率门弟子助宋御楚。他先始习儒,后自创墨家学派。据《淮南子·要略》说:"墨子学儒者之业,受孔子之术,以为其礼烦扰而不说,厚葬靡财而贫民,[久]服伤生而害事,故背周道而用夏政。"可见其思想不受儒学羁绊,颇富创造性。墨家组织严密,领袖号称"钜子"。"墨家钜子,盖若后世儒家大师,开门授徒,远有端绪,非学行纯卓者,固不足以当之矣。"(孙诒让《墨学传授考》)墨家信徒不畏劳苦艰险,不务空谈,注重社会实践。《淮南子·泰族训》说:"墨子服役者百八十人,皆可使赴火蹈刃,死不还踵,化之所致也。"其宗教色彩颇浓厚。战国时墨家影响至巨。墨子死后,"墨离为三","有相里氏之墨,有相(一作"柏")夫氏之墨,有邓陵氏之墨。"《韩非子·显学》三派各立门户,招徒授业,代代相传。但秦汉以后,墨学终为统治者所不容,日渐衰微,竟至后继无人。

《墨子》一书非一人一时之作,亦非墨子自撰。它是一部包括墨子及墨家各派学说的著作,由墨子弟子及其后学记录、整理、汇编而成。《汉书·艺文志》著录《墨子》七十一篇,今存五十三篇。其内容较为驳杂,体例也不尽一致。书中《尚贤》、《尚同》、《兼爱》、《非攻》、《节用》、《节葬》、《天志》、《明鬼》、《非乐》、《非命》十篇,各分上、中、下篇,内容大同小异,应是墨家三派各记所闻的底本汇辑。它们是墨子的"十诫",即十种主张。《墨子·鲁问》记"子墨子曰":

> 凡入国,必择务而从事焉。国家昏乱,则语之"尚贤"、"尚同";国家贫,则语之"节用"、"节葬";国家熹音湛湎,则语之"非乐"、"非命";国家淫僻无礼,则语之"尊天"、"事鬼";国家务夺侵凌,则语之"兼爱"、"非攻"。

可见上述十篇确实比较集中完整地保存了墨子思想的真相,既是全书核心,也是墨学纲要。

墨子的思想特征非常鲜明,自成体系,独树一帜,堪与儒学抗衡,基本代表小生产者的利益,既有进步性,也有保守性。但总的说来社会政治思想较为进步,而有神论的世界观则有保守落后倾向。

在先秦诸子之文中,《墨子》影响不及《论语》,也不如老、庄、孟、荀、韩等子书。但《墨子》文章独具一格,应占有一席之地。其最大特点是尚实尚质,言之无文。其文意显而语质,言多而不辩;讲究实用,不重文采。这与墨家思想崇尚质实,富于现实性、针对性和功利性相适应。墨家唯恐"以文害用"。《韩非子·外储说左上》记楚王问墨家人物田鸠,墨子为何"言多而不辩"? 田鸠特讲了"秦伯嫁女"、"买椟还珠"两个寓言故事,然后论辩道:

> 今世之谈也,皆道辩说文辞之言,人主览其文而忘其用。墨子之说,传先王之道,论圣人之言,以宣告人。若辩其辞,则恐人怀其文忘其直,以文害用也。此与楚人鬻珠、秦伯嫁女同类,故其言多不辩。

墨子之文受此观点指导而不事文采,故"言之无文","行而不远"。《墨子》对后代散文影响不大,这当属原因之一。

《墨子》文章的另一特点是讲究逻辑,明辨是非。其文极善辩驳,《非命上》篇提出著名的"三表"(《非命》中、下篇称"三法")说:

> 故言必有三表。何谓三表?子墨子言曰:"有本之者,有原之者,有用之者。"于何本之?上本之于古者圣王之事。于何原之?下原察百姓耳目之实。于何用之?废(通"发")以为刑政,观其中国家百姓人民之利。此所谓言有三表也。

"三表"说指出论证问题应有三方面依据:一是本之于历史事实,二是原察百姓见闻,三是观察政治实践的效验。这显然是对历史和现实经验的总结。它标志着人类逻辑思维的发展。然而稽考《墨子》之文,其引述史实多取自古书,或借诸传闻,不全可靠。但其文逻辑严密,在分析、论证、驳论等方面,对后来的《荀子》、《韩非子》之文有所影响。墨家还讲究论辩的目的,"夫辩者,将明是非之分"(《墨子·小取》)。《墨子》之文大都有所为而发,针对性极强,主旨突出,观点鲜明。如《非攻上》以"入人园圃,窃其桃李"、"攘人犬豕鸡豚"、"入人栏厩,取人马牛"以至于"杀不辜人"等"不义"之事为例,层层深入地论证"苟亏人愈多,其不仁兹甚矣,罪益厚"的道理,进而论断:"今至大为不义攻国"。有力地批驳了对此"弗知非,从而誉之谓之义"的谬误乃是混淆黑白、颠倒是非,从而突出了"非攻"这一主旨。其是非极为分明,且富于逻辑。

《墨子》还在文体因革方面,具有承前启后的作用。以《论语》为代表的语录体散文,是早期散文不成熟的形态,《墨子》在此基础上有了明显的发展。它的文体已呈现出由"对话体"向"专论体"过渡的趋势。这在《尚贤》、《兼爱》、《非攻》、《明鬼》、《非乐》等篇中,表现尤为突出。其特点是:首先,各篇出现了简明扼要的标题。此标题并非可有可无,也不像《论语》那样任取文章首句以为篇名,而是如一根红线,贯串全篇,确实有概括全篇中心思想的作用。其次,《墨子》中虽也有墨子语录,但不再是各自孤立的存在,而是围绕中心论题连缀而成一个整体。就每段语录而言,都是该篇文章中不可或缺的一个有机组成部分。再次,《墨子》文章谋篇布局已初具章法,颇有自觉为文的倾向。其文纲目昭然,层次分明,已构成颇具规模的完整篇章。不过《墨子》各篇中仍然屡见"子墨子曰"、"夫子曰"或"子墨子言",说明它在形式上仍未完全跳出"语录体"、"对话体"的模式,显示出《墨子》文体有因有革。它的出现,无疑是散文文体发展的一个重要环节。

第二节 《老子》、《庄子》

老子、庄子是先秦道家代表人物,《老子》、《庄子》二书为道家主要代表作。老、庄之并称,不见于先秦,大约起自魏晋。《三国志·魏书·何晏传》即称何晏"好老、庄言"。《老》、《庄》之文各具风采,文辞美富,仪态万方,在先秦诸子之文中独树一帜。特别是《庄子》之文,不仅在当时堪称翘楚,而且对后世文学影响极为深远。

一 《老子》

《老子》传说为老子所著。关于老子其人历来颇多异说。据《史记·老子列传》,老子即李耳,字聃,故又名老聃,春秋时楚国人,约与孔子同时而较长,任"周守藏室之史"。又据《礼记·曾子问》所载,孔子还曾问礼于老子。但据后世学者考证,《老子》一书并非老子自著而成于后学之手。有如《论语》为孔子语录,《老子》也大体荟萃了老子的语录,并基本上反映了他的思想。其成书晚于《论语》,约在战国前期由道家后学纂辑、加工而成。今存《老子》共八十一章,上篇三十七章,称《道经》,下篇四十四章,称《德经》,故《老子》又称《道德经》。但一九七三年马王堆汉墓帛书《老子》却是《德经》在前,《道经》在后,不分章,文字与今本大体相同。

《老子》五千言,文约而意丰。其文谈玄论道,义蕴深邃,具有较为完整的思想体系。老子的哲学思想以"道"为核心。据统计,"道"在《老子》中出现七十多次。诸如:

> 道,可道,非常道。(首章)　　天乃道,道乃久,殁身不殆。(章十六)　　孔德之容,惟道是从,道之为物,惟恍惟惚。(章二十一)　　有物混成,与天地生。寂兮寥兮!独立不改,周行而不殆,可以为天下母。吾不知其名,字之曰道,强为之名曰大。……人法地,地法天,天法道,道法自然。(章二十五)

可见老子认为"道"是天地万物的本源,是万事万物存在与变化的普遍原则和根本规律。"道"的提出,标志着人们认识世界的抽象思维能力已提高到一个新的层次。老子首创以"道"为哲学的最高范畴,反对上帝有知、天道有为,针锋相对地提出天道自然无为的思想。这意味着天上神权的动摇,也正是地上王权衰落的反映。

老子学说的精髓,是辩证法思想。例如说:

> 祸兮,福之所倚;福兮,祸之所伏。……正复为奇,善复为妖。(章五十八)　　天下莫柔弱于水,而攻坚强者莫之能胜,其无以易之。弱之胜强,柔之胜刚,天下莫不知,莫能行。……正言若反。(章七十八)　　信言不美,美言不信。善者不辩,辩者不善。知者不博,博者不知。(章八十一)

老子观察了天地万物的发展变化,初步认识到社会历史与现实生活中存在着对立统一的辩证规律,发现了事物无不向其对立面转化的基本原则。但他过分强调矛盾对立面的统一性而忽视其斗争性,缺乏积极斗争的思想,含有走向相对主义的可能性。脱离条件而讲变化,无异于宣扬循环论。

老子天道自然无为的哲学思想,用之于人世社会,便产生"无为而治"的政治主张和"小国寡民"的社会理想。老子不讲礼义而讲无为,但他并未忘怀政治而仍欲治天下,只是想以"无为"的手段,达到"无不为"的目的而已。所谓"圣人处无为之事,行不言之教"(章二),"为无为,则无不治"(章三),"无为而无不为,取天下常以无事"(章四十八)等等,都是这种思想的反映。《老子》反对"有为",有不少批评现实政治的激烈言论。如:

> 大道废,有仁义。慧智出,有大伪。六亲不和,有孝慈。国家昏乱,有忠臣。(章十八) 民不畏死,奈何以死惧之?若使民常畏死,而为奇者,吾得执而杀之。孰敢?(章七十四) 民之饥,以其上食税之多,是以饥。民之难治,以其上之有为,是以难治。民之轻死,以其上求生之厚,是以轻死。夫唯无以生为者,是贤于贵生。(章七十五)

这些针对现实社会的政治评论,表现出强烈的批判精神。与此相应,《老子》还描述了乌托邦式的社会理想,提出"小国寡民"的主张:

> 小国寡民。使有什伯之器而不用;使民重死而不远徙;虽有舟舆,无所乘之;虽有甲兵,无所陈之。使人复结绳而用之。甘其食,美其服,安其居,乐其俗,邻国相望,鸡犬之声相闻,民至老死不相往来。
>
> (章八十)

这种社会理想反映了为战乱困扰的人民,迫切要求宁静安乐的愿望,包含着对现世的不满与批判。但它毕竟违背了社会历史发展规律,不仅是不切实际的幻想,而且是保守落后的思想。此外,《老子》中还提出"绝圣弃智,民利百倍"(章十九)、"绝学无忧"(章二十)的观点,以及"古之善为道者,非以明民,将以愚之"(章六十五)的"愚民"主张。其中虽也多少含有对乱世的愤慨和对西周以来礼乐文化的批判,但不加区别地否定一切文化,显然是对文明的反动;而其"愚民"政策为历代封建统治者所采用,也阻碍了社会进步。

《老子》之文在先秦诸子中独标一格,凝练晓畅,朗朗可诵,语精意奥,启人深思。其艺术特色主要表现为以下三点:

首先是韵散结合的特殊文体。《老子》文体异于诸子,虽也像语录,大多三言两语,但与《论语》的纯散文体有所不同。它的文句大体整齐,有的全是韵语,如:

> 谷神不死,是谓玄牝。玄牝之门,是谓天地根。绵绵若存,用之不勤。
>
> (章六)

像这样整章用韵者,还有章二十一、章三十九等,而多数则为韵散结合。其押韵无一定格式,多随文成韵,较为自由,字数不拘,用韵规则不一,但有字句整齐如《诗》者,如:

> 知不知上,不知知病,夫惟病病,是以不病。圣人不病,以其病病,是以不病。
>
> (章七十一)

纯为四言,而且有韵。还有遣辞用语与"楚辞"相似者,如:

> 我独泊兮,其未兆,如婴儿之未孩,儽儽兮,若无所归!众人皆有余,而我独若遗。我愚人之心也哉,沌沌兮!俗人昭昭,我独昏昏。俗人察察,我独闷闷——澹兮,其若海;飂兮,若无止。众人皆有以,而我独顽似鄙。我独异于人,而贵食母。
>
> (章二十)

这种韵散结合的文体在先秦诸子中所在多有,但《老子》一书最突出。

其次是善于运用具体形象表现抽象哲理。这也是先秦诸子共有的特点,但《老子》用此手法,似更得心应手,有其独特之处。例如有以车和制陶、以风箱、以开弓射箭为喻者:

> 三十辐共一毂,当其无,有车之用。埏埴以为器,当其无,有器之用。(章十一)　天地之间,其犹橐籥(按即古代风箱)乎?虚而不屈,动而愈出。(章五)　天之道,其犹张弓欤?(章七十七)

这些比喻都蕴涵着深刻的哲理,不同于一般的简单比喻。

第三是语言凝练精妙,多用格言、警句。在《老子》五千言中,随处可见方言、谚语、格言、警句。诸如:

> 金玉满堂,莫之能守。富贵而骄,自遗其咎。(章九)　六亲不和,有孝慈。国家昏乱,有忠臣。(章十八)　师之所处,荆棘生焉;大军之后,必有凶年。(章三十)　贵以贱为本,高以下为基。(章三十九)　合抱之木,生于毫末;九层之台,起于累土;千里之行,始于足下。(章六十四)

这些格言、警句形象而深刻地浓缩了历史和现实生活的经验教训,闪耀着思想之光。《老子》被誉为"五千精妙"(《文心雕龙·情采》),在很大程度上即由于此。

二　《庄子》

在学术上,《庄子》也是先秦道家的主要代表著作;在文学上,其地位不仅在《老子》之上,而且是先秦诸子散文之冠。其超尘脱俗的思想,恢诡谲怪的形象和汪洋恣肆的文风,在文学史上高张其帜。

庄子(约前369—前286),名周,战国中期宋国蒙(今河南商丘东北)人。据《史记·老庄申韩列传》所记,庄子曾为蒙漆园吏,大约与梁惠王、齐宣王同时,但其生平事迹难以详考。据《庄子》书中的一些零星记载,如《外物》篇说他"家贫",曾"往贷粟于监河侯";《山木》篇记他穿着补疤的粗布衣裳和用麻绳拴着的破鞋子,从魏王面前走过,魏王问道:"何先生之惫邪?"庄子答道:"贫也,非惫也!"可略知其一生贫困。又据《秋水》篇所记,庄子宁肯"曳尾于途中",也不愿受楚威王的聘用,并且自比为"非梧桐不止,非练实不食,非醴泉不饮"的"鹓雏",而把"惠子相梁"比为"鸱得腐鼠",可见他鄙薄富贵,拒入仕途,安于贫困而不显于世。及至后世,老、庄同被奉为道家之宗。唐玄宗大兴道教,天宝元年(742)封庄子为"南华真人",称《庄子》一书为《南华真经》。

《汉书·艺文志》著录《庄子》五十二篇,今存三十三篇,包括内篇七、外篇十五、杂篇十一。一般认为内篇为庄子自著,外、杂篇则为其门人后学所著。其实,《庄子》一书并非出于一人、成于一时,究竟何篇为庄子自著,难以确指。《史记·老庄申韩列传》说庄子"作《渔父》、《盗跖》、《胠箧》,以诋訾孔子之徒,以明老子之术",而其所举者又都属于"杂篇"、"外篇"。但可以肯定它毕竟是庄子一派文章的纂辑,大体上反映了庄子的思想。

就学术渊源而论,庄子的道家学说与老子一脉相承,但又有较大的发展变化。无论在哲学观、政治观、人生观方面,庄子思想都具有自己鲜明的特征。庄子继承了老子"天道自然无为"的思想,而对其消极面作了更大的发挥。庄子也讲"道",认为"道"是"先天地生"(《大宗师》),无始无终,实有而无形,自然而永恒的,是神秘莫测、不可知的。因而他崇尚自然,宣扬天道无为,否定人对自然界的作用,认为"知其不可奈何而安之若命",乃是"德之至也"(《人间世》)。他把"死生、存亡、穷达、贫富、贤与不肖、毁誉、饥渴、寒暑"等等人世间与自然界的差别混为一谈,认为都是"事之变,命之行也"(《德充符》)。又在《大宗师》中说:"死生,命也;其有夜旦之常,天也。人之有所不得与，皆物之情也。"并进而宣称："无以人灭天，无以故灭命。"（《秋水》）在庄子看来，所谓"天"、"命"乃是决定一切的主宰，只可消极顺应，听天由命。所以荀子批评他"蔽于天而不知人"（《荀子·解蔽》）。庄子的认识论从相对主义走向虚无主义。他否认事物差别，否认是非标准和客观真理，宣称"以道观之，物无贵贱"（《秋水》），"万物皆一"（《德充符》），"是亦彼也，彼亦是也。彼亦一是非，此亦一是非"（《齐物论》），"自我观之，仁义之端，是非之涂，樊然殽乱，吾恶能知其辩！"（同上）这就不可避免地陷入了绝对怀疑论、不可知论和诡辩论。

在政治上，孔子是"知其不可而为之"，老子是以"无为"而达到"无不为"，庄子则是"不为"。老子虽尚"无为"，而仍欲治天下，其"无为而治"之论，实为"入世"之说。庄子则从"无为"而入于虚无。其"无所用天下为"（《逍遥游》）之论，显然是"出世"之说。但与老子一样，庄子并未真正忘怀政治，而是心系天下。《庄子》一书中，仍多愤激之言。所谓"方今之时，仅免刑焉"（《人间世》），"今处昏上乱相之间，而欲无惫，奚可得邪？"（《山木》）"彼窃钩者诛，窃国者为诸侯；诸侯之门，而仁义存焉"（《胠箧》）之类的愤慨和议论，对于黑暗现实的揭露与批判，较之《老子》，犹有过之。正是出于对现实政治的无比厌恨，庄子选择了消极逃避的道路。他把老子所谓"绝圣弃智"、"小国寡民"的思想推向极端，鼓吹毁绝一切文明的蒙昧主义：

> 故绝圣弃智，大盗乃止；擿玉毁珠，小盗不起；焚符破玺，而民朴鄙；掊斗折衡，而民不争；殚残天下之圣法，而民始可与论议。擢乱六律，铄绝竽瑟，塞瞽旷之耳，而天下始人含其聪矣；灭文章，散五采，胶离朱之目，而天下始人含其明矣。毁绝钩绳，而弃规矩，攦工倕之指，而天下始人有其巧矣。
>
> 　　　　　　　　　　　　　　　　　　　　　　　（《胠箧》）

在这样的思想指导下，庄子着意勾画出如此一幅"至德之世"的社会蓝图：

> 故至德之世，其行填填，其视颠颠。当是时也，山无蹊隧，泽无舟梁；万物群生，连属其乡；禽兽成群，草木遂长。是故禽兽可系羁而游，鸟鹊之巢可攀援而窥。夫至德之世，同与禽兽居，族与万物并，恶乎知君子小人哉！同乎无知，其德不离；同乎无欲，是谓素朴；素朴而民性得矣。

（《马蹄》）

像这样"同与禽兽居，族与万物并"的"至德之世"，无异于让人类回到洪荒时代，是逆时代潮流而动的社会倒退。但不应忽略，其中也潜藏着愤激之情，蕴含有对抗现实的意味。

庄子的人生理想是追求绝对的精神自由和对现实社会的彻底超脱。他从齐物我、齐生死的观念出发，幻想出一个不受任何条件限制而绝对自由的精神境界，臆造出所谓"至人无己，神人无功，圣人无名"的理想人格典型，声称"若夫乘天地之正，而御六气之辩，以游无穷者，彼且恶乎待哉！"（《逍遥游》）他把无人无我、效法自然、毫无人间烟火气的所谓"真人"，奉为堪称师表的"大宗师"，借以表达自己的人生理想，沉浸在虚构的精神世界里，自我体验超脱现实的"逍遥"之乐，此即所谓"芒然彷徨乎尘垢之外，逍遥乎无为之业"（《大宗师》）。然而现实毕竟不能超脱，精神更无绝对自由，因而他同时也主张"安时而处顺"；并扬言如此可使哀乐得失无动于心，自然而然获得"县（悬）解"（同上）即解脱。他还主张"不谴是非，以与世俗处"（《天下》）。这透露了庄子圆滑顺世的另一面。不过，庄子超尘入圣的人生理想只是表层，其内里却隐现着耻与统治者同流合污的心态。

关于《庄子》散文的辉煌艺术成就，鲁迅说是"晚周诸子之作，莫能先也"（《汉文学史纲要》）。其实，即使在整部中国文学史上，也可说是罕有其匹。它那意出尘外的构思，超群绝俗的想象，美妙奇幻的意境,汪洋恣肆的文风,不仅前所未见,而且后所难及。它开辟了散文艺术的新境界,促进了文学自身的新飞跃。

　　为了表达追求绝对精神自由和彻底超脱现实的思想主旨,《庄子》散文的构思好似天马行空,不落俗套,"以谬悠之说,荒唐之言,无端崖之辞,时恣纵而不傥,不以觭见之也"《天下》。在庄子一派人物看来,天下黑暗而污浊,不能用实实在在、正大堂皇的言语同世人讲论,故倡言"以卮言为曼衍,以重言为真,以寓言为广"《天下》。总之,是采用异乎寻常的艺术形式,表现遗世绝尘的思想内容。反映在题材的选择上,《庄子》着意拉大与现实的距离,更多地注目于寓言和神话。特别是寓言,充溢全书。所谓"寓言十九"《寓言》,非特指"寄之他人,则十言而信九矣"(《庄子集释》卷九上成玄英疏),据其书"大抵率寓言也"(《史记·老庄申韩列传》)看来,似亦不妨理解为"寄寓之言,十居其九"(宣颖《南华真经解》)。据统计,《庄子》一书中,含有寓言故事二百多则。其中既有对历史故事、神话传说的加工改造,如《逍遥游》中的"藐姑射之神"、《应帝王》中的"浑沌凿七窍"等;也不乏自出机杼的即兴创作,如《齐物论》中的"庄周梦蝶"、《秋水》中的"鹓与鸱雏"、《至乐》中的"髑髅见梦"、《山木》中的"庄周游雕陵"等。《庄子》一书特擅形象思维,其中绝少枯燥的说教。他把深刻的哲理形象地寄寓于虚妄的情节之中,在一种超现实的艺术氛围里巧妙地表现自己的真实思想。其中的一些寓言故事,既相对独立,又互相联系。就一篇文章而言,往往是一个个故事环环相套,连缀而成一个整体,共同表述一个中心,形成独具特色的连环式结构。据统计,仅《庄子》内篇七篇就连缀了近五十则寓言故事。以《养生主》一篇为例。此篇论述养生的要领,全文可分六段。第一段为全文之纲,总论养生之道:

　　　　吾生也有涯,而知也无涯。以有涯随无涯,殆已;已而为知者,殆而已矣。为善无近名,为恶无近刑。缘督以为经,可以保身,可以全生,可以养亲,可以尽年。

其核心是所谓"缘督以为经"。"督"为人颈中央之脉,即中道。此以脉为喻,意谓养生之要乃在顺应自然正道以为常法。

以下第二、三、四、五段即"以寓言为广"。第二段用"庖丁为文惠君解牛"之道,即"依乎天理"、"因其固然"阐扬"养生"之道。第三段写右师断足,而说"天也,非人也"。意谓顺天安命,亦合"养生"之道。第四段写"泽雉"虽然寻食不易,但不求安养于樊笼,这也是说顺乎自然乃"养生"之要。第五段写"老聃死,秦失吊之,三号而出"。这是说,人之生死乃自然规律,生不必乐,死不必哀。"安时而处顺,哀乐不能入",乃是"养生"之极致。最后一段说:"指穷于为薪,火传也,不知其尽也。"以薪尽而火传为喻,总结全文,进一步说明顺应自然之道即为"养生"之要这一中心。

全文除首段为说理,末尾用比喻外,中腹四段连缀四个内容各异而主旨如一的寓言故事。其中心思想则如一条隐线,若断若续、若隐若现地贯串其间。《庄子》文章构思之妙,于此可见一斑。

《庄子》散文的艺术魅力,在很大程度上,来自恢诡谲怪的艺术形象。它们在书中层现叠出,异彩纷呈。诸如其大无比的鲲鹏、庄周梦化的蝴蝶、形体残缺的支离疏、运斤成风的匠石:

> 北冥有鱼,其名为鲲。鲲之大,不知其几千里也。化而为鸟,其名为鹏。鹏之背,不知其几千里也;怒而飞,其翼若垂天之云。《逍遥游》　昔者庄周梦为胡蝶,栩栩然胡蝶也,自喻适志与! 不知周也。俄然觉,则蘧蘧然周也。《齐物论》　支离疏者,颐隐于脐,肩高于顶,会撮指天,五管在上,两髀为胁。《人间世》　郢人垩慢其鼻端若蝇翼,使匠石斫之。匠石运斤成风,听而斫之,尽垩而鼻不伤,郢人立不失容。《徐无鬼》

还有吸风饮露的神人《逍遥游》,似有若无的罔两与景《齐物论》,七窍皆无的浑沌《应帝王》,望洋兴叹的河伯《秋水》,自夸其乐的坎井之蛙《同上》,志趣判若霄壤的鹓雏与鸱《同上》,如此等等光怪陆离的

形象,纷至沓来,美不胜收。此外还有更为脍炙人口的"触蛮之争":

> 有国于蜗之左角者,曰触氏;有国于蜗之右角者,曰蛮氏。
> 时相与争地而战,伏尸数万;逐北,旬有五日而后反。
>
> 《则阳》

在一对微小的蜗角上,居然幻化出宏阔悲壮的战争场面和触目惊心的战后惨状。姑且撇开其影射当时诸侯各国力战争雄、兵革不休的深层意蕴不论,这样的形象描绘,仿佛把读者引入了一个超越时间、空间,不辨上下古今的艺术境界。这类恢诡谲怪的艺术形象乃是《庄子》特异的魅力之所在,也是它高于晚周诸子的一大艺术成就。

庄子又是我国文学史上一位杰出的语言艺术大师,"属书离辞,指事类情","其言洸洋自恣以适己"(《史记·老庄申韩列传》),穷形尽相的描写随处可见。不管是鸟、兽、虫、鱼、灵龟、大树,还是风、云、山、水、神怪、异人,都无不写得维妙维肖,绘声绘色。例如《齐物论》对所谓"地籁"即大地自然音响的描写:

> 夫大块噫气,其名为风,是唯无作,作则万窍怒呺。而独不闻之翏翏乎?山林之畏佳(通"崔嵬"),大木百围之窍穴,似鼻、似口、似耳、似枅、似圈、似臼、似洼者、似污者。激者、谞者、叱者、吸者、叫者、谯者、宊者、咬者。前者唱于,而随者唱喁;泠风则小和,飘风则大和,厉风济,则众窍为虚。而独不见之调调,之刁刁乎?

其间形容风吹大树窍穴发出的各种不同声音,既有静态的刻画,又有动态的描绘;既有视觉的写照,又有听觉的传真。形神毕肖,体物入微。其描写之挥洒自如,在同代的文章著作中罕有其匹。

《庄子》文章"意出尘外,怪生笔端"(刘熙载《艺概·文概》),极富浪漫主义色彩。其文"吐峥嵘之高论,开浩荡之奇言"(李白《大鹏赋》),"古今文士,每每奇之"(罗勉道《南华真经循本释题》)。唐柳宗元曾说:"参之《庄》、《老》以肆其端。"（《答韦中立论师道书》）宋苏轼亦自谓："昔有见于中，口未能言，今见《庄子》，得吾心矣。"（苏辙《亡兄子瞻端明墓志铭》）直到近代，鲁迅也承认他自己"就是思想上，也何尝不中些庄周韩非的毒"（《写在〈坟〉后面》）。郭沫若推庄子为一般散记文学的"鼻祖"，认为他足以和屈原、司马迁"分庭抗礼"（《庄子与鲁迅》），甚至说："秦汉以来的一部中国文学史差不多大半在他的影响之下发展。"（同上）

第三节　《孟子》、《荀子》

孟子、荀子是孔子之后的儒家大师，《孟子》、《荀子》二书则是《论语》之外的重要儒家著述。"自周末历秦汉以来，孟、荀并称久矣"（谢墉《荀子序》），《史记》也合孟、荀为一传。到唐代韩愈始扬孟抑荀，认为孟子是"醇乎醇者也"，荀子则是"大醇而小疵"（《读荀子》）。其后五代后蜀主孟昶始列《孟子》入石刻"十一经"。南宋朱熹则以《论语》、《大学》、《中庸》、《孟子》为《四子书》，简称《四书》。明、清科举以"八股文"试士，又限以《四书》文句为题，《孟子》遂成为家弦户诵的"经书"，影响大过《荀子》。

一　《孟子》

孟子（约前372—前289），名轲。或说字子舆、子车，盖出附会。邹（今山东邹县东南）人，鲁国贵族孟孙氏后裔。孟轲受业于孔子嫡孙子思（孔伋）之门人，而子思又是孔子门人曾参的弟子，故其学术渊源，与孔子一脉相承。他始而讲学，继而游说、从政，曾"后车数十乘，从者数百人，以传食于诸侯"（《孟子·滕文公下》），历经齐、宋、滕、魏等国。齐宣王时，曾一度仕齐为卿。当时"天下方务于合从连衡，以攻伐为贤，而孟轲乃述唐、虞、三代之德"，统治者视为"迂远而阔于事情"（《史记·孟子荀卿列传》），他遂停止周游，终老于邹。

关于《孟子》一书的作者,向来有三种说法。一说为孟子自著,一说为孟子死后由其弟子万章、公孙丑之徒所记纂,司马迁则说孟子"退而与万章之徒序《诗》、《书》,述仲尼之意,作《孟子》七篇"(同上),似以此师生合著之说较为可信。

《孟子》今存七篇,即《梁惠王》、《公孙丑》、《滕文公》、《离娄》、《万章》、《告子》、《尽心》。每篇又各分上、下。另有所谓《外书》四篇:《性善辩》、《文说》、《孝经》、《为政》,实为后人伪托,久已湮没不存。至于明姚士粦所传、熙时子注的《孟子·外书》,就更是"伪中出伪"之作了。

孔丘、孟轲并称"孔孟",向来是儒家正统的代称;而《论语》、《孟子》同列《四书》,又都是儒家崇奉的经典。比较《论》、《孟》二书,不难看出孟子继承和发展了孔子的思想。孟子也声称"乃所愿,则学孔子也"(《公孙丑上》),他是以孔子传人自居的。

孟子接受了孔子的唯心主义思想体系,其基础是所谓"性善"论。"人性之善也,犹水之就下也。人无有不善,水无有不下";所谓"恻隐之心"、"羞恶之心"都是"人皆有之"(《告子上》);并且还是仁、义、礼、智等道德纲常的萌芽、发端(见《公孙丑上》)。他把孝亲、忠君、敬长等伦理行为,都说成是出于人的本性。

孟子的"天命"思想具有道德的属性,较之孔子的"天命"论有所发展。他把国君传位说成是"天与之",他还具体阐释道:"莫之为而为者,天也;莫之致而至者,命也。"(《万章上》)这种"天命"决定社会、人事的神秘主义观点,后来被西汉董仲舒进一步系统化为"天人感应"的神学目的论。与此相一致,孟子在认识论上是唯心论的先验论者。他宣称"万物皆备于我",即万事万物的道理都具备于"我"的内心,因而"尽其心者,知其性也;知其性则知天矣"(《尽心上》),只要努力探求并无限扩充自己所固有的"善心",就能认识自己所固有的"善性",也就懂得了"天命"。这种"尽心、知性、知天"的理论,构成了孟子主观唯心主义的哲学思想体系。

在此理论基础上,孟子提出仁政保民和实行王道政治的主张,宣称"尧舜之道,不以仁政,不能平治天下"《离娄上》),而"保民而王,莫之能御也"《梁惠王上》)。他对"发政施仁"而行"王道"的社会理想作了具体描绘:

> 五亩之宅,树之以桑,五十者可以衣帛矣。鸡豚狗彘之畜,无失其时,七十者可以食肉矣。百亩之田,勿夺其时,八口之家可以无饥矣。谨庠序之教,申之以孝悌之义,颁白者不负戴于道路矣。老者衣帛食肉,黎民不饥不寒,然而不王者,未之有也。

(《梁惠王上》,类似论述亦见于《尽心上》)

这一理想的提出,基于"庖有肥肉,厩有肥马,民有饥色,野有饿莩"《梁惠王上》)的残酷现实,具有强烈的针对性。这种"发政施仁"而行"王道"的主张,虽与当时敌侔争权、以攻伐为上的现实格格不入,但比孔子的"仁者爱人"、"为政以德"更见具体而系统。

孟子由"保民而王"推衍出"民为贵,社稷次之,君为轻"《尽心下》),并指斥桀、纣之流"残贼"的君主为"一夫"《梁惠王下》)。尽管他的"民"、"君"概念与后世有所不同,但毕竟是战国巨变时期的新观念,不仅堪称惊世之论,且对后代反封建专制统治的思想家产生过积极影响。

《孟子》一书的文章形式也比《论语》有所发展,已将简明扼要的语录,发展为长篇大论。就艺术风格论,正如《论语》充溢夫子之风采,《孟子》也毕现孟轲之神情。全书以孟轲为中心,通过对他的言行举止、神情语态的生动描述,鲜明地展示了这位思想家的情感倾向和性格特征。例如他对苦难深重、死于战乱的人民表现出无限怜悯与同情:

> (孟子)曰:"……王者之不作,未有疏于此时者也;民之憔悴于虐政,未有甚于此时者也!"

《公孙丑上》

　　孟子曰："……争地以战，杀人盈野；争城以战，杀人盈城；此所谓率土地而食人肉，罪不容于死！"

《离娄上》

对那班昏庸的国君，竭力冷嘲热讽：

　　孟子见梁襄王，出，语人曰："望之不似人君，就之而不见所畏焉。"

《梁惠王上》

对先师、先圣他热烈赞颂：

　　孟子曰："伯夷，圣之清者也；伊尹，圣之任者也；柳下惠，圣之和者也；孔子，圣之时者也。孔子之谓集大成。集大成也者，金声而玉振之也。"

《万章下》

　　（公孙丑问曰：）"伯夷、伊尹于孔子，若是班乎？"（孟子）曰："否；自有生民以来，未有孔子也。"

《公孙丑上》

对于各种异端他无情抨击：

　　（孟子曰：）"……杨氏为我，是无君也；墨氏兼爱，是无父也。无父无君，是禽兽也！"

《滕文公下》

　　景春曰："公孙衍、张仪岂不诚大丈夫哉？一怒而诸侯惧，安居而天下熄。"孟子曰："是焉得为大丈夫乎？……以顺为正者，妾妇之道也！"

《同上》

　　这些气势充沛、感情浓烈的言谈，充分展示了孟轲其人的精神世界。

　　书中的孟轲，还是一位个性鲜明的大儒。他忠于孔学，坚持理想,孜孜不倦,百折不挠,声称"富贵不能淫,贫贱不能移,威武不能屈"(《滕文公下》)。他具有强烈的自我意识,充满自信,胸怀"当今之世,舍我其谁"(《公孙丑下》)的非凡气概。他正气凛然,傲骨铮铮,"说大人,则藐之,勿视其巍巍然"(《尽心下》)。他坚持操守,刚直不阿,"非其道,则一箪食不可受于人"(《滕文公下》)。这些都鲜明地展现了孟轲的个性特征。

《孟子》文章的特点是具有至精至密的论辩艺术。孟子在当时以"好辩"著称。他坚决维护本派的学说,积极宣扬自己的主张,却又不合时宜,因而不得不滔滔雄辩:"予岂好辩哉? 予不得已也。"(《滕文公下》)客观情势逼使他不得不然。从主观方面说,孟子具有丰厚的学养,刚健的气质,机智应变的能力,再加上崇尚游说的时代风气的薰陶,遂成就了他的辩才,即令人赞叹的"析义至精"而"用法至密"(见《艺概·文概》)的论辩艺术。

围绕着施仁政、行王道这一政治思想核心,孟子在论辩中不厌其烦地反覆申说。既有纲领式的阐述,更有具体而微的辨析。如所谓孟子"劝齐伐燕"一事,《战国策·燕策一》曾有明白记载:"孟轲谓齐宣王曰:'今伐燕,此文、武之时,不可失也。'"《史记·燕世家》亦采此说。然而这与倡言仁政、王道,反对攻战杀伐的孟子显然不合,故后世学者力辩其"诬罔",认为"圣贤决无是事也"(《战国策·燕策一》吴师道补注)。而在《孟子·公孙丑下》中,却是这样记载的:

　　沈同(赵岐注云:"齐大臣")以其私问曰:"燕可伐与?"孟子曰:"可。子哙不得与人燕,子之不得受燕于子哙。有仕于此,而子悦之,不告于王而私与之吾子之禄爵;夫士也,亦无王命而私受之于子,则可乎? ——何以异于是?"

　　齐人伐燕。或问曰:"劝齐伐燕,有诸?"曰:"未也。沈同问'燕可伐与',吾应之曰'可',彼然而伐之也。彼如曰:'孰可以伐之?'则将应之曰:'为天吏,则可以伐之。'今有杀人者,或问之曰:'人可杀与?'则将应之曰:'可。'彼如曰:'孰可以杀

> 之?'则将应之曰:'为士师,则可以杀之。'今以燕伐燕,何为
> 劝之哉?"

不难看出,孟子确实支持"伐燕",只是不赞成用一个同燕国一样暴
虐的齐国去讨伐燕国(即所谓"以燕伐燕")罢了。孟子同意"燕可
伐",但不承认自己"劝齐"伐之,并且以杀人犯该杀,但只能由"士
师"(治狱官)行刑为例来说明此理。其实,孟子对于沈同之问"燕可
伐与"的动机,不会心中无数;其答称"可",在客观上难免会起鼓励
的作用。从这个意义说,谓之"劝齐伐燕",不算"诬罔"。但孟子自
我辩解的这段文字确实令人叹服。

孟子与人论辩,还特别善于抓住所论问题的要害,使对方陷于
窘境。著名的《齐桓晋文之事章》(《梁惠王上》),便是这样的实例:

> 孟子谓齐宣王曰:"王之臣有托其妻子于其友而之楚游
> 者,比其反也,则冻馁其妻子,则如之何?"王曰:"弃之。"曰:
> "士师不能治士,则如之何?"王曰:"已之。"曰:"四境之内不
> 治,则如之何?"王顾左右而言他。

孟子居高临下,巧妙设喻,由私到公,因小及大,层层深入,步步进
逼,直把对方置于无言以对的窘迫境地。

此外,孟子还善于在论辩中适当地运用比喻或穿插寓言故事,
增强论辩的感染力和说服力。其用譬之多,设喻之妙,历来受人赞
赏。至于"五十步笑百步"(《梁惠王上》)、"揠苗助长"(《公孙丑上》)、"齐
人有一妻一妾"(《离娄下》)、"弈秋海弈"(《告子上》)等寓言故事的巧妙
运用,更是孟子"用法至密"论辩中的精彩之笔。

《孟子》的语言明白晓畅,不事雕琢,罕有艰深之辞、生涩之句。
其语言艺术,历来备受称道。赵岐说它"辞不迫切,而意以独至"
(《孟子题辞》);苏洵称它"语约而意尽,不为巉刻斩绝之言,而其锋不
可犯"(《上欧阳内翰第一书》);郝敬更赞美道:"七篇之言,近而远,浅而
深,疏畅条达而详允精密。不为钩深索隐,而肯綮盘错,通会无迹。"

《读孟子》)后世散文家崇奉《孟子》为典范之作,发人深思。

二　《荀子》

荀子名况,战国末期赵人,时人尊称荀卿或孙卿。其生卒之年,无从考定,大约活动于前 298 至前 238 年间。概其生平,可谓生于赵,游于齐、秦,仕于楚,为兰陵令。前 238 年,楚李园杀春申君,荀卿亦被罢免,于是终老兰陵。其一生行事类乎孔、孟:始则治学,继而周游、出仕,终则讲学著书。荀子是先秦诸子中最后一位学术上成就卓越的大师。

《荀子》一书,又名《孙卿子》、《孙卿新书》。唐杨倞注此书,将原刘向校定本篇次略加更动,改其名为《荀子》。今传三十二篇,以《劝学》始,《尧问》终。一般认为书中《大略》、《宥坐》、《子道》、《法行》、《哀公》、《尧问》六篇乃"弟子杂录",其余二十六篇则为荀子手笔。

荀子是孟子之后的一位儒学大师。他在《儒效》篇中崇"大儒"而贬"俗儒"。荀子自己是隐然以"大儒"自居的。作为大儒的荀子,"于诸经无不通"(汪中《荀卿子通论》)。他继承了孔子所开创的儒学传统,并有所发展、创造,成为先秦时期集大成的思想家。他学问渊博,涉猎广泛,著述宏富。其思想较为驳杂而基本上属于儒家,且主要接近孔子而与孟子有所不同。在儒家后学中,荀子实已自成一派。所谓孔子之后"儒分为八","孙氏(荀子)之儒"即为儒家八派之一(见《韩非子·显学》)。较之前辈儒家,荀子思想有若干值得注意的新特点。

首先,是"制天命而用之"的天道观。其《天论》是一篇很有特色的哲学论文,反映了荀子对天人关系的新见解,首次提出"制天命而用之",表现出朴素唯物主义的自然观。他认为"天行有常",主张"明于天人之分",指出"星之队(坠)"、"木之鸣"、"日月之有蚀,风雨之不时,怪星之党(傥)见"等,无非"天地之变,阴阳之化,物之罕至者也",是不以人们意志为转移的自然现象,因而怪之则可,畏之则非。进而提出："大天而思之,孰与物畜而制之！从天而颂之,孰与制天命而用之！望时而待之,孰与应时而使之!"与孔子的"畏天命"相反,这属于突破前辈儒家传统思想的卓越之见,是荀子吸取百家思想精华之后的新认识。这正意味着上天权威的衰落和人王地位的下降。是战国百家争鸣结出的智慧之果,闪耀着新奇的思想光辉。

其二,提出了著名的"性恶论"。荀子与孟子都对"人性"作过探索。对于人的本体的重视,反映了人类自我意识的觉醒。孔子虽也曾讲过"性相近也,习相远也"(《论语·阳货》),但对"人性"问题尚乏深入论述,孟子始明确提出"性善"论。荀子则针锋相对地倡言"性恶"论,作为其政治理论的哲学基础。他在《性恶》篇断然宣称:"人之性恶,其善者伪也。"这就否定了孟子的先天道德论,特别强调后天的学习,并重视教育与社会环境的影响,其中多少含有唯物的因素。不过,孟、荀各执一端,认识虽迥异,而在注重学习这一点上,却是相通的。且他们脱离阶级属性辩论"性善"与"性恶",正反映了时代和阶级的局限性。

其三,主张"法后王"的政治观。这与孟子"言必称尧舜"的"尊先王"的思想相对立,因而引起历代学者的争议。其实,细审其《非相》篇所述"后王",乃指周之文王、武王,即"先王"(尧、舜、禹、汤、文、武)中的最后之王;所谓"天下之君",乃指君临天下的周天子。正如钱大昕所指出:"孟言'先王',与荀所言'后王',皆谓周王,与孔子'从周'之义不异也。"(《十驾斋养新录》卷一八)然而荀子取百家之长,在"复古"的旗号下行革新之实,并非因循守旧。以"隆礼"和"重法"为政治思想的核心,这是与孟子有所不同的。

其四,重视"人治"的思想。孔子主张"道之以德,齐之以礼"(《论语·为政》),为政兼讲"德"与"礼"。荀子则兼讲"礼"与"法"。不过,荀子在重视"礼治"与"法治"的同时,还特别强调"人治",明确提出"有乱君,无乱国;有治人,无治法"(《君道》)的新观点;并指出:

"有良法而乱者,有之矣;有君子而乱者,自古及今,未尝闻也。"《《王制》,又见《致士》)这种强调"人治"的思想,是对前辈儒家传统观念的新发展,在中国封建社会中影响甚大。荀子把人的因素摆在首位,故在《劝学》、《修身》、《不苟》、《性恶》、《君子》等篇中,不厌其烦地强调重视人的修养,提高人的品质。因法由人制定,也靠人执行和维护,人的素质至关重要。不过,荀子之强调"人治",旨在突出所谓"君人"、"君子"的作用,替实行中央集权制的封建统治者造舆论,归根结蒂为"一天下"的政治目的服务。

诸子之文发展到《荀子》,已更趋成熟完善,不再是如《论》、《孟》的语录或对话的连缀,而是自成体系的专题论文,内容和形式,都有新变化。要而言之,其特点有三。

一是通才之文,博大精深。荀子融会贯通百家学说,几无所不窥,无所不精,无愧为站在时代前列的通才大儒。其书出入古今,广涉众学,弘博而深邃,"理懿而辞雅"《《文心雕龙·诸子》),充分显示出通才之文的特点。倘按主要内容分类,几应有尽有。如哲学专论有《天论》、《荣辱》、《解蔽》、《正名》、《性恶》等,政治学专论有《非相》、《仲尼》、《儒效》、《王制》、《王霸》、《君道》、《臣道》、《强国》、《正论》、《礼论》、《君子》等,军事学专论有《议兵》,经济学专论有《富国》,教育学专论有《劝学》,学术史专论有《非十二子》,伦理学专论有《修身》、《不苟》,人才学专论有《致士》,音乐艺术专论有《乐论》,等等。先秦时期,学术尚未"分家",一书乃至一文之中,多种学术内容交叉参互,杂然并陈,几为通例。而像《荀子》一书以专论形式广涉各学术领域,内容如此渊博者,实为罕见。

特别引人注目者,《荀子》中还出现了较为"纯粹"的文学作品《成相》与《赋》篇。《成相》是荀子学习民间文艺形式新创的一篇韵文。全篇以"请成相"开头(按:一般认为"成"即奏,"相"乃乐器,"成相"类乎今之"打起鼓"、"敲起锣",为说唱文学惯用开场套语),分三大段五十六节。各节相对独立,又在同一政治主题下有所联系。

每节五句,杂言体形式,除第四句外,每句押韵。如第一节:

> 请成相,世之殃,愚暗愚暗堕贤良。人主无贤,如瞽无相何伥伥!

这种形式,有如后世大鼓、弹词之类的曲艺作品,在当时诚属新创的一种文学样式。其文学意味虽不甚浓,而开创之功实不可没。

《赋》篇之作,意义更其重大。在中国文学史上,荀子是以"赋"名篇的第一人,历来视之为赋体的始祖之一。据《汉书·艺文志》著录,荀卿赋原有十篇。今本赋篇仅存《礼》、《知》、《云》、《蚕》、《箴》五篇,末附《佹诗》二篇、《小歌》一篇。其中《礼》、《知》二赋为说理之作,《云》、《蚕》、《箴(针)》三篇则为咏物之赋。其形式颇为一律,如同谜语。大致是前段设谜,以四言韵语围绕谜底铺陈形容;后段点题,杂以散文句式,设为问答之辞;末以结语揭示谜底。兹以《箴》赋为例:

> 有物于此,生于山阜,处于室堂。无知无巧,善治衣裳。不盗不窃,穿窬而行。日夜合离,以成文章。以能合从,又善连衡。下覆百姓,上饰帝王。功业甚博,不见贤良。时用则存,不用则亡。臣愚不识,敢请之王。王曰:此夫始生钜其成功小者邪?长其尾而锐其剽者邪?头铦达而尾赵缭者邪?一往一来,结尾以为事。无羽无翼,反覆甚极。尾生而事起,尾遒而事已。簪以为父,管以为母。既以缝表,又以连里。夫是之谓箴理。

通篇围绕"箴(针)"作重复描绘,全以隐语构成。此即刘勰所谓"象物名赋"而"文质相称"(《文心雕龙·才略》)。至于《佹诗》与《小歌》,乃《赋》篇之总结,有如"楚辞"之"乱曰"。荀赋五篇,以《箴》赋较为生动,其他则训诫之味颇浓,艺术价值不高。但它开创了一种新的文学样式,在"赋"的领域里俨然自成一家,对汉赋的形成和发展,影响甚大。

二是学者之文,严谨周详。在先秦诸子中,荀子学识渊深而为文构思周密,论述详赡。《劝学》、《不苟》、《王制》、《王霸》、《富国》等篇都显示了这一特点。其文往往有总论、分论,层层深入,节节变化,中心突出,条达细密,在诸子之文中颇为突出。《荀子》之文多属专题学术论文,结构严整,立意统一,体式宏伟,条理明晰,标志着我国议论散文的成熟和完善,为后世论说文体的典范。

荀文尤长于正论反驳,善立善破。驳论的出现,意味着我国论说文体的新发展。后经韩非发扬光大,遂成论说文体之一宗,其意义非同小可。如其《正论》篇,先标举"世俗之为说者"的一个反面论点,然后引经据典,反覆驳辩,一驳到底。全篇十段除末三段直驳"子宋子"之说外,其余七段都是先引"世俗之为说者"的反面论点立为"靶子",而后逐一驳正,旨在伸张自己的正论。

又如《性恶》篇,也是出色的驳论之作。先揭橥孟子之说,从反面立论:"孟子曰:'人之性善。'"接着便断然批驳:"曰:是不然!"随即提出自己的论点:"凡古今天下之所谓善者,正理平治也;所谓恶者,偏险悖乱也。是善恶之分也已。"先按自己所立的标准,揭示所谓"善"、"恶"之分。接着又以政治生活中的现实为依据,反驳"性善"之说:"今诚以人之性固正理平治邪? 则有恶用圣王,恶用礼义矣哉! 虽有圣王礼义,将曷加于正理平治也哉!"这就是说,人性果"善",就无须乎什么"圣王礼义"了。从而始引出结论:"今不然,人之性恶。"因为"古者圣人以人之性恶",才"为之立君上之势以临之,明礼义以化之,起法正以治之,重刑罚以禁之"。由此可见:"人之性恶明矣,其善者伪也。"荀文严谨周详的特点,于此可见一斑。

三是长者之文,老练淳厚。荀子其人,年寿颇高。据《史记·孟子荀卿列传》所记,荀子"年五十始来游学于齐",在天下闻名的稷下学宫,"荀卿最为老师","三为祭酒"。其讲学授徒,弟子甚众,著名者有韩非、李斯、浮丘伯等,"荀卿之徒,著书布天下。"(《史记·吕不韦列传》)荀文虽有辩论,却非《孟子》似的高谈阔论,滔滔雄辩;亦非《国策》似的纵横捭阖,辩丽夸饰。而确乎不失长者风度。荀文的独特风格,是与其为人的特点分不开的。例如著名的《劝学》篇,紧扣"劝学"的中心论题,反复论述学习的重要性、必要性,理正辞雅,最能体现《荀子》文章老练淳厚、明晰条畅的艺术风格。

与此相适应,荀文还有一个突出特点,即多用比喻而少用寓言故事。据统计,荀文三十二篇仅有寓言故事"蒙鸠为巢"(《劝学》)、"涓蜀梁"(《解蔽》)、"曾子食鱼"(《大略》)、"欹器"(《宥坐》)、"东野失马"(《哀公》)等寥寥数则而已;况且其中《大略》、《宥坐》、《哀公》三篇,一般还认为是"弟子杂录",非出荀子手笔。这与诸子之文广用寓言故事有所不同。

荀文广用比喻,而且常用一连串的类比,《劝学》一篇最为突出,如开始一段:

> 君子曰:学不可以已。青,取之于蓝,而青于蓝;冰,水为之,而寒于水。木直中绳,𫐓以为轮,其曲中规,虽有槁暴,不复挺者,𫐓使之然也。故木受绳则直,金就砺则利。君子博学而日参省乎己,则知明而行无过矣。故不登高山,不知天之高也;不临深溪,不知地之厚也;不闻先王之遗言,不知学问之大也。干、越、夷、貉之子,生而同声,长而异俗,教使之然也。

其用喻之多,令人目不暇接;而看似五光十色,用意却十分明确,都为说明"劝学"的主旨。类似的取譬设喻,几占全文之半。这样的特点,也是《荀子》文章典重淳厚的体现。

第四节 《韩非子》、《吕氏春秋》

《韩非子》是先秦法家集大成的著作,《吕氏春秋》则是杂家之书。二书同出于战国之末,思想、艺术各有特色。

一 《韩非子》

韩非(约前280—前233),《史记·老庄申韩列传》说:"韩非者,韩之诸公子也。喜刑名法术之学,而其归本于黄、老。非为人口吃,不能道说,而善著书。与李斯俱事荀卿,斯自以为不如非。"韩王安五年(前234),韩非使秦,《史记》说他被李斯、姚贾谮害,次年下狱而死(见《老庄申韩列传》及《秦始皇本纪》)。但据《战国策·秦策五》所记,韩非乃因面对秦王攻击姚贾是守门人的儿子,又是"梁之大盗,赵之逐臣",不当重用;秦王听信姚贾辩解,以韩非为进谗而诛之,情节与《史记》所记有所不同。

《韩非子》集中汇编了韩非的著作,是先秦法家集大成的重要典籍,也是"百家争鸣"高潮中的一部学术巨著。《汉书·艺文志》著录《韩子》五十五篇,基本上由韩非自著。但在辗转流传中,也杂有后学者之作。如首篇《初见秦》,又载于《战国策·秦策一》。其作者或称张仪,或称范雎,或谓蔡泽,或谓吕不韦,众说纷纭,迄无定论。再如《有度》篇,论及齐、楚、燕、魏之亡,均为韩非死后之事,似非韩非手笔。还有《解老》、《喻老》二篇,思想、笔调及引文均有出入,也不似一人所作。

韩非继承、总结了前辈法家慎到、吴起、商鞅、申不害等的理论和实践,加上自己的创造和发展,形成了一套颇为完整的法家思想体系,为建立专制主义的封建政权提供了理论根据,并在实践上对我国第一个中央集权制的秦王朝的建立起了重要作用。韩非的法家思想,有两个主要特点:

一是以"法"为中心,结合"术"与"势"的政治观。在韩非之前,申不害强调"任术",商鞅主张"明法",慎到宣扬"乘势",韩非则批判地继承了他们的理论和实践,并且吸取了荀子和道家的某些理论,形成了以"法"为中心,结合"术"与"势"的较为全面系统的法治思想。他在《定法》篇中,指出"申不害言术,而公孙鞅(即商鞅)为法",都是各执一端,"皆未尽善",明确主张君主必须"法"与"术"并用,"君无术则弊于上,臣无法则乱于下,此不可一无,皆帝王之具也"。《难三》篇中也强调"人主之大物,非法则术也",《难势》篇中又提出"抱法处势则治,背法去势则乱"。韩非的"法",乃指"宪令著于官府,刑罚必于民心,赏存乎慎法,而罚加乎奸令者也"《定法》;或者说"编著之图籍,设之于官府,而布之于百姓者也"《难三》。简言之,即指法令,又叫做"名",据"名"而行赏罚叫"刑",合称"刑名法术之学"。所谓"术",乃指"因任而授官,循名而责实,操杀生之柄,课群臣之能者也"《定法》;或者说"藏之于胸中,以偶众端而潜御群臣者也"《难三》。也就是国君据"法"驾驭群臣的手段。所谓"势",即权势,"乘势"也就是掌握政权。这是"法"与"术"得以推行的前提条件。韩非的这种政治主张,强调君主专制,中央集权,适应了当时社会发展的总趋势,因而他的学说传入秦国,秦王赞叹道:"嗟乎! 寡人得见此人与之游,死不恨矣!"《史记·老庄申韩列传》

二是反对复古、主张革新的社会历史观。先秦诸子多善纵论古、今,孔、孟之论"三代",老、庄之讲远古,都说明他们认识到了历史是人类社会既往的运动发展过程。但他们大都贵古贱今,是古非今。以韩非为代表的法家则不同。韩非也讲历史,却继承了前辈法家商鞅等人的思想,以为"治世不一道,便国不必法古"《商君书·更法》,他在《五蠹》篇明确提出古今有异,"不期修古,不法常可,论世之事,因为之备"的观点,即不必遵行古制、效法常规,要研究社会实情,制定相应措施。他不仅认识到了历史的发展,而且反对盲目崇古,主张着眼于现实,立足于当今,"世异则事异","事异则备变";"古今异俗,新故异备"。嘲笑那些"欲以先王之政,治当世之民"的人,"皆守株(待兔)之类也"。这种反对因循旧制,主张因时而变的思想,体现了新兴地主阶级改革旧制度的进取精神,无疑是进步的社会历史观。不过,韩非仅仅从社会物质财富的变化展开论证,虽较新颖,却不免片面性。

韩非的文艺观亦集法家文艺观之大成。其基本观点是重质轻文,崇实反虚。这与孔子"言之无文,行而不远"《左传·襄公二十五年》

的主张显然不同,而比较接近于老子"信言不美,美言不信"(《老子》八十一章)的观点。韩非认为"美"的事物,无须加以文饰;靠人工文饰之"美",本来不美。他说:"礼为情貌者也,文为质饰者也。夫君子取情而去貌,好质而恶饰。夫恃貌而论情者,其情恶也;须饰而论质者,其质衰也。何以论之?和氏之璧,不饰以五采;隋侯之珠,不饰以银黄。其质至美,物不足以饰之。夫物之待饰而后行者,其质不美也。"(《解老》)他崇尚质朴,含有合理因素;但根本否定"文饰",未免片面。其《显学》篇说:"故善毛嫱、西施之美,无益吾面;用脂泽粉黛,则倍其初。"这样的议论,恰与前说矛盾。

由于"好质"而"恶饰",《韩非子》文章的一大特点就是揭露实情,无所掩饰。例如《备内》篇论君主如何防备宫内篡位夺权,指出人与人之间都是利害关系,"奸臣"往往利用君主和妻子、儿子的关系,达到"劫君弑主"的目的。因此,他们无论是否有"骨肉之亲",都"无可信者"。这就无情地撕开了覆盖在人际关系上的温情脉脉的面纱,将丑恶、肮脏的实质揭露无遗。在《八奸》篇中,他专论内奸篡权的危险和手段,指出"凡人臣之所道成奸者有八术",即"同床"、"在旁"、"父兄"、"养殃"、"民萌"、"流行"、"威强"、"四方",并分别加以论析,认为"凡此八者",都是导致臣子奸谋成功,世主遭受蒙蔽、挟持而丧失权势的原因,告诫君主"不可不察焉"。对于各种"奸谋",也是写得淋漓尽致。在著名的《说难》篇中,论游说之难,历陈种种可致"身危"的情况,真切实在,也无微不至。

韩非为人,不善言辞而善著书,窘于人际交往而长于冷静地观察现实生活,总结历史经验,贯通古今,深谋远虑。因而他的文章具有高度的总结性和非凡的深刻性;既细致、周详,又透彻、锋锐,不同于《论语》的雍容和顺、娓娓而谈,也不同于《孟子》的气势浩然、滔滔雄辩,更不同于《庄子》的汪洋恣肆和纵横家的夸说浮辞。可以说,韩非的思想、气质、性格、为人和他的文章是融为一体的。

韩非之文,多属政论,但体式多样,不一而足。如《五蠹》、《显学》为长篇专论,《三守》、《备内》乃短篇专论,《难一》、《难二》属驳论之体,《难势》、《定法》系辩难之文;以韵文为主者如《主道》、《扬权》,呈骈偶倾向者有《功名》、《大体》;还有纲目式的经说文如《解老》,长编式的专辑体如《说林》及内、外《储说》……这些文体有的是对前人传统的继承和发展,有的则为韩非所独创,对后世散文的发展,影响不小。

于众体之中,韩非特擅驳论。如《难一》篇第二则先讲舜"躬藉处苦,而民从之",并借仲尼的赞叹,摆出了"圣人之德化"这一论点,接着便指出对方的矛盾:"舜之救败也,则是尧有失也。贤舜,则去尧之明察;圣尧,则去舜之德化,不可两得也。"使对方左右为难,不能自圆其说。然后亮出自己的论点:君主不必亲历劳苦去实施"德化",而应以"处势而矫下"为要务。文章有破有立,有论有据,犀利明快,极富说服力。这样的驳论,在韩文中不胜枚举。

《韩非子》还有一个突出的特点是寓言荟萃。据统计,书中共有寓言故事三百多则,居先秦各家著作之首。先秦本是寓言文学繁荣的时代。先秦寓言数量之众多,思想之深刻,艺术之出色,均为后世寓言所望尘莫及。然而它们大多是先秦著作中说理的手段或叙事的有机组成部分,尚未独立成体。到了韩非手中,则发生很大变化。韩非对散见各书和流传民间的众多寓言故事作了系统的收集整理,再加上自己的创作,然后分门别类加以编排,第一次推出蔚为大观的寓言专辑,载于《韩非子》中《说林》及内、外《储说》篇里。这不能不说是韩非的一大创造。刘勰说"韩非著博喻之富"(《文心雕龙·诸子》),主要即指这一特点。《韩非子》的这些寓言故事是韩非用来广譬博喻,宣扬其法家思想的。著名者如《和氏献璧》(《和氏》)、《老马识途》、《远水不救近火》(《说林上》)、《滥竽充数》(《内储说上》)、《郢书燕说》(《外储说左上》)、《自相矛盾》(《难一》)、《守株待兔》(《五蠹》)等等,多已演为成语,广为流传。

二 《吕氏春秋》

《吕氏春秋》是在秦相吕不韦主持下,由其门客(亦即《汉书·艺文志》所称"智略士")集体撰著而成。

吕不韦(? —前235),濮阳(今河南濮阳县西南)人,原为阳翟(今河南禹县)大商人,"往来贩贱卖贵,家累千金"。据《史记》本传及《战国策·秦策五》所记,他在赵都邯郸经商,遇见入质于赵的秦公子异人,以为"奇货可居",转而从事政治投机,为异人游说华阳夫人。经奔走贿赂,终于如愿以偿。异人后继位为庄襄王,"以不韦为相,号曰文信侯,食蓝田十二县"。庄襄卒,秦王政年幼继位,尊不韦为相国,号称"仲父"。后因嫪毐之乱,吕免职,出居封地河南。秦王政十二年(前235),吕迁蜀郡,饮鸩自杀。

《吕氏春秋》之成书,《史记·吕不韦列传》有明确记载:"吕不韦乃使其客人人著所闻,集论以为八览、六论、十二纪,二十余万言,以为备天地万物古今之事,号曰《吕氏春秋》。"其成书年代亦确凿可考。《序意》篇云:"维秦八年(前239),岁在涒滩,秋,甲子朔,朔之日,良人请问十二纪。"其时下距秦统一天下(前221)尚有十八年,此书确属可信的先秦著作。

《吕氏春秋》体式新颖而严整,前所未有。"总晚周诸子之精英,荟先秦百家之眇义"(许维遹《吕氏春秋集释自序》)。全书包括"八览"、"六论"、"十二纪",总计一百六十篇,编排整饬,自成系统。今本编次为"十二纪"、"八览"、"六论",而《序意》篇列于"十二纪"之末。《序意》篇显系残文,其题下另标"一作《廉孝》",而今本《有始览》仅有七篇文章,可知尚有脱佚或错简。清人卢文弨说:"疑《序意》之后半篇俄空焉,别有所谓《廉孝》者,其前半篇亦简脱,后人遂强相附合并《序意》为一篇,以补总数之缺。"(见毕沅新校正《吕氏春秋》末《吕氏春秋附考》)

《吕氏春秋》历来被视为"杂家"著作,《汉书·艺文志》列入"诸子略"的"杂家"一类。此书"采精录异,成一家言"(《吕氏春秋附考》)。

汪中以为"诸子之说兼有之"《吕氏春秋序》。此书编撰者对此亦不讳言，其《用众》篇论述道："物固莫不有长，莫不有短，人亦然。故善学者假人之长以补其短，故假人者遂有天下。"又以狐、裘为喻道："天下无粹白之狐，而有粹白之裘，取之众白也。"

但《吕氏春秋》虽"杂"，亦并非无所侧重。杂取众家之长，亦自有鉴别、抉择；而且有自己的思想倾向。高诱在《吕氏春秋序》中指出："此书所尚，以道德为标的，以无为为纲纪"，即认为以道家思想为主要倾向。《四库全书总目》卷一一七判定："是书较诸子之言独为醇正，大抵以儒为主。"郭沫若则认为："在大体上它是折衷着道家与儒家的宇宙观和人生观，尊重理性，而对于墨家的宗教思想是摒弃的。"《十批判书·吕不韦与秦王政的批判》看来此书虽以"杂"为基本特征，"兼儒、墨，合名、法"，采择诸子之说，但其编撰目的，在于"纪治乱存亡"，"知寿夭吉凶"《序意》，而且特别强调统一天下，例如说："乱莫大于无天子。无天子，则强者胜弱，众者暴寡，以兵相刬，不得休息而佞进，今之世当之矣。"《观世》并再三强调所谓"一"的思想。《不二》篇说："一则治，异则乱；一则安，异则危。"《执一》篇说："王者执一而为万物正。军必有将，所以一之也；国必有君，所以一之也；天下必有天子，所以一之也；天子必执一，所以抟之也。一则治，两则乱。"《大乐》篇又说："能以一治天下者，寒暑适，风雨时，为圣人。故知一则明，明两则狂。"可知《吕氏春秋》的思想倾向虽不主一家，但强调"一"的观点甚为突出。

《吕氏春秋》的体制宏大、新颖。号称"备天地万物古今之事"。有人称其"大出诸子之右"（高诱《吕氏春秋序》），也有人称其"上下巨细事理名物之故，粲然皆具，读之如身入宝藏"（徐时栋《吕氏春秋杂记序》）。先秦散文发展到《吕氏春秋》这样系统化专著的出现，不能不说是一个具有历史意义的开拓。尽管由于强求整齐，书中不免有敷衍、割裂、拼凑、重复的毛病，但毕竟瑕不掩瑜；从整体着眼，它在体式上的独创性、系统性和开放性，实难能可贵。刘勰称"吕氏鉴远而体周"(《文心雕龙·诸子》),章学诚谓"吕氏将为一代之典要"(《文史通义·言公上》),"吕氏之书,盖司马迁之所取法也"(《校雠通义》卷三),都肯定了《吕氏春秋》体式创新的不朽价值。

《吕氏春秋》的文章,现实针对性强,敢于诋訾时君,指责时政,颇富批判精神。如《贵公》篇说:"天下非一人之天下也,天下之天下也!……万民之主,不阿一人。"《去私》篇又说:"天无私覆也,地无私载也,日月无私烛也,四时无私行也。行其德,而万物得遂长焉。……尧有子十人,不与其子而授舜;舜有子九人,不与其子而授禹:至公也!"《圜道》篇更露骨地挑明:"尧、舜,贤主也,皆以贤者为后,不肯与其子孙,犹若立官必使之方。今世之人主,皆欲世勿失矣,而与其子孙。立官不能使之方,以私欲乱之也。何哉?其所欲者之远,而所知者之近也。"发人深思的是,恰恰是此后的秦始皇颁发了这样的诏命:"朕为始皇帝,后世以计数,二世三世至于万世,传之无穷!"(《史记·秦始皇本纪》)两相对照,其论说的对立是显然的。

又如《节丧》篇抨击当时的厚葬之风道:"今世俗大乱之主,愈侈其葬,则心非为乎死者虑也,生者以相矜尚也。"进而揭露其侈靡之状:"国弥大,家弥富,葬弥厚。含珠鳞施,夫玩好货宝钟鼎壶滥,舆马衣被戈剑不可胜其数,诸养生之具无不从者。"《安死》篇更指斥道:"世之为丘垄也,其高大若山,其树之若林。其设阙庭,为宫室,造宾阼也若都邑。以此观世示富则可矣,以此为死,则不可也!"试将这些言论与《史记·秦始皇本纪》的如下记载相对照:"始皇初即位,穿治郦山。及并天下,天下徒送诣七十余万人,穿三泉,下铜而致椁,宫观百官奇器珍怪徙臧满之。……树草木以象山。"显而易见,《吕氏春秋》所论者也是同秦王之侈靡相对立的。"诋訾时君"如此肆无忌惮,以致明方孝孺发出"秦法犹宽"的感叹(见《逊志斋集·读吕氏春秋》)。其实,敢于指斥时君世主,放言无惮,乃因时当战国,天下尚未一统,并非"秦法犹宽"之故。

《吕氏春秋》虽然时有尖锐之论,但全书文章大都立论平稳,摆事实,讲道理,不作空言,不尚文采,颇有务实之风。与诸子之文相较,其风格颇近《荀子》。且以"六论"之二的《慎行论》为例。它以首篇为领,下含《无义》、《疑似》、《壹行》、《求人》、《察传》五文。这一组文章奉"义"为"君子"、"贤人"之标的,主要围绕用贤之道展开论述。首篇起首即提出:"君子计行虑义,小人计行其利乃不利。有知不利之利者,则可与言理矣。"其观点显然以孔子"君子喻于义,小人喻于利"(《论语·里仁》)为依归。《无义》篇继而论述:"义者,百事之始也,万利之本也";"人主与其臣谋为义","天下皆且与之",揭橥了"为义"的重要性。《疑似》篇则告诫"疑似之迹,不可不察",以免"惑于似士者而失于真士"。《壹行》篇论"士义可知",能"行义"者,即为"君子";而"欲成大功",就须善于识别这样的"士"。《求人》篇更明确地提出本论的主旨:"身定国安天下治必贤人"。《察传》篇则告诫"得言不可以不察",因为"辞多类非而是,多类是而非,是非之径,不可不分,此圣人之所慎也";必须明察实验,才能真得贤人而用之。分而观之,诸篇相对独立,各有主旨,分别就"用贤之道"的某一侧面展开论述;合而观之,则恰好组成一个有机的整体,共同论述了"用贤之道"。《吕氏春秋》构思之周密,结构之巧妙,论述之畅达,文风之平实,由此不难窥见。

《吕氏春秋》在文学上的突出价值还在于保存了丰富多彩的先秦寓言和历史故事。据统计,此书共辑寓言故事三百余则,其数量之多,在先秦诸子中与《韩非子》相侔。其中不少也见于先秦其他著作,但有一些是自出机杼的。著名者如《荆人遗弓》(《贵公》)、《网开三面》(《异用》)、《人有亡铁者》(《去尤》)、《腹䵍杀子》(《去私》)、《掩耳盗钟》(《自知》)、《齐人攫金》(《去宥》)、《掣肘》(《具备》)等等,都是历来脍炙人口的佳作。

《吕氏春秋》引用寓言故事,其结构形式略与《韩非子》之内外《储说》相似,但构思更为严谨细密。往往连引数则而共同说明一个道理。如《慎大览》之《察今》,主旨在论述因时变法的重要性,文中次第用了三则寓言故事。一为《循表夜涉》，论证治世须"因时制宜"；二是《刻舟求剑》，说明治世须"因地制宜"；三乃《引婴儿投江》，意在强调治世须"因人制宜"。三者各有侧重而共同说明了一个主旨。像这样的构思和手法，实在是富于匠心的。

第五节　《晏子春秋》及其他

诸子之文中，思想自具特色、文采亦颇可观者，尚有《晏子春秋》、《管子》、《孙子》、《商君书》、《公孙龙子》和《列子》等。其中文学成就较为突出的，是《晏子春秋》。

一　《晏子春秋》

《晏子春秋》亦称《晏子》，是记叙春秋末期齐国晏婴的思想、言行的一部著作。关于此书的真伪，自从柳宗元提出"吾疑其墨子之徒有齐人者为之"（《辨晏子春秋》）以后，历代颇有疑者。其实司马迁在《史记·管晏列传》中，已说他曾读过《晏子春秋》，并称"世多有之"。1972年四月在山东临沂银雀山西汉早期墓葬出土的大批竹简中，又发现《晏子》残简一百二十枚，今本各篇几乎都有所发现，更可证《晏子春秋》并非伪书。至迟在西汉初期，此书已广为流传。刘向校理时，共有三十篇，八百三十八章，除去复重，定为八篇，二百十五章，与今本同。

此书旧题为晏婴所撰，但书中直称"晏子"，而且有若干章节记叙晏婴临死及其身后之事，可见并非晏婴自著，乃是后人收集先秦零星记载和民间流传的故事杂纂而成。作者为谁，难以确考。

《晏子春秋》所记主要人物为晏婴（？—前500）。婴字平仲，春秋末齐国大夫，夷维（今山东高密）人，生年不详，于齐灵公二十六年（前556）其父晏弱（晏桓子）死后继任齐卿，历仕灵公、庄公、景公三世。他身相齐国，节俭力行，食不重肉，妾不衣帛，不但在齐国深受敬重,而且三世显名于诸侯,为当时著名政治家。

晏婴处在奴隶制日益崩溃、封建制蓬勃兴起的时代。齐国滨海,经太公望开国惨淡经营和嗣后管仲相齐大力发展,通货积财,富国强兵,成为列国之强者。但自齐庄公后,奴隶主骄暴淫侈,以至婴儿乞于路,刑狱遍国中。甚至"公积朽蠹,而老少冻馁;国都之市,屦贱而踊贵"(《晏子春秋·内篇问下》)。《晏子春秋》真实而深刻地反映了悲惨的现实,揭露了尖锐复杂的社会矛盾,并出色地描绘了暴君、佞臣、勇士、平民等一系列人物形象。特别是书中着力刻画的晏婴,乃是作者精心描画的一位杰出政治家的艺术形象,虽不等于历史真实,却富于感人力量。

就此书所记,晏子对齐国公室的腐朽和田氏的崛起有着清醒的认识。他与晋大夫叔向议论齐政,就指出齐人对田氏"爱之如父母,而归之如流水"(《内篇问下》),并断定齐国终将为田氏所取代。但因出身贵族的阶级局限,使他不愿正视新兴势力而妄图挽救"季世"的厄运。在"民思田氏"的大势所趋之下,他向统治者发出"民诛"的严正警告(见《内篇谏上》),提出施行节俭薄敛、省刑恤民的"善政"。他还反对"朝居严",要使上不聋而下不喑,下有言而上有闻(见《内篇谏下》),主张君臣之间应"和"而不"同",正确调整统治阶级的内部关系(见《外篇》)。这些都是晏婴面临危局所开的济世方略。尽管他不能挽狂澜于既倒,但这些忧国重民的主张和所谓"惠人"的风度,在当时曾被看作"民之望也"(见《内篇杂上》)。晏婴事迹之所以为人喜闻乐道,这是主要原因之一。

《晏子春秋》有如一部文学传记。全书以记叙晏婴的言行事迹为中心,多角度、多方位地描绘了晏婴这一智慧型的形象。像这样集中描写一人的长篇巨制,在先秦著作中尚属独步。《四库全书总目》称之为"传记之祖"(卷五七),不无道理。

《晏子春秋》的写作艺术也很出色。作者善于抓住富有典型意义的事件,以简洁生动的文笔叙事写人,故事性强,引人入胜。如众

所熟知的"晏子使楚":

> 晏子使楚,以晏子短,楚人为小门于大门之侧而延晏子。晏子不入,曰:"使狗国者,从狗门入;今臣使楚,不当从此门入。"傧者更道从大门入。见楚王,王曰:"齐无人耶?"晏子对曰:"临淄三百闾,张袂成阴,挥汗成雨,比肩继踵而在,何为无人?"王曰:"然则子何为使乎?"晏子对曰:"齐命使,各有所主,其贤者使使贤王,不肖者使使不肖王。婴最不肖,故直使楚矣。"

《内篇杂下》

三言两语,便使晏子反应敏捷、机智过人的英姿跃然于纸上。如此精彩的篇章,在全书不胜枚举。

当然,此书在艺术上也有一些不足之处。如《内篇杂下》"景公病疽晏子抚而对之乃知群臣之野"章中的晏子形象,与《内篇杂上》"景公使进食与裘晏子对以社稷臣"章所记,一似弄臣,一如贤相,判若两人。又如书中写齐景公,有时胡作非为,有时却又从善如流,亦前后矛盾。此外,书中还有一些章段拉杂重复,无甚可取。然而从整体看来,《晏子春秋》仍不失为我国第一部以记叙一人为中心的长篇传记文学作品,为后世史传文学及历史小说的写作,提供了诸多有益的经验和启示。

二 其他诸子

《管子》一书,托名春秋初期管仲所著,实为一部自战国至汉初各家零散著作的汇编。此书原本八十六篇,今存七十六篇,包括了反映法、道、儒、兵、阴阳等家思想的资料,颇有杂家的倾向。其《牧民》篇提出著名的"仓廪实,则知礼节;衣食足,则知荣辱"的观点,为晁错《论贵粟疏》及司马迁《史记·管晏列传》所引用,可见在汉初颇有影响。其文平实质朴,亦与杂家著作《吕氏春秋》相近。

兵家著作《孙子》,传为春秋末期孙武所著,也有学者认为出自战国中期孙膑之手。一九七二年四月,在山东临沂银雀山西汉前期墓葬中,同时发现了《孙子兵法》和《孙膑兵法》两种竹简,可证《孙子》一书非出孙膑。但此书各篇均以"孙子曰"开头,似亦非孙武自著,可能是其门人后学记录整理而成,基本上反映了孙武的思想。《孙子》十三篇,号称"兵家之祖"。其文谈兵论战,见解卓越,分析精辟,贯穿着朴素的唯物主义和辩证法思想。语言凝练,文句整齐,音韵和谐。如"攻其无备,出其不意"(《计篇》),"知彼知己,百战不殆"(《谋攻篇》),"故举秋毫不为多力,见日月不为明目,闻雷霆不为聪耳"(《形篇》),"乱生于治,怯生于勇,弱生于强"(《势篇》),"投之亡地然后存,陷之死地然后生","始如处女,敌人开户;后如脱兔,敌不及拒"(《九地篇》)等,都是历代传诵的军事名言。此书不仅为兵家所崇奉,而且为文人所激赏,曹操、杜牧、梅尧臣等都曾为之作注。

法家著作《商君书》,传为战国中期商鞅所著,实为后人辑录商鞅言行附益而成,可能出于战国末年法家之手。此书原有二十九篇,今传二十四篇,基本上保存了商鞅的学说。其文简练透辟,质而不文,体现了商鞅一流法家的思想和风格。

名家著作《公孙龙子》,相传为"六国时辩士"公孙龙著。《汉书·艺文志》著录为十四篇,今存残本六篇。其"坚白同异"之辩,"白马非马"之论,主旨乃在明辨名实。虽言多诡辩而文雄辞赡,"能胜人之口,不能服人之心"(《庄子·天下》)。刘勰称其"辞巧理拙"(《文心雕龙·诸子》),《四库全书总目》谓其"义虽恢诞,而文颇博辨"(卷一一七),都指明了这一特点。

还有《列子》一书,《汉书·艺文志》著录为八篇。旧题周列御寇撰。今传《列子》八篇,多数学者认为是魏晋时人采摘诸书荟萃而成。马叙伦《列子伪书考》指出:"盖《列子》书出晚而亡早,故不甚称于作者。魏晋以来,好事之徒,聚敛《管子》、《晏子》、《论语》、《山海经》、《墨子》、《庄子》、《尸佼》、《韩非》、《吕氏春秋》、《韩诗外传》、

《淮南》、《说苑》、《新序》、《新论》之言,附益晚说,成此八篇,假为向叙以见重。"至于作伪之人是否即此书之注者东晋张湛,尚难断言。此书虽非真正的先秦古籍,但魏晋去古未远,其作伪亦非凭空杜撰,所据尚多先秦遗文。前人早已指出,此书"文辞类《庄子》"(柳宗元《辨列子》),其思想亦与《庄子》相近。书中保存了不少先秦遗闻和寓言故事,颇有文学价值。著名者如"杞人忧天"(《天瑞篇》)、"朝三暮四"(《黄帝篇》)、"愚公移山"、"两小儿辨日"、"扁鹊换心"、"薛谭学讴"、"韩娥善歌"、"高山流水"、"纪昌学射"(《汤问篇》)、"田夫献曝"、(《杨朱篇》)、"九方皋相马"、"歧路亡羊"(《说符篇》)等,都是流播久远的佳作。叙事简练有法,文笔亦"简劲宏妙"(洪迈《容斋续笔》卷十二),在文学史上影响不小。

第六章 "楚辞"与屈原

战国时期,在北方,文学发展的态势主要表现为诸子的活跃和散文的崛起。而在南方,则以楚辞的产生和我国第一位伟大诗人屈原的出现为标志,揭开了文学史上新的篇章。

第一节 楚文化与"楚辞"

楚为南方大国。周成王时,封熊绎于楚蛮,为楚子,居丹阳(今湖北秭归东南)。春秋之时,楚即兴盛于江汉流域。周桓王十六年(前704),楚君熊通自号武王。其子文王熊赀始迁都于郢(今湖北江陵)。楚日益强大,专力攻伐黄河流域华夏诸侯,不断扩张领地,以至于"汉阳诸姬,楚实尽之"《左传·僖公二十八年》。楚占地千里,地广兵强,雄踞南方。楚以"蛮夷"自称,中原人也称之为"南蛮"、"荆蛮"。大放异彩的楚文化便是在长期同黄河流域中原地区的文化交流与融合中逐渐形成的。楚文化与华夏文化有着千丝万缕的联系,但又独具鲜明的特色。无论在地理、物产、风俗、民情、服饰、制度、语言、音乐等方面,都与中原有所不同。

楚有江汉川泽山林之饶,物产富足。《史记·货殖列传》说:"楚、越之地,地广人稀,饭稻羹鱼,或火耕而水耨,果隋蠃蛤,不待贾而足。地埶饶食,无饥馑之患。"较之中原,地理条件优越而独特。又据《国语·楚语下》所记,楚大夫王孙圉聘于晋,答赵简子之问,夸耀"楚之所宝者",除有观射父、左史倚相等贤人外,"又有薮曰云连徒洲,金木竹箭之所生也。龟、珠、角、齿、皮、革、羽、毛,所以备赋,以戒不虞者也。所以共币帛,以宾享于诸侯者也"。可见楚物产之富足,亦为中原所不及。

楚地风俗,民神不分,迷信巫鬼,特重淫祀。《国语·楚语下》记楚大夫观射父答楚昭王之问说:"及少皞之衰也,九黎乱德,民神杂糅,不可方物,夫人作享,(韦昭注:"夫人,人人也。享,祀也。")家为巫史。"可见"民神杂糅"之风,向为楚之习俗。王逸《楚辞章句·九歌序》指出:"昔楚国南郢之邑,沅、湘之间,其俗信鬼而好祠。其祠,必作歌乐鼓舞以乐诸神。"其实,这种信巫、事鬼、祭神的风俗,不仅盛行于楚国民间,就连楚王也身体力行。据桓谭《新论》记载:"楚灵王简贤务鬼,信巫觋,祀群神,躬执羽帔,起舞坛前。吴人来攻,国人告急,而灵王鼓舞自若,顾应之曰:'寡人方乐神明,当蒙福祐,不敢救。'"其迷信巫鬼神灵,简直到了如痴如迷、忘乎所以的境地。《汉书·郊祀志》也有"楚怀王隆祭祀,事鬼神,欲以获福助,却秦师"的记载。迷信巫鬼,求神赐福,乃楚国代代相沿的风习。

楚人服饰特别,所谓"南冠"、"楚服",独具一格。《左传·成公九年》记晋侯观于军府,所见楚囚钟仪即"南冠而絷"。吕不韦为异人游说华阳夫人,知她为楚人,特使异人"楚服"而见,以讨欢心(见《战国策·秦策二》)。

楚国的官制也很特别。如"令尹"、"莫敖"、"连尹"、"左徒"之类,都是楚国所特有的官名。《论语·公冶长》邢昺疏:"令尹,宰也。"又说:"楚官多以尹为名,皆取其正直也。"《左传·文公十年》杜预注:"陈、楚名'司寇'为'司败'。"《汉书·高惠高后文功臣表》如淳注:"连敖,楚官。《左传》楚有连尹、莫敖,其后合为一官号。"

楚人操南音,歌南风,其语言、音乐极富地方特色。《左传·宣公四年》记:"楚人谓乳'穀',谓虎'於菟'。"孟子曾斥"自楚之滕"的农家人物许行为"南蛮鴃舌之人"(《孟子·滕文公上》)。《左传·成公九年》记楚囚钟仪抚琴"操南音",范文子赞其"乐操土风,不忘旧也"。
《左传·襄公十八年》记师旷说:"吾骤歌北风,又歌南风。南风不
竞,多死声。"这些记述都足以说明,楚人的语言、音乐确与中原大
异。至于《史记·项羽本纪》所记项王垓下之困,"夜闻汉军四面皆
楚歌",于是惊叹"汉皆已得楚乎?是何楚人之多也!"更是"楚歌"别
具特色的最好证明。楚文化与中原文化并驾齐驱。中原文化以典
重质实为基本精神,楚文化则以绚丽浪漫为主要特征。

"楚辞"是战国后期产生于楚国的一种新诗体,是继《诗经》之
后崛起的又一座文学高峰。它的产生,既有历史、地理的渊源,更有
赖于诗人的天才创造。所谓"楚辞",其本义即指楚地的歌辞。它
"书楚语,作楚声,纪楚地,名楚物"(黄伯思《东观余论》卷下《校定楚词序》),
具有异常浓厚的地方色彩。"楚辞"之称,始见于西汉。《史记·酷
吏列传》说:"始长史朱买臣,会稽人也。读《春秋》。庄助使人言买
臣,买臣以'楚辞'与助俱幸,侍中,为太中大夫,用事。"当初,"楚
辞"作为一种新的诗体,原是楚地的产物。首创此体者为屈原,继作
者有宋玉、唐勒、景差之流,均为楚人。故"楚辞"乃是具有浓厚地方
色彩的新诗体专用名称。及至汉代,文人竞相模仿此体,"名章继
作,通号'楚辞'"(朱熹《楚辞集注目录序》)。这就突破了原先的含义,"楚
辞"便成为这种特定诗体的通用名称。西汉成帝时,刘向在前人纂
辑的基础上,集录屈、宋诸作及后人模拟之作为一书,统题为《楚
辞》,东汉王逸继作《楚辞章句》,于是《楚辞》又作为这一诗歌总集
的书名流传于世。

汉代常称"楚辞"为"赋"。《史记·屈原列传》称屈原"乃作《怀
沙》之赋";又说:"屈原既死之后,楚有宋玉、唐勒、景差之徒,皆好
辞而以赋见称";《史记·司马相如列传》说:"景帝不好辞赋。"《汉
书·扬雄传》也说:"赋莫深于《离骚》,辞莫丽于相如。"可见汉人
"辞赋"通称,不相分别。后人沿袭,遂有"屈赋"、"骚赋"以至"楚
赋"之称。其实,楚辞与汉赋虽有密切联系,但并非一类。首先,楚

辞是战国时代产生于楚地的新诗体,汉赋则是兴盛于汉代带韵的散文,它们是体式不同的两类文体。其次,二者表达方式有所不同。楚辞以抒情为主,汉赋则以铺采摛文及叙事、咏物、说理为主。正如刘熙载《艺概·赋概》所说:"问楚辞、汉赋之别,曰:楚辞按之而逾深,汉赋恢之而弥广。""楚辞尚神理,汉赋尚事实。"此外,在地方色彩及结构、句式、押韵规律等艺术形式上,二者也有明显区别。然而辞、赋均"不歌而诵"之作,都不入乐,有共通之处;且赋的产生,"拓宇于楚辞"《文心雕龙·诠赋》,故辞与赋通称,虽不够精确,而以历史的眼光看来,亦非无缘无故。

楚辞能开创我国文学发展史新时代,实渊源有自。瑰丽奇伟、光怪陆离的山川风物,人神杂糅、巫风盛行的民情风俗是楚辞产生的客观前提。刘勰说:"若乃山林皋壤,实文思之奥府,略语则阙,详说则繁。然屈平所以能洞监风、骚之情者,抑亦江山之助乎?"《文心雕龙·物色》王夫之也指出:"楚,泽国也。其南沅、湘之交,抑山国也。叠波旷宇,以荡遥情,而迫之以崟嶔戍削之幽菀,故推宕无涯,而天采蔶发。江山光怪之气,莫能揜抑。"《楚辞通释·序例》楚国信鬼祀神而崇奉巫风的习俗,也为楚辞的产生提供了条件。所谓"上陈事神之敬,下见己之冤结,托之以风谏"《王逸《楚辞章句·九歌序》》的特点,便是在巫风的影响下形成的。

风味独特的楚声、楚歌,为楚辞的产生提供了丰富的养料。楚声"音韵清切"《隋书·经籍志》,史载"高祖乐楚声"《汉书·礼乐志》。《隋书·经籍志》说,隋时有释道骞,善以"楚声"读"楚辞","至今传楚辞者,皆祖骞公之音",可见"楚声"音韵特殊,独具魅力。楚国的音乐和民歌,又称"南风"、"南音",其渊源甚古。据《吕氏春秋·音初》所记,涂山氏之女令其妾候禹于涂山之阳,作歌曰:"候人兮猗!""实始作为南音"。而在楚辞作品中,已可见到诸如《涉江》、《采菱》、《驾辩》、《劳商》、《扬阿》、《激楚》、《九辩》、《九歌》等楚地特有的古歌曲名,其丰富多彩亦可想而知。所谓"楚声"、"楚歌"详情今

固难知,但由一些载记尚可见其情调与形式确与中原民歌有异,如《论语·微子》所记《楚狂接舆歌》:

> 凤兮,凤兮!何德之衰?往者不可谏,来者犹可追。已而,已而!今之从政者殆而!

《孟子·离娄上》所记《孺子歌》:

> 沧浪之水清兮,可以濯我缨;沧浪之水浊兮,可以濯我足。

刘向《说苑·善说》所记《越人歌》:

> 今夕何夕兮,搴洲中流。今日何日兮,得与王子同舟。蒙羞被好兮,不訾诟耻。心几烦而不绝兮,得知王子。山有木兮木有枝,心说君兮君不知。

这些楚歌,句式参差错落,音韵清亮明切,句尾多用"兮"字,已具有楚辞艺术形式的一些基本特征。显见出自民间的楚声、楚歌,乃是楚辞的直接源头。

楚辞固属南方文化特产,而南北文化的交流和融合也对它的产生有着至关重要的作用。特别是作为北方诗歌代表的《诗经》,对它有深刻的影响。皮锡瑞指出:"《三百篇》后得风、雅之旨者,惟屈子楚辞。……而楚辞未尝引经,亦未道及孔子。宋玉始引《诗》'素餐'之语,或据以为当时孔教未行于楚之证。案楚庄王、左史倚相、观射父、白公子张诸人,在春秋时已引经,不应六国时犹未闻孔教。楚辞盖偶未道及,而实兼有《国风》、《小雅》之遗。"(《经学通论》)刘熙载也说:"或谓楚赋自铸伟辞,其取熔经义,疑不及汉。余谓楚取于经,深微周浃,无迹可寻,实乃较汉尤高。"(《艺概·赋概》)《诗经》对楚辞的影响,的确不在表面形式,而在内容精神,在创作主旨以及表现方法。而在形式方面,楚辞主要接受了战国时代纵横游说之风的浸染。正如刘勰所说:"屈平联藻于日月,宋玉交彩于风云。观其艳说,则笼罩雅、颂。故知昉烨之奇意,出乎纵横之诡俗也。"(《文心雕龙·时序》屈、宋之作辞繁句华,文采缤纷,不能不说是战国时代纵横游说之士竞为美辞的余波流衍。楚辞的产生是与中原文化的滋润和薰陶分不开的。

然而"不有屈原,岂见《离骚》?"(《文心雕龙·辨骚》)作为一代文学标志的楚辞,正是屈原植根于楚文化的沃土,沐浴中原文化之风,吸取了楚国民间文学的营养,而"自铸伟辞"的天才创造。

第二节 屈原和《离骚》

在中国文学史上,屈原是第一个伟大诗人。他的不朽杰作《离骚》,是现存第一篇宏伟壮丽的抒情长诗。

一 伟大诗人屈原

屈原(前340?—前278?),名平,字原,出身于楚国贵族,与楚王同姓。其祖先屈瑕,为楚武王熊通之子,受封于"屈"地,乃以"屈"为氏。关于屈原的生卒年问题,迄今尚无定论。由于学者们对屈原自叙"摄提贞于孟陬兮,惟庚寅吾以降"(《离骚》)的理解有别,推算方法各异,因而结论各不相同。关于屈原的生平事迹,主要见于《史记·屈原列传》。但所记颇粗略,且有抵牾扞格处。如屈原何时作《离骚》?为何被放逐?放逐几次?所记多矛盾,以致学者们所见不一,争论不休。大体看来,他生当楚怀王、顷襄王时代,曾"为楚怀王左徒","入则与王图议国事,以出号令;出则接遇宾客,应对诸侯";又曾任"三闾大夫"之职。他初得怀王信任,在内政和外交方面均卓有建树。但"信而见疑,忠而被谤",怀王竟听信谗言怒而疏之。他曾一度流于汉北。屈原既疏,群小得势,楚国政治日趋腐败。怀王昏庸贪婪,刚愎自用。因愤于张仪之骗,两度伐秦均遭惨败。公元前299年,怀王入秦被扣,直至前296年囚秦而死。前298年顷襄王继位,诂谀用事,屈原竟被放逐于江南。这时楚国政治更加黑暗，"既无良臣，又无守备"《战国策·中山策》，百姓心离，国运危殆。前278年秦将白起攻拔郢都，烧毁楚先王墓，顷襄王逃往陈城。眼见祖国沦亡，人民遭殃，屈原万分悲愤，绝望已极，遂怀石自沉汨罗而死，其时传说为农历五月五日。

据《汉书·艺文志》著录，屈原有作品二十五篇，但未具列篇名，后世学者聚讼纷纭。按王逸《楚辞章句》，标明"屈原之所作"者为《离骚》、《九歌》（十一篇）、《天问》、《九章》（九篇）、《远游》、《卜居》、《渔父》，合于二十五篇之数。这也许即本于当初刘向的校定。另有《大招》一篇，王逸既谓"屈原之所作"，又称"或曰景差，疑不能明也"。朱熹《楚辞集注》则径断《大招》为景差之作。朱熹所定屈原作品二十五篇，一如王逸。但据学者们考证，《远游》、《卜居》、《渔父》乃后人之作。目前比较一致的看法是：《离骚》、《天问》确系屈原所作，无可怀疑。《九章》中虽有后人拟作之可疑者，但基本上仍可认定为屈原作品。《九歌》则是屈原在楚国民间祭歌的基础上加工改造的再创作。另有《招魂》一篇，王逸说是"宋玉之所作也"，但据《史记·屈原列传》，应为屈原自作。

二　不朽杰作《离骚》

关于《离骚》的题义，自西汉以来，颇多异说。司马迁释为"离忧"《史记·屈原列传》，班固释为"遭忧"《离骚赞序》，王逸解为"别愁"《楚辞章句·离骚经序》。这是较早的解释。宋项安世则据《国语·楚语上》"迩者骚离"一句的韦昭注"骚，愁也；离，叛也"，判定"盖楚人之语，自古如此。屈原《离骚》，必是以离畔为愁而赋之。其后词人仿之，作《畔牢愁》，盖如此矣。"《项氏家说》卷八）王应麟也说："伍举所谓'骚离'，屈平所谓《离骚》，皆楚言也。扬雄为《畔牢愁》，与《楚语》注合。"《困学纪闻》卷六）后人对此再加发挥，以为《离骚》即常语所谓"牢骚"（见范文澜《文心雕龙注》卷一《辨骚》注）。近人游国恩认为《离骚》与《大招》篇中"楚《劳商》只"之《劳商》"本双声字，古音宵、歌、

阳、幽并以旁纽通转",二者"一事而异名",《离骚》亦即《劳商》,为
楚古曲之名(见《离骚纂义》)。此外大同小异的说解还多,主要为上述
三种。三说似皆言之成理,但以马、班之说最为近古,合乎诗人命题
之旨,于训诂有据。且《离骚》中有"进不入以离尤兮,退将复修吾初
服",《山鬼》中有"思公子兮独离忧",《思美人》中有"独历年而离愍
兮"等句可为旁证,比较可信。

　　据两汉诸家旧说,屈原作《离骚》,时当怀王之世遭谗被疏,亦
即屈原壮年时期。《史记·屈原列传》说:"王怒而疏屈平。屈平疾
王听之不聪也,谗谄之蔽明也,邪曲之害公也,方正之不容也,故忧
愁幽思而作《离骚》。"此外,刘向《新序·节士》、班固《离骚赞序》、
王逸《楚辞章句·离骚经序》等,均持此说,本无歧异。但从近古至
现代,一些学者主要据司马迁《太史公自序》、《报任安书》"屈原放
逐,乃赋《离骚》"之说,以及《史记》本传"虽放流"至"岂足福哉"一
大段评论文字,认为《离骚》是屈原于顷襄王之世被放逐江南时所
作。值得注意者,《离骚》中有一些关于年岁的反覆咏叹:

　　　　汩余若将不及兮,恐年岁之不吾与。　　　老冉冉其将
至兮,恐修名之不立。　　　及年岁之未晏兮,时亦犹其未
央。　　　及余饰之方壮兮,周流观乎上下。

此外,"岂余身之惮殃兮,恐皇舆之败绩"还表现了诗人对国将倾危
的忧患之情。由此可见《离骚》应作于诗人将老未老之际、楚国将败
未败之时。这个时期,不是屈原刚被疏时,而应是怀王在位的最后
几年内。看来两汉古说基本可信。至于司马迁或"疏"或"放"之说
的矛盾确乎存在,尚有待进一步研究。

　　《离骚》是屈原心灵的歌唱。它展现了诗人"存君兴国"的"美
政"理想,深沉执著的爱国感情,放言无惮的批判精神和"独立不
迁"的峻洁人格。在全诗的字里行间,闪耀着诗人思想和人格的灿
烂光芒。

首先是"存君兴国"的"美政"理想。战国七雄争霸,秦、楚一度势均力敌,时有所谓"横成则秦帝,从成即楚王"之说(见《战国策·秦策四》)。然而屈原生当怀王之世,楚国已是内忧外困,日趋衰落。"明于治乱"的屈原,具有强烈的参政意识。他遭谗被疏,仍系心怀王,念念不忘振兴楚国。然而黑暗腐败的政治使他壮志难酬,"既莫足与为美政兮",只得把理想寄寓于诗,向往一统天下,主张以民为本,渴求举贤使能,冀望修明法度。

战国时期,天下已呈现出大一统的必然趋势。与处于时代前列的思想家一样,屈原站在历史的高度,洞察社会发展的前景,在《离骚》中表现出对大一统的憧憬与追求。他称道"前王"、"前圣"、"前修",并不囿于楚国的历史传统:

> 彼尧、舜之耿介兮,既遵道而得路。 汤、禹俨而祗敬兮,周论道而莫差。 汤、禹严而求合兮,挚、咎繇而能调。

诗人所赞颂的尧、舜、禹、汤以及武丁(殷高宗)、周文王、齐桓公、挚(伊尹)、咎繇以及傅说、吕望、宁戚等,都是属于华夏诸国所公认的圣君贤臣的楷模。而他在诗中所批判的破国亡身的羿、浇、桀、纣(后辛)等,也都是天下公认的暴君。此外,诗人所描叙的上下求索、四方神游的所在,也突破了狭隘的楚国境域。诸如天津、西极、流沙、赤水、不周山、西海、苍梧、县圃、崦嵫、咸池、白水、阆风、穷石、洧盘等,几乎包括了神话传说中整个中国的辽阔疆土和广大空间。可以说这正是诗人热切向往天下一统的形象表现,也反映了诗人深沉厚重的历史意识。实现大一统,是屈原"美政"理想的崇高目标。

那么,要实现这一目标又靠什么呢?他在《离骚》中吟诵道:

> 皇天无私阿兮,览民德焉错辅。夫惟圣哲以茂行兮,苟得用此下土。瞻前而顾后兮,相观民之计极。夫孰非义而可用兮,孰非善而可服?

意即上天是无私的,它要观察人们的德行以决定是否给以辅助。只
有具备圣智且德行美盛之人,才能享有天下。历览古今,观察民心
所向,有谁对人民不义、不善而能享有天下呢?可见,屈原的"美
政"理想建立在以民为本的根基之上。这本是春秋以来的时代思
潮。所谓"皇天无亲,惟德是辅"(《左传·僖公五年》引《周书》语),"天道无
亲,唯德是授"(《国语·晋语六》记范文子语),早已成为统治阶级中不少
明智之士的共识。屈原不仅"长太息以掩涕兮,哀民生之多艰",且
重视民心,主张"有德在位"。从孔子"仁者""爱人"、"为政以德"到
孟子"保民而王"、"民贵君轻",形成儒家以民为本、实行仁政的传
统思想。屈原的重民重德与之不谋而合。

屈原又看到举贤使能是实现"美政"理想的关键。《离骚》的尚
贤思想显示了带有儒学特征的理性精神对屈原观念意识的渗透。
诗人热情称颂"昔三后之纯粹兮,固众芳之所在",进而引史入诗,
以古鉴今:

> 说操筑于傅岩兮,武丁用而不疑。吕望之鼓刀兮,遭周文
> 而得举。宁戚之讴歌兮,齐桓闻以该辅。

傅说、吕望、宁戚原是出身贫贱的贤者,一经擢举,便成为殷之贤相
或周之开国重臣或齐之辅政股肱。屈原身为楚国宗臣,眼见祖国政
治混浊,"群臣相妒以功,谄谀用事,良臣斥疏,百姓心离"(《战国策·
中山策》),自己忠心耿耿,反遭疏放,因而对"举贤授能"有切肤之感
受。

屈原还认识到,修明法度乃是实现"美政"理想的必由途径。
"乘骐骥以驰骋兮,来吾道夫先路。"此以"骐骥"喻贤才,乘骐骥可
日行千里,任贤才则可平治天下。而所谓"道夫先路",即指为王前
驱,引导君主踏上康庄大道,"既遵道而得路"。此"路"的实质便是
修明法度。所谓"举贤而授能兮,循绳墨而不颇","绳墨"亦喻法度。
以"举贤授能"与修明法度相提并论,强调了二者不可或缺。因为现

实是"固时俗之工巧兮,偭规矩而改错。背绳墨以追曲兮,竞周容以为度";所以不仅需要"乘骐骥以驰骋",而且必须"明法度之嫌疑"《《九章·惜往日》)。

屈原的参政实践以失败告终,但他的参政意识却在心底沉积、升华,最终化为"美政"理想,再现于《离骚》。"其存君兴国而欲反覆之,一篇之中三致志焉"《《史记·屈原列传》)。诗人的思想情操是坚定不移的。

其次是深沉执著的爱国感情。屈原以一颗赤子之心,深情地眷恋着多难的祖国。在朝之时,他竭忠尽智,辅佐怀王,力图振兴楚国;既疏之后,仍不弃"存君兴国"之志。他把个人的进退、生死置之度外,惟将君国的前途命运系于心中:"岂余身之惮殃兮,恐皇舆之败绩!"楚国不能容他,他却离不开楚国。其时七国并争,诸侯割据,人才尽可自由流动。贤能之士不愁无用武之地,楚材晋用,屡见不鲜;朝秦暮楚,亦不乏其人。以屈原的才干和声望,不难另谋出路。他也确实考虑过"远逝以自疏"。然而当他神游四方之时,"忽临睨夫旧乡",那积淀于胸中的爱国情愫千丝万缕缚得他"蜷局顾而不行"。诗人宁肯以身殉国,也不愿离开父母之邦。正如南宋洪兴祖所指出的,屈原"徘徊而不忍去"的根本原因乃"忧国也"《《楚辞补注·离骚序论》)。这是何等坚贞、纯洁、崇高的爱国感情!爱之欲其兴,兴而无望,乃忧其亡。诗人心中执著的爱国情结,生发出深沉的忧患意识。

当然,屈原的爱国是与忠君结为一体,忧国是与忧君紧密相连的。在其心目中君国一体,密不可分。这在当时的历史条件下未可厚非。但其爱国思想与狭隘的忠君观念杂糅,则反映了时代和阶级的局限性。至于汉以后封建统治者,为维护专制政权的需要,对此特加利用,刻意渲染"忠君"观念,由此而产生的消极影响也不容忽视。

其三是放言无惮的批判精神。战国时期,百家争鸣,诸子放言无惮。屈原也经受了这一时代精神的洗礼,《离骚》畅抒胸臆,"为前人所不敢言"(鲁迅《摩罗诗力说》)。屈原曾投身于楚国政治斗争的漩涡,对楚国的时弊有非同一般的切身感受。尤其当他遭谗被疏之后,痛定思痛,更加清醒地认识到楚国积重难返的弊政和面临灭亡的危机。他在《离骚》中揭露世俗的混浊,责数楚王的昏惑,痛斥群小的谗邪,无不闪耀着批判精神的光芒。诗人满怀悲愤,责数楚王"荃不察余之中情兮,反信谗而齌怒",且怨怪楚王言而无信,变化无常:"曰黄昏以为期兮,羌中道而改路。初既与余成言兮,后悔遁而有他。余既不难夫离别兮,伤灵修之数化。"诗人更以亡国之君的历史教训谆谆告诫误入邪途的楚王:"何桀、纣之猖披兮,夫唯捷径以窘步。惟夫党人之偷乐兮,路幽昧以险隘!"

屈原"怨刺其上"之辞尚且不失为"优游婉顺",而对世俗和群小的痛斥就颇为义愤填膺、声色俱厉:"众皆竞进以贪婪兮,凭不猒乎求索。羌内恕己以量人兮,各兴心而嫉妒。""众女嫉余之蛾眉兮,谣诼谓余以善淫。""余以兰为可恃兮,羌无实而容长。委厥美以从俗兮,苟得列乎众芳。椒专佞以慢慆兮,樧又欲充夫佩帏。既干进而务入兮,又何芳之能祗?固时俗之流从兮,又孰能无变化?"试加比较,知屈原于其君主要是"怨",而对世俗和谗小则充满了"恨"。"怨"而不弃忠诚之心,"恨"则含有抗争之意。其批判锋芒主要指向混浊的世俗和奸佞的群小,这在当时历史条件下,也属难能可贵。

屈原在忠君前提下对楚王的批判,自多哀怨凄恻之音而少反抗挑战之意,"感动后世,为力非强"(鲁迅《摩罗诗力说》);即便如此,也为后世维护皇权及囿于儒家"诗教"传统者所不容。班固批评他"露才扬己"、"责数怀王"(《离骚序》);颜之推也指责他"露才扬己,显暴君过"(《颜氏家训·文章》)。这些讥评从反面印证了屈原批判精神的思想价值。

其四是"独立不迁"的峻洁人格。屈原志洁行廉,正道直行,既怀内美,又重修能。他在长期参政实践中屡经风波,养成了忠于理想、坚贞不屈、洁身自好的品格情操。在《离骚》中抒写了对真、善、美的执著追求和对假、恶、丑的无情挞伐，表达了九死不悔的坚定意志和不与奸佞谗邪同流合污的坚强决心："余固知謇謇之为患兮，忍而不能舍也。""苟余情其信姱以练要兮，长顑颔亦何伤？""謇吾法夫前修兮，非世俗之所服。虽不周於今之人兮，愿依彭咸之遗则。""亦余心之所善兮，虽九死其犹未悔！""路曼曼其修远兮，吾将上下而求索。"王逸在《楚辞章句序》中赞道："今若屈原，膺忠贞之质，体清洁之性，直若砥矢，言若丹青，进不隐其谋，退不顾其命，此诚绝世之行、俊彦之英也！"然而"绝世之行"不免离群之忧，"俊彦之英"易陷落寞之境。超群脱俗的诗人不为人所理解，就难免要产生孤独感了：

> 忳郁邑余侘傺兮，吾独穷困乎此时也！　鸷鸟之不群兮，自前世而固然。何方圜之能周兮？夫孰异道而相安？　不吾知其亦已兮，苟余情其信芳！

耿耿忠心谁知？謇謇忠言谁听？悲凉的孤独感沉重如山，压在诗人心上。正如《渔父》中所记屈原自语："举世皆浊我独清，众人皆醉我独醒！"出类拔萃的屈原藐视众人，却唯独把"为美政"的希望寄托于楚王一身。因而一旦希望破灭，便觉无所适从，进而产生"已矣哉！国无人莫我知兮，又何怀乎故都"的绝望感，终于只有忿恚自沉，"伏清白以死直"了。看来超群意识与忠君思想的结合，是酿成诗人悲剧的心理因素。或者说，诗人的悲剧乃是自我意识的张扬与其人格自觉依附于君主的矛盾冲突的必然结果。

《离骚》全长三百七十三句、二千四百九十字，是中国古代文学史上第一首由诗人自觉创作、独力完成的长篇抒情诗。诗人屈原和《离骚》的出现，预示着文学自觉时代曙光的照临。《离骚》艺术造诣极高，在形象塑造、创作方法、表现手法和形式、语言诸方面，都有开拓创新。其艺术成就之辉煌，"虽与日月争光可也"（《史记·屈原列传》)。

首先是"灵均"形象的塑造。在屈原作《离骚》之前,文学作品多属集体创作。《诗经》中虽有个别作品可知作者,但他们只是因时感事偶一为之,并非自觉专心致力于文学创作者。至于诸子之文,多系一家一派学说之荟萃,且大都不出于个人之手,亦非专事"翰藻"之作。屈原的出现,则意味着我国文坛第一个自觉地从事文学创作的作家的产生。诗人以自身为原型,成功地塑造了一位光彩照人的抒情主人公的高大形象。这位名曰"正则"、字曰"灵均"的主人公,就是屈原自己:

> 帝高阳之苗裔兮,朕皇考曰伯庸。摄提贞于孟陬兮,惟庚寅吾以降。皇览揆余初度兮,肇锡余以嘉名。名余曰正则兮,字余曰灵均。纷吾既有此内美兮,又重之以修能。扈江离与辟芷兮,纫秋兰以为佩。……

诗人以第一人称口吻,描叙了"灵均"高贵的家世,奇特的诞生,非凡的气度,美好的品格,高尚的志趣,缤纷的服饰,独特的爱好,凸现了"灵均"形象的超群拔俗。诗中还抒写了"灵均"的言行、境遇、情怀、抱负和追求,充分展现了他的心灵世界。在"灵均"的身上,诗人熔铸了自己的意识、情感、理想和人格。诗人倾满腔心血所塑造的这一主人公形象,成为后世人们景仰、敬慕的崇高典型。同时,《离骚》一诗也为长篇抒情诗的发展树立了光辉的典范。

其二是创作方法的突破。《诗经》奠定了我国文学史上现实主义传统的基础,古代神话则是浪漫主义传统的源头。屈原继承、发展了《诗经》、神话的优良传统,其《离骚》以现实主义为基调,而以浪漫主义为特色。二者的完美结合,不仅标志着创作方法的突破和发展,而且证明了屈原无愧为一位伟大的艺术家。诗人以极富个性化的笔触,真实而深刻地揭示了战国后期那一特定历史时期楚国政治的黑暗和社会的混浊;通过"灵均"这一典型形象的塑造,真率地抒发了诗人自己的理想和感情。而更加令人赞叹的成就则是浓厚的浪漫主义特色：火样的激情，飞腾的想象，奇幻的意境和瑰丽的文采。这在诗中上下求索、四方神游的描写里，表现尤为突出。如：

> 朝发轫于天津兮，夕余至乎西极。凤皇翼其承旂兮，高翱翔之翼翼。忽吾行此流沙兮，遵赤水而容与。麾蛟龙使梁津兮，诏西皇使涉予。路修远以多艰兮，腾众车使径待。路不周以左转兮，指西海以为期。屯余车其千乘兮，齐玉轪而并驰。驾八龙之婉婉兮，载云旗之委蛇。抑志而弭节兮，神高驰之邈邈。奏《九歌》而舞《韶》兮，聊假日以媮乐。陟升皇之赫戏兮，忽临睨夫旧乡。仆夫悲余马怀兮，蜷局顾而不行。

真所谓"东一句，西一句，天上一句，地下一句，极开阖抑扬之变，而其中自有不变者存"（刘熙载《艺概·赋概》）。任想象张开翅膀，飞腾九霄，与风雷结伴，共凤鸟翱翔，忽东忽西，变幻无穷；而一颗赤子之心深深眷恋着满目疮痍的祖国永不改变。这"变"与"不变"的交织，也可以说是浪漫主义与现实主义相结合的完美体现。《离骚》是一曲激越而壮丽的悲歌。它颂扬了崇高的理想，宁死不屈的斗争精神，令人激昂、振奋，给人以鼓舞、信心和力量。

其三是表现手法的开拓。屈原继承并发扬了《诗经》赋、比、兴表现手法的艺术成果，在《离骚》的创作实践中，对比兴手法的运用作出重大开拓，为中国古代诗歌艺术的民族特色增添了异彩。诗人寄情于物，托物寓情，使主观之情与客观之物融而为一，创造出富于象征意味的艺术形象。这就突破了《诗经》以借物抒情为主要特点的比兴手法的局限。诸如诗人笔下描绘的善鸟香草、恶禽臭物、灵修美人、宓妃佚女、虬龙鸾凤、飘风云霓、高冠奇服、玉鸾琼佩等等，都莫不如此。它们或配忠贞，或比谗佞，或媲君主，或譬贤臣，或托君子，或喻小人，或示超俗，或表追求……都已不再是作为喻体或借以起兴之物而独立存在的客体,而是融合了主体情感、品格和理想的某种象征,或蕴含艺术趣味的某种意象。"其称文小而其指极大,举类迩而见义远"(《史记·屈原列传》)。实开后世诗人以情寄物、托物以讽的先河,促进了中国古代诗歌艺术的发展。

其四为形式、语言的创新。《离骚》吸收了民间文学的营养和先秦散文的语言表现力,打破了《诗经》的四言格式,创造了一种句法参差、韵散结合的新形式,后人称之为"骚体"。较之《诗经》,"其言甚长"(鲁迅《汉文学史纲要》),扩大了结构,增加了容量,有助于增强作品的艺术表现力。正如刘勰所说:"自《风》、《雅》寝声,莫或抽绪,奇文郁起,其《离骚》哉!固已轩翥诗人之后,奋飞辞家之前。"(《文心雕龙·辨骚》)"骚体"的新创,应是屈原对诗歌发展的一大贡献。

《离骚》在语言艺术上也有不少新的开拓。如双声、叠韵、重言的运用,都较《诗经》有所发展。"及灵均唱《骚》,始广声貌"(《文心雕龙·诠赋》)。由于扩大了对声音形貌的描绘,富于表现力的双声、叠韵、重言词便大擅胜场。诸如贪婪、追逐、轧轹、郁邑、陆离、婵媛、歔欷、逍遥、相羊、纬繣、偓促、姚冶、晻蔼、委蛇、赫戏、蜷局等双声叠韵词令人眼花缭乱;謇謇、冉冉、炎炎、菲菲、浪浪、忽忽、暧暧、啾啾、翼翼、婉婉、邈邈等重言词亦令人目不暇接。这不仅丰富了诗歌的意蕴,而且增强了节奏感和音乐美。

此外,诗人还熟练地运用对偶工巧的句法,表现出高超的语言艺术功力。如:

> 朝饮木兰之坠露兮,夕餐秋菊之落英。
>
> 吕望之鼓刀兮,遭周文而得举;宁戚之讴歌兮,齐桓闻以该辅。
>
> 前望舒使先驱兮,后飞廉使奔属。
>
> 屈心而抑志兮,忍尤而攘诟。
>
> 孰非义而可用兮,孰非善而可服?

如此等等,包括了所谓"言对"、"事对"、"正对"、"反对"、"当句对"等多种形式。它们的巧妙运用,使诗歌的文采更盛,韵味更足。

特别是屈原大量吸收极富地方特色的楚地方言口语入诗,显示了新的风采。宋人黄伯思早已指出:"若些、只、羌、谇、蹇、纷、侘傺者,楚语也。顿挫悲壮,或韵或否者,楚声也。"(《东观余论》卷下《校定楚辞序》)《离骚》中使用的楚地方言,可谓俯拾即是。如扈、汩、搴、莽、诼、凭、婵、遭、轪等,好似给作品缀上了一个个"楚"的标记。至于"兮"字的运用,则更引人注目。多置于句尾,隔句一用,切合感叹抒愤的语气,极富抒情味和感染力。这一特点,可说是"骚体"的标志之一。

第三节　屈原的其他作品

一　《九歌》

《九歌》是屈原在楚国民间祭神乐歌的基础上加工再创作而成的一组体制独特的抒情诗,依旧保留了歌、舞、乐三者结合的特点。《九歌》原为古曲之名,来源甚古。《山海经·大荒西经》载:"(夏后)开上三嫔于天,得《九辩》与《九歌》以下。"《离骚》中也说:"启《九辩》与《九歌》兮,夏康娱以自纵。"可见在神话传说中,《九歌》是由禹之子启(即夏后开)从天上偷来人间的。屈原《九歌》之题,即袭用古曲之名。"九"非实指,乃表多数,即指由多篇乐章组成的歌,屈原《九歌》也并非九篇,而是十一篇。

《九歌》的写作年代,历来有作于屈原早期或晚年两种说法。王夫之说:"《九歌》应亦怀王时作,原时不用,退居汉北,故《湘君》有北征道洞庭之句。逮后顷襄信谗,徙原于沅、湘,则原忧益迫,且将自沉,亦无闲心及此矣。"(《楚辞通释》卷二)郭沫若更明确地说:"《九歌》应该还是屈原的作品,当作于他早年得志的时分,而不是在被放逐之后。"(《屈原研究》)蒋骥则认为:"《九歌》不知作于何时,其为数十一篇,或亦未必同时所作也。……然《大司命》曰'老冉冉兮既极',《山鬼》曰'岁既晏兮孰华予',其亦暮年所为欤?"(《山带阁注楚辞·楚辞余论卷上》)从《九歌》内容看,其写作需要搜集、整理的较长过程,不可能作于一时一地,但最后写定应在屈原晚年放逐江南流浪沅湘之时。王逸说:"屈原放逐,窜伏其域,怀忧苦毒,愁思沸郁。出见俗人祭祀之礼,歌舞之乐,其词鄙陋,因为作《九歌》之曲。"(《楚辞章句·九歌序》)其说基本可信。

《九歌》的写作与楚国巫风盛行密切相关。它本是沅、湘之间原始宗教迷信的产物。《九歌》所祀诸神分别为:天神(《东皇太一》)、日神(《东君》)、云神(《云中君》)、湘水之神(《湘君》、《湘夫人》)、司命之神(《大司命》、《少司命》)、河神(《河伯》)、山神(《山鬼》)、为国阵亡者之神(《国殇》)。最后一篇《礼魂》,是祭祀结束后的送神曲。看来自成体系,大致再现了楚国民间祭歌的基本风貌。

与《离骚》的直抒胸臆不同,《九歌》以流传于楚国民间的神话故事为背景,藉神灵形象的塑造以抒情。这些形象既闪烁着神的灵光,又具有人的性格特征;既神奇高远,又平凡亲切。经艺术创造的神灵已人格化了,但神灵毕竟与现实生活中的人不同,弥漫着神秘灵异的气息。首先其衣着佩饰异常华美:

　　　华采衣兮若英。(《云中君》)　　　　灵衣兮被被,玉佩兮陆离。(《大司命》)　　　青云衣兮白霓裳。(《东君》)　　　　被薜荔兮带女萝。……被石兰兮带杜衡。(《山鬼》)

其居所亦高雅馨香:

　　　芳菲菲兮满堂。(《东皇太一》)　　　筑室兮水中,葺之兮荷盖。荪壁兮紫坛,播芳椒兮成堂。桂栋兮兰橑,辛夷楣兮药房。……芷葺兮荷屋,缭之兮杜衡。合百草兮实庭,建芳馨兮庑门。(《湘夫人》)

所用器物也超尘脱俗:

> 瑶席兮玉瑱。《东皇太一》　　罔薜荔兮为帷,擗蕙櫋兮既
> 张。白玉兮为镇,疏石兰兮为芳。《湘夫人》

其风姿仪容,尤飘渺绰约:

> 美要眇兮宜修。《湘君》　　既含睇兮又宜笑,子慕予兮
> 善窈窕。《山鬼》

这样的描写,切合神灵的身分,充满了神奇而美妙的气氛,突出了
神灵超脱凡人的特征。然而《九歌》中所描写的神灵,却又分明具有
现实生活中人的情感,显现出鲜明的人格特征。他们有依依眷恋、
徘徊叹息的微妙心理:

> 长太息兮将上,心低徊兮顾怀。《东君》

也有求之不得、热切相思的缠绵情意:

> 横流涕兮潺湲,隐思君兮陫侧。《湘君》　　怨公子兮怅
> 忘归,君思我兮不得闲。《山鬼》

还有“悲莫悲兮生别离,乐莫乐兮新相知”《少司命》的深切感慨,有
“心不同兮媒劳,恩不甚兮轻绝”《湘君》的清醒认识,有“时不可兮
骤得,聊逍遥兮容与”《湘夫人》的深情劝勉和“老冉冉兮既极,不寖
近兮愈疏”《大司命》的紧迫感。《九歌》写出了神灵纯洁美丽的心
灵,忠贞不渝的品格,缠绵悱恻的情思以及对理想百折不挠的追
求,这些都无一不是人格特征的表现。《九歌》所塑造的神奇而亲切
的众神灵的艺术形象,寄托着诗人对真、善、美的热烈憧憬。

　　《九歌》的基调是礼赞神明,但其内容颇多恋情的描写。无论是
神与神或神与人之间的恋爱,在诗人笔下,都洋溢着人世间的生活
气息,呈现出神话传说与民间恋歌交织为一的特征。诗人善于把景
物的描绘、环境的烘托、气氛的渲染和作品中人物的思想感情有机
地融为一体,使客观事物的描写与主观情感的抒发密合无间,创造
出情景交融的优美意境,产生感人的艺术魅力。如《湘夫人》开篇即

写：

> 帝子降兮北渚，目眇眇兮愁予。

帝子飘然而降，却似见未见；凝神远望，无限愁思。接下一转，又勾勒出楚天千里清秋的景象：

> 袅袅兮秋风，洞庭波兮木叶下。

这就将惆怅落寞之情，融入秋风袅袅、落叶飘飘之中，更显得冷落凄凉。又如《山鬼》之末写山林夜景：

> 雷填填兮雨冥冥，猿啾啾兮狖夜鸣。风飒飒兮木萧萧，思公子兮徒离忧。

景色如此幽深，气氛如此悲凉，无限愁情和哀怨，尽融于山林浓夜凄风苦雨之中。另如《湘君》、《少司命》等，也都是缠绵凄婉之作。孤寂落寞的哀怨之情和凄迷苍茫的悲凉之景，融而为一，形成了清丽的格调和优美的意境，代表着《九歌》的主要艺术倾向。

较特殊者为《国殇》。此篇礼赞为国捐躯者之神，描写了悲壮激烈的战斗场面，歌颂了楚国卫国将士的英雄气概：

> 操吴戈兮被犀甲，车错毂兮短兵接。旌蔽日兮敌若云，矢交坠兮士争先。凌余阵兮躐余行，左骖殪兮右刃伤。霾两轮兮絷四马，援玉枹兮击鸣鼓。天时怼兮威灵怒，严杀尽兮弃原野。出不入兮往不反，平原忽兮路超远。带长剑兮挟秦弓，首身离兮心不惩。诚既勇兮又以武，终刚强兮不可凌。身既死兮神以灵，魂魄毅兮为鬼雄。

此篇奋昂扬厉，悲歌慷慨，洋溢着爱国激情，笼罩着悲壮气氛。格调雄健而意境壮美，在《九歌》中显然别具一格。

《九歌》采用楚国民间祭歌的形式，内容杂糅神话传说和民间情歌，其风格和情调与《离骚》迥然不同。但其精神实质有相通之处。在《九歌》"婉娈缠绵"的字里行间,渗透了诗人低回沉郁、深沉含蓄的情思。其中有"心不同兮媒劳,恩不甚兮轻绝"、"交不忠兮怨长,期不信兮告余以不闲"(《湘君》)的切身体验和哀怨,有"闻佳人兮召予,将腾驾兮偕逝"(《湘夫人》)的热切期待和向往,有"孰离合兮可为"(《大司命》)、"君思我兮然疑作"、"思公子兮徒离忧"(《山鬼》)的深深依恋和怨悱,还有"老冉冉兮既极,不寝近兮愈疏"(《大司命》)、"岁既晏兮孰华予"(《山鬼》)和"时不可兮再得"(《湘君》)、"时不可兮骤得"(《湘夫人》)的一再感叹和忧伤。至于感人至深的《国殇》,更是倾注了满腔爱国之情的壮歌。诗人将理想和愿望、痛苦与追求皆深寓于《九歌》之中。正如王夫之所指出:"其情贞者其言恻,其志菀者其音悲,则不期白其怀来,而依慕君父,怨悱合离之意致,自溢出而莫圉。"(《楚辞通释》卷二)诗人在《九歌》中抒发的怀君怨离、忧世伤时之情,与《离骚》实无二致。只不过《离骚》是直接畅抒胸臆,《九歌》则显得委婉含蓄罢了。

《九歌》语言艺术的突出特点是清丽华美,简练传神,音调铿锵,韵味悠长。不仅令人赏心悦目,而且启人无限情思。如全诗最后一曲《礼魂》:

> 成礼兮会鼓,传芭兮代舞,姱女倡兮容与。春兰兮秋菊,长无绝兮终古。

此为"祠祀将毕而歌以送神之词。乐之卒章,犹曲之尾声也"(王邦采《屈子杂文笺略》)。写祭礼告成鼓声齐鸣,众巫女传递鲜花,交替起舞;一女领唱,歌声宛转,神态雍容。末谓每年春秋二季,兰、菊花开之时,祭祀永不断绝。短短几句,有声有色、活灵活现地描绘出礼毕送神时的动人场面和热烈气氛,表达了祭者虔诚的娱神之意和千秋万代永不绝祀的美好祝愿。

《九歌》的句式以六言为主,也不乏五、七言,长短适意,不拘一格。押韵亦颇灵活,韵脚变化频繁,或两句、四句,或六句、八句一转韵,大都节奏鲜明,音韵谐美。特别是"兮"字用于句中,几乎代替了所有虚字的功能,不同于《离骚》用"兮"字于句末而专为语助,无形中扩大了"兮"字的意义和作用,体现了炼句技巧的进步。

二 《九章》

《九章》包括九篇作品。按王逸《楚辞章句》的编排,依次为:《惜诵》、《涉江》、《哀郢》、《抽思》、《怀沙》、《思美人》、《惜往日》、《橘颂》、《悲回风》。这或许就是刘向最初编辑《楚辞》时的顺序。但司马迁在《史记·屈原列传》中全录《怀沙》之文,径称"《怀沙》之赋";并在"太史公曰"中,以《哀郢》与《离骚》、《天问》诸篇并列,不称《九章》。《汉书·扬雄传》载扬雄往往摭屈文而反之,亦仅举《惜诵》、《怀沙》之篇名,而未称《九章》。可见当初皆散篇单行,并无《九章》之称。《九章》名称始见于刘向所作《九叹·忧苦》:"叹《离骚》以扬意兮,犹未殚于《九章》。"而刘向又是《楚辞》的最早编辑者,故一般认为,《九章》之名应即刘向所加。及至东汉,王逸作《楚辞章句》,沿用刘向旧题,《九章》之名始得流传。

《九章》的写作年代,历来说法不一。比较一致者,《九章》并非一时一地之作。《橘颂》最早,可能作于屈原被疏之前。《惜诵》、《抽思》、《思美人》则可能作于被疏之后。《哀郢》、《涉江》、《悲回风》、《惜往日》、《怀沙》等篇,则应作于屈原既放江南之后。至于诗人的绝笔之作,乃是学者们向来关注却又迄今尚难论定的问题。但综观前人所论,大抵不出《惜往日》、《悲回风》和《怀沙》三篇。《史记·屈原列传》说:"(屈原)乃作《怀沙》之赋,……于是怀石遂自沉汨罗以死。"《怀沙》通篇自述生平怀抱,并有"知死不可让,愿勿爱兮。明告君子,吾将以为类兮"的自白,大有向人世间告别的意味。看来,《怀沙》为屈原绝命词之说,也许较为可信。

《九章》的思想内容与《离骚》大体相似。除《橘颂》外,各篇均为屈原某一生活片断的写照,表现了诗人在某一特定时期的思想感受。《离骚》是对屈原生平和心路历程比较完整的反映,《九章》则是对某一时期、某一方面的片断抒写。诗人的"美政"理想,爱国情感,批判精神和峻洁人格,在《九章》中也有不同程度的表现。并且在《九章》中还不难发现与《离骚》形神毕肖的众多诗句,有的甚至整段相似。如:

> 曼余目以流观兮,冀壹反之何时? 鸟飞返故乡兮,狐死必首丘。信非吾罪而弃逐兮,何日夜而忘之?《哀郢》) 昔君与我诚言兮,曰黄昏以为期。羌中道而回畔兮,反既有此他志。矫吾以其美好兮,览余以其修姱。与余言而不信兮,盖为余而造怒。《抽思》) 变白以为黑兮,倒上以为下。……夫惟党人之鄙固兮,羌不知余之所臧!……世溷浊莫吾知,人心不可谓兮。《怀沙》)

此外,《思美人》、《惜往日》、《悲回风》等篇也都有类似的内容。这都足以说明,在精神实质上,《九章》与《离骚》基本一致。

较特殊者为《橘颂》。它以橘树自喻,借颂橘而言志,抒发了美好的理想,歌颂了高尚的情操。其内容与情调颇为独特,但就其主旨而言,不外乎诗人峻洁人格的艺术写照,仍与《离骚》气脉贯通。

《九章》的艺术风貌也与《离骚》大体相类。只是《离骚》富于浪漫主义,《九章》主要显示了鲜明的现实主义特征。它不以飞腾的想象和奇幻的意境取胜,而以具体的写实和直接的抒情见长。如《哀郢》写顷襄王二十一年(前278)秦将白起攻克楚国郢都的历史悲剧,诗人开篇即描写了亲眼所见的一片国破家亡、人民离散奔逃的惨状:

> 皇天之不纯命兮,何百姓之震愆? 民离散而相失兮,方仲春而东迁。

接着描述自己身为难民中的一员,离乡去国的流亡经历和内心痛苦:

去故乡而就远兮,遵江夏以流亡。出国门而轸怀兮,甲之朝吾以行。发郢都而去闾兮,荒忽其焉极?楫齐扬以容与兮,哀见君而不再得。……

其描述有如"实录",抒情亦如见肺腑。如此具体写实、直接抒情的特点,在《涉江》、《惜往日》等篇中,也有突出的表现。《文心雕龙·辨骚》所说"朗丽以哀志",主要即指这些直接抒写悲哀的作品。

《九章》虽以现实主义为主调,也不乏浪漫主义的笔触。如《惜诵》写冤气之冲九霄:"令五帝以折中兮,戒六神与向服。俾山川以备御兮,命咎繇使听直。"《涉江》写精神之共日月:"登昆仑兮食玉英,与天地兮同寿,与日月兮齐光。"《抽思》写魂梦之飞故乡:"惟郢路之辽远兮,魂一夕而九逝。"《思美人》写托言于云、鸟:"愿寄言于浮云兮,遇丰隆而不将。因归鸟而致辞兮,羌迅高而难当。"《悲回风》写神游之扪天:"上高岩之峭岸兮,处雌蜺之标颠。据青冥而攄虹兮,遂倏忽而扪天。"如此等等,皆胸中有激情,笔下生风雷之作。这说明,《九章》和《离骚》一样,都是"发愤以抒情"(《惜诵》),其现实主义也是与浪漫主义结合在一起的,只不过主要特征各有侧重罢了。

在写景寄情方面,《九章》有其独到之处。诗人往往情寓于景,景以寄情,无论写山水,言节候,大都情共景生,感人肺腑。如《抽思》写:"望北山而流涕兮,临流水而太息。望孟夏之短夜兮,何晦明之若岁?"景语、情语融为一体,难分难辨。再如《涉江》写:"入溆浦余儃佪兮,迷不知吾所如。深林杳以冥冥兮,猿狖之所居。山峻高以蔽日兮,下幽晦以多雨。霰雪纷其无垠兮,云霏霏而承宇。哀吾生之无乐兮,幽独处乎山中。"凄寂幽晦的环境与孤独无乐的心境相互映衬,主观情感与客观景物融而为一。又如《怀沙》开篇即写:"滔滔孟夏兮,草木莽莽。伤怀永哀兮,汩徂南土。"时当孟夏,远走南方,眼前是莽莽的草木,心中是无尽的哀伤,景关乎情,情融于景。诗人接着写道:"眴兮杳杳,孔静幽默。郁结纡轸兮,离愍而长鞠。"蒋骥说:"杳杳则无所见,静默则无所闻。盖岑僻之境,昏瞀之情,皆见于此矣。"（《山带阁注楚辞》卷四）像这样善于写景寄情的佳句,在《思美人》、《悲回风》中也有不少。

其中独具一格的自是《橘颂》。名为颂橘,实为诗人的自我写照。橘是楚地特产的嘉树,诗中颂扬道:

> 后皇嘉树,橘徕服兮。受命不迁,生南国兮。深固难徙,更壹志兮。绿叶素荣,纷其可喜兮。曾枝剡棘,圆果抟兮。青黄杂糅,文章烂兮。精色内白,类任道兮。纷缊宜修,姱而不丑兮。嗟尔幼志,有以异兮。独立不迁,岂不可喜兮!深固难徙,廓其无求兮。苏世独立,横而不流兮。闭心自慎,终不失过兮。秉德无私,参天地兮。愿岁并谢,与长友兮。淑离不淫,梗其有理兮。年岁虽少,可师长兮。行比伯夷,置以为像兮。

诗人以橘自比,即王夫之所谓"比物类志"（《楚辞通释》卷四）,借以表达扎根故土、忠贞不渝的爱国情感和特立独行、怀德自守的人生理想。其前段颂橘,后段述志,诗末表明,橘"年岁虽少",但可作为师长,立为榜样。可见《橘颂》乃是一曲高尚人格的颂歌。由于本篇情调高昂乐观,并无"忧愁幽思",篇中又有"嗟尔幼志"、"年岁虽少"等语,故一般认为应属屈原早期的作品。

三 《天问》

关于《天问》题义,向有不同解释。或谓:"天尊不可问,故曰《天问》。"（王逸《楚辞章句·天问序》）或曰:"《天问》者,仰天而问也。"（屈复《楚辞新注》）或称:"天即理也。理有可信,亦有可疑。理可疑,故有问。疑而问,即以问而使人悟,故举曰'天问'也。又天,君也,问之冀其一悟也。"（陈远新《屈子说志》）或说:"屈子以《天问》题篇,意若曰,宇宙间一切事物之繁之不可推者,欲从而究其理耳。"（游国恩主编《天问纂义》）其实,《天问》就是"问天",亦即对天问难。"天"是诗人设疑问难的对象。从《离骚》中"皇天无私阿兮,览民德焉错辅",以及《哀郢》中"皇天之不纯命兮,何百姓之震愆"等句看来,在屈原心目中,并不完全否认有意志有人格的"天"的存在。当然,他同时对"天"又有所怀疑。这正是屈原思想矛盾的反映。

《天问》的写作年代无从确考。一般认为作于屈原被放逐之时。王逸说:"屈原被逐,忧心愁悴,彷徨山泽,经历陵陆。嗟号昊旻,仰天叹息。见楚有先王之庙及公卿祠堂,图画天地山川神灵,琦玮僪佹,及古贤圣怪物行事。周流罢倦,休息其下,仰见图画,因书其壁,呵而问之,以渫愤懑,舒泻愁思。楚人哀惜屈原,因共论述,故其文义不次序云尔。"(《楚辞章句·天问序》)此说虽未可尽信,但从《天问》中不无愤懑忧思之情以及篇末"伏匿穴处,爰何云?荆勋作师,夫何长?""吾告堵敖以不长"等看,它当是屈原"忧心愁悴,彷徨山泽"时所作,大约就在怀王末年,屈原遭谗被疏流于汉北之时。

《天问》是我国文学史上的一篇奇文。全文包括三百七十多句、一千五百余言。作者一口气提出一百七十多个问题,举凡天地山川、神话故事、历史传说、天命人事、现实生活等等方面均所涉及。显示了屈原确实"博闻强志",体现了他大胆怀疑、敢于向传统挑战、勇于探求真理的精神,此乃光辉的屈原精神的重要组成部分。

《天问》开篇以一"曰"字领头,即对天地开辟、宇宙生成、昼夜明晦、阴阳变化等最重大也最基本的问题发出疑问。接着便对山川地理、日月星辰等一系列未知的自然现象设疑问难。这一连串的提问,表现出诗人不迷信,不盲从,敢于怀疑,敢于求索的可贵精神。

诗人由天地山川之问开始,进而又问及神话传说。内容涉及鲧、禹治水,平定九州,共工怒触不周山,烛龙照阴,羲和御日,若木赤花照地,雄虺九首,巴蛇吞象,鴅雀食人,后羿射日等等。对于神话故事和历史传说一一发问,反映了积淀于屈原内心的深沉厚重的历史意识。值得注意的是关于天命人事的问难:

> 天命反侧,何罚何佑?齐桓九合,卒然身杀?彼王纣之躬,

孰使乱惑？何恶辅弼，谗谄是服？比干何逆，而抑沉之？雷开
何顺，而赐封之？何圣人之一德，卒其异方：梅伯受醢，箕子佯
狂？

这一系列的疑问，涉及的都是天命和人事。天命之不公，即人事之
不平。屈原对此十分不满，发而为文不胜其愤。"天命反侧，何罚何
佑？"实是对于上天"福善祸淫"的质疑，也是对所谓"天道无亲，常
与善人"的否定。这样的思想高度，秦汉以后，只有《伯夷列传》可与
伦比。

《天问》纯以问句构成，篇幅巨大，内容广博，思想奇特，富于哲
理。它对哲学、史学、神话学、民俗学都有特殊的贡献。但对它的文
学价值，却存在不同看法。有人称它"瑰诡而惠巧"(刘勰《文心雕龙·辨
骚》)，有人赞它"自是宇宙间一种奇文"(贺贻孙《骚筏》)；还有人推崇它
"特创为百余问，皆容成、葛天之语，入神出天，此为开物之圣，后有
作者，皆臣妾也"(陈深批点《楚辞》)。但也有人贬斥它"文理不通，见解
卑陋，全无文学价值"(胡适《读楚辞》)。实际上，《天问》构思新奇，形式
独特，节奏铿锵，气势磅礴，感情激越，格调高古，的确是一篇古今
独步的奇文。就文体而言，《天问》堪称近文之赋。它"苞括宇宙，总
览人物"，颇具所谓"赋家之心"(《西京杂记》)；又主要以四言为句，四
句为节，韵散相间，错落有致。而且不再以言情为主，显然有论事说
理的倾向。汉初贾谊之赋将言情与说理结合，正是对于这一特点的
继承和发展。

四 《招魂》

司马迁在《史记·屈原列传》中说："余读《离骚》、《天问》、《招
魂》、《哀郢》，悲其志。"他把《招魂》与《离骚》等篇相提并论，显然认
为《招魂》也是屈原的作品。可是王逸在《楚辞章句·招魂序》中却
说："《招魂》者，宋玉之所作也。……宋玉怜哀屈原，忠而斥弃，愁懑
山泽，魂魄放佚，厥命将落。故作《招魂》，欲以复其精神，延其年

寿。"这也许本于刘向的旧说。后来学者们或主屈作,或主宋作,众说不一。看来司马迁之说较为近古,且必有所据。

《招魂》既为屈原所作,则所招之魂为谁呢?较通行的说法,一是屈原自招其魂,一是屈原招怀王之魂。从《招魂》所叙宫室之美,服食之奢,娱乐之盛,士女之乱等情景看,其所招之人非君王莫属。

《招魂》作于何时?目前尚难确考。吴汝纶说:"怀王为秦虏,魂亡魄失,屈子恋君而招之,盛言归来之乐,以深痛其在秦之苦也。"并说:"时怀王未死,故曰'有人在下'、'魂魄离散',盖入秦不返,惊惧忧郁而致然也。"《古文辞类纂校勘记》这是认为《招魂》作于怀王生前身为秦虏之时。但《招魂》中明明有关于丧礼"皋复"的描写:"工祝招君,背行先些。秦篝齐缕,郑绵络些。招具该备,永啸呼些。"还有关于楚国风俗"人死则设其形貌于室而祠之"(朱熹《楚辞集注》卷九)的描写:"像设君室,静闲安些。"可知所招者必为已死之楚王。史载楚怀王三十年(前299),怀王入秦被扣;顷襄王三年(前296),怀王客死于秦。《招魂》之作,大约就在此后不久。

《招魂》是《天问》之外的又一篇奇文。其艺术形式、表现手法和语言艺术都有创造性的成就。

举行"招魂",或在人死之后,或在因病或受惊之时。这种风俗,古今都有。屈原《招魂》的写作便与楚国巫风的盛行关系密切。它是屈原改造民间流行的巫觋招魂辞的形式,再创作而成的诗篇。《招魂》前有序言,中为招魂辞,后有乱辞,以招魂辞为全篇主干。这种结构形式和"外陈四方之恶,内崇楚国之美"(王逸《楚辞章句·招魂序》)的正反对照写法,以及招魂辞句尾通用极其特殊的"些"字,都显示了民间巫觋招魂辞的形式特征。沈括《梦溪笔谈·辩证一》说:"今夔峡、湖湘及南北江獠人凡禁咒句尾皆称'些'(按:别本"些"作"吵"),此乃楚人旧俗。"据此可知《招魂》乃是改造当时盛行于楚国少数民族中的招魂咒语形式而自铸的新篇。它再次证明屈原是善于从现实生活和民间文艺中吸取营养的伟大诗人。

在表现手法上,《招魂》不同于《离骚》、《九章》之以抒情见长,而是以善于描写著称。无论"外陈四方之恶",还是"内崇楚国之美",都极尽铺陈夸张之能事。如广采神话传说,充分发挥想象,极力渲染"上天"和"幽都"之可怖:

> 魂兮归来!君无上天些。虎豹九关,啄害下人些。一夫九首,拔木九千些。豺狼从目,往来侁侁些。悬人以娭,投之深渊些。致命于帝,然后得瞑些。归来归来!往恐危身些。魂兮归来!君无下此幽都些。土伯九约,其角觺觺些。敦脄血拇,逐人驱驱些。参目虎首,其身若牛些。此皆甘人。归来归来!恐自遗灾些。

天上有"危身"的虎豹,阴间有"甘人"的魔怪,无不形象狰狞,凶恶可怕。加上东有"长人千仞",南有"雄虺九首",西有"赤蚁若象",北有"增冰峨峨","天地四方,多贼奸些"。唯有楚国可为安身之所,因特召唤"魂兮归来!反故居些"。

其描写既穷形尽相,又新奇怪异。铺陈夸张尽管富于幻想而绝非凭空臆造。如写东方日出之所"十日代出,流金铄石";写南方蛮荒之地"雕题黑齿,得人肉以祀"、"蝮蛇蓁蓁,封狐千里";写西方之沙漠"流沙千里"、"五谷不生"、"求水无所得";写北方之严寒"增冰峨峨,飞雪千里"。这些都抓住了描写对象的某些特征,其想象夸张乃以基本事实为依据。

《招魂》描写天地四方之可怖,虽多"谲怪之谈"(《文心雕龙·辨骚》),而铺叙楚国居处、饮食、歌舞、游乐之可喜,又无非对于楚王奢靡生活的如实写照。如写楚国宫室之美——华贵精巧,风光迷人:

> 高堂邃宇,槛层轩些。层台累榭,临高山些。网户朱缀,刻方连些。冬有突厦,夏室寒些。川谷径复,流潺湲些。光风转蕙,泛崇兰些。

又如夸其饮食肴馔之盛——食品之珍奇,烹调之精致:

> 室家遂宗,食多方些。……胹鳖炮羔,有柘浆些。酸鹄臇
> 凫,煎鸿鸧些。露鸡臛蠵,厉而不爽些。粔籹蜜饵,有餦餭些。
> 瑶浆蜜勺,实羽觞些。挫糟冻饮,酎清凉些。华酌既陈,有琼浆
> 些。

还有叙歌舞娱酒之乐——沉湎日夜,举以为欢:

> 肴羞未通,女乐罗些。陈钟按鼓,造新歌些。……美人既
> 醉,朱颜酡些。娭光眇视,目曾波些。被文服纤,丽而不奇些。
> 长发曼鬋,艳陆离些。二八齐容,起郑舞些。……士女杂坐,乱
> 而不分些。……娱酒不废,沉日夜些。

这些描写自不免夸饰,但基本真实。屈原曾受怀王信用,经常出入
楚国宫廷,对楚王的生活非常熟悉,所以能写得如此细致入微。

辞藻瑰丽,文采华美,是《招魂》语言艺术的突出特点。其铺陈
排比,文辞富艳,色彩缤纷,声韵铿锵,实开汉赋"写物图貌,蔚似雕
画"(《文心雕龙·诠赋》)之先河,对于后代赋家不无影响。

第四节 屈原及其作品的影响

《史记·屈原列传》载屈原之后,楚有宋玉、唐勒、景差之徒,
"皆好辞而以赋见称","皆祖屈原之从容辞令",是屈原的直接继承
者。《汉书·艺文志》著录"唐勒赋四篇",都已亡佚;景差之作则未
见著录。王逸曾说《大招》作者"或曰景差",而同时又称"疑不能
明",后世学者则多不信。在直接继承屈原的先秦辞家中,唯一有作
品流传后世且有较大影响的是宋玉。

宋玉是屈原之后的一位杰出作家。在直承屈原的先秦辞人中,
唯他有传世之作,具有一定成就,故后人将他与屈原并称,刘勰即
谓"屈、宋以'楚辞'发采"(《文心雕龙·才略》)。

宋玉的生平事迹难以详考。从《史记》、《汉书》、《韩诗外传》、《文选》、《襄阳耆旧记》等的零星记载中,可知他是战国末期楚国人,后于屈原而与唐勒、景差同时。他出身寒微,曾事襄王为"小臣",才高位低,颇不得志。王逸曾说他是"屈原弟子"(《楚词章句·九辩序》),虽无确证,但其作品确实师法屈原。《汉书·艺文志》著录"宋玉赋十六篇",篇目失考。《楚辞》载有《九辩》、《招魂》二篇,王逸定为宋玉所作;此外,《文选》载《风赋》、《高唐赋》、《神女赋》、《登徒子好色赋》、《对楚王问》五篇,《古文苑》载《笛赋》、《大言赋》、《小言赋》、《讽赋》、《钓赋》、《舞赋》六篇,作者亦归宋玉。但《招魂》应是屈原的作品,而《文选》及《古文苑》所载诸篇,风格、体制不似先秦之作,叙事行文也多可疑之处,学者多认为出于后人依托。真正可信为宋玉所作者,只有《九辩》一篇。

《九辩》与《九歌》一样,原是古曲之名。宋玉袭用古题创为新制。"九"表多数,"辩"通"变"、"遍",一遍即为一阕。所谓《九辩》,就是由多阕乐章组成的乐曲。

王逸认为,宋玉"闵惜其师忠而放逐,故作《九辩》以述其志"(《楚辞章句·九辩序》)。此说指明了《九辩》的写作意图,但不完全可靠。《九辩》实际上是一首借闵惜屈原而自抒胸臆的长篇抒情诗。诗中申言事君不合,慨叹生不逢时,忧患国事危殆,痛斥谗佞当道等等,在一定程度上含有"闵惜"屈原的意味。但《九辩》实以闵惜屈原为表,而以自抒胸臆为里,其中一些诗句还隐约透露了宋玉的身世和境遇,如他慨叹"怆怳懭悢兮去故而就新,坎廪兮贫士失职而志不平。廓落兮羁旅而无友生,惆怅兮而私自怜"。知其身为"贫士",遭遇坎坷,受谗而失官,愤愤不平。为了另谋生路,孤零零地飘泊他乡。他无知己相助,满怀惆怅,自怜自叹:"悲忧穷戚兮独处廓,有美一人兮心不绎;去乡离家兮徕远客,超逍遥兮今焉薄?"这些诗句都是宋玉本人内心抑郁的表露。

引人注目的是,《九辩》中有不少蹈袭屈原作品的痕迹。不仅通篇语多模仿，甚至有整段抄入者，如：

> 尧舜之抗行兮，瞭冥冥而薄天。何险巇之嫉妒兮，被以不慈之伪名？　憎愠惀之修美兮，好夫人之慷慨。众踥蹀而日进兮，美超远而逾迈。

所著即抄自《哀郢》末段，仅改“瞭杳杳”为“瞭冥冥”，改“众谗人”为“何险巇”而已。这既表现了宋玉对屈原作品的激赏和有意仿作，也说明了他对屈原遭遇的同情和深切悲悯。

《九辩》虽模拟并袭用屈作的一些词句，但在艺术上仍不乏独创，写景抒情很有特色，尤其开头一节“悲秋”的描写，非常动人：

> 悲哉秋之为气也！萧瑟兮草木摇落而变衰。憭栗兮若在远行，登山临水兮送将归。泬寥兮天高而气清，宋廓兮收潦而水清。憯凄增欷兮薄寒之中人，怆怳圹悢兮去故而就新。……燕翩翩其辞归兮，蝉宋漠而无声；雁廱廱而南游兮，鹍鸡啁哳而悲鸣。独申旦而不寐兮，哀蟋蟀之宵征。时亹亹而过中兮，蹇淹留而无成。

诗人着力渲染环境的气氛，把肃杀萧瑟的自然秋景与悲凉凄怆的内心感情融为一体，情与景互相映衬，主、客观和谐统一，大大开拓了诗的意境，具有强烈的感伤情绪。这一段寄悲情于秋景的描写，千百年来受到不少文人学士的赞赏和推崇，引起了他们的强烈共鸣。由于宋玉出色的艺术创造，使得“悲秋”从此成为诗、赋创作中常见的主题之一。

《九辩》韵文杂以散句，句型不拘一格，长短随意，有的多达九字、十字，显得参差错落，韵味无穷，令人读之回肠荡气。“兮”字的运用变化多端，抑扬顿挫，节奏鲜明。双声、叠韵、重言词的运用也颇具匠心，如其末段描写“放游志乎云中”，一连用了“抟抟”、“湛湛”、“习习”、“丰丰”、“茇茇”、“躣躣”、“阗阗”、“衙衙”、“锵锵”、“从从”、“容容”、“专专”等十二个重言词，酣畅淋漓地渲染了神游云天的壮丽景象,有声有色。这样的写法,显然是对《离骚》的继承和发展。

在思想境界和艺术成就上,《九辩》虽不及《离骚》,但其"凄怨之情,实为独绝"(鲁迅《汉文学史纲要》),艺术手法也有开拓。作为紧承《离骚》之后一首杰出的长篇作品,《九辩》在我国文学史上有其特殊的光彩。

《卜居》与《渔父》两篇也都是闵惜屈原的作品,都以"既放"后的屈原为描写对象,题材大体相同。作者从第三者的角度,写屈原与太卜、渔父的对话,表现了屈原"忠而被谤"的怨愤,与《离骚》、《九章》、《天问》等作品中所反映的屈原精神基本一致,可见作者对屈原的生活和思想有较为深刻的了解。《卜居》、《渔父》的作者难以确考,可能是深受屈原直接影响的文人。

《卜居》、《渔父》在艺术上有一些引人注目的共同特点。首先是构思新巧,都以"设为问难"发端。《卜居》云:"屈原既放,三年不得复见。"《渔父》说:"屈原既放,游于江潭,行吟泽畔,颜色憔悴,形容枯槁。"然后分别引出"太卜郑詹尹"和"渔父",与"屈原"展开问答。洪兴祖说:"《卜居》、《渔父》,皆假设问答以寄意耳。而太史公《屈原传》、刘向《新序》、嵇康《高士传》或采《楚词》、《庄子》渔父之言以为实录,非也。"(《楚辞补注·渔父序注》)洪氏认为《卜居》、《渔父》并非"实录",所见不错;但他泥于旧说,以为屈原"假设问答以寄意耳",却忽略了这两篇作品都是以第三人称写作的特点。

其次是表现手法相似。两篇都善于从对比中突出主题。《卜居》中记屈原无疑而问,皆一正一反,两相对照:

> 吾宁悃悃款款朴以忠乎?将送往劳来斯无穷乎?宁诛锄草茅以力耕乎?将游大人以成名乎?宁正言不讳以危身乎?将从俗富贵以媮生乎?宁超然高举以保真乎?将哫訾栗斯,喔咿儒兒,以事妇人乎?宁廉洁正直以自清乎?将突梯滑稽,如脂如韦,以洁楹乎?宁昂昂若千里之驹乎?将泛泛若水中之凫,

与波上下,偷以全吾躯乎?宁与骐骥亢轭乎?将随驽马之迹乎?
宁与黄鹄比翼乎? 将与鸡鹜争食乎?

虽然有问无答,但在截然相反的一组两问中,"孰吉孰凶"、"何去何
从",已不言而喻。至于"蝉翼为重,千钧为轻;黄钟毁弃,瓦釜雷鸣;
谗人高张,贤士无名"的鲜明对比,不仅形象地揭示了"世溷浊而不
清"的黑暗现实,而且表达了深沉的愤慨。

《渔父》记屈原与渔父的对话,针锋相对。屈原说:"举世皆浊我
独清,众人皆醉我独醒,是以见放。"渔父则说:"圣人不凝滞于物,
而能与世推移。世人皆浊,何不淈其泥而扬其波? 众人皆醉,何不
铺其糟而歠其醨?何故深思高举,自令放为?"一个坚持"独清"、"独
醒"、特立独行,一个主张"与世推移"、同流合污。作者设渔父之言,
是为反衬屈原之志,通过对比,突出表现屈原忠于操守、坚贞不渝
的精神。

这两篇作品的结尾也有相似之处,都从对立面着笔,写的虽是
太卜、渔父的言行,却都为了突出屈原形象。如此写法有助于表现
作品主题,可谓匠心独具。

此外,《卜居》、《渔父》都是韵、散相间而以散体为主。其开头与
结尾均用散文式的叙述,文中则多用骈偶,句法参差错落,用韵自
由灵活。这种形式,意味着楚骚向汉赋的过渡,在文学史上起着承
先启后的作用。

秦汉以后,屈原和宋玉等人的作品,通称"楚辞",对后世作家
产生了极为深远的影响。尤其是历代的迁客骚人,几乎无不祖述屈
原,形成了一个光辉的传统。刘勰所谓"其衣被词人,非一代也"
(《文心雕龙·辨骚》),鲁迅所说"遗响伟辞,卓绝一世","影响于后来之
文章,乃甚或在三百篇以上"(《汉文学史纲要》),都是看到了这个传统
的巨大影响的。首先是汉初的贾谊谪迁长沙,途经湘水,写下了千
古传诵的《吊屈原赋》,其后是武帝时的司马迁发愤著书,完成了

"无韵之《离骚》"的《史记》。《史记》虽是散文著作,但在写作精神、思想特征、感情倾向以及"发愤以抒情"等方面,与《离骚》实有共通之处。此后如陶渊明之作《感士不遇赋》,称"三闾发已矣之哀";李白之作《江上吟》,称"屈平词赋悬日月,楚王台榭空山丘";杜甫之写《最能行》,说"若道士无英俊才,何得山有屈原宅?"又写《戏为六绝句》说:"窃攀屈宋宜方驾,恐与齐梁作后尘。"其思想与文采都与屈原作品一脉相承。李、杜之后,最能发扬屈原传统的作者是柳宗元。他的文章如《愚溪对》、《天对》、《乞巧文》、《吊屈原文》等,都是骚体;其他如《骂尸虫》、《憎王孙》、《宥蝮蛇》诸篇,晁无咎亦皆附于"变骚"一类。柳宗元的人品和文品,都是深受屈原影响的。

汉唐以后,继承屈原传统的作者,代有其人.刘勰所谓"才高者菀其鸿裁,中巧者猎其艳辞,吟讽者衔其山川,童蒙者拾其香草"(《文心雕龙·辨骚》)者,不可胜数。至于近代,发扬屈原传统的,还有鲁迅。"风雨如磐",而"寄意寒星"(《自题小像》);其《彷徨题辞》且云:"路漫漫其修远兮,吾将上下而求索",显然继承了屈原的传统精神。

第二编　秦汉文学

第一章　秦汉文学总论

　　秦在战国,诸子之文,有《吕氏春秋》;纵横家文,有李斯《谏逐客书》。这些文章,皆有战国之文长于辩难,深于取象的特点。

　　公元前 221 年,秦灭六国,建立了统一的中央集权国家。此后十五年间,战国百家争鸣结束,诸子异说绝响,《诗》、《骚》抒情传统亦随之消歇。《汉书·艺文志》载,秦有杂赋九篇,歌诗八篇,儒家羊子、名家黄公若干篇。它们或毁于嬴政的焚书坑儒,或烬于项羽的咸阳之火,皆不传于后世。今所得见者,唯秦世君臣诏令奏议之文与称颂功德的刻石之文。故《文心雕龙·诠赋》云"秦世不文"。秦世不文不独是秦的文学特征,也是秦的政治特征。

　　秦惩于春秋战国纷争不息的历史教训,废除分封制,实行郡县制,"分天下以为三十六郡,郡置守、尉、监"(《史记·秦始皇本纪》);又筑长城,修驰道,颁令车同轨,书同文,划一度量衡。这些措施对于加强政权的统一,自有积极意义。但与此同时,秦代君臣的集权意识也畸形膨胀,对学术的百家争鸣、士阶层的文化创造精神尤为忌刻和敏感。一方面,他们徙豪强、杀豪俊、毁城廓、销兵镝、严酷刑,以弱天下之民;另一方面,又大力推行"燔灭文章,以愚黔首"的文化专制政策。始皇三十五年(前 212),为杜绝"人善其所私学,以非上之所建立",诏令"史官非秦纪皆烧之;非博士官所职,天下敢有藏诗书百家语者,悉诣守、尉杂烧之"(同上)。秦不只焚书,又进而坑儒。《史记·秦始皇本纪》载,仅始皇三十五年一次即将"四百六十余人,皆坑之咸阳"。秦之坑儒,非只一次。秦的文化专制,因焚书坑儒而发展为文化恐怖,在中国历史上,造成空前的文化浩劫。有此背景,秦之学术与文学,自然一片荒芜。

公元前 209 年,陈涉起义,秦梦想的"万世之业"亡于二世。对于秦集权政治的成功与失败,后世十分重视。汉朝贾谊《过秦论》总结秦亡教训说:

> 秦王怀贪鄙之心,行自奋之智,不信功臣,不亲士民,废王道,立私权,禁文书而酷刑法,先诈力而后仁义,以暴虐为天下始。夫并兼者高诈力,安定者贵顺权,此言取与守不同术也。秦离战国而王天下,其道不易,其政不改,是其所以取之、守之者无异也。孤独而有之,故其亡可立而待。

贾谊的认识,在汉代是很有代表性的,对后世影响不小。后世之君一统天下后,大抵文武兼济、王霸杂用。其文化政策虽不同于秦,却是在借鉴秦亡教训的基础上建立起来的。

秦亡之后,楚汉相争,纵横之风复起。这样的局面,虽不可能再现战国的百家争鸣,对汉初的文学,却很有影响。公元前二〇六年,刘邦重新统一中国。其时,天下疲弊,"民失作业而大饥馑,凡米石五千,人相食,死者过半"。"上于是约法省禁,轻田租,什五而税一;量吏禄,度官用,以赋于民。而山川、园池、市肆租税之入,自天子以至封君汤沐邑,皆各为私奉养,不领于天子之经费。漕转关东粟以给中都官,岁不过数十万石"(《汉书·食货志》)。因为汉的"约法省禁",行"无为"之治,黄老之学亦成为当时的统治思想。黄老主张顺应自然,汉初文化学术因此具有相对自由的环境。又因汉初行分封之制,文人往来于藩国之间,思想也较少束缚。这时的文章,议论时事,陈说利弊,尚能保持战国畅所欲言之风。

汉初楚文化的蔓延,对于一代文学也有较大的影响。春秋战国时期,北方的中原文化与南方的楚国文化保持着相对独立的地位。楚人对自己的文化,怀有深挚的感情。从南冠君子钟仪的"乐操土风",到屈原的"哀州土之平乐"、"悲江介之遗风"《《哀郢》》,再到楚南公所云"楚虽三户,亡秦必楚"《《史记·项羽本纪》》,可见随着楚国的逐步沦亡,楚人的地域文化心理愈加强烈。有此历史文化背景,刘邦及其功臣起于楚地,在据有天下之后,对楚文化仍有着本能的依恋。《汉书·礼乐志》云:"凡乐乐其所生。乐其所生,礼不忘本。高祖乐楚声。"如此偏好,既有对乡土文化的热爱,对北方文化的傲视,也是尊崇汉家政权的政治需要。其时,不独楚服、楚舞、楚声为汉人所重,汉人抒情写意,也大抵借助楚歌,汉世文人抒写贤人失志,也往往借助屈原的形象。"汉之赋颂,影写楚世"《《文心雕龙·通变》》,骚体赋上承楚辞余绪而兴起,并成为当时赋体文学的主流。

汉初到景帝数十年间的经营,为武帝时代空前的统一和强盛,奠定了政治和经济基础。《汉书·食货志》说:

> 至武帝之初,七十年间,国家亡事。非遇水旱,则民人给家足,都鄙廪庾尽满,而府库余财。京师之钱累百巨万,贯朽而不可校。太仓之粟,陈陈相因,充溢露积于外,腐败不可食。众庶街巷有马,阡陌之间成群;乘牸牝者,摈而不得会聚。守闾阎者食粱肉,为吏者长子孙,居官者以为姓号。人人自爱而重犯法,先行谊而黜愧辱焉。

汉武帝藉此雄厚实力开拓疆土,剪除诸王,发展经济,汉帝国由此进入鼎盛时期。这时的统治者,自我意识大异于前,狭隘的地域文化意识逐渐消失,在文化思想、人材使用方面,实行兼容并蓄的政策:

上(武帝)方欲用文武,求之如弗及。……群士慕向,异人
并出。……汉之得人,于兹为盛。儒雅则公孙弘、董仲舒、倪宽;
笃行则石建、石庆;质直则汲黯、卜式;推贤则韩安国、郑当时;
定令则赵禹、张汤;文章则司马迁、相如;滑稽则东方朔、枚皋;
应对则严助、朱买臣;历数则唐都、洛下闳;协律则李延年;运
筹则桑弘羊;奉使则张骞、苏武;将率则卫青、霍去病;受遗则
霍光、金日磾。其余不可胜纪。是以兴造功业,制度遗文,后世
莫及。

《汉书·公孙弘传》

人材彬彬大盛,"天下遗文古事,靡不毕集"(《汉书·司马迁传》)。与此
同时,汉武帝以乐府机构广采各地名歌,一时"赵、代之讴,秦、楚之
风"(《汉书·艺文志》),荟萃于朝廷。值此天下一统、人才辈出、文化溶
合的时代,文人学者的眼光与胸襟,相当开阔。董仲舒以《春秋》公
羊说为核心兼采各家的新儒学思想体系,司马迁"究天人之际,通
古今之变,成一家之言"(《报任安书》)的史学精神,司马相如关于"赋
家之心,苞括宇宙,总揽人物"(《答盛览作赋书》)的创作意识,无不反
映了这个时代所具有的文化特征。

但随着汉帝国之入于兴盛,专制制度内部的弊病和矛盾也逐
渐暴露,并开始恶性膨胀。《汉书·刑法志》云:"至孝武即位,外事
四夷之功,内盛耳目之好,征发烦数,百姓贫耗;穷民犯法,酷吏击
断。……其后奸滑巧法,转相比况,禁罔寝密。""内多欲而外施仁
义"(《史记·汲郑列传》),是武帝为政的特点。为政多欲,必然伤民;民
怨而苦,酷吏政治乃随之而兴。为避免重蹈秦亡覆辙,武帝的酷吏
政治,又以儒术相缘饰。早在武帝即位之初,丞相赵绾即奏罢申(不
害)、商(鞅)、韩非、苏秦、张仪之言。建元五年,武帝正式罢黜百家,
置五经博士。汉代的学术思想,就此进入经院哲学时代。经学之儒
的政治地位,远远高于著作之儒。王充说汉人以"著作之儒为文儒,
说经者为世儒",并进一步阐述道:"文儒不若世儒。世儒说圣人之

经,解贤者之传,义理广博,无不实见。故在官为常位,位最尊者为博士。门徒聚众,招会千里,身虽死亡,学传于后。文儒为华淫之说,于世无补,故无常官,弟子门徒不见一人,身死之后,莫有绍传。此其所以不如世儒者。"《论衡·书解》)这里所说的文儒,包括陆贾、司马迁、刘向、扬雄、司马相如等。可见不独好为"华淫之说"的辞赋家,就连未能"依经立义"的史学家和文章家,地位亦在经学家之下。汉代的文学,自此沦为经学的附庸。

汉代的集权政治与经学的独尊地位,对当时和此后的文人,产生了决定性的影响。诞生于先秦动乱之世的文人学者,因饱经人生忧患,对现实始终具有强烈的干预意识;入仕以立事功,乃成为士阶层实现人生价值最为重要的手段。而且在一般情况下,古代社会并无所谓专业的文学家和思想家。因此先秦的士对现实政治与政权已有相当的依附性。只是因为有列国纷争的背景,士对现实政权尚有选择的自由,也才可能出现百家争鸣的局面。而一旦进入武帝的时代,面对严密的中央集权体制,罢黜百家、独尊儒术的思想统治和以"经明行修"为标准的选士制度,士由先秦继承而来的干预意识便被具体化为从政意识,对现实政治的依附性被具体化为对王权的皈依,并被描述为与生俱来的本性。这时的文人,思想行为规范加强,个人意识相对淡化,其文化人格终于定型并绵延后世,成为古代文人正统精神的重要构成。

汉世文人的新特征影响于文学,首先是进一步确定了文章的经世传统。自先秦以来,文章已成为文人干预现实的最重要的工具。汉世的以策问取士,强化了这一传统;武帝时代的尊儒,又形成新的文风。这时的文章,或论说时事,或阐释经义,既如汉初之文,往往以古鉴今,又大量引经据典,形成以王权为指归,以史实、经典、灾异、人事为论证环节的论说模式。经学文风,由是形成。

由于文人心性的规范,个人意识的淡化,汉代便很少有表现属于个人生活的作品,以诗歌为代表的抒情文学就此落入低谷。汉代

文人诗歌的萎缩,与"诗三百"在汉儒手中蜕变为"诗经学"很有关系。《汉书·艺文志》载:

> 汉兴,鲁申公为《诗》训故,而齐辕固、燕韩生皆为之传。或取《春秋》,采杂说,咸非其本义。与不得已,鲁最为近之。三家皆列于学官。

齐、鲁、韩三家诗属今文经学派,在汉享有极高的学术地位和政治地位。三家而外,"又有毛公之学,自谓子夏所传",属古文学派,最为寂寞。汉儒解《诗》,不独穿凿附会,而且繁琐到极点。刘歆《移书让太常博士》说:"至孝武皇帝,然后邹、鲁、梁、赵,颇有《诗》、《礼》、《春秋》先师,皆起于建元之间。当此之时,一人不能独尽其经,或为《雅》,或为《颂》,相合而成。""三百篇"中,汉人又最重《颂》诗。文人在解经诠《诗》的同时,往往模拟"诗三百"中的庙堂诗歌,四言诗形式因此长期未能突破。汉初以来上层社会习用的楚歌诗,依然是当时唯一的抒情形式。直到东汉后期,中央集权政治动摇,经学受到怀疑和冲击,文人心性获得解放,并开始自觉地学习乐府民歌,文人抒情诗才得以复苏,并从四言发展为五言。可见武帝时代的政治与文化环境,对汉代诗歌也有很大的影响。

在这一时期,因散体赋的崛起,赋体文学进入了鼎盛时期。散体赋是随南北文化合流,熔铸诗、骚、散文而成的一种新文体。作家受到压抑的文学激情在散体赋中得到很大程度的满足,散体赋因而成为当时最有文学意义的文学样式。然而由于统治阶层对辞赋"润色鸿业"的需求,散体赋又无可避免地陷入了讽谕主题与题材表现的相互矛盾,并因此受到"劝百讽一"的批评。更因为汉代文学为经学附庸,常视赋家为倡优,赋始终无法在正统文学中摆脱它的尴尬处境。

西汉末年,政治危机加剧,新莽改朝换代,国家权柄易人。作为统治思想的今文经学的神圣地位发生了动摇,古文学派代之而兴。

学风的转变,影响到文章的复古。刘歆《移书让太常博士》是第一篇批评今文学派的文章。扬雄早年模拟相如,颇好辞赋,其谏猎、郊祀、宫观等赋,大抵未出司马相如赋的表现模式。汉赋之走上模拟的道路,就是从这一时期开始的。扬雄后期因仕途不遇,从政意识淡化,不仅对辞赋持偏激的否定态度,而且冀望成为立德而兼立言的圣人。他仿《论语》、《周易》而作《法言》、《太玄》,为文折衷儒道,不乏新颖的见解。汉末与魏晋文人之企慕玄远,所受扬雄影响明显。但因扬雄着意模仿圣人,对经学文风不免矫枉过正,文章失之于古奥,颇为后人所诟病。

王莽的新朝,在农民起义中结束。公元25年,刘秀建立东汉政权,国家复归一统。刘秀为重建封建集权思想,大力提倡谶纬,东汉的经学进而走向神学。与此同时,经历了两汉易代之际的社会动乱,文人对正宗思想不能不产生怀疑,学术思想界有了明显的分化。从桓谭的《新论》到王充的《论衡》,显示了由"非圣无法"到"叛经离道"的思想发展轨迹。他们的文章,也扬弃了扬雄的古奥,代表了由文转质的新趋势。而作为史家、赋家与经学家的班固,他既参与白虎观会议,撰集神学论著《白虎通义》,于经学又学兼古今,不拘章句,不囿一家;他的《汉书》既能反映历史的真实,又不能不屈从于神权与君权;他既批评司马相如等赋家"虚辞滥说","没其讽谕之义",而自己的《两都赋》又大作铺叙性的描绘。作为正宗人物的班固,其思想的矛盾在东汉是很有代表性的。

东汉末年,文人的社会地位和心理状态发生了很大的变化。其时中央权力削弱,豪强肆意兼并,宦官与外戚交替专权,既卖官鬻爵,又大兴党祸。这样的现实,不仅威胁着士人、尤其是中下层士人的政治命运,更冲击着"经明行修"的选士标准。葛洪《抱朴子外篇·审举》回顾这一段历史说:

> 桓、灵之世,柄去帝室,政在奸臣,网漏防溃,风颓教沮。抑清德而扬谄媚,退履道而进多财。力竞成俗,苟得无耻。……

灵、献之世,阉官用事,群奸秉权。台阁失选用于上,州郡轻贡举于下。……故时人语曰:"举秀才,不知书;察孝廉,父别居。……"又云:"古人欲达勤读经,今世图官免治生。"盖疾之甚也。于时悬爵而卖之,犹列肆也;争津者买之,犹市人也。有直者,无分而径进;空拳者,望途而收迹。其货多者,其官贵;其财少者,其职卑。……桑梓议主、中正吏部,并为魁僧,各责其沽。清贫之士,何理有望哉!

传统价值观念与现实社会状况之间的严重冲突,导致士人思想行为的变化。一方面,他们以更加激烈的态度,维护和宣扬两汉以来的选士标准,并用以品评人格;清议之风,由是形成。另一方面,他们又对道德信念产生了深刻的怀疑和失望。因而汉末文人既强调和维护传统,又不能不修正传统,重建自我,在汉代非居主流的老庄之学自此开始抬头。

儒重群体规范,道重个人自由。汉末文人之调和儒道,必然导致思想和行为偏离正统。反映于文学,使作家在注重外在事功的同时,又热衷于表现个人的生活与情志,抒情文学因得复苏。这时期仲长统、郦炎等人的四言诗已摆脱颂体束缚,开创了魏晋通侻清峻之风。文士更以新眼光看待乐府民歌,自觉地汲取其养料,创立了五言诗的新局面。《古诗十九首》作为文人心性的自然流露,代表了五言诗的最高成就,并形成古代文人抒情诗歌的优秀传统。

《诗》、《骚》抒情精神的复苏,对辞赋的创作心态、创作方法与结构体制的转变起了重要作用。汉末赋之走向抒情化和小品化的实质,乃在于赋家的诗人化和赋的诗艺化、诗境化。张衡、蔡邕、赵壹等人的辞赋,或自明心性,自伤身世,抒发愤悱;或师法庄老,皈依自然;或表现汉人罕言的性爱,大都情景交融,词句清丽。而一些揭露和批评时政的赋作,已不再有"劝百讽一"的敦厚面目,而颇具"诗人的愤怒"。

这时的文章,因时势使然,大都发愤而作,兼有"清议"性质。又因两汉辞赋陶冶了作家文学修辞能力,东汉的文章,句式渐尚俳偶,词藻渐趋华丽,到汉末更富于文采和气势。汉末文人思想行为的偏离正统,文学的抒情化与渐尚华丽,实已预示着建安时代的思想解放和文学觉醒的即将到来。

第二章 秦统一后的文学

第一节 秦文学的历史土壤及特征

秦一统天下之后,为巩固政权,在政治、经济、文化等方面,采取了一系列积极措施。只因享祚日短,百业待兴,尚无暇顾及于学术,又因继承了以刑名法术治国的传统,和慑于先秦的列国纷争而走向专制主义的极端,更由于雄踞天下而滋生出尊己卑人的褊狭心理,致使秦的学术一片荒芜;秦的文学亦因只注重应用文字和颂扬文字而跌入低谷。"秦世不文"虽不尽合乎事实,也大致概括了秦文学的特征与窘境。

秦自战国以来,用商鞅、韩非之术,改革政治,收取天下。法家尚刑名,崇霸力,重实用,黜文采,以吏为师,对儒、墨诸家大抵持排斥态度。但秦初并天下之时,百家传人犹在,诸子影响犹存。《汉书·艺文志》著录秦博士即有儒家羊子和名家黄公,可知秦不但未废儒学,也未尽废百家之学。但秦在构建中央集权体制的过程中,囿于狭隘的历史经验和政治传统而终于陷入极端的实用主义,仅注重于集中权力、维护政治一统的制度改革,而忽略了文化思想的建设。秦之文学,由此丧失了生存与发展的土壤。

此外,秦既上承数百年的战乱割据,又面对六国旧贵族势力死灰复燃的潜在威胁,集权意识空前高涨,对儒生的分封之说尤为敏

感和忌刻。始皇三十四年,博士淳于越请"封子弟功臣,自为枝辅",丞相李斯曰:

> 五帝不相复,三代不相袭,各以治,非其相反,时变异也。……今诸生不师今而学古,以非当世,惑乱黔首。古者天下散乱,莫之能一,是以诸侯并作,语皆道古以害今,饰虚言以乱实,人善其所私学,以非上之所建立今皇帝并有天下,别黑白而定一尊。私学而相与非法教。人闻令下,则各以其学议之,入则心非,出则巷议,夸主以为名,异取以为高,率群下以造谤。如此弗禁,则主势降乎上,党与成乎下。禁之便。臣请史官非秦记皆烧之。非博士官所职,天下敢有藏《诗》、《书》、百家语者,悉诣守、尉杂烧之。有敢偶语《诗》、《书》者弃市,以古非今者族。吏见知不举者与同罪。令下三十日不烧,黥为城旦。所不去者,医药卜筮种树之书。若欲有学法令,以吏为师。
>
> 《史记·秦始皇本纪》

自此以后,朝廷"专任狱吏,狱吏得亲幸。博士虽七十人,特备员弗用"(同上)。始皇三十五年,又以诸生"诽谤我,以重吾不德",坑杀儒生四百六十人于咸阳(同上)。秦以焚书灭绝百家之说,以坑儒扼杀思想自由;严酷的文化专制政策,破坏了先秦优秀的文化传统,沉重打击了士阶层,学术与文学遭受严重摧残。当然,秦的重实用、黜文采,并非排斥一切艺术;秦的尊己而卑人,对六国的文化也并不一概否定。凡足以满足秦皇个人物质欲望与自大心理的绘画(如宜春宫壁画)、造型(如临潼兵马俑)、建筑(如阿房宫)艺术都因受到鼓励而成就辉煌。但凡可能危及君主集权和政治一统的文学与学术(《诗》、《书》及百家学说、六国史籍之类)则受到严厉禁绝。在此文化背景之下,秦留给后世的,虽不乏灿烂的艺术遗产,但就文学而言,则只有歌功颂德的刻石之文和诏令奏议等应用性文字了。

第二节 刻石之文

秦始皇自统一中国后的第三年（前 219）开始，连续近十年时间，或封禅，或巡狩，足迹遍及邹峄山（今山东邹县）、泰山、琅邪（今山东诸城）、之罘（今山东烟台）、碣石（今河北乐亭）、会稽（今浙江绍兴）。所到之处，皆刻石称颂功德。据《史记》，秦刻石共八篇，其中六篇载于《史记·秦始皇本纪》。秦始皇二十八年的《之罘刻石》已佚。《邹峄山刻石》见《古文苑》卷一。陆侃如、冯沅君《中国诗史》认为《碣石刻石文》"其体裁与他篇异，必有脱误无疑"。

刻石之文，大都出自李斯。秦统一之后，李斯为丞相，定郡县，统一文字。始皇死后，赵高矫诏杀太子扶苏，立胡亥，斯被诬下狱死。李斯《议刻石文》说："古之五帝三王，知教不同，法度不明，假威鬼神，以欺远方，实不称名，故不久长。"又说："今皇帝并一海内以为郡县，天下和平。""群臣相与诵皇帝功德，刻于金石，以为表经。"可见不颂鬼神，只尊人皇，是秦刻石的主题。

李斯相秦三十余年，亲历秦的统一过程，其文对于制度的颂扬，往往于史有征，不为虚美；其于统一事业的称颂，言出由衷，亦少虚饰。如《邹峄山刻石文》云：

> 追念乱世，分土建邦，以开争理。攻战日作，流血于野，自泰古始。世无万数，阤及五帝，莫能禁止。乃今皇帝，一家天下，兵不复起。灾害灭除，黔首康定，利泽长久。

其文抚今追昔，感慨尤深，决非欺人妄语。又如《琅邪台刻石》：

> 东抚东土，以省士卒；事已大毕，乃临于海。皇帝之功，勤劳本事；上农除末，黔首是富。普天之下，抟心揖志；器械一量，同书文字。

《之罘东观刻石文》：

> 圣法初兴，清理疆内，外诛暴强。武威旁畅，振动四极，禽灭六王。阐并天下，灾害绝息，永偃戎兵。皇帝明德，经理宇内，视听不怠。作立大义，昭设备器，咸有章旗。职臣遵分，各知所行，事无嫌疑。黔首改化，远迩同度，临古绝尤。

文中对秦朝制度的颂美，是符合事实的。当然，勒石计功，为的是流芳后世。刻石文字在由衷的自豪与赞美而外，也不免有曲意的阿谀与粉饰。如《琅邪刻石文》：

> 皇帝之明，临察四方；尊卑贵贱，不逾次行。奸邪不容，皆务贞良；细大尽力，莫敢怠荒。远迩僻隐，专务肃庄；端直敦忠，事业有常。皇帝之德，存定四极；诛乱除害，兴利致福。节事以时，诸产繁殖；黔首安宁，不用兵革。六亲相保，终无寇贼；欢欣奉教，尽知法式。……功盖五帝，泽及牛马；莫不受德，各安其宇。

类似的文字，还有《碣石刻石文》、《会稽刻石文》。它们美化了秦的暴政，秦亡之后，自然成为笑柄。但在专制统治之下，这样"政暴而文泽"（《文心雕龙·铭箴》）的文字代不绝响，不独秦的刻石之文如此。

刻石之文，源自铭颂。先秦以来，素有颂诗美德、勒铭计功的传统。颂诗系庙堂诗歌，雍容典重；铭文因限于刻镂，辞句简古。秦刻石兼蓄两体义例，又有自己的时代特色。刻石文短而用韵，因受每行字数的限制，大都三句一转韵，其语言节律，颇不同于前此的铭颂。其文出自法家李斯之手，必多制度语、法令语，浑朴古质而外，又加上清峻峭悍，"当时政事习尚，直可想见"（胡应麟《诗薮》外编卷一）。此外，秦代君臣，雄视天下；李斯顺谀主意，受命作颂，不免辞气奔放，务多溢美，具有铺张夸饰的特点。刘勰说："秦皇岱铭，文自李斯。法家辞气，体乏弘润。然疎而能壮，亦彼时之绝唱也。"（《文心雕龙·封禅》）；谭献说《琅邪台刻石》"囊括宇宙之气，震荡于文字之间"，"其词特铺张尽致"（《骈体文钞》评），都准确地概括了秦刻石的风格。

秦刻石为后世碑文之祖。古代宫室、宗庙皆树碑以识日影、系牲畜,其时未刻文字,"未勒勋迹"(《文心雕龙·诔碑》)。"秦汉以来,始谓刻石曰碑,其盖始于李斯《峄山》之刻耳"(吴讷《文章辨体序说·碑》)。后汉以降,碑碣云起,秦之刻石,是有开创之力的。

第三节　诏令奏议之文

秦统一中国之后,不再有战国时代思想自由、词气纵横的文章出现。秦代君臣的诏议奏议之文,是现今所能见到的唯一应用性文字。

秦设博士,必有史官。近人孙德谦说,《史记·秦始皇本纪》数言"上宿雍","上病益重"等语,"必系秦史之旧"(《太史公书义法》卷上《存旧》)。是知司马迁所录秦代君臣诏令奏议之文,载在秦史,非寻常臆测之辞。此类文章,很能代表秦文的风格,亦能见出战国文风向西汉文风转变的过程。

秦始皇以武力统一天下,与丞相、御史议帝号一段文字,罗织六国罪名,出语专断,霸气十足:

> 异日韩王纳地效玺,请为藩臣,已而倍约,与赵、魏合纵畔秦,故兴兵诛之,虏其王。寡人以为善,庶几息兵革。赵王使其相李牧来约盟,故归其质子。已而倍盟,反我太原,故兴兵诛之,得其王。……燕王昏乱,其太子丹乃阴令荆轲为贼,兵吏诛,灭其国。齐王用后胜计,绝秦使,欲为乱,兵吏诛,虏其王,平齐地。

> (《史记·秦始皇本纪》)

春秋战国,割据兼并,本无义战。秦归咎于人,据道德为己有,非战胜之国,不能如此。其下,秦始皇又自诩"以眇眇之身,兴兵诛暴乱,赖宗庙之灵,六王伏其辜,天下大定",自大与狂傲,溢于言表。这样的文字,既有战国之文的逞雄作风,又有法家的峭刻峻直,更有开国君主的不可一世,即古帝王文章亦不复多见。

王绾、冯劫、李斯等人的应对之辞,俯视天地,独尊人皇,亦见出开国之臣的妄自尊大心态:

> 丞相绾、御史大夫劫、廷尉斯等皆曰:"昔者五帝地方千里,其外侯服夷服诸侯或朝或否,天子不能制。今陛下兴义兵,诛残贼,平定天下,海内为郡县,法令由一统,自上古以来未尝有,五帝所不及。臣等谨与博士议曰:'古有天皇,有地皇,有泰皇,泰皇最贵。'臣等昧死上尊号,王为'泰皇',命为'制',令为'诏',天子自称曰'朕'。"王曰:"去'泰',著'皇',采上古'帝'位号,号曰'皇帝',他如议。"
>
> （《史记·秦始皇本纪》）

唯李斯个人的文章,前后变化很大,最能见出时代与文风的关系。李斯的《上书韩王》、《议存韩》(均见《韩非子·存韩》)、《上书谏逐客》作于战国纵横之世;又因所言之事,关乎个人进退,故文章长于辩难,辞气颇为恳切,是典型的策士之文。秦统一之后,实行专制统治,李斯位为丞相,其于为文,无论奏议时事或上书明志,风格均不同于以往。他的《议废封建》、《议烧诗书百家语》所论制度,符合君主专制利益;《议刻金石》、《上书言治骊山陵》所言事实,能满足帝王自大的心理,故语言简捷,不假文饰,是典型的刑名法术之语。刘勰说秦"政无膏泽,形于篇章"(《文心雕龙·秦启》),指的就是这类文章。但到了胡亥即位,君主昏愦于上,臣僚相疑于下,李斯朝不虑夕,为文的目的和心态,又有了很大变化。他的《上书言赵高》揭露赵高之短,广引史鉴,犹逞辩辞。但当胡亥声称自己"贵有天下",不必像尧、禹那样"苦形劳神,身处逆旅之宿,口食监门之养,手持臣虏之作",而应"赐志广志,长享天下"(《史记·秦始皇本纪》)时,李斯的

《上书对秦二世》便不能不顺其极乐之欲,大讲人君督责之术了:

> 夫贤主者,必且能全道而行督责之术者也。督责之,则臣
> 不敢不竭能以徇其主矣。此臣主之分定,上下之义明,则天下
> 贤不肖莫敢不尽力竭任以徇其君矣。是故主独制于天下而无
> 所制也。能穷乐之极矣。贤明之主,可不察焉!
>
> 《史记·李斯列传》

全文以法、术、势为立论基础,尊主势,抑群臣,为君主专制张目。但因为其中不乏阿谀取容的违心之论,辞气不免于尴尬,不仅绝无战国时代文章的纵横之势,也无始皇时代文章的震荡之气,实开专制社会帮闲而兼帮忙一类文章的先声。

李斯被赵高诬陷下狱,作《狱中上书》,自列"罪状"七条,实以反语自述功绩,发泄怨愤。最后,他虽然也说"若斯之为臣者,罪足以死固久矣。上幸尽其能力,乃得至今,愿陛下察之",其意似并不在辨诬求免,而在怨刺秦王的刻薄寡恩,哀叹自己命运的无可逆转。《狱中上书》虽不脱战国辩士本色,但曲折隐忍,语多反讽。后世忠而被谤,帮忙而不可得的牢骚之文,因其作者的境遇与李斯相同,风格亦大体相似。

秦除刻石与诏令奏议,尚有诗赋、子书。《史记·秦始皇本纪》云:"三十六年,荧惑守心,有坠星下东都,……始皇不乐,使博士为《仙真人诗》。及行所游天下,传令乐人歌弦之。"《汉书·艺文志》著录儒家羊子四篇、名家黄公四篇外,又有秦时杂赋九篇、左冯翊秦歌诗三篇、京兆尹秦歌诗五篇等。这类作品均不传,学者以为或毁于咸阳之火。

第三章　汉代论说散文与史传散文

第一节　汉代论说散文发展概说

继先秦散文之后,汉代散文进入持续发展阶段。以文章经世,是先秦与汉代散文共有的传统。但汉代政治一统、思想一统与先秦诸侯异政、百家异说颇不相同,汉代散文又有了新的时代特点。

两汉的论说散文,大致可分五个阶段。

一　西汉鸿文

汉代初年,国家凋敝,百业待兴。统治者实行与民休息政策,崇尚黄老无为之治,文化思想有了相对的自由。兼之楚汉之际,百家之学再兴,游学之风复起。延及汉初,余风未息,学者为文,较能畅所欲言,文章具有铺陈壮大的风格。但这时的文章,也有不同于战国之处。

首先,社会生活相对稳定,文人从政机遇增加,有条件对现实问题作具体深入的研究。故其为文,大抵论证充分,逻辑严密,文章的结构和语言,自然趋于严整,少有策士之辞的浮靡与诡辩。

其次,汉初文人抚今追昔,对汉代社会的统一与安定倍感珍惜。他们以强烈的责任感总结前代兴亡教训,为统治者提供经验与借鉴,史论而兼政论;冷静客观而兼热情洋溢,是这一时期文章的又一特点。

最先提出总结历史经验的,并非文人,而是开国君主刘邦。刘邦不事诗书,以为天下乃"居马上而得之"。陆贾对他说:"居马上得之,宁可以马上治之乎?""向使秦已并天下,行仁义,法先圣,陛下安得而有之?"刘邦听后,不甚明了,乃给陆贾出一题目:"试为我著秦所以失天下,吾所以得之者何,及古成败之国"《史记·陆贾列传》)。陆贾"乃粗述存亡之征,凡著十二篇","号其书曰《新语》"。今存《新语》真伪参半,已非原作。观《无为篇》有"秦非不欲为治,然失之者,乃举措暴众而用刑太极故也"等语,与贾谊、晁错观点相近,陆贾说出这样的话也是可能的。

今存汉代最早一篇以秦亡为史鉴的文章,是贾山的《至言》。贾山,生卒年不详,颍川(今河南禹县)人。初为颍阴侯灌婴给事,文帝时"言多激切,善指事意"(《汉书》本传),然不见用。《汉志》儒家类著录所作八篇,唯《至言》传于世。《至言》一开始就说:"臣不敢以久远谕,愿借秦以为谕,唯陛下稍加意焉。"其下便指出,秦的亡国,在于重聚敛,严刑罚,崇侈靡,不修礼义。贾山告诫统治者要尊贤纳谏:

> 臣闻忠臣之事君也,言切直则不用而身危,不切直则不可以明道。故切直之言,明主所欲急闻,忠臣之所以蒙死而竭知也。……故古之贤君于其臣也,尊其爵禄而亲之,疾则临视之亡数,死则往吊哭之。……故臣下莫敢不竭力尽死以报其上,功德立于后世,而令闻不忘也。

据《汉书》,贾山"所言涉猎书记,不能为醇儒",但《至言》不独以君明臣贤为治世理想,更进一步提出"定明堂,造太学,修先王之道"。可见他也是讲到用儒术治国的。但贾山毕竟不是醇儒,文章风格颇有纵横之士的某些特点。

最能代表汉初文章风格的,是贾谊和晁错。

贾谊(前201—前168),洛阳(今属河南)人。曾师事李斯门人吴公，颇通诗书百家之语。文帝召为博士，二十一岁任太中大夫。贾谊于国家礼仪、官制、律令多有建议，但因年少气盛，敢于直言，为权贵所嫉。文帝三年(前177)，出为长沙王太傅。在长沙期间，他心情抑郁，作《吊屈原文》和《鵩鸟赋》。文帝七年，贾谊奉召回京，拜梁怀王太傅。数年之中，上《陈政事疏》、《上疏请封建子弟》、《谏铸钱疏》，所言多不用。梁怀王坠马死，又自伤失职，郁郁而逝。《汉书·艺文志》著录贾谊文章五十八篇，赋七篇，《新书》十卷。《新书》"多取谊本传所载之文，割裂其章段，颠倒其次序，而加以标题，殊瞀乱无条理。……疑谊《过秦论》、《治安策》等本皆为五十八篇之一，后原本散佚，好事者因取本传所有诸篇，离析其文，各为标目，以足五十八篇之数，故饤饾至此。其书不全真，亦不全伪"(《四库全书总目提要》)。

贾谊议论时事、阐发政治思想的见解，主要见于《陈政事疏》(又名《治安策》)。汉初行无为之治，固然有利于生产，却无法遏制权臣居功和诸侯自大。汉初立法清简，固然有利于消除秦朝暴政的影响，却无法避免因各种矛盾而导致吏治的渐趋严酷。贾谊因而有针对性地提出：

> 《管子》曰："礼义廉耻，是谓四维；四维不张，国乃灭亡。"……秦灭四维而不张，故君臣乖乱，六亲殃戮，奸人并起，万民离叛，凡十三岁而社稷为虚。今四维犹未备也，故奸人几幸而众心疑惑，岂如今定经制，令君君臣臣，上下有差，父子六亲各得其宜，奸人亡所几幸，而群臣众信，上不疑惑。此业壹定，世世常安，而后有所持循矣。……凡人之智，能见已然，不能见将然。夫礼者禁于将然之前，而法者禁于已然之后，是故法之所用易见，而礼之所为生难知也。若夫庆赏以劝善，刑罚以惩恶，先王执此之政，坚如金石；行此之令，信如四时；据此之公，无私如天地耳，岂顾不用哉？
>
> (《陈政事疏》)

贾谊主张治国以礼乐为主,以法治为辅;以教化为主,以刑罚为辅。究其思想大要,实以儒学为核心,兼采名法各家,既代表了汉初学术不拘一格的特征,也显示了由文帝而武帝以儒学为基础,构建封建社会思想体系的历史趋势。但贾谊所言之"礼",乃人伦秩序的现实规范,并非先验于社会历史的神圣法则,这又与武帝时代经学家所言之"礼"迥然不同。

《陈政事疏》中,贾谊还针对汉初以来的现实,提出以农为本,增加积贮,抑制富商大贾,以发展经济,充实国力,消除巧滑与兼并。在国防方面,他反对向匈奴和亲纳币,以图苟安,力主以进取姿态抵御外侮,消弭边患。其中用语疏直激切,如"夫百人作之不能衣一人,欲天下亡寒,胡可得也?一人耕之,十人聚而食之,欲天下亡饥,不可得也。""臣窃料匈奴之众,不过汉之一大县。以天下之大,困于一县之众,甚为执事者羞之。"这样的文章,既有时代的特征,也有个人的风格。

贾谊受知于文帝之时,正是汉朝方盛之世,他在《陈政事疏》开头却慨叹:

> 臣窃惟事势,可为痛哭者一,可为流涕者二,可为长太息者六,若其他背理而伤道者,难遍以疏举。进言者皆曰天下已安已治矣,臣独以为未也。

文帝时代,"背理伤道"之事并不少见,贾谊所云,亦非危言耸听。"进言者"所不愿言者,贾谊偏言之,可见他的年少气盛,天真幼稚。正因如此,《陈政事疏》才写得不假含蓄,一泻无余;对国家充满热诚,对个人充满自信。贾谊之被权贵所嫉,为朝廷所贬,与他的性格有很大关系。

《过秦论》是贾谊的一篇最有文学色彩、政论而兼史论的散文。此文在《史记》为一篇,载于《秦本纪》后,《文选》则析为上、中、下三篇。贾谊在上篇末尾说秦亡原因,乃"仁义不施,攻守之势异也"。下篇对此,有更为具体的解释:"夫兼并者高诈力,安定者贵顺权,此言取与守不同术也。"但秦统一天下后,不知时变,"其道不易,其政不改,是其所以取之守之者无异也。""故其亡可立而待。"今汉已据有天下,自然应该以仁义教化为治国之本。贾谊所说的"仁义",即"虚囹圄而免刑戮,除去收帑污秽之罪,使各反其乡里,发仓廪、散财币,以振孤独穷困之士;轻赋少事,以佐百姓之急;约法省刑以持其后,使天下之人皆得自新,更节修行。"这样具体实在的内容,源于先秦儒家,颇不同于后来肆意穿凿典籍的经学之儒。刘歆说"在朝之儒,惟贾生而已"(《移让太常博士书》),大概是从这个意义出发的。

《过秦论》从秦孝公论及秦二世,历六王二帝,一百五十余年。倘依时顺序铺叙,不免冗沓;倘避开史事,则不免空疏。为此,作者把历史事件和人物特征,融入高度凝炼的语言之中。如写秦始皇云:"及至秦王,续六世之余烈,振长策而御宇内,吞二周而亡诸侯,履至尊而制六合,执捶拊以鞭笞天下,威振四海。"一段话中,连用八个动词,统率四个排比句,为专制帝王刻画出一尊君临天下,视天下人为刑隶的雕像。把风云变幻的历史,浓缩为具体的形象,这是《过秦论》在艺术上的一大特点。

《过秦论》以其时空容量大、逻辑力量强、语言跳跃奔放、气势峥嵘磅礴,被鲁迅誉为"西汉鸿文"(《汉文学史纲要》),左思《咏史》也称赞贾谊,说自己"著论准《过秦》"。《过秦论》对后世史论、政论文的影响,确实不可估量。

晁错(前200—前154),颍川人。少学申商刑名于张恢。文帝时拜太子家令,景帝时为御史大夫,时称"智囊"。他力主改革政治,削夺藩王封地,为大臣诸侯所嫉。吴楚七国反,被腰斩于市。《汉书·艺文志》著录文章三十一篇。《论贵粟疏》、《守边劝农疏》、《言兵事疏》是其政论文的代表作。《论贵粟疏》提出纳粟拜爵除罪的重农政策,以达劝农耕、实国力、备边防、轻赋敛、抑兼并的目的。汉代由文帝至武帝国力趋于极盛,晁错的贵粟思想是发挥了重要作用的。

《言兵事疏》、《守边劝农疏》、《复募民徙塞上疏》针对汉与匈奴的关系，详细分析了敌我的短长利弊，不独提出择良将、练士卒、利甲兵、武装边民、扬长避短等战略战术思想，更建议于戍卒之外，募民入边，立城邑，劝农耕，令邑里相亲，父子相保，从根本上巩固国防，杜绝边患。《论削藩疏》则针对诸侯与中央矛盾日趋尖锐，内战迫在眉睫的现实，大胆提出削藩建议，甚而说："今削之亦反，不削亦反。削之，其反亟，祸小；不削之，其反迟，祸大。"在《上书言皇太子宜知术数》、《贤良文学对策》中，晁错既讲严明刑法，也讲仁政爱民；既讲人君驭人之术，也讲人君的礼贤纳谏。其治国之道，大抵以儒为体，以法为用。此外，晁错不讲修礼乐、崇儒术，却重祥瑞符应之事，如云："臣闻五帝神圣，……动静上配天，下顺地，中得人。……然后阴阳调，四时节，日月光，风雨时，膏露降，五谷熟，祆孽灭，贼气息，民不疾疫，河出图，洛出书，神龙至，凤鸟翔，德泽满天下，灵光施四海。此谓配天地，治国大体之功也。"（《贤良文学对策》）这类言论，和此后的"天人感应"之说已经有些近似了。

晁错的文章，虽不如贾谊之富于文采与情感，但要言不烦，颇切实用。李贽《藏书》云："今观贾生之策，其迂远不通者，犹十而一二，岂如晁之凿凿可行哉？"鲁迅也说二人"为文皆疏直激切，尽所欲言"，"惟谊尤有文采，而沉实则稍逊"；又说"以二人之论匈奴者相较"，"贾生之言，乃颇疏阔，不能与晁错之深识为伦比矣"（《汉文学史纲要》）。其所以如此，或与贾谊年少气盛、英年早逝，其谙练世事不及晁错有关。

西汉前期，又有藩国侍臣之文。

汉初至文景之世，诸侯王如楚元王交、吴王濞、梁孝王武、淮南王安、河间献王德皆好养文学与儒学之士。文学之有名者如枚乘、严忌、邹阳、公孙诡、羊胜、司马相如等皆善作辞赋，唯枚乘、邹阳有文章传世。这类文人，因奔走于诸侯之门，文章的特点，大都有来自战国的纵横之风。

枚乘(？—前141)，字叔，淮阴(今属江苏)人。为吴王濞郎中，吴王濞蓄谋叛逆，他作《上书谏吴王》，以婉转言辞，从王者治术、君臣父子之道谈起，连譬博喻，辗转设辞，极谏吴王笃行仁义为久远之道。其中一些比喻，十分精彩，很有哲理。如云："夫以一缕之任，系千钧之重，上悬无极之高，下垂不测之渊，虽甚愚之人犹知哀其将绝也。""人性有畏景而恶其迹者，却背而走，迹愈多，景愈疾，不知就阴而止，景灭迹绝。""欲人无闻，莫若勿言；欲人勿知，莫若勿为。欲汤之沧，一人炊之，百人扬之，无益也，不如绝薪止火而已。不绝之于彼，而救之于此，譬犹抱薪而救火也。"林希元说："此书是当吴王逆谋未露之先而谏之，故全不露些事情，而长喻远譬，曲尽利害，文字起伏变化，百态横生，真古之善言者。"(《汉书评林》引)这样的善言者虽近乎战国的游谈之士，但文章又以忠于吴王、维护汉朝为指归，语重心长，"欲言难言，愈离奇愈沉痛"，实乃"《国策》之体，《离骚》之神"(《骈体文钞》卷一一评)。这又是战国的策士之文所不可比拟的。

《上书谏吴王》的文字奇偶相生、文多用韵，近于辞赋。《汉书·艺文志》著录枚乘赋九篇，《七发》乃汉代散体大赋的奠基之作。世传《上书重谏吴王》，后人或以为伪作。

邹阳(？—前129)，齐(今山东东部)人。初仕吴，谏吴王不纳，去而为梁孝王客。被谗入狱，上书得免。《汉书·艺文志》著录其文七篇，今存《上吴王书》、《狱中上梁王书》。

《上吴王书》以秦之"晚节末路"为殷鉴，以汉初诸侯灭国为教训，劝告吴王要熟察形势，切勿心怀不轨。维护汉朝统一，反对分裂活动，乃是本文的主旨。《狱中上梁王书》既谈历代君臣相知是国家的大幸，也谈众口铄金、偏听生奸的道理。其意虽在辨明冤屈，但也表白了自己不求富贵利达、取容当世的节操。全文不独广征博喻，说理透辟，文采与气势兼胜，颇得战国遗风，而且激昂感慨，反复申说，"烦冤咄嗟"，"绝似《离骚》"(《骈体文钞》卷一六评)，是汉初少有的抒情性散文。

《狱中上梁王书》语多骈俪,其中有云:

> 苏秦相燕,人恶之燕王,燕王按剑而怒,食以䮽騠;白圭显
> 于中山,人恶之于魏文侯,文侯赐以夜光之璧。何则,两主二
> 臣,剖心析肝相信,岂移于浮辞哉?故女无美恶,入宫见妒;士
> 无贤不肖,入朝见嫉。昔司马喜膑脚于宋,卒相中山;范睢拉胁
> 折齿于魏,卒为应侯。此二人者,皆信必然之画,捐朋党之私,
> 挟孤独之交,故不能自免于嫉妒之人也。

这样的文字,虽"行文似骈,而文气之盛,异于后之四六"(《章太炎先生国学讲演录·文学略说》)。其所以如此,实与邹阳生在汉初,挟纵横之术有关。

二 经学文风

汉代散文的第二个阶段,是武帝至元、成之世。其时,罢黜百家,独尊儒术,中央集权加强,思想渐趋一统。文人为文,大都依经立义,杂糅"天人感应"之说,论证君权神圣、专制合理,政论文章,乃有了学术的色彩。这类文章以董仲舒、公孙弘、杜钦、王吉、匡衡、刘向、谷永等人为代表。但这一阶段受汉初文风的影响,也为解决现实问题的需要,仍不乏直陈时事、不依傍经典的政论文章,如司马相如、徐乐、严安、终军、主父偃、路温舒、桓宽、贡禹等人的论说之文。以上两类文章而外,又有淮南王刘安及其门客所著《淮南子》。其书杂糅儒道,标新立异,在经学文风确立的时代,别具一格。

讲论人君治国之道,汉初从总结历史经验入手,汉武之世则以天人之际立论。完成这一历史性转变的,是谨承帝王之命立论的董仲舒。董仲舒(前179?—前104?),西汉今文经学大师,广川(今河北枣强一带)人。少治《春秋》,尤精《公羊传》。景帝时为博士。武帝建元元年(前140)举贤良对策,除江都相,迁胶西相。晚年辞官

居家著述,于朝廷隆推儒术多有建议。他的《春秋繁露》与《天人三策》同为汉代今文经学的奠基之作。

　　董仲舒在汉虽"为群儒首"(《汉书》本传),实则并非醇儒。他以先秦儒家典籍论证君权神授的合理与礼义教化的必要,既必须以典籍的绝对化、神圣化为基础,又必须淡化其文献价值,否则是难做到古为今用。如《春秋繁露》以公羊学派观点阐发《春秋》,往往兼及阴阳五行、天人性命。《精华》篇则径称"《诗》无达诂,《易》无达占,《春秋》无达辞"。所以,董仲舒的文章自不免与经典若即若离,行文之际不能不注重逻辑的演绎和论说的从容,文章因之具有了典雅博奥、雍容徐缓的风格。如元光元年对策中对《春秋》"元年春王正月"的阐释云:

　　　　臣谨案《春秋》之文,求王道之端,得之于正。正次王,王次春。春者,天之所为也;正者,王之所为也。其意曰,上承天之所为,而下以正其所为,正王道之端云尔。然则王者欲有所为,宜求其端于天。

其下云:"天道之大者在阴阳。阳为德,阴为刑;刑主杀而德主生。""王者承天意以从事,故任德教而不任刑。"其后又释"元"字:"《春秋》谓一元之意,一者万物之所从始也,元者辞之所谓大也。谓一为元者,视大始而欲正本也。""故为人君者,正心以正朝廷,正朝廷以正百官,正百官以正万民,正万民以正四方。四方正,远近莫敢不壹于正,而亡有邪气奸其间者。"把《春秋》短短一纪年语穿凿出如此深奥的内容,而且又能讲述得如此有条不紊,的确是有些学者作风的。刘熙载说:"汉家制度,王霸杂用;汉家文章,周、秦并法,唯董仲舒一路无秦气。"(《艺概·文概》)汉代文章从纵横驰骋变为坐而论道,可以说是由董仲舒开其端。

　　刘向(前77—前6),西汉经学家、目录学家。字子政,本名更生,沛(今江苏沛县东)人,汉朝宗室,历仕宣、元、成世。曾三度下狱，免死，官终中垒校尉。一生著述甚丰，《隋书·经籍志》著录有集六卷，已散佚。明人张溥辑有《刘中垒集》。

"刘向文足继董仲舒"（《艺概·文概》）。所不同者，仲舒释经好发己意，刘向则开了引经据典的风气。其《条灾异封事》以西周、春秋、战国与秦朝史事为借鉴，杂引《诗》十四条、《易》四条、《论语》一条及《春秋》所言灾异，结合当时自然异象，反复论证，以揭露时弊，发人警醒。这样的文章，虽言中肯綮，不同于一意周旋于经典的腐儒，但内容不免繁琐，文气病于迟缓。

刘向最好的文章是批评成帝靡费厚葬、剥夺民力的《谏营起昌陵疏》。全文不傍经典、不言灾异，开篇以"三统"说为依据，直言天授王权，非独一姓；又说"自古及今，未有不亡之国"。这样的立论，在当时是需要勇气的。之后，刘向以历史的正反教训，言葬制厚薄的利弊。其中写孔子尚薄葬一段，娓娓而谈；写始皇厚葬误国一段，尤其触目惊心：

> 秦始皇帝葬于骊山之阿，下锢三泉，上崇山坟，其高五十余丈，周回五里有余；石椁为游馆，人膏为灯烛，水银为江海，黄金为凫雁。珍宝之藏，机械之变，棺椁之丽，宫馆之盛，不可胜原。又多杀宫人，生埋工匠，计以万数。天下苦其役而反之，骊山之作未成，而周章百万之师至其下矣。项籍燔其宫室营宇，往者咸见发掘。其后牧儿亡羊，羊入其凿，牧者持火照求羊，失火烧其藏椁。自古至今，葬未有盛如始皇者也，数年之间，外被项籍之灾，内离牧竖之祸，岂不哀哉！

古代帝王，生羡长生，死求不朽，而不知身后有项籍、牧儿之辈。这样的悲剧，岂止于始皇、成帝！刘向所论，意义深远。

刘向与其子刘歆共同完成的《七略》，是我国第一部目录学著作。他又总校群书，作有叙录。所论学术源流、思想倾向，虽不免囿于儒家，持论亦有较全面者。如《战国策叙录》概述战国崇霸力、尚权谋的时代特征和历史必然,不独文气纵横,亦独具史家的眼光。其中更说:"战国之时,君德浅薄,为之谋策者不得不因势而为资,据时而为政。故其谋扶急持倾,为一切之权,虽不可以临教化,兵革救急之势也。皆高才秀士度时君之所能行,出奇策异智,转危为安,运亡为存,亦可喜,皆可观。"在儒学独尊、百家皆废的时代,刘向对战国策士的才干与作用予以客观的历史评价,不仅从经学儒的角度看,其思想已不醇正,即从先秦儒的眼光看,也并不醇正。王世贞说"刘中垒宏而肆,其根杂"《艺苑卮言》卷三),正因其学杂而博,乃有这类宏肆之文。

谷永(?—前10),字子云,本名并,长安(今陕西西安市西北)人。成帝时历任光禄大夫给事中、北地太守等职,官至大司农。他的《举方正对策》盛言阴阳灾异,是董仲舒以来正统文风的继续。他的《灾异对》杂引《诗》、《书》、《易》、《论语》,讲说灾异,批评政治,其中有"天下乃天下之天下,非一人之天下"等语,这在君权至上的时代,是很不容易的。成帝末年,颇好鬼神,祭祀无度,靡财费力。谷永又上《请禁祭祀方术事》云:"臣闻明于天地之性者,不可惑以怪神;知万物之情者,不可罔以非类。诸非仁义之正道,不遵五经之法言,而称奇鬼神,广崇祭祀之方,求报应无福之祀,及言世有仙人服食不终之药……皆奸人惑众,挟左道,怀诈伪,以欺罔世主。……是以明王距而不听,圣人绝而不语。"《《前汉纪》卷二六)可见谷永只讲天人之际、阴阳灾异,不讲神仙术士、淫祠滥祀。这样的思想,乃是西汉经学家所共有的。

从汉初的以史论政,发展到董仲舒、刘向、谷永等人的引据经典、讲说灾异,从而形成一种新的论说之风。这类文章,大抵以维护和规范王权为指归,以经典、灾异、史实、人事为论据。征引繁复、文气迟缓、思想禁锢、少有个性,是这类文章共有的特点。经学文风在汉代为文章正统,对后世的经世之文,影响很是深远。

桓宽的《盐铁论》则是别具一格的文章。桓宽,生卒年不详,字次公，汝南（今河南上蔡西南）人。治《公羊春秋》，博学好文，官至庐江太守丞。元狩四年（前119），汉武帝用桑弘羊等实行盐铁专营。这一政策，既损害富商大贾的利益，也带来价格昂贵、质量低劣的后果，阻碍了盐铁业的发展。始元六年（前81），汉昭帝召桑弘羊等与贤良、文学就此政策进行辩论。宣帝时，桓宽据"盐铁会议"加以推衍，"增广条目，著数万言"，成《盐铁论》。该书所论，实已不限于盐铁，而涉及政治、经济、文化、国防诸问题。桓宽治学，虽属公羊一派，但胪列双方观点，较为客观公允，故《盐铁论》一书，很能见出儒法两家在汉的主张是互有短长的。

生在经学大盛、文风转变的时代，桓宽的文章，却不同于董仲舒、谷永等人。其所以如此，或因"盐铁会议"的主题，在于具体政策，非关经学宏旨。故《盐铁论》虽无汉初政论文章的气势，但其多引史鉴以言时事，不妄言灾异，不滥引经典，语言简明直率，却颇与汉初之文相似。此外，又因论辩双方"两刃相割"，"二论相订"（《论衡·案书》），一些段落，重形容，多铺陈排比，富于感情色彩。如贤良言行役之苦云："今山东之戎马甲士戍边郡者，绝殊辽远，身在胡越，心怀老母。老母垂泣，室妇悲恨，推其饥渴，念其寒苦。"言贫富悬隔、情感不通云："安者不能恤危，饱者不能食饥。故余粱肉者，难为言隐约；处佚乐者，难为言勤苦。"在这以下又有十四个排比句，极言"夫高堂邃宇、广厦洞房者，不知专屋狭庐、上漏下湿之窭也；系马百驷、货财充内、储陈纳新者，不知有旦无暮、称贷者之急也；……衣轻暖、被英裘、处温室、载安车者，不知乘边城、飘胡代、乡清风者之危寒也；妻子好合、子孙保之，不知老母之憔悴、匹妇之悲恨也；……"这样的论辩之辞，显然经过了桓宽的润饰加工，其情采并重，又是汉初的政论文章所没有的。

这一时期还有一类文章，因受汉初文风与赋体文学的影响，又有自己的特点，司马相如便是一例。司马相如，著名赋家，始为藩国侍臣。后虽入朝廷作官，仍不免有游谈之士的作风。他奉武帝之命，出使西南,作《喻巴蜀檄》、《难蜀父老》,意在为武帝通夜郎、僰中辩护。前者多浮夸之词;后者设为主客问答,两者又都兼有辞赋的特点。

在武帝时代,立意学习先秦诸子,创立一家之言的,是淮南王刘安和司马迁父子。

刘安(前179—前122),武帝叔父,始封阜陵侯,袭父封为淮南王。后阴谋叛乱,事泄自杀。刘安博学能文,工于辞赋。又好养士,尝召致宾客方术之士,集体编著《内书》、《外书》及《中篇》。今存《内书》二十一篇,世称《淮南鸿烈》,又称《淮南子》。

《淮南子》"兼儒墨、合名法",《汉书·艺文志》列于杂家。其论道与万物生成的关系,有云"道始于一,一而不生,故分而为阴阳,阴阳合和而万物生"《天文训》,知其本归于老子。其论社会政治,则云:"民无廉耻,不可治也。非修礼义,廉耻不立。""不知礼义,不可以行法。"《泰族训》又云:"治国有常而利民为本;政教有经而令行为上。苟利于民,不必法古;苟周于事,不必循旧。"《氾论训》可见《淮南子》以道家为主,兼采各家,思想是非常庞杂的。

《淮南子》的庞杂,不仅在它以百家之说讲哲学、政治,也讲社会历史、人文风俗,乃至神话传说、寓言故事。"百家之言,指奏相反,其合道一体也"《齐俗训》,的确反映出《淮南子》具有囊括先秦以来文化成果的学术热情。这样的学术热情,与武帝时代文化一统的精神是颇相一致的。但《淮南子》又有与武帝的政治、文化制度相抵触的地方。武帝缘饰儒术,内实多欲,《淮南子》却讲修身治国,以道家虚静为主;武帝削夺诸侯,加强君权,《淮南子》却说"为一人聪明而不足以遍照海内,故立三公九卿以辅翼之。绝国殊俗,僻远幽闲之处,不能被德承泽,故立诸侯以教诲之"《修务训》。显然,《淮南子》内容的庞杂,又是与藩王维护自身利益有关的。

思想不囿于一家,行文出于众手,文风便不拘一格。《淮南子》"篇中文章,无所不有,如与《庄》、《列》、《吕氏春秋》、《韩非子》诸篇相经纬表里,何其意之杂出,文之沿复也。《淮南》之奇,出于《离骚》;《淮南》之放,得于《庄》、《列》;《淮南》之议论,错于不韦之流;其精好者,又如《玉杯》、《繁露》之书,是又非独出于淮南"(高似孙《子略》卷四)。

三 复古文风

汉代散文发展的第三个阶段,是成、哀之世到两汉易代之际。其时社会危机日益深刻,今文学派走向极端,古文学派乃随之而起。以古文反今文,不仅有恢复儒学典籍本来面目的意义,也包含有对穿凿附会的经学学风的否定,对"天人感应"的经学体系的怀疑。兼之王莽由擅权而称帝,思想、制度都标榜"托古改制",古文学派也因此受到官方的鼓励。学术思想与治学方法的复古,必然导致文章的复古。不傍经典、畅所欲言、明白晓畅是这一时期论说文章的特点。

刘歆(前53? —23),字子政,刘向子。刘歆治经,不死守汉儒家法,提倡古文经学,亦能破除门户之见。因主张立《左氏春秋》、《毛诗》、《古文尚书》等于学官,为五经博士所反对,作《移让太常博士书》,出为河内、五原、涿郡太守。数年以病免官。王莽摄政,刘歆为国师,封侯。后参与劫持王莽,事泄自杀。

《移让太常博士书》是汉代第一篇反"今学"、复"古学"的文章:

> 《诗》始萌牙。天下众书往往颇出,皆诸子传说,犹广立於学官,为置博士。在汉朝之儒,唯贾生而已。至孝武皇帝,然后邹、鲁、梁、赵颇有《诗》、《礼》、《春秋》先师,皆起於建元之间。当此之时,一人不能独尽其经,或为《雅》,或为《颂》,相合而成。《泰誓》后得;博士集而读之。故诏书称曰:"礼坏乐崩,书缺简脱,朕甚闵焉。"时汉兴已七八十年,离於全经,固已远矣。
>
> 及鲁恭王坏孔子宅,欲以为宫,而得古文於坏壁之中,《逸礼》有三十九,《书》十六篇。天汉之后,孔安国献之,遭巫蛊仓

卒之难，未及施行。及《春秋左氏》，丘明所修，皆古文旧书，多者二十余通，藏於秘府，伏而未发。孝成皇帝闵学残文缺，稍离其真，乃陈发秘藏，校理旧文，得此三事，以考学官所传，经或脱简，传或间编。传问民间，则有鲁国桓公、赵国贯公、胶东庸生之遗学与此同，抑而未施。此乃有识者之所惜闵，士君子之所嗟痛也。往者缀学之士，不思废绝之阙，苟因陋就寡，分文析字，烦言碎辞，学者罢老且不能究其一艺。信口说而背传记，是末师而非往古，至於国家将有大事，若立辟雍封禅巡狩之仪，则幽冥而莫知其原。犹欲保残守缺，挟恐见破之私意，而无从善服义之公心，或怀妒嫉，不考情实，雷同相从，随声是非，抑此三学，以《尚书》为备，谓"左氏"为不传《春秋》，岂不哀哉！……

　　夫礼失而求之于野，古文不犹愈于野乎？往者博士《书》有欧阳，《春秋》公羊，《易》则施、孟，然孝宣皇帝犹复广立《穀梁春秋》，《梁丘易》，大小《夏侯尚书》，义虽相反，犹并置之。何则？与其过而废之也，宁过而立之。传曰："文武之道未坠于地，在人；贤者志其大者，不贤者志其小者。"今此数家之言所以兼包大小之义，岂可偏绝哉！若必专己守残，党同门，妒道真，违明诏，失圣意，以陷于文史之议，甚为二三君子不取也。

这篇文章，"叙经术废兴，明白有条理，可与《史》、《汉》、《儒林传序》参看"（《评注昭明文选》引孙月峰语），有学术史的研究价值。其文措辞尖锐，无所依傍，峻洁有力，情感充沛，刘勰称其"辞刚而义辨，文移之首也"（《文心雕龙·檄移》）；浦起龙称其"道源经委，正大详明，艰难郑重，字里有泪"（《古文眉诠》卷三六），又颇有文学史的价值。西汉后期学术风气与文学风气的转变，刘歆是有贡献的。

　　由学术复古而导向文章复古，是由扬雄来完成的。扬雄（前53—18），字子云，成都（今属四川）人。博览群书，口吃不能畅谈。为人好学恬淡，作赋慕司马相如。历事成、哀、平、新四朝。后受株连为王莽收捕,投阁几死。晚年自甘淡泊,以著述为务。

扬雄后期不好辞赋,立意追踪"立德"而兼"立言"的圣人,仿《论语》作《法言》,仿《周易》作《太玄》,力求建立一家之言,不仅是对西汉"说说之学,各习其师"(《法言·寡见》)的经学作风的否定,也表现了他"东道孔子"(桓谭《新论·启寤》),直承先秦儒学的因革精神。显然,在复古旗号下的学术变革,扬雄较刘歆的学术批判更进了一层。扬雄敢于破除汉儒家法,自成一家,这对于东汉诸子如桓谭、王充、王符、仲长统、崔寔之发愤著书,是有影响的。

理论上,扬雄是讲文质相副的。如他说:"质干在于自然,华藻在乎人事"(《太玄·莹》);"事辞称则经"(《法言·吾子》)。只因他要当圣人的意识过于强烈,以至把先秦诸子前期较朴拙的语录体文章作为《法言》的蓝本。他又认为圣人之道,深不可测,辞必艰深,如《法言·问神》所云:

> 或问:"圣人之经不可使易知欤?"曰:"不可。天俄而可度,则其覆也浅矣;地俄而可测,则其载物也薄矣。大哉!天地之为万物郭,五经之为众说郭。"

所以他又说,"彼岂好为艰难哉?势不得已也!"(《法言·解难》)扬雄自己的文章,就写得古奥难读。苏轼说他"好为艰深之辞,以文浅易之说"(《答谢民师书》);他刻意求古,把"动由规矩"翻成"蠢迪检柙",就受到过鲁迅的批评(见《南腔北调集·作文秘诀》)。可见在对经学文风实行反拨时,刘歆较能把握分寸,扬雄则不免矫枉过正,走向极端。

但扬雄不刻意学圣人时,文章也能写得自由随便。如《自叙传》云:

> 雄少而好学,不为章句,训诂通而已。博览无所不见。为人简易佚荡;口吃不能剧谈,默而好深湛之思;清静亡为,少嗜欲;不汲汲于富贵,不戚戚于贫贱;不修廉隅,以徼名当世。家产不过十金,乏无儋石之储,晏如也。自有大度,非圣哲之书不

好也；非其意，虽富贵不事也。

扬雄一生行事，大抵如《叙传》所云。东汉的桓谭、班固、王充、张衡等人，深受他的影响，对他是很尊敬的。

四　复古文风的新变

经历了两汉之际的社会危机，东汉王朝复归一统。刘秀既以图谶之助得为天子，进而更用图谶以巩固政权。政治与思想的强化统治，既使文人心态倍受压抑，同时也激发出他们对传统的怀疑精神。以桓谭、王充为代表的异端思想和以班固为代表的折衷主义并存，是这一时期文化思想的最大特点，汉代论说散文也由此进入第四个时期。

桓谭（前23？—56），字君山，沛国相（今安徽宿县一带）人。成帝时以父任为郎。王莽居摄时，"谭独自守，默然无言"（《后汉书》本传）；新莽之时，官为掌乐大夫；光武时为议郎给事中。因反对谶纬，几乎被杀，后病死贬官途中。桓谭为学，"训诂大义，不为章句"。所著《新论》，仅存辑本。他盛赞扬雄"丽文高论"，"才智开通"，"《玄》经数百年，其书必传"（《新论》）；王充则推崇《新论》"论世间事，辨照然否，虚妄之言，伪饰之辞，莫不证定"（《论衡·超奇》）。可见在扬雄和王充之间，桓谭是一位承先启后的人物。《新论》全书不存，其中《形神篇》以烛火喻形神，"言精神居形体，犹火之燃烛矣。如善扶持，随火而侧之，可毋灭而竟烛。烛无，火亦不能独行于虚空，又不能后燃其地。地，犹人之耆老，齿堕发白，肌肉枯腊，而精神弗为之能润泽。内外周遍，则气索而死，如火烛之俱尽矣。"形在则神存，形死则神灭，这是对神学进行的哲学的批判。全文不事雕饰，只求达意，又颇似口语，实已扬弃扬雄的古奥，显示了汉代文章由文转质的新趋势。

王充（27—97？），字仲任，会稽上虞（今浙江虞县）人。出身细族孤门，好博览而不守章句。作过下层官吏，晚年家居著书。现存《论衡》八十四篇。全书融贯百家之说,以"疾虚妄"(《佚文篇》)为指归,对包括孔子在内的先贤学说,以及汉代的天人感应、灾异祥瑞、河洛伪书、谶纬迷信,乃至经学学风、俗儒人格进行学术的批判,其中自然也包含着政治的批判。所以章太炎《检论·学变》说此书"正虚妄、审乡背,怀疑之论,分析百端,有所发擿,不避上圣"。例如《问孔篇》:

> 子贡问政,子曰:"足食,足兵,民信之矣。"曰:"必不得已而去,于斯三者何先?"曰:"去兵。"曰:"必不得已而去,于斯二者何先?"曰:"去食。自古皆有死,民无信不立。"信,最重也。问:使治国无食,民饿,弃礼义;礼义弃,信安所?传曰:"仓廪实,知礼节;衣食足,知荣辱。"让生于有余,争生于不足。今言去食,信安得成?……夫去信存食,虽不欲信,信自生矣;去食存信,虽欲为信,信不立矣。

疾虚妄而不避圣人,此是一例。又如《自然篇》:

> 或曰:"桓公知管仲贤,故委任之。如非管仲,亦将谴告之矣。使天遭尧、舜,必无谴告之变。"曰:天能谴告人君,则亦能故命圣君。择才若尧、舜,受以王命,委以王事,勿复与知。今则不然,生庸庸之君,失道废德,随谴告之,何天不惮劳也?

这里既驳天降谴告,也驳天授王命。疾虚妄而不避上圣,此又是一例。又如《正说篇》:

> 儒者说五经,多失其实。前儒不见本末,空生虚说;后儒信前师之言,随旧述故,滑习辞语。苟名一师之学,趋为师教授,及时早仕,汲汲竞进,不假留精用心,考实根核。故虚说传而不绝,实事没而不见,五经并失其实。

五经失实,代代相袭,原因在俗儒贪图利禄,不求真知。这样的批判,不仅及于陋儒,也触及汉代学风的败坏,乃在官方的以经学取士。

《论衡》文章的最大特点，是深入浅出，反复论证，信笔所之，得心应手。其于问题力求作深入的论证、逻辑的辨析，在先秦两汉诸子中，首推第一人。但由于《论衡》之作，为了"言无不可晓，指无不可睹"《自纪》，不免"反复诘难，颇伤辞费"《四库全书总目提要》，亦因此有"文体散杂，非可讽诵"（章炳麟《国故论衡·论式》）的缺点。

王充论文，虽重有补于世；自己著书，又"直露其文，集以俗言"《自纪》，但并不废弃文采。他说"夫人有文质乃成"《书解》，故"素车朴船，孰与加漆彩画也？然则鸿笔之人，国之船车彩画也"《须颂》。所以，王充虽然反对辞赋的"深覆典雅，指意难求"《自纪》，对赋家的艺术成就却并不轻易抹杀："盖才有深浅，无有古今；文有真伪，无有故新。广陵陈子回、颜方，今尚书郎班固、兰台令杨终、傅毅之徒，虽无篇章，赋颂记奏，文辞斐炳。赋象屈原、贾生，奏象唐林、谷永，并比一观好，其美一也"《案书》。他自己的《自纪》，便是一篇不同于一般"自叙传"的文章。其中一些设问作答，"文辞斐炳"；发泄不满，颇类《解嘲》。可见为文通俗，不废辞赋，是王充不同于扬雄的地方。

五　汉末清议之文

汉代散文的第五个阶段，是东汉后期。其时，宦官与外戚交替专权，党祸频仍，社会危机日益深重。这时的文人即使从政，已无力回天；而社会理想与人格理想的崩溃，又使他们陷入极度的绝望和愤懑，于是出现了"清议"的文章。以文章清议时政，虽不能有效地改变现实，却可以减轻精神的重荷。兼之此时诗歌复苏，辞赋亦走向抒情化，文人大都具有诗人的气质，较能自由地表达情感，也开始较自觉地追求文采。故这类发愤而作、指切时弊的清议文章，不但富于激情，也很注重语言的表达。

王符，生卒年不详，字节信，安定临泾（今甘肃镇原）人。出身寒微,性格耿介,与张衡友善。因不得仕进,愤而隐居著书,作《潜夫论》。其书"指讦时短,讨谪物情,足以观当时风政"《后汉书》本传)。如《论荣篇》:

> 所谓贤人君子者,非必高位厚禄、富贵荣华之谓也。此则君子之所宜有,而非其所以为君子者也。所谓小人者,非必贫贱冻馁、困辱阨穷之谓也。此则小人之所宜处,而非其所以为小人者也。奚以明之哉?夫桀纣者,夏殷之君王也;崇侯恶来,天子之三公也,而犹不免于小人者,以其心行恶也。伯夷叔齐,饿夫也;傅说胥靡,而井伯虞虏也,然世犹以为君子者,以为志节美也。故论士,苟定于志行,勿以遭命,则虽有天下,不足以为重;无所用,不足以为轻;处隶圉,不足以为耻;抚四海,不足以为荣。况乎其未能相悬若此者哉?故曰:宠位不足以尊我,而卑贱不足以卑己。

这样的话,既谈历史的普遍现象,也针对世主"目见贤则不敢用,耳闻贤则恨不嫉";"众小朋党而固位,谗妒群吠啮贤"《贤难篇》)的社会现实。因此作者不独愤激,也树起了依德行而不以事功的人物品评标准。

王符之学,"折中孔子,而复涉猎于申商刑名、韩子杂说,未为醇儒。然符以边隅一缝掖,闵俗陵替,发愤增叹,未能涉大廷,与议论以感动人主,又不得典司治民以效其能。独当大道,托之空言,斯贾生所为太息,次公以之略观者已"(汪继培《潜夫论序》)。王符的思想、境遇和文风大略如此。

崔寔(? —170?),字真;一名台,字元始。涿郡安平(今属河北)人。曾任辽东太守,官至尚书。病卒,"家徒四壁立,无以殡殓"《后汉书》本传)。曾论当时事数十条,名曰《政论》,已散佚。就今存文章看,"参霸政之法术"《艺概·文概》),不拘守儒家所谓"王道"。如其中有云:"自汉兴以来,三百五十余岁矣。政令垢玩,上下怠懈,风俗凋敝，人庶巧伪，百姓嚣然，咸复思中兴之救矣。"然而"俗人拘文牵古，不达权制"；"顽士暗于时权，安习所见"。"斯贾生之所以排于绛、灌，屈子之所以摅其幽愤者也。夫以文帝之明，贾生之贤，绛、灌之忠，而有此患，况其余哉！"治世尚且如此，末世又当如何！崔寔的忧愤，是不下于屈原、贾谊的。

仲长统（180—220），字公理，山阳高平（今山东邹县一带）人。性倜傥，敢直言，不拘小节，时人谓之"狂生"。州郡召用不就，献帝时参曹操军事。每论说古今事，"恒发愤叹息，因著论名曰《昌言》"（《后汉书》本传）。《昌言》已佚，观《群书治要》、《齐民要术》所引部分文字，有反对图谶迷信者，有揭露现实政治者，有论述外戚宦官之祸者。作者的思想，由此可见一斑。如《理乱篇》：

> 豪杰之当天命者，未始有天下之分者也。无天下之分，故战争者竞起焉。于斯之时，并伪假天威，矫据方国，拥甲兵与我角才智，程勇力与我竞雌雄，不知去就，疑误天下，盖不可数也！

凭藉武力，争夺天下而又荼毒天下，所谓君权天授的神话，自然不攻而破。其下文章又说，君主据有天下后，"豪杰之心既绝，士民之志已定"，其后嗣子孙，即"下愚之才"，因形势所在，"犹能使思同天地，威侔鬼神"。然而正是这些后嗣愚主，"见天下莫敢与之违，自谓若天地不可亡也，乃奔其私嗜，骋其邪欲，君臣宣淫，上下同恶"。他们纵声色，信佞谄，"熬天下之脂膏，斫生人之骨髓"，遂使"怨毒无聊，祸乱并起，中国扰攘，四夷侵叛，土崩瓦解，一朝而去"。作者的议论，并不仅止于此。他接着说："存亡以之迭代，政乱由此周复，天道常然之大数也。"所谓天道，即君主存亡迭代的历史，作者的认识，显然非取自一期一代。他说：

> 昔春秋之时，周氏之乱世也。逮乎战国，则又甚矣。秦政乘并兼之势，放虎狼之心，屠裂天下，吞食生人，暴虐不已，以

> 招楚汉用兵之苦，甚于战国之时也。汉二百年而遭王莽之乱，计其残夷灭亡之数，又复倍乎秦、项矣。以及今日，名都空而不居，百里绝而无民者，不可胜数。此则又甚于亡新之时也。悲夫！不及五百年，大难三起，中间之乱，尚不数焉。

生在乱世，反思历史，作者对于未来，自然不敢乐观："推此以往，可及于尽矣。嗟乎！不知来世圣人救此之道，将何用也？又不知天若穷此之数，欲何至邪？"这正是乱世之人常有的悲哀。

不独如此，《理乱篇》更写了盛世之人的悲哀。作者说，汉兴以来，凡权势之重，财货之厚，声色之乐，"苟能运智诈者，则得之焉；苟能得之者，人不以为罪焉。"盛世风俗的堕落，实利禄使然。汉世标榜"经明行修"的虚伪昭然若揭。而且作者更进一步说：

> 夫乱世长而化世短，乱世则小人贵宠，君子困贱。当君子困贱之时，跼高天，蹐厚地，犹恐有镇压之祸也。逮及清世，则复入于矫枉过正之检。老者耄矣，不能及宽饶之俗；少者方壮，将复困于衰乱之时。是使奸人擅无穷之福利，而善士挂不赦之罪辜。苟目能辨色，耳能辨声，口能辨味，体能辨寒温者，将皆以修洁为讳恶，设智巧以避之焉，况肯有安而乐之者邪？斯下世人主一切之愆也！

无论治世乱世，君子皆不免于困贱。没有深刻的历史反思和人生体验，是不可能说得这样沉痛的。

刘熙载说："《昌言》俊发，略近贾长沙。"（《艺概·文概》）其文言无不尽，挥斥自如，骈散相间，颇有气势，的确似汉初政论之文。章炳麟说王、崔、仲三人著作，皆因"东京之衰，刑赏无章也，而发愤变之以法家"，"上视扬雄诸家牵制儒术，奢阔无施，而三子闳达矣"（《訄书·学变》）。三子之中，仲长统的成就最高。

六　汉代其他散文

汉代还有一类文章，或抒发个人情感，或作风近于老庄，在汉代虽非正统，不在主流，却能见出文人精神生活的另一侧面。

抒情之文，大抵见于汉人书信。这类文章或为亲朋间的推心置腹，或为论敌间的针锋相对，最能见出个人的性格气质和现实生活、精神生活的某些真实内容。《文心雕龙·书记》云：

> 汉来笔札，辞气纷纭。观史迁之报任安，东方朔之难公孙，杨恽之酬会宗，子云之答刘歆，志气盘桓，各含殊采。并杼轴乎尺素，抑扬乎寸心。

刘勰所举，是汉代最具代表性的书信之文。司马迁为替李陵辩护，"拳拳之忠，终不能自列，因为诬上，卒从吏议。家贫，货赂不足以自赎，交游莫救，左右亲近，不为一言。身非木石，独与法吏为伍，深幽囹圄中"，乃作《报任安书》以自明。其文发泄怨愤，自述抱负，皆放言无惮。

东方朔《答客难》设为主客问答，实为赋体。杨恽《报孙会宗书》则是西汉少见的怨愤之作。杨恽（？—前56），华阴（今属陕西省）人，司马迁外孙。富于才情，好交接英俊名儒，官至中郎将，封平通侯。因卷入宦场斗争，免为庶人。愤而大治产业，广交宾客。友人孙会宗作书谏戒之，"为言大臣废退，当阖门惶惧，为可怜之意，不当治产业，通宾客，有称誉。"杨恽乃作书称：

> 君子游道，乐以忘忧；小人全躯，悦以忘罪。窃自思念，过已大矣，行已亏矣，长为农夫以没世矣。是故率妻子戮力耕桑，灌园治产，以给公上，不意当复用此为讥议也。夫人情所不能止者，圣人弗禁。故君父至尊亲，送其终也，有时而既。臣之得罪，已三年矣。田家作苦，岁时伏腊，烹羊炰羔，斗酒自劳。家本秦也，能秦声；妇，赵女也，雅善鼓瑟。奴婢歌者数人。酒后耳热，仰天击缶而呼乌乌。其诗曰："田彼南山，芜秽不治；种一

顷豆，落而为箕。人生行乐耳，须富贵何时?"是日也，拂衣而喜，奋袖低仰，顿足起舞，诚荒淫无度，不知其不可也。恽幸有余禄，方籴贱贩贵，逐什一之利，此贾竖之事，污辱之处，恽亲行之。下流之人，众毁所归，不寒而栗。虽雅知恽者，犹随风而靡，何称誉之有! ……今子尚安得以卿大夫之制而责仆哉!

杨恽其行其文，魏晋时代并不罕见。但在礼教规范甚严的汉代，杨恽终于被宣帝腰斩。大约杨恽最初以为朋友间通信，可以写得随便，才会留下这一篇肆无忌惮的文字。

扬雄《答刘歆书》与上述文章风格，又不尽相同。其中答刘歆索《方言》事云:

> 少而不以行立于乡里，长而不以功显于县官，著训于帝籍，但言辞博览翰墨为事。诚欲崇而就之，不可以遣，不可以怠。即君必欲胁之以威，陵之以武，欲令人之于此，此又未定，未可以见。今君又终之，则缢死以从命也。而可且宽假延期，必不敢有爱。

措辞委婉，正符合扬雄持重谨慎的性格。其中叙述自己就学与作《方言》的经历，娓娓而谈，亦与扬雄以圣人面孔著《法言》、《太玄》，判若两人。

汉人素以文章经世，上述志气盘桓、抑扬寸心的文字，并不多见。类似者尚有贡禹《上书乞骸骨》、冯衍《与妇弟任武达书》。前者虽致书皇帝，情感却并不虚饰;后者乃致书亲戚，讲家门不幸，仕途多艰，更多悲苦之辞。其后如朱穆《与刘伯宗绝交书》、李固《遗黄琼书》、秦嘉《与妻徐淑书》，亦皆属此类。

汉人还有一类托靠老庄，颇有悖于儒学正统的文章，例如西汉文、景之世的杨贵，立志裸葬，作《报祁侯缯它书》，称"死者，终生之化，而物之归者也。归者得至，化者得变，是物各返其真也。反真冥冥，亡形亡声，乃合道情"。杨贵之求裸葬，显然与其崇道之自然有关。又如东汉初年的冯衍在《显志赋序》中说，人之德行，不必计较“碌碌如玉，落落如石”，而应“与时变化”，不守一节；更说自己要常务“道德之实，而不求当世之名；阔略杪小之礼，荡佚人间之世”。这样的话，说在刘秀登极之初，相当大胆。再如东汉末年的朱穆作《崇厚论》，感慨世道浇薄，竟有如下议论：

> 夫俗之薄也，有自来矣。故仲尼曰：“大道之行，而丘不与焉。”盖伤也。夫道者，以天下为一，在彼犹在己也。故行违于道则愧生于心，非畏义也；事违于理则负结于意，非惮礼也。故率性而行谓之道，得其天性谓之德。德性失然后贵仁义，是以仁义起而道德迁，礼法兴而淳朴散。故道德以仁义为薄，淳朴以礼法为贱也。夫中世之所教，已为上世之所薄，况又薄于此乎！

朱穆所论，乃庄老讲论之道，而非汉儒讲论之道。汉人由折衷儒、道到托言庄老，实在是很大的变化。这变化不仅体现于哲学的层面，也渐次影响到文人的人生实践。仲长统“欲卜居清旷”，为文以广其志，称其理想生活乃是“居有良田广宅，背山临流”，“蹰躇畦苑，游戏平林”，“安神闺房，思老氏之玄虚；呼吸精和，求至人之仿佛”。“逍遥一世之上，睥睨天地之间。不受当时之责，永保性命之期”（见《后汉书》本传）。以庄园经济为物质基础，以老庄玄虚之学为精神皈依，这样的生活理想，也是前此罕见的。

第二节 司马迁和《史记》

一 司马迁的生平

司马迁（前 145？—前 87？），字子长，夏阳龙门（今陕西韩城县北）人。司马迁的生年，一说在景帝中元五年（前 145），一说在武帝建元六年（前 135）。今学术界一般依从前说。其卒年已不可确考，约在武帝末年左右。

司马氏世掌太史之职。从司马迁八世祖司马错到祖父司马喜，因世事变故而中断。其父司马谈于汉武帝建元年间重掌史职。司马谈生在汉代学术思想相对自由，儒学尚未定于一尊之时，其思想兼采各家而偏重于黄老。他的《论六家要指》是了解汉初学术思想的一篇重要文献。其中有云："夫阴阳、儒、墨、名法、道德，此务为治者也，直所从言之异路，有省不省耳。"又说："道家使人精神专一，动合无形，赡足万物。其为术也，因阴阳之大顺，采儒墨之善，撮名法之要，与时迁移，应物变化，立俗施事，无所不宜，指约而事操，事少而功多。"司马迁录此文于《太史公自序》，思想自会受到影响。

司马迁幼承父训，诵读古文经传；二十岁南游江淮，北至齐鲁，复转而南游，过梁、楚以归；二十七岁任为郎中，三十八岁承父职为太史令。他数从武帝出游，参加国家盛典，奉命出使西南夷。这些经历，使他对文化典籍、历史传说、山川地理、人文风俗、民族状况、社会现实多所了解，为日后写作《史记》，奠定了坚实的基础。

司马谈有志于"史记"，未就而卒，时司马迁三十五岁。司马谈临终执迁手而泣曰："……余死，汝必为太史；为太史，无忘吾所欲论著矣。且夫孝始于事亲，中于事君，终于立身。扬名于后世，以显父母，此孝之大者。"又说："幽厉之后，王道缺，礼乐衰，孔子修旧起废，论《诗》、《书》，作《春秋》，则学者至今则之。自获麟以来，四百有余岁，而诸侯相兼，史记放绝。今汉兴，海内一统，明主贤君忠臣死义之士，余为太史而弗论载，废天下史文，余甚惧焉，汝其念哉！"司马迁俯首流涕曰："小子不敏，请悉论先人所次旧闻，弗敢阙！"继承父志，发扬《春秋》史学传统，是司马迁著史的内在动力。

天汉二年（前99），李陵兵败，陷于匈奴，武帝大怒。司马迁"推言陵之功，欲以广上之意，塞睚眦之辞"，却以"诬上"下狱。家贫无以自赎，交游莫救，竟蒙受腐刑。司马迁出狱后，任中书令，乃忍辱负重，续撰《史记》。在此期间，作《报任安书》，痛诉武帝寡恩、狱吏

惨酷、交游势利。其中表明发愤著书的心志,尤为感人肺腑:

> 夫人情莫不贪生恶死,念父母,顾妻子;至激于义理者不然,乃有所不得已也。今仆不幸,早失父母,无兄弟之亲,独身孤立,少卿视仆於妻子何如哉?且勇者不必死节,怯夫慕义,何处不勉焉!仆虽怯懦,欲苟活,亦颇识去就之分矣,何至自沉溺缧绁之辱哉?且夫臧获婢妾,由能引决,况仆之不得已乎?所以隐忍苟活,幽於粪土之中而不辞者,恨私心有所不尽,鄙陋没世而文采不表於后世也。

肉体与精神的摧残,使司马迁经历了人生的重大转折,于《史记》的写作,产生了重大的影响。

此后不久,司马迁即与世长辞。他留给后人的著作,除《史记》和《报任安书》,还有《悲士不遇赋》及《素王妙论》佚文一段,余皆散佚不传。

二 《史记》的体制

"史记"本是史书的泛称。司马迁著史,自名《太史公书》,汉世习称之,又有称《太史公记》、《太史公百三十篇》者。汉灵帝建宁年间(168—171)《汉故执金吾丞武荣碑》、熹平元年(172)《东海庙碑》有《史记》之称,是知汉末已习称为《史记》。

《史记》记事,上起黄帝,当无疑问。唯对于记事的下限,认识颇有分歧:

> 余历述黄帝以来,至太初而讫,百三十篇。(《太史公自序》)
> 故述往事,思来者,卒述陶唐以来,至于麟止。(同上)(按《孝武本纪》,元狩元年冬十月获麟。)
> 司马迁据《左氏》述《楚汉春秋》,接其后事,讫于天汉。
(《汉书·司马迁传》)

据上述记载,范晔《后汉书》、刘知幾《史通》以为当止于太初(前

104—前101);张晏、颜师古《汉书》注以为止于元狩元年(前122);裴骃《史记集解》、司马贞《史记索隐》、张守节《史记正义》则以为止于天汉(前100)。今世学者大都同意讫于太初之说,其后所叙之事,乃后人补纂。

司马迁首创《史记》的纪传体例,以本纪、书、表、世家、列传统览历史事件和历史人物的活动。

中国史书的编纂形式,先秦已具雏型。章学诚《文史通义》分古史为六家,其中两家在汉,余为先秦的《尚书》、《春秋》、《左传》、《国语》。四家除《国语》记言,其余三家或记事,或分国,或编年,虽各有侧重,其实都兼具编年与纪传的因素。《春秋》"因事命篇"(同上),其事乃依时为序;《左传》年经事纬,史事仍以人传。至汉代,司马迁集先秦史学之大成,完成了以纪传为主,兼具书、表形式的《史记》。《史记》所记,凡三千余年历史,欲"究天人之际,通古今之变"(《报任安书》),首先面临如何叙事的困难。且不说年代邈远,古史难稽,即以春秋七十二诸侯、战国七雄、汉初诸侯功臣论,复杂纷繁的政治斗争、往来不绝的外交活动、犬牙交错的军事形势,就已难以提挈纲领、综合条贯,何况有众多的历史人物参与上述活动。这就要求史家对事件、人物的各个方面具有全面的洞悉、分析与综合能力。正是这些能力,决定了史家对叙事形式的选择。

《史记》的五体分立,是司马迁组织史料的一种特殊方式。本纪以"王迹所兴,原始察终,见盛观衰,论考之行事"(《太史公自序》),实以帝王在位为系年之大纲。世家分述"辅拂股肱"之臣及重要历史人物事迹,因其数量甚多,倘分列于帝王名下,势必枝条芜杂,纲目不清,故只能别为一体,以见其立身行事与时代的关系。至于汉世宗室、名臣,虽位在诸侯,但百余年间,"废立分削,谱记不明"(同上),乃作《汉兴以来诸侯年表》等,与汉本纪、世家互补,以救正"并时异世,年差不明"的缺憾。至于七十列传不仅记"立功名于天下者",也记社会各阶层人物以及与华夏民族相依相存的兄弟民族,更难与本纪、世家互为经纬,故又分列其传,以见影响历史的诸多因素,增强历史的时空感。此外,历代典章制度的沿革,为政治历史的重要内容。为探求损益改易之道,承敝变通之法,《史记》又另设六书,以补纪传之阙,可看作政治、经济、文化、军事方面的专史。可见《史记》五体的创立,实因所记史事"疆宇辽阔,年月遐长",不得不将横亘时空的制度、史事、人物"分以纪传,散在书表"(《史通·六家》)。《史记》的体例,不仅显示了司马迁对历史材料的驾驭能力,更表现出他力求对历史作整体把握的会通精神。

然而以纪传形式包容宏观的历史,毕竟是有局限的。刘勰说:"纪传为式,……或有同归一事,而数人分功。两记则失之重复,偏举则病于不周,此又诠配之未易也。"(《文心雕龙·史传》)为避免平行的人物各传在叙及同一事件时的交叉重复,司马迁不得不以"事在某传"而互见详略,这就是后人极为称道的"互见法"。互见法的运用,是对《史记》不能以事为纲统辑人物的补救,也是司马迁对传统史学体例的创新。

《史记》体例的创新,还不止于此。李石《左氏君子例》说《左传》"有所谓君子曰者,又有称仲尼、孔子曰者,皆示后学以褒贬大法,圣人作经之意义"(《四库全书总目·春秋类存目》引)。《太史公自序》说:"《春秋》采善贬恶,推三代之德,褒周室,非独刺讥而已。"《史记》常常在叙事之中,以直接或间接方式,楔入主观论断,这是司马迁对先秦史学精神与史学体例的自觉继承和发展。此外《史记》又于书表之首和每篇之末,对历史和人物或作分析评价,或抒发个人感慨,开创了史书的序论和论赞的体例。从史书的序论和论赞,可见作者的史笔、史才、史识。《史记》论赞、序论体的创立,与司马迁"究天人之际,通古今之变"的史学精神是相一致的。

三 "史家之绝唱"

对于《史记》,赵翼称为"史家之极则",鲁迅视为"史家之绝唱"。谓之"极则",可能包括体例和书法;谓之"绝唱",则可能概指其中的实录精神和批判精神。

《史记》的实录精神,素为后人称道。《汉书·司马迁传》说学者"皆称迁有良史之材,服其善序事理,辨而不华,质而不俚,其文质,其事核,不虚美,不隐恶,故谓之实录"。《史记》的实录,首先得之于史料的真实性和叙述的科学性。司马迁因职务之便,大量阅读了前代典籍:

> 司马迁据《左氏》、《国语》,采《世本》、《战国策》,述《楚汉春秋》,接其后事,迄于天汉。
>
> 《汉书·司马迁传》

> 吾读管氏《牧民》、《山高》、《乘马》、《轻马》、《九府》及《晏子春秋》,详哉言之也。
>
> 《史记·管晏列传》

据金建德《司马迁所见书考》,达八十余种。这在当时,是不小的数量。司马迁还参考了皇室所藏文献:

> 余读高祖侯功臣,察其首封……
>
> 《高祖功臣侯者年表》

> 太史公读列封,至便侯,曰有以也夫!
>
> 《惠景间侯者年表》

其余如《曹相国世家》之战功报捷,《樊哙列传》、《靳歙列传》之斩首、捕虏人数,亦皆得之皇室档案。《史记》的材料,还有得之于调查采访者:

> 孝武皇帝立,举贾生之孙二人至郡守,而贾嘉最好学,世其家,与余通书。
>
> 《屈原贾生列传》

> 吾视郭解,状貌不及中人,言语不足采者。
>
> 《游侠列传》

至于匈奴、大宛诸地，司马迁不得亲至亲见，各传所叙事实，"必得之苏（建）、李（广）诸人之谈论，不尽诸石室金匮之藏"（张鹏一《太史公年谱序》）。可见司马迁对这类口碑性质的史料，也是十分重视的。

司马迁的几次出游，更为取材提供了实地调查的机会：

> 吾适故大梁之墟，墟中人曰：秦之破梁，引河沟而灌大梁……

（《魏世家赞》）

> 吾适楚，观春申君故城，宫室盛矣哉！

（《春申君列传》）

类似的记载，尚有《五帝本纪》、《河渠书》、《齐太公世家》、《孔子世家》等等。在文献不足、信息不通的古代社会，司马迁能如此勉力而为，殊非易事。而且司马迁对由上述渠道获取的材料，态度是审慎的。《五帝本纪》说：

> 学者多称五帝，尚矣。然《尚书》独载尧以来；而百家言黄帝，其文不雅驯，荐绅先生难言之。孔子所传《宰予问五帝德》及《帝系姓》，儒者或不传。余尝西至空桐……，风教固殊焉，总之不离古文者近是。予观《春秋》、《国语》，其发明《五帝德》、《帝系姓》章矣，顾弟弗深考，其所表见皆不虚，《书》缺有间矣，其轶乃时时见于他说。非好学深思，心知其意，固难为浅见寡闻道也。余并论次，择其言尤雅者，故著为本纪书首。

年代邈远，事迹难求。司马迁对传说中的黄帝，尤其慎重。他参酌诸书、实地调查、采访长老，撰成《黄帝纪》，措辞犹留有余地。其撰写《三代世表》、《孔子世家》等，态度亦大抵如此。

《史记》的实录，最重要的还在"不虚美，不隐恶"。刘知幾说："史有三长，才、学、识。世罕兼之，故史者少。夫有学无才，犹愚贾操金，不能殖货。有才无学，犹巧匠无楩柟斧斤，弗能成室。善恶必书，使骄君贼臣知惧，此为无可加者。"（《新唐书·刘子玄传》）。但史识而外，倘无史胆，也是不能做到"善恶必书"的。司马迁著史，意在以古鉴今。他在对史料的分析、处理过程中，始终贯穿着自己的价值判断和价值取向，寄寓了自己的社会理想和人格理想。因此史家必备的才、学、识、胆在司马迁身上达到了高度的统一，实录精神与批判精神才能在《史记》中并存。

《史记》的批判锋芒，首先在于并不回避汉代的最高统治者。《高祖本纪》既写刘邦统一天下的功绩，也写他好酒贪色、奸诈圆滑的市井无赖嘴脸，更写他背信弃义、冷酷自私的本质。《孝武本纪》说："汉兴五世，隆在建元"，司马迁对汉武帝是肯定的。但《平准书》、《酷吏列传》相表里，却把武帝的多欲政治与酷吏政治的因果联系叙写得淋漓尽致。"《平准书》每纪匈奴用兵之事，而见知之法，废格沮诽穷治之狱，直指之使张汤、减宣、杜周、义纵之用事本末，往往及之。《酷吏传》亦著兴兵伐匈奴之事，而造白金、出告缗令，以及征伐徒卒之役事载《平准书》者亦并记之，盖酷刑厚敛未有不相济者，而害国本、剥民命，其源俱由于此。此《酷吏传》所以与《平准书》并见，而《刑罚志》可以不作也"（牛运震《史记评注》卷七）。不独如此，《酷吏列传》还说："（张汤）所治即上意所欲罪，予监史深祸者；即上意所欲释，与监史轻平者。""于是汤益尊任，迁为御史大夫。"武帝与酷吏互相利用的关系被暴露无遗。

武帝好神仙，至死不悟。《史记》不仅一一实录，还往往语含讥刺。如《封禅书》云：

> 今天子初即位，尤敬鬼神之祀……是时李少君亦以祠灶、谷道、却老方见上，上尊之。……少君言上曰："祠灶则致物，致物而丹砂可化为黄金，黄金成以为饮食器则益寿。益寿而海中蓬莱仙者乃可见，见之以封禅则不死，黄帝是也。臣尝游海上，见安期生，安期生食巨枣，大如瓜。安期生仙者，通蓬莱中，合则见人，不合则隐。"于是天子始亲祠灶，遣方士入海求蓬莱安期生之属，而事化丹砂诸药齐为黄金矣。居久之，李少君病死，

天子以为化去不死。

武帝到了晚年，一切嗜欲都已满足，所不能必得者只有寿命。于是方士李少君便投其所好，授以却老益寿之方，使其能长享声色口腹之乐。少君之死，武帝仍然不悟，其后又有齐少翁、栾大、公孙卿之流相继行骗。武帝多次上当，"然羁縻不绝，冀遇其真"，"自此之后，方士言神祠者弥众"。一代英主，竟然愚昧如此。《封禅书》不言封禅，只揭短处，还说"后有君子，得以览焉"，这样地不避上圣，确是非常大胆的。

《史记》还揭露和鞭鞑了封建集权社会上层人物之间以利相合的人际关系和他们冷酷自私、荒淫暴虐的品质特征。《萧相国世家》载，刘邦初定天下，论功行封。萧何为酂侯，功臣不服。"高帝曰：'诸君知猎乎？'曰：'知之。''知猎狗乎？'曰：'知之。'高帝曰：'夫猎，追杀兽兔者狗也，而发踪指示兽处者人也。今诸君徒能得走兽耳，功狗也。至如萧何，发踪指示，功人也。……'群臣皆莫敢言。"刘邦所言，非徒比喻，而是事实。其后韩信被杀，即有"狡兔死，良狗烹；高鸟尽，良弓藏；敌国破，谋臣亡"的感叹。可见不独"功狗"，"功人"亦深自惟危。萧何从客计，"多买田地，贱贳贷以自污"，以示玩物丧志，"上乃大说"《萧相国世家》。君臣关系如此，其余臣僚关系也大抵如此。例如窦婴贵盛之时，"诸游士宾客争归魏其侯"，田蚡亦"往来侍酒魏其，跪起如子侄"。及窦婴失宠，田蚡得幸，"天下吏士趋利者皆去魏其归武安"。田蚡还攻击窦婴、灌夫"日夜招聚天下豪杰壮士与论议，腹诽而心谤，不仰视天而俯画地，辟倪两宫间，幸天下有变，而欲有大功"。居心如此险恶，在历代构陷冤狱者中，是很有代表性的(见《魏其武安侯列传》)。

官场而外，司马迁尤所不齿的，是缘饰儒术、谋取私利的"谀儒"。叔孙通和公孙弘就是这类谀儒的代表。叔孙通仕秦，谀秦二世，得为博士。其后事项梁、从楚怀王心，复留事项羽，后归于汉。汉王刘邦憎儒服，叔孙通乃楚衣短制，"汉王喜"。其时天下未定，叔孙

通专举荐群盗壮士。及刘邦并有天下,乃为之定朝仪。鲁儒生说他
"公所事者且十主,皆面谀以得亲贵"。叔孙通回答说:"若真鄙儒
也,不知时变。"《《叔孙通列传》》公孙弘习文吏法事,而又缘饰以儒术。
"常称以为人主病不广大,人臣病不节俭",乃"为布被,食不重肉",
汲黯斥以为"诈"。每有朝会,不肯面折庭争;"与公卿约议,至上前,
皆倍其约以顺上旨"。"为人意忌,外宽内深","虽详与善,阴报其
祸。杀主父偃,徙董仲舒于胶西,皆弘之力也。"《平津侯主父列传》》尚
镕《史记辨证》说:"(叔孙)通为高祖筹时变,开公孙弘阿世之端。
《史》于通多微词,亦以其为谀儒也。"(卷八)又说:"公孙弘曲学阿
世,以致为相封侯,后韦(玄成)、匡(衡)、张(禹)、孔(光),悉踵其术
取三公,皆所谓腐儒败事者也。"(卷九)。司马迁描述这一人物系列,
又说自公孙弘得以封侯,"天下之学士,靡然乡矣"《儒林列传序》),不
独对谀儒之败坏世风深有感慨,而且揭露了这一现象的产生,是与
专制政治很有关系的。

　　《史记》一方面对于社会上各种邪恶、腐败、庸俗现象进行了广
泛的批判;另一方面又对忠而被谤、死而无悔的伍胥、屈原,振人之
急、已诺必诚的朱家、郭解,重义轻生、慷慨赴死的聂政、荆轲,乃至
凡以其物质劳动或精神劳动贡献于社会人生者,凡由其立身行事
而表现出高尚情操者,无不给予充分的肯定和由衷的赞扬。其中最
突出的是对于当时游侠的称赞,例如《游侠列传》:

　　　　今游侠,其行虽不轨于正义,然其言必信,其行必果,已诺
　　必诚,不爱其躯。……鄙人有言曰:"何知仁义,已飨其利者为
　　有德。"故伯夷丑周,饿死首阳山,而文武不以其故贬王;跖、跻
　　暴戾,其徒诵义无穷。由此观之,"窃钩者诛,窃国者侯;侯之门
　　仁义存",非虚言也。……而布衣之徒,设取予然诺,千里诵义,
　　为死不顾世,此亦有所长,非苟而已也。故士穷窘而得委命,此
　　岂非人之所谓贤豪间者邪?

汉武帝对于游侠是严惩不贷的，司马迁对游侠却如此称赞。这是公然和汉朝的现行政策相对抗，为触犯法网的游侠鸣不平。司马迁在这里还特别引用了庄子"窃钩者诛、窃国者侯"的一段话，说明人世间的是非本来没有准则，有权有势，便有仁有义，历代皆然。因此，游侠之行，虽说"不轨于正义"，其实"有足多者"。在这里更明白地表达了司马迁的社会道德理想以及是非善恶的判断原则。一部《史记》既有批判，也有歌颂。实录精神、批判精神与社会道德理想，在《史记》中始终是融为一体的。

四　"无韵之《离骚》"

鲁迅说一部《史记》，既是"史家之绝唱"，又是"无韵之《离骚》"（《汉文学史纲要》）。强烈的抒情性，是《史记》成为文学名著的重要因素。出于对现实的自觉干预和对历史的深刻反思，司马迁首创了《史记》的论赞体，常于叙事之中，楔入自己的主观论断。又因司马迁发愤著书，字里行间寄托有个人遭遇在内的人生体验，因而《史记》的理性批判，常带有强烈的感情色彩；叙事之时，亦不免移入作者的爱憎好恶。

司马迁的发愤著书，见于《报任安书》，其中有云：

> 古者富贵而名摩灭，不可胜记，唯倜傥非常之人称焉。盖文王拘而演《周易》；仲尼厄而作《春秋》；屈原放逐，乃赋《离骚》；左氏失明，厥有《国语》；孙子膑脚，《兵法》修列；不韦迁蜀，世传《吕览》；韩非囚秦，《说难》、《孤愤》；《诗》三百篇，大底圣贤发愤之所为作也。此人皆意有郁结，不得通其道，故述往事，思来者。乃如左丘无目，孙子断足，终不可用，退而论书策，以舒其愤，思垂空文以自见。

像司马迁这样的"倜傥非常之人"，受刑之后，"肠一日而九回，居则忽忽若有所亡，出则不知其所往。每念斯耻，汗未尝不发背而沾衣也"。其"所以隐忍苟活,幽于粪土之中而不辞者,恨私心有所不尽,鄙陋没世而文采不表于后世也"。因为有这样的遭遇和心态,作者追踪先贤,著书立说,便不能不借古人行事,泄自己胸中不平。最典型的莫如《伯夷列传》。伯夷、叔齐不食周粟,"饿死于首阳山",司马迁于传中设论,愤然质问:

> 或曰:天道无亲,常与善人。若伯夷、叔齐,可谓善人者非邪?积仁洁行如此而饿死!且七十子之徒,仲尼独荐颜渊为好学,然回也屡空,糟糠不厌,而卒早夭。天之报施善人,其何如哉?盗跖日杀不辜,肝人之肉,暴戾恣睢,聚党数千人,横行天下,竟以寿终。是遵何德哉?此其尤大彰明较著者也。若至近世,操行不轨,专犯忌讳,而终身逸乐富厚,累世不绝!或择地而蹈之,时然后出言,行不由径,非公正不发愤,而遇祸灾者,不可胜数也。余甚惑焉!倘所谓天道,是邪?非邪?

贤人"糟糠不厌,而卒早夭";恶人"暴戾恣睢","竟以寿终"。"天道"是否公正,作者深表怀疑。《伯夷列传》叙事少而慨叹多,其云"天道"可疑,实言"人道"不公;其为古人伤怀,实为今人抒愤。因而这样的文章,既是古人的纪传,又是抒情的小品。

又如《季布栾布列传》。季布为项羽将兵,"数窘汉王"。及项羽灭,刘邦"购求布千金,敢有舍匿,罪及三族"。季布没为亡虏,乃自残其形,自秽其身,归于朱家为田奴。后为刘邦所赦,拜为郎中,"诸公皆多季布能摧刚为柔"。栾布始与彭越为友,后为人略卖,彭越言于梁王,"请赎布以为梁大夫"。彭越归顺刘邦,屡立功勋,之后刘邦竟夷其三族,"醢之,盛其醢遍赐诸侯"(《黥布列传》),并悬其首于洛阳城。栾布却公然无视刘邦"有敢收视者,辄捕之"的禁令,哭祭彭越;又面对鼎镬,慷慨陈辞:"今彭王已死,臣生不如死,请就烹!"两传述毕,司马迁赞曰:

> 以项羽之气,而季布以勇显于楚,身屡典军,搴旗者数矣,

可谓壮士。然至被刑戮，为人奴而不死，何其下也！彼必自负
其材，故受辱而不羞，欲有所用其未足也，故终为汉名将。贤者
诚重其死，夫婢妾贱人感慨而自杀者，非能勇也，其计画无复
之耳。栾布哭彭越，趣汤如归者，彼诚知所处，不自重其死。虽
往古烈士，何以加哉！

《廉颇蔺相如列传》说："知死必勇，非死者难也，处死者难也。"死得
其所，并不容易；对栾布的轻生重义，司马迁是钦佩的。但他同时又
认为，生也并非易事。以季布这样的强者，本不屑于苟活，只因其材
未尽，其志未逞，才"受辱而不羞"。"刚"，固然是他的勇；"柔"，为的
是砥砺意志于逆境，以寻求生命价值的最终实现，因而是更大的
勇。这样的"柔"，是生命内在力量的深沉集聚，更能显示出人格力
量的悲壮之美。司马迁自己对此是有更深切体会的。因此他不独
有《报任安书》、《太史公自序》，《史记》中更有《季布栾布列传》、《孙
子吴起列传》、《范睢蔡泽列传》、《廉颇蔺相如列传》、《田儋列传》、
《淮阴侯列传》、《游侠列传》、《刺客列传》一类极写处死者难，处生
者亦难的篇章。其中处处都有作者自己的影子在，抒情性是十分强
烈的。刘熙载说："太史公文，兼括六艺百家之旨；第论其恻怛之情、
抑扬之致，则得于《诗三百篇》及《离骚》居多。"又说："学《离骚》得
其情者为太史公。"（《艺概·文概》）之所以如此，实因其感愤与屈原相
同，甚而更为深广。故一部《史记》，仿佛《离骚》，只是无韵而已。

五　《史记》的文学成就和影响

《史记》的文学成就主要在于它比前此的《左传》、《战国策》诸
书更注重于人物描写，写出一系列人物传记。以历史和现实的人物
活动为中心，展开历史的纵横面，因而《史记》既是记载重大事件的
宏观的历史，也是表现人物的生平际遇、思想品质、性格情感以及
行为方式的微观的历史。个别人物的精神世界、实践行为与其所生
活的社会环境，既有普遍性，又有特殊性。他们一旦被载入史册，他

们便成为既包含共性，又富于个性的"单个的"艺术形象。《史记》之同时具备史学与文学的意义，根本原因便在于此。

《史记》于个别人物的纪传而外，又首创合传与类传。这类纪传集中展现了某一阶级、某一阶层、某一行业，或思想性格、行为方式、身世际遇相似的人物群像，更表明司马迁对历史人物的个性与共性，已有相当自觉的认识。此外，为弥补纪传体不能以事为纲、统辑人物的不足，司马迁又成功地运用了"互见法"，把历史事件或人物活动分散在数篇之中，令其参差互见，详略不同，彼此补充。如"鸿门宴"一事，以《项羽本纪》记载最为完整详尽，在高祖、张良、樊哙诸纪传中又予提及；诛诸吕一事，《吕后本纪》详述本末，而孝文本纪与陈平、周勃世家也略有说明。互见法的运用，既使《史记》的叙事首尾完整，减少重复，又有助于维护人物形象的完整性，突出作者对人物思想感情的倾向性。上述因素，使《史记》避免流为见事不见人的概念化的史书，而成为由个性丰满的人物群像与生动活泼的历史事件融汇而成的史学而兼文学的名著。《史记》的这一成就，素为中外学者所称道，例如：

> 司马迁作《史记》，变《春秋》编年之法，创为传纪，……余每读其列传，观其传一人，写一事，自公卿大夫，以及儒侠医卜佞幸之类，其美恶、谲正、喜怒、笑哭、爱恶之情，跃跃楮墨之间，如化工因物付物，而无不曲肖。读屈贾传，则见其哀郢怀沙过湘投书之状；读庄周、鲁仲连传，则见其洸洋傲傥之状；读韩信、李广传，则见其拔帜射雕之状；读游侠、刺客传，则见其喜剑好搏倚柱箕踞之状；读酷吏、滑稽传，则见其鹰击毛挚摇头大笑之态；读原、陵、春、孟四君传，则见其弹铗负辐执辔蹑珠之状，余不暇举。然若此者何哉？盖各因其人之行事而添颊上三毫也。故刘向、扬雄称为"实录"。
>
> （熊士鹏《鹄山小隐文集》卷二《释言》）

子长叙智者，子房有子房风姿，陈平有陈平风姿；同叙勇者，廉颇有廉颇面目，樊哙有樊哙面目；同叙刺客，豫让之与专诸、聂政之与荆轲，才出一语，乃觉口气各不同。《高祖本纪》见宽仁之气动于纸上；《项羽本纪》觉暗恶叱咤来薄人。读一部《史记》，如直接当时人，亲睹其事，亲闻其语，使人乍喜乍愕，乍惧乍泣，不能自止，是子长叙事入神处。

（日·泷川资言《史记会注考证》引斋藤正谦《拙堂文话》）

《史记》又善于构造富于戏剧冲突的情节，以表现人物之间的矛盾冲突，使人物传记更为生动。此以《项羽本纪》中鸿门之宴最为典型。另如《魏其武安侯列传》写灌夫使酒骂座一节：

> 饮酒酣，武安起为寿，坐皆避席伏。已魏其侯为寿，独故人避席耳，余半膝席。灌夫不悦。起行酒，至武安，武安膝席曰："不能满觞。"夫怒，因嘻笑曰："将军，贵人也，属之！"时武安不肯。行酒次至临汝侯，临汝侯方与程不识耳语，又不避席。夫无所发怒，乃骂临汝侯曰："生平毁程不识不直一钱，今日长者为寿，乃效女儿呫嗫耳语！"武安谓灌夫曰："程、李俱东西宫卫尉，今众辱程将军，仲孺独不为李将军地乎？"灌夫曰："今日斩头陷匈，何知程李乎！"坐乃起更衣，稍稍去。魏其侯去，麾灌夫出。武安遂怒曰："此吾骄灌夫罪。"乃令骑留灌夫。灌夫欲出不得。籍福起为谢，案灌夫项令谢。夫愈怒，不肯谢。武安乃麾骑缚夫置传舍……

窦婴、灌夫与田蚡的矛盾，因沉浮异势，由来已久。田蚡借机剪除窦、灌的图谋，亦非一日。今田蚡奉诏举宴，志得意满，灌夫已有不快。又兼座中之人，大都趋炎附势，灌夫更怒而惹起事端。但灌夫毕竟又是纠纠武夫，只会使酒骂座，以至由临汝侯而伤及程不识。田蚡却是得志的阴险小人，他不但由程不识推及李广，借此孤立灌夫，更以"大不敬"罪名擅自扣留灌夫。冲突双方而外，此传又写了好事者的从中斡旋，胆小者的借更衣遁去。作者不惜浓墨重彩，写紧张热闹的场面,是因为矛盾以这样的形式爆发,既是偶然,亦属必然。而且各色人等思想性格的底蕴,也只有在如此栩栩如生的言行描绘中才能显露无余。吴敏树说:"史家原只依事实实录,非可任意措置,然至事大绪繁,得失是非之变,纷起其间,非洞观要最,扫除一切旁枝余蔓,未得恣意详写,使其人其事,始终本末,真实发露,读者惊动悲慨,千载下如昨日事也。"(《史记别钞》下卷)。《史记》之所以时有戏剧性的情节而动人心魄,实与司马迁洞悉社会、人生,善于剪裁、组织与敷衍情节有关。

《史记》对后世的主要影响在文章。司马迁既是史学大师,又是驾驭语言的大师;《史记》的语言艺术也有突出的成就。对于《史记》的文章,后世学者多所称道。苏辙说"其文疏荡,颇有奇气"(《上枢密韩太尉书》;宋祁《余师录》卷一亦有相同评价);朱熹说"司马迁文雄健","有战国文气象"(《朱子语类》卷一三九);桐城古文家刘大櫆则以奇、高、大、远、疏、变、雄、逸,"似赘拙而实古厚可爱","意到处言不到,言尽处意不尽"等语概括之(见《论文偶记》附《桐城先生点勘史记》)。

但作为史家的司马迁,他著作《史记》,虽说"大抵皆单行之语,不杂骈俪之词"(刘师培《论文偶记》),但前后行文,也并非一律。他记叙不同时代的史事,也因所据史料不同而有不同的语言风格。如战国以前的历史,所据史料多以记言为主,言辞古朴。《史记》行文,虽加敷衍,亦力求保持这一特色,只是对《尚书》中一些过于简奥的文字才作适当的译写。又如战国是文采焕发的时代,《战国策》尤多策士的纵横之辞。《史记》行文至此,亦有"雄而肆"的作风(王世贞《弇州山人四部稿》卷一四六)。楚汉以来的遗闻佚事,司马迁或得之传闻,或访诸故老,其熔铸群言,自成体制;谋篇用语,更多创造。所以,《史记》的文章风格、语言艺术,是不可一概而论的。

此外,作为文学家的司马迁,其"恨为弄臣,寄心楮墨,感身世之戮辱,传畸人于千秋"(鲁迅《汉文学史纲要》),《史记》的文章,不免时而激扬顿挫,时而深婉曲折。尤其是某些篇章,因情志所在,不能自已，或恨或爱，皆极尽铺叙描写之能事。兼之司马迁洞明世事，尤善锤炼语言，其于人物的立身行事、神情口吻，皆能随物赋形，显其神韵。故《史记》因传主不同，风格亦有差异，如《项羽本纪》写英雄本色则武壮激越，《商君列传》写法家用世则冷峻峭刻，《屈贾列传》写贤人失志则周回叹惋，《留侯世家》写谋臣策士则诙诡奇丽。除此之外，《史记》写人，不避方言口语，如乡人见陈涉而叹"夥颐"，周昌谏高祖而言"期期"《张丞相列传》，虽片言只语，亦颇传神。其余如谣谚俚语，《史记》亦随处摭拾，文章因之精炼深刻，雅俗相宜。

作为史学与文学的名著，《史记》实为文章奥府，深广无涯。茅坤说："屈、宋以来，浑浑噩噩，如长川大谷，探之不穷，揽之不竭，蕴藉百家，包括万代者，司马子长之文也。"《茅鹿门文集》卷三。这样的描述，虽然直觉的感受，多于理性的分析，但于《史记》的文章风格和语言成就，却是有相当概括力的。

《史记》虽有如此的成就，但在汉代，流传并不广泛。究其原因，约有如下两点：成帝之时，东平思王"上疏求诸子及《太史公书》。上以问大将军王凤，对曰：'……《太史公书》有战国纵横权谲之谋，汉兴之初谋臣奇策、天官灾异、地形厄塞，皆不宜在诸侯王。不可予。……'天子如凤言，遂不与。"《汉书·宣元六王传》帝王猜忌诸侯，《史记》便遭变相禁锢，这是"究古今之变"的司马迁始料未及的。但《史记》的不得广泛流传，关键还在它的非圣无法，诽谤"今上"。东汉明帝说司马迁"微文刺讥，贬损当世"班固《典引》；班固说《史记》"是非颇缪于圣人"《汉书·司马迁传》。因为有了官方的定论，乃有范升"上太史公违戾五经、谬孔子言及《左氏春秋》不可录三十一事"《后汉书·范升列传》，杨终"受诏删《太史公书》为十余万言"《后汉书·杨终列传》。直至汉末，王允犹视《史记》为"谤书"《后汉书·蔡邕列传》，魏明帝更说《史记》"非毁孝武，令人切齿"《三国志·魏书·王肃传》。到了西晋，虽有葛洪称赞司马迁"词旨抑扬，悲而不伤，亦近代之伟才"《西京杂记》卷四，刘宋裴松之说"迁为不隐孝武之失，直书其事

耳，何谤之有"（《三国志·魏书·董卓传》注），但《汉书》的地位，仍高过
《史记》，为《史记》作注者，远不如《汉书》。"梁时，明《汉书》有刘显、
韦陵，陈时有姚察，隋代有包恺、萧该，并为名家。《史记》作者甚
微"（魏征《隋书·经籍志》）。《史记》的价值渐次为人发现，并获得它应
有的地位，始于唐宋。对《史记》的研究，则是在明清两代达到高峰
的。

尽管被统治阶层视作"谤书"，一度受到责难，但《史记》对中国
史学的影响，实无比深远。赵翼说："司马迁参酌古今，发凡起例，创
为全史。本纪以序帝王，世家以记侯国，十表以系时事，八书以详制
度，列传以志人物。然后一代君臣政事贤否得失，总汇于一篇之中。
自此例一定，历代作史者，遂不能出其范围，信史家之极则也。"（《廿
二史札记》卷一）如此史家之极则，不只是《史记》为后世正史确立了基
本的体例，也包含司马迁的史学精神为后世史家树立了治史的楷
模。然而在封建专制时代，沿袭《史记》创立的体例并不困难，而效
法司马迁的史学精神却绝非易事。《史记》所达到的思想高度，乃是
后世史家所不可逾越的。

《史记》对文学的巨大影响，也主要是在唐宋以后。两汉之世，
辞赋发达；降及六朝，骈文兴盛。因时尚使然，《史记》的文学价值，
很难得到确认。迨至唐代，韩柳扫荡骈文，倡导文章复古，《史记》乃
被奉为圭臬，成为文章革新的旗帜。韩愈说："汉朝莫不能文，独司
马相如、太史公、刘向、扬雄之为最"（《答刘正夫书》）；柳宗元也说："退
之所敬者，司马迁、扬雄"（《柳宗元集》卷三四）。宋代欧阳修、苏洵、苏
轼、苏辙、曾巩、黄庭坚等古文家无不推崇《史记》的文字，黄庭坚
《答洪驹父书》甚而劝人"可更熟读司马子长、韩退之文章"。明代归
有光说自己"不喜为今世之文，性独好《史记》"（《五岳山人前集序》）。清
代桐城派古文大家更奉司马迁为祖师。可见在唐宋以来的古文发
展史上，《史记》几乎具有了"文统"的地位。后人之学习《史记》，虽
然各有得失，但《史记》对进一步确定古文的传统，其功是不可磨灭

的。

　　《史记》的一些篇章,本身就有小说、戏剧的因素。后来的小说、戏剧,自然多从它吸取养料。汉末魏晋的笔记小说,多取一人之行事,其叙事的章法结构,仿佛纪传史书的片断。唐人传奇每每以传名篇,结构亦不出纪传模式。宋元以后,叙事的结构虽有发展,但说话艺人的"史才"及"讲史"一类话本,无不受《史记》薰陶,其题材、技巧、语言,均可见出《史记》影响的痕迹。而一些戏剧的名篇,不但题材、情节取自《史记》,主要人物的形象,也大抵是《史记》提供的原型。以严肃的古文,影响通俗的文学,文学史上不为罕见。但如《史记》涵盖如此之广,却是不多见的。

　　作为史学与文学的名著,《史记》沾溉后人,余泽绵绵,影响几乎无所不在。这对贬损《史记》的汉代君臣来说,又是始料未及的。

第三节　班固与《汉书》

一　班固的生平与思想

　　东汉明、章之世,班固的《汉书》是一部可与《史记》媲美的体大思精的著作。

　　班固(32—92),字孟坚,扶风安陵(今陕西咸阳县东北)人。其先祖避秦祸迁于楼烦,汉初"以财雄边,出入弋猎,旌旗鼓吹",素有边疆豪强、慷慨任侠的传统。及其祖父班稺、父班彪,皆务为儒术,"叔皮唯圣人之道然后尽心焉",又渐次形成儒学正宗的家世传统。班固既长,博贯载籍,学无常师,不为章句。彪卒后,固继父志,续撰汉史。有人上书告其私改国史,因而下狱。其弟超诣阙上书辩白,得免。明帝又"甚奇"其书,除为兰台令史。于是撰写《汉书》,"自永平中始受诏","至建初中乃成"(或谓成于永平十六年)。建初四年(79),章帝诏诸儒讲论五经大义于白虎观,班固受命撰集其事,作《白虎通义》。和帝永元元年(89)秋,班固随窦宪出击匈奴,大破之。

永元四年,和帝惧窦宪"陵肆滋甚",逼令自杀,班固亦因此免官。同年又因教诸子、家奴不严被逮,死于狱中(以上见《后汉书·班彪列传》)。综观班固一生行事,实与豪强而兼儒学的家世传统有关。

班固既是经学家,又是史学家和文学家。作为一代经学大师,班固发展了董仲舒以来今文经学的神秘主义哲学体系,在思想上是忠于儒学正统的。但经历了两汉之际的社会危机和思想危机,班固接受了古文经学的影响,对今文学派的谶纬迷信、阴阳灾异之说与繁琐迂腐的学风,有所怀疑和不满;其于经义的阐释,又往往是不拘章句,不囿于一家的。

班固思想的内在矛盾,在文学方面,表现为双重的价值标准。如论屈原,班固既称赞他"痛君不明,信用群小,国将危亡,忠诚之情,怀不能已,故作《离骚》"(《离骚赞序》),又不满于屈原"露才扬己","责数怀王","忿怼不容,沉江而死,亦贬絜狂狷景行之士"(《离骚序》)。论辞赋,班固既肯定"赋者,古诗之流也","故言语侍从之臣若司马相如、虞丘寿王、东方朔……之属,朝夕论思,日月献纳","或以抒下情而通讽谕,或以宣上德而尽忠孝。雍容揄扬,著于后嗣,抑亦《雅》《颂》之亚也"(《两都赋序》);但在《汉书·艺文志》中,班固却说孙卿、屈原的"贤人失志"之赋,"咸有恻隐古诗之义","其后宋玉、唐勒,汉兴枚乘、司马相如,下及扬子云,竞为侈丽宏衍之词,没其讽谕之义"。可见班固既从文学的角度,肯定辞赋尚丽的形式特征,又从经学的角度,标举集中代表了汉儒文学观的雅颂精神。他对文学特征、文学功能的认识,对作家、作品的评价,是往往陷于自相矛盾的。

在史学方面,班固的思想矛盾则集中表现于《汉书》。班固继承父志,续撰《汉书》,未竟而卒,复由其妹班昭及马续相继完成。《汉书》记事,起于汉高祖,止于王莽末年,计十二本纪、八表、十志、七十列传,是我国第一部纪传体断代史。《汉书》承袭《史记》体例,思想的高度和深度却远为逊之。《汉书》既讲人事的因果联系,也讲五德五运、天人合一。但班固出于对历史的深刻反思和对现实的清醒认识，对古代史家，尤其是司马迁"不虚美、不隐恶"的实录精神也深为推崇，一部《汉书》并不乏对历史和现实的批判性内容。只是由于踵武其父的观点，他也对《史记》的"是非颇缪于圣人"持否定态度。他说《史记》"论大道则先黄老而后六经，序游侠则退处士而进奸雄，述货殖则崇势利而羞贱贫，此其所蔽也"《汉书·司马迁传》。可见班固虽推崇《史记》为"实录"，却又局限于政治与思想的正统观。故《汉书》"论国体则饰主缺而折忠臣，叙世教则贵取容而贱直节，述时务则谨辞章而略事实"《史通·书事》引傅玄语。论其思想价值，颇不同于《史记》。

《汉书》的思想局限，还与官方的直接干预有关。班固奉诏修史之前，曾被诬告私改国史而下狱；在这以后，又曾接受过明帝的面谕：

永平十七年，臣与贾逵……等诣云龙门，小黄门赵宣持《秦始皇本纪》问臣等，曰："太史迁下赞语中宁有非耶？"臣对："此赞贾谊《过秦论》云：'向使子婴有庸主之才，仅得中佐，秦之社稷，未宜绝也。'此言非是。"

即召臣入，问："本闻此论非耶？将见问意开寤耶？"臣具对素闻知状。诏因曰："司马迁著书，成一家之言，扬名后世。至以身陷刑之故，反微文刺讥，贬损当世，非谊士也。司马相如污行无节，但有浮华之词，不周于用。至于疾病而遗忠主上，求取其书，竟得称述功德，言封禅事，忠臣效也。至是贤迁远矣。"

《典引序》

这样的"圣谕"，下达于班固修史之时，用意所在，不言而喻。这对于政治和思想都较为保守、软弱的班固，其影响之大，更可以想见。因此班固在《典引》中一再表白："臣固常伏刻诵圣论，昭明好恶，不遗微细;缘事断谊,动有规矩。虽仲尼之因史见意,亦无以加。臣固被学最旧,受恩浸深,诚思毕力竭情,昊天罔极。"然而在专制制度之下,非但"昭明好恶"、"缘事断谊"不易,即"刻诵圣论"、颂扬圣恩,也未必便能投其所好。所以班固在《汉书·司马迁传》又有如下感慨:

> 乌呼!以迁之博物洽闻,而不能以知自全,既陷极刑,幽而发愤,书亦信矣。迹其所以自伤悼,《小雅·巷伯》之伦。夫唯《大雅》"既明且哲,能保其身",难矣哉!

其中不仅有班固对司马迁身世际遇的理解与同情,更隐然透露出他如履薄冰的忧惧心态。故其奉旨修史,自难以完全做到实录。班固史学思想的内在矛盾,与《汉书》之由私史而变为官史颇有关系。

二 《汉书》与《史记》的比较

如上所论,班固的思想性格,不完全同于司马迁;《汉书》写作的社会历史环境,也与《史记》有异。但班固对史家的实录精神,毕竟有充分的肯定和努力的追求,《汉书》记录西汉一代的历史,对汉朝统治集团的昏庸残暴,对上层社会的炎凉冷暖,对社会危机和民生疾苦,对有功于社会的仁人志士,也就能够有较为客观真实的反映,其中一些篇章,更寄托有作者的爱憎与批判。《汉书》之与《史记》有相同之处者在此。例如《外戚传》既写汉朝宫闱秽行,也写帝王后妃的残忍阴毒,其中借录司隶解光奏文,揭露赵昭仪、汉成帝杀死许美人之子一事,尤其令人发指:

> 昭仪谓成帝曰:"常给我言从中宫来,即从中宫来,许美人儿何从生中?许氏竟当复立邪!"怼,以手自捣,以头击壁户柱,从床上自投地,啼泣不肯食,……美人以苇箧一合盛所生儿,缄封,及绿囊报书予严。严持箧书,置饰室帘南去。帝与昭仪坐,使客子解箧缄。未已,帝使客子、偏、兼皆出,自闭户,独与

昭仪在。须臾开户，呼客子、偏、兼，使缄封及绿绨方底，推置屏
风东。恭受诏，持箧方底予武，皆封以御史中丞印，曰："告武：
箧中有死儿，埋屏处，勿令人知。"武穿狱楼垣下为坎，埋其中。

赵昭仪杀人固宠，已属可恨；汉成帝虐杀亲子，尤为兽行。一段奏
文，班固录于《汉书》，义愤之情，可以想见。在《外戚传》末，班固还
说："序自汉兴，终于孝平，外戚后庭色宠著闻二十有余人，然其保
位全家者，唯文、景、武帝太后及邛成后四人而已。"《元后传》末，又
录班彪语云："三代以来，《春秋》所记，王公国君，与其失世，稀不以
女宠。汉兴，后妃之家吕、霍、上官，几危国者数矣。"可见班固认为，
外戚专宠擅权，并非历史的偶然现象；女色误国，帝王应负主要责
任。

对于武帝的穷兵黩武，班固也是予以否定的。赵翼说《汉书·
武帝纪赞》"是专赞武帝之文事，而武功则不置一辞"，"盖其穷兵黩
武，敝中国以事四夷，当时实为天下大害"（《廿二史札记》卷一）。对于武
帝的"大兴鬼神之祀"，班固也极不赞成。《汉书·郊祀志》几乎全录
《史记·封禅书》所载武帝迷信的种种事迹，甚至司马迁对武帝的
讥评，也都照录不遗。而对于鼓动谶纬迷信、阴阳灾异之说的儒生，
班固更是极为不满、语多刺讥，如《眭两夏侯京翼李传赞》：

> 汉兴，推阴阳、言灾异者，孝武时有董仲舒、夏侯始昌，昭、
> 宣则眭孟、夏侯胜，元、成则京房、翼奉、刘向、谷永，哀、平则李
> 寻、田终术。此其纳说时君著名者也。察其所言，仿佛一端。假
> 经设谊，依托象类，或不免乎"亿则屡中"。仲舒下吏，夏侯囚
> 执，眭孟诛戮，李寻流放，此学者之大戒也。京房区区，不量浅
> 深，危言刺讥，构怨强臣，罪辜不旋踵，亦不密以失身，悲夫！

自己的命运，尚且不能把握，焉能究灾异而侈言国运？班固于经学，
虽然也讲怪异灾变、谶纬符命，但于史学，却不能不面对事实，说出
真象。上面一段话，不独对董仲舒等人，即对双重人格的班固自己，

也是很有讽刺意味的。

《酷吏传》中,班固还写了酷吏的严刻,贵族、官吏、豪强的横暴。传末赞云:"张汤以知阿邑人主,与俱上下,时辩当否,国家赖其便。""张汤死后,罔密事丛,以寖耗废,九卿奉职,救过不给,何暇绳墨之外乎!"其下班固又云:"自是以至哀、平,酷吏众多,然莫足数,此其知名见纪者也。"可见酷吏在汉代,已形成传统。班固的感慨,实不下于司马迁的。

《汉书》在实录、批判而外,又有自己新的内容特点。班固很强调忠奸的道德观念,《汉书》因而着力刻写了忠奸两种人物的类型。这类文章,最有代表性的是《苏武传》、《霍光传》、《韦贤传》、《王莽传》等,其中最为世人传诵者是《苏武传》。如写苏武拒绝卫律说降、牧羊北海一段:

> 武益愈,单于使使晓武,会论虞常,欲因此时降武。剑斩虞常已,律曰:"汉使张胜,谋杀单于近臣,当死。单于募降者赦罪。"举剑欲击之,胜请降。律谓武曰:"副有罪,当相坐。"武曰:"本无谋,又非亲属,何谓相坐?"复举剑拟之,武不动。律曰:"苏君,律前负汉归匈奴,幸蒙大恩,赐号称王,拥众数万,马畜弥山,富贵如此!苏君今日降,明日复然。空以身膏草野,谁复知之!"武不应。律曰:"君因我降,与君为兄弟。今不听吾计,后虽欲复见我,尚可得乎?"武骂律曰:"女为人臣子,不顾恩义,畔主背亲,为降虏于蛮夷,何以女为见!且单于信女,使决人死生,不平心持正,反欲斗两主,观祸败。南越杀汉使者,屠为九郡;宛王杀汉使者,头悬北阙,朝鲜杀汉使者,即时诛灭。独匈奴未耳!若知我不降明,欲令两国相攻,匈奴之祸,从我始矣!"
>
> 律知武终不可胁,白单于。单于愈益欲降之,乃幽武,置大窖中,绝不饮食。天雨雪,武卧啮雪与旃毛并咽之,数日不死,匈奴以为神。乃徙武北海上无人处,使牧羝,羝乳乃得归。别

其官属常惠等,各置他所。武既至海上,廪食不至,掘野鼠去草实而食之。杖汉节牧羊,卧起操持,节旄尽落。……

苏武与卫律,一忠一奸,泾渭分明。《汉书》之分别忠奸,固然是汉代维护君主集权制度的正统思想在史学上的反映,但班固强调的某些道德原则,并非全无可取。苏武不畏威逼,不羡富贵,不惧艰危,这样的精神力量,不仅来自忠君,更来自对国家、民族的忠诚。班固对此是深表赞赏的。其下又写李陵劝降而苏武坚决不降:

> 初,武与李陵俱为侍中。武使匈奴明年,陵降,不敢求武。久之,单于使陵至海上,为武置酒设乐。因谓武曰:"单于闻陵与子卿素厚,故使陵来说足下,虚心欲相待。终不得归汉,空自苦亡人之地,信义安所见乎?前长君为奉车,从至雍棫阳宫,扶辇下除,触柱折辕,劾大不敬,伏剑自刎,赐钱二百万以葬。孺卿从祠河东后土,宦骑与黄门驸马争船,推堕驸马河中溺死,宦骑亡,诏使孺卿逐捕不得,惶恐饮药而死。来时,大夫人已不幸,陵送葬至阳陵。子卿妇年少,闻已更嫁矣。独有女弟二人,两女一男,今复十余年,存亡不可知。人生如朝露,何久自苦如此!陵始降时,忽忽如狂,自痛负汉,加以老母系保宫,子卿不欲降,何以过陵?且陛下春秋高,法令亡常,大臣亡罪夷灭者数十家,安危不可知,子卿尚复谁为乎?愿听陵计,勿复有云。"武曰:"武父子亡功德,皆为陛下所成就,位列将,爵通侯,兄弟亲近。常愿肝脑涂地。今得杀身自效,虽蒙斧钺汤镬,诚甘乐之。臣事君,犹子事父也,子为父死,亡所恨。愿勿复再言!"陵与武饮数日,复曰:"子卿壹听陵言。"武曰:"自分已死久矣!王必欲降武,请毕今日之欢,效死于前!"陵见其至诚,喟然叹曰:"嗟乎,义士!陵与卫律之罪,上通于天!"因泣下沾襟,与武决去。

武帝刻薄寡恩,李陵与苏武,皆被其害。但苏武以大节为重,不计个人恩怨。这样的道德原则,正是李陵所不具有的。所以,班固在这段文章里,既有对苏武由衷的歌颂,又有对武帝冷峻的批评。而于李陵,班固则既有同情,也有指责。

《汉书》对忠奸的褒贬,对某些道德原则的坚持,虽有新的时代特点,究其实质,也可看作对司马迁的人格理想、社会理想的继承和发展。

但班固毕竟生活在专制压迫和思想统治更加严重的时代,经学家与史学家的双重人格,使《汉书》的史学见解和史学精神,往往不如《史记》。例如同是《高帝本纪》,司马迁论刘邦之所以得天下乃曰:

> 三王之道若循环,终而复始。周秦之间可谓文敝矣,秦政不改,反酷刑法,岂不缪乎!故汉兴,承敝易变,使人不倦,得天统矣。

班固则云:

> 汉承尧运,德祚已盛。断蛇著符,旗帜上赤,协于火德,自然之应,得天统矣。

司马迁既讲历史循环,更讲人事的"承敝易变",班固则把刘邦的建国,完全归于天运。可见两人所说的"天统",内涵很不相同。

最能体现《史》、《汉》思想分歧的,还在《货殖》、《游侠》二传。如司马迁说"仓廪实而知礼节,衣食足而知荣辱,礼生于有而废于无。……人富而仁义附焉。"班固却说:

> 《管子》云:古之四民,不得杂处。士相与言仁谊于闲宴,工相与议技巧于官府,商相与语财利于市井,农相与谋稼穑于田野,朝夕从事,不见异物而迁焉。故其父兄之教不肃而成,子弟之学不劳而能,各安其居而乐其业,甘其食而美其服,虽见奇丽纷华,非其所习,辟戎翟之与于越,不相入矣。是以欲寡而事节,财足而不争。于是在民上者,道之以德,齐之以礼,故民有

耻而且敬,贵谊而贱利。此三代之所以直道而行,不严而治之大略也。

同是论述仁义道德的产生,《史》、《汉》又皆引证《管子》,班固由此推衍到儒家迂阔的道德说教,司马迁则强调经济所起到的决定作用。又如追溯社会等级的根源,司马迁说:"凡编户之民,富相什则卑下之,伯则畏惮之,千则役,万则仆,物之理也。"班固却说:"昔先王之制,自天子、公侯、卿大夫、士,至于皂隶、抱关击柝者,其爵禄、奉养、宫室、车服、棺椁、祭祀、死生之制各有差品,小不得僭大,贱不得逾贵。夫然,故上下序而民志定。"把社会等级的划分,归于"先王"的主观意志;又把社会等级的秩序,看作僵化凝固的存在,这样的见解,不同于司马迁,却与汉代的统治思想相一致。

再如《游侠列传》,司马迁倾注情感,颇多赞叹。他说郭解等人"廉洁退让,有足称者,名不虚立,士不虚附"。又说"余悲世俗不察其意,而猥以朱家、郭解等令与暴豪之徒同类而共笑之也"。班固却说:"古之正法:五伯,三王之罪人也;而六国,五伯之罪人也。夫四豪者,又六国之罪人也。况于郭解之伦,以匹夫之细,窃杀生之权,其罪已不容于诛矣。观其温良泛爱、振穷周急、谦退不伐,亦皆有绝异之姿。惜乎不入于道德,苟放纵于末流,杀生亡宗,非不幸也!"对于游侠的一节一行,班固并不完全否定;但从尊正统、崇道德出发,对游侠又是决无同情可言的。范晔说:"彪、固讥迁,以为是非颇谬于圣人,然其论议常排死节,否正直,而不叙杀身成仁之为美,则轻仁义、贱守节愈矣。"(《后汉书·班固列传》)范晔所论虽不尽全面,但《汉书》对游侠与一些历史人物的评价,确是不尽公正的。

一般说来,司马迁著史,寄慨遥深,《汉书》则近乎"纯史",不甚动情。像《苏武传》那样"叙次精采,千载下犹有生气,合之《李陵》,慷慨悲凉"(《廿二史札记》卷二)的文章,在《汉书》中屈指可数。此外,《汉书》沿袭《史记》体例而又有所改易,多用《史记》文字而又有所删省。其体例的改易,得失互见;其文字之删省,则往往失却司马迁的微旨或叙事的生动。如《史记·魏其武安侯列传》写"窦婴守荥阳，监齐赵兵，……屏居兰田南山之下数月"一段，凡九十七字，《汉书》删至七十二字，犹无损于内容的表达。如此删繁就简，是《汉书》之所长。但《汉书》之删省《史记》，更多地则是舍重求轻。如《史记·淮阴侯列传》全载蒯通说韩信语，"正以见淮阴之心乎为汉，虽以通之说喻百端，终确然不变，而他日之诬以反而族之者之冤，痛不可言也"(赵翼《陔余丛考》卷五《史记四》)。《汉书》则于韩信传尽删蒯通语，而另为蒯通作传。这样的安排，似乎详简得宜，却失去了司马迁寄托的深意。程颐说："子长著作，微情妙旨，寄之文字蹊径以外；孟坚之文，情旨尽露于文字蹊径之中。读子长文，必越浮言者始得其意，超文字者乃解其宗。班氏文章亦称博雅，但一览之余，情词俱尽，此班、马之分也。"(《焦竑《焦氏笔乘》卷二引)《史》、《汉》文章之所以有这样的区别，不仅在司马迁的主观寄托多于班固，也与《汉书》对《史记》体例的改易、文字的删省大有关系。

但《汉书》不同于《史记》的文章，也有自己新的特点和价值。从内容上看，《汉书》不独在《史记》原有纪传中增加学术事迹，多载诗赋、学术与经世的文章，更增设纪传，特辟《艺文志》讲论学术源流。把文学与学术、文献纳入史的视野，是《汉书》的一大贡献。从语言上看，《汉书》叙一代之史，取材较《史记》为便利，兼之受辞赋的影响，东汉文风已渐趋整丽，故《汉书》虽不如《史记》之文气疏宕、富于神韵，但其叙事的详密谨严，语言的整饬富赡，亦颇多可观之辞。刘熙载说："苏子由称太史公'疏荡有奇气'；刘彦和称班孟坚'裁密而思靡'。'疏'、'密'二字，其用不可胜穷。"(《艺概·文概》)论《史》、《汉》的文学成就及其对后世的影响，是不可以厚此而薄彼的。

第四章　汉代赋体文学

第一节　赋体名称的来源

赋是汉代的一种新兴文体。在古代的各类文体之中,其体制最为特殊。赋既如诗歌,讲求押韵和形式的整饬,又如散文,句型自由,无格律的严格限制。这样的文体,宜于状物叙事、抒情说理,兼具诗歌与散文的表现功能,实为两者的综合性文体。

赋之一词与文学发生关系,最早见于《周礼·春官》:"诗六教,曰风、曰赋、曰比、曰兴、曰雅、曰颂。"刘勰《文心雕龙·诠赋》说"赋,铺也";朱熹《诗集传》说"赋者,敷陈其事而直言之者也",又说"赋,布也"(《诗经·烝民》注)。可知赋与敷、陈、布、铺词义相近,都有将事物加以展开的意义。这些概念之引入文学,所指即不假比兴、直接表现事物的时空状态的艺术手法。赋既可与敷、布等词相通假,又最早与语言表述方式发生关系,后人很自然地用以概括文学中陈述性、叙事性和描绘性手法,并用以称谓以上述手法为主要特征的文体。这就是赋体命名的来源之一。

赋又有诵诗的意义。《国语·周语》有"瞍赋矇诵",赋诵并称,乃是《国语》析而言之,所指即盲艺人之吟诵歌诗。故《汉书·艺文志》有云"不歌而诵谓之赋",即赋为脱离音乐的一种诵读方式。周代宫廷里既有专门诵诗的说唱艺人,"不歌而诵"自要有一定的规范和技巧。范文澜《文心雕龙·诠赋》注云:"窃疑赋自有一种声调,细别之与歌不同,与诵亦不同。荀、屈所创之赋,系取瞍赋之声调而作。"荀子《成相篇》历来被视为赋体一源,就其语言节律看,显然以民间说唱文学的格调写成。所以赋的名称,又与"不歌而诵"的说唱体文学很有关系。

"诗六义"中的赋,是指不待比兴、直陈其事的表现手法。"不歌而诵"的赋,暗示了诵读的方式和文章本身的特点。两者之间,有其内在的联系。赋既以陈述性、叙事性和描绘性为主要的内容和手段,其描状事物很容易走向铺陈排比,篇制亦不免宏大。这样的文章诉诸诵读,倘不与说唱文学之注重节律、用韵的特点相结合,便不能方便记忆,吸引听众。所以,人们把以上述表现手法为主,兼具说唱文学性质的文体命名为赋。

以赋名篇,始于荀子。荀子于《成相》而外,又有《赋篇》,分别咏礼、智、云、蚕、箴。其文图像品物,谲譬指事,颇似隐语,是后来咏物说理赋的开端,也是最早以赋名篇的作品。又《战国策·楚策》载,荀子作书谢绝春申君的邀请,"因为赋曰:'宝珍隋珠,不知佩兮;杂布与锦,不知异兮'……"《战国策》所说的"赋",与世传荀子《佹诗》的后半部分仅有个别字句的差异;《佹诗》在《玉烛宝典》卷一二又题作《荆楚歌赋》。是知荀子时代已用赋作为这类文体的名称。

赋至汉代,蔚为大国。在汉人习用的概念中,赋或辞赋,一般是包括散体赋、骚体赋、四言赋在内的赋体的总称;单独言"辞",则大都指骚体赋。汉人作赋,皆能口诵。《汉书·王褒传》载,汉宣帝太子病,"诏使褒等皆之太子宫,虞侍太子,朝夕诵读奇文及所自造作。疾平复,乃归。太子喜褒所为《甘泉》及《洞箫颂》,令后宫贵人、左右皆诵读之。"是知赋在当时,多半可以口诵。发展到后来,赋由半书面、半口头文学演变为纯书面文学,"不歌而诵"的特点渐次消失,"敷陈其事"的作风却畸形发展为铺彩摛文。而赋的概念仍相沿袭,成为汉代一种重要文体的总称。

汉代赋体文学的发展,大致可分三个阶段。汉初六十年是骚体赋的时代;西汉武帝至东汉中叶,是散体赋勃兴、发展而渐次衰落的时代;东汉中后期,则是汉赋走向抒情化、小品化的时代。

第二节　汉初骚体赋及其流变

一　汉初骚体赋

汉初,上层社会崇尚楚文化,影响到文人,便产生了祖述屈原《楚辞》的骚体赋。在汉末抒情诗复苏以前,骚体赋几乎是汉代文人最主要的文学抒情形式。

在内容方面,汉初骚体赋继承了《楚辞》的"怨刺"传统,抒写朝廷忠奸不分,贤人失志;在句型的运用方面,也大抵保持了《楚辞》于整饬中见变化,情与辞相宛转的特点。汉初骚体赋最有代表性的作家是贾谊。贾谊贬官长沙,与屈原有同病之苦,作《吊屈原赋》(《史记》作《吊屈原文》);又无可解脱,以老庄为千古知己,作《鵩鸟赋》。贾谊为赋以吊屈原,实是抒发自己的不平之气。其中写道:

> 鸾凤伏窜兮,鸱鸮翱翔。阘茸尊显兮,谗谀得志。贤圣逆曳兮,方正倒植。谓随夷溷兮,谓跖蹻廉;莫邪为钝兮,铅刀为铦。于嗟嘿嘿,生之亡故兮!斡弃周鼎,宝康瓠兮。腾驾罢牛,骖蹇驴兮;骥垂两耳,服盐车兮。章甫荐屦,渐不可久兮;嗟苦先生,独离此咎兮!

但贾谊的处境,又和屈原不同。在战国时代,君可择臣,臣亦可以择君。屈原曾有"历九州而相其君"的机会,而贾谊生当天下一统,便只能"沕深渊潜以自珍","远浊世而自藏",在污浊世道中洁身自好。《鵩鸟赋》又写道:

> 至人遗物兮,独与道俱。众人惑惑兮,好恶积亿。真人恬漠兮,独与道息。释智遗形兮,超然自丧。寥廓忽荒兮,与道翱

> 翔。……其生兮若浮，其死兮若休。澹乎若深泉之静，泛乎若不系之舟。

这样的感慨，颇杂儒道：贤人失志，大抵如此。贾谊长于作论，影响所及，不免“以文为赋”，“率真而少致”（王世贞《艺苑卮言》卷二），《鵩鸟赋》尤其如此。但综观所作，其于比兴的运用，情感节律与语言节律的相与抑扬，仍能见出楚辞的精神。

贾谊之后，贤人失志之赋还有严忌的《哀时命》。严忌，生卒年不详。本姓庄，因避汉明帝讳改姓严。会稽吴郡（今江苏苏州）人。始与枚乘等仕吴王濞，后离吴客游于梁孝王。王逸《楚辞章句》说：“忌哀屈原受性忠贞，不遭明君而遇暗世，斐然作辞，叹而述之，故曰《哀时命》也。”其中有云：

> 哀时命之不及古人兮，夫何予生之不遘时？……居处愁以隐约兮，志沉抑而不扬。道壅塞而不通兮，江河广而无梁。愿至昆仑之悬圃兮，采钟山之玉英。揽瑶木之橝枝兮，望阆风之板桐。弱水汩其为难兮，路中断而不通。……灵皇其不寤知兮，焉陈词而效忠？俗嫉妒而蔽贤兮，孰知余之从容？愿舒志而抽冯兮，庸讵知其吉凶？

严忌所叙之事，所抒之情，皆从《离骚》来。这样的文字，是可以看作代屈原立言的。但其下又云：

> 怊茫茫而无归兮，怅远望此旷野。下垂钓于溪谷兮，上要求于仙者。与赤松而结友兮，比王侨而为耦。使枭杨先导兮，白虎为之前后。浮云雾而入冥兮，骑白鹿而容与。魂眐眐以寄独兮，汩徂往而不归。处卓卓而日远兮，志浩荡而伤怀。鸾凤翔于苍云兮，故矰缴而不能加。蛟龙潜于旋渊兮，身不挂于网罗。知贪饵而近死兮，不如下游乎清波。宁幽隐以远祸兮，孰侵辱之可为？

一段游仙,形似《离骚》。但屈原的上下求索,归宿在现实人生;严忌笔下的人物,却与仙人为友,往而不归。如此以全身远害为指归的游仙,与《离骚》貌合而神异。屈原形象的非儒非道,由此而兴;汉世文人借此形象消弭胸中块垒,始于此篇贤人失志之赋。

二 骚赋变体

武帝时代,是赋文学最富于生命力的时期,骚体赋也出现了新的变化。楚辞句式虽然丰富,相沿日久,也有局限,一些赋家乃尝试有所突破。淮南小山的《招隐士》在句型、用语以至意境的创造方面获得的成功,便是一例:

> 桂树丛生兮山之幽,偃蹇连蜷兮枝相缭。山气茏葱兮石嵯峨,溪谷崭岩兮水曾波。猿狄群啸兮虎豹嗥,攀援桂枝兮聊淹留。王孙游兮不归,春草生兮萋萋。岁暮兮不自聊,蟪蛄鸣兮啾啾。块兮轧,山曲岪,心淹留兮恫慌忽。罔兮沕,憭兮栗,虎豹穴,丛薄深林兮人上栗。……王孙兮归来,山中兮不可以久留。

作者仿屈原《招魂》,招回隐者,谓山中不可久留,乃用参差不齐而又不甚规则的句型,形象诡异而富于声音效果的词采,造成山中奇谲莫测的环境和气氛。这样的作品,体式虽源于楚辞,创意却很有个性,即在汉人骚体赋中,也是别具一格的。故王夫之《楚辞通释》称其"音节局度,浏漓激昂,绍楚辞之余韵,非他词赋可比"。

西汉成帝时,班婕妤又作《自悼赋》与《捣素赋》。班婕妤(前48?—6?),班固祖姑。成帝时被选入宫,立为婕妤。赵飞燕姊妹获宠,婕妤惧祸,乃自请供奉皇太后于长信宫。《自悼赋》乃自叹身世之作,《捣素赋》则极写妙才丽质,销磨空房之苦。朱熹《楚辞后语》引归来子语,以为《自悼赋》"其词甚古,而侵寻于楚人,非特妇人女子之能言者"。杨慎《丹铅总录》又疑《捣素赋》乃徐陵、庾信之极笔上述诸论,迄今未有确证。自武帝以来,汉赋各体,技巧均已成熟,两赋未必不能出于汉人之手。班婕妤少有才学,工于诗赋,兼之身世如此,感喟良多,亦未尝不能为之。《自悼赋》录在《汉书》,班固当有所据。

《捣素赋》句型的最大特点,是取消"兮"字,换用其他虚字协调音节,抑扬声调。如"燕姜含兰而未吐,赵女抽簧而绝声。改容饰而相命,卷帘霜而下庭"。此外,作者又在骚体句式中杂糅四言、三言,以虚字统率之,很能见出散体赋句型的影响:

> 腾云霞之迹日,似桃李之向春。红黛相媚,绮组流光。笑笑移妍,步步生芳。两靥如点,双肩如张。颒肌柔液,音性娴良。于是投香杵,扣玫砧,择鸾声,争凤音。梧因虚而调远,柱由贞而响沉。

而且全赋多用对句,于长短参差中见工整。这样的骚赋,无论状物、抒情、叙事,都更富于表现力;较之前此的骚体作品,也更显得活泼流丽。与此相类的,还有司马迁的《悲士不遇赋》、东方朔《旱颂》、路乔如《鹤赋》、马融《围棋赋》、班固的《白绮扇赋》、息夫躬《绝命词》和傅毅的《舞赋》等。它们在楚辞基本句型的基础上,糅进散文和三、四言句式,形成一种骚赋变体,汉初以来的骚体赋因而免于落入无能的模仿。这样的作品,是有一定创造价值的。

三 骚赋的规范化

骚赋变体,在汉末为主流。西汉中期以后,骚体赋无论内容和形式,都走上了规范化的道路。

汉代自经学确立,不独《诗三百》经学化,《离骚》也渐被视作《楚辞》之经。汉人写贤人失志,大抵祖述屈原;骚赋体制,也以《楚辞》为范本。但在集权统治、经学桎梏之下,汉人肯定屈原,只在他的"忠诚之情,怀不能已"(班固《离骚赞序》),而对其"数责怀王"、"忿

怼不容"、"贬絮狂狷"(班固《离骚序》)，多有微词。因此骚赋之抒写贤
人失志，乃形成新的表现模式。严忌《哀时命》是其发端之作，后继
者有东方朔《七谏》、王褒《九怀》、刘向《九叹》、王逸《九思》等。这类
作品，虽咏叹屈原，实抒写自我。赋中的人物，因为才能与抱负受到
压抑，穷愁悒郁，一腔哀怨：

> 哀时命之不合兮，伤楚国之多忧。……恶耿介之直行兮，
> 世溷浊而不知。
>
> （东方朔《七谏》）

> 灵怀其不吾知兮，灵怀其不吾闻。……惟郁郁之忧毒兮，
> 志坎壈而不违。
>
> （刘向《九叹》）

他们向当道表示忠诚，陈说历史教训，却因小人作梗，受到猜忌：

> 浮云陈而蔽晦兮，使日月乎无光。忠臣贞而欲谏兮，谗谀
> 毁而在旁。
>
> （东方朔《七谏》）

> 念社稷之几危兮，反为雠而见危。患国家之离沮兮，躬获
> 愆而结难。
>
> （刘向《九叹》）

无可奈何之下，他们只得追踪前贤，幽隐于岩穴：

> 众鸟皆有行列兮，凤独翔而无所薄。经浊世而不得志兮，
> 愿侧身岩穴而自托。
>
> （东方朔《七谏》）

> 譬王侨之乘云兮，载赤霄而凌太清。欲与天地参寿兮，与
> 日月而比荣。登昆仑而北首兮，悉灵圉而来谒。
>
> （刘向《九叹》）

以隐逸遁世，求得全身远害、内心平静，并非屈原的本色；进退失
据，心怀隐忧，却是汉代文人的普遍心态。骚赋作家于《楚辞》"莫不

拟则其仪表,祖式其模范"(王逸《楚辞章句序》),继承和发展的,只是屈原的哀怨悱恻,失去的,却是屈原"虽九死其犹未悔"的抗争精神。朱熹说屈原"辞旨虽或流乎跌宕怪神,怨怼激发而不可为训,然皆生于缱绻恻怛、不能自已之至意",又说:"《七谏》、《九怀》、《九叹》、《九思》,虽为骚体,然其词气平缓,意不深切,如无所疾痛而强为呻吟者。"(《楚辞辩证》)摹仿者与被摹仿者的差别,正在于此。

内容的规范而外,骚赋的句型也趋于定型。就现存作品看,严忌的《哀时命》和东方朔的《七谏》是最早将楚辞句型规范化了的作品。"□□□○□□兮,□□□○□□"(○为虚字),是贯穿全文的基本句式。只是因个别句子有字数的增减,板滞的节奏才稍有波澜。元、成以降,文人更一意仿袭前人。楚辞句型的丰富多采、参差互用的传统被彻底抛弃,只剩下单一的句型贯穿全篇。从扬雄的《反离骚》、刘向的《九叹》,到东汉崔篆的《慰志赋》、班彪的《冀州赋》、班固的《幽通赋》等无不如此。如《九叹·离世》,总计五十二句,所用句型,无一变化。《冀州赋》则进一步去掉"兮"字:"夫何事于冀州,聊托公以游居。历九土而观风,亦惭人之所虞。"一唱三叹的节奏,固然可供骚赋吟诵的需要,但如果仅以这种句型循环往复,决无变化,终究给人以沉闷压抑、萎靡无力的感受。屈原楚辞体作品语言节律的跌宕多姿、文气酣畅,是其愤世嫉俗、耿介不平精神的外化。西汉后期至东汉骚赋句型的规范化,正是那个时代文人内心世界在艺术上的形象反映。所以,就数量而言,汉代骚体赋不比散体赋为少,但从文学史的角度看,它的地位却不如后者重要。

第三节　汉代散体赋

一　散体赋的文体因素

武帝时代,汉帝国以其多方面的成就登上高峰,汉代的文化学术,也进入一个融汇南北、兼采各家的大溶合时期。散体赋是这一时期赋文学的代表性文体,并就此踞于主流的地位。

关于散体赋的文体来源和文体特征,历来解释者甚多,其最为完备者,莫如刘勰和章学诚:

> 赋也者,受命于诗人,拓宇于楚辞也。于是荀况《礼》、《智》,宋玉《风》、《钓》,爰锡名号,与诗画境,蔚成大国。遂客主以首引,极声貌以穷文,斯盖别诗之原始,命赋之厥初也。
>
> 《文心雕龙·诠赋》

> 古者赋家者流,原本《诗》、《骚》,出入战国诸子。假设问对,《庄》、《列》寓言之属也;恢廓声势,苏、张纵横之体也;排比谐隐,韩非《储说》之属也;征材聚事,《吕览》类辑之义也。
>
> 《校雠通义》

综其所说,知先秦诗、骚、散文,同为赋体之源。

荀子素有"赋祖"之称。其《赋篇》与《佹诗》,皆以四言为主,脱胎于《诗三百》无疑;《成相篇》的杂言句型和语言节律,不仅同于北方说唱文学,声韵亦属北方语音系统。散体赋以三、四言为其文体的基本构成;无论描绘、抒情、议论,又大抵不假比兴,不仅是对荀赋的继承,也是对北方诗歌从句型到赋手法的发展。

楚辞是散体赋的又一源头。首先,楚辞"惊采绝艳",词气从容,利于表现雍容华贵的事物。汉赋描写畋猎祭祀、都城宫室,为渲染皇家气派,大都使用骚句。其次,汉赋写帝王活动,务以壮大为美。为协调全篇风格,作家往往以骚句描写女性与舞乐,辅以阴柔之美。再次,骚句抑扬有致,又宜于抒情。散体赋描绘事物,不遗巨细。为避免行文板滞,作家常从主观感受切入,用骚句作抒情性描绘,甚而拟人作歌,直接引入楚歌诗。可见楚辞对散体赋的形成,有多方面的影响。

散体赋的体制,又源于先秦散文。先秦时期,说理的文字,常常借助形象。如庄子的一些文章,纵横敷衍,物象纷呈,实则已近赋

体。从先秦散文的"深于取象",到散体赋的"写物图貌",两者之间
是有承传关系的。其次,先秦散文辩说事理,往往比物连类,卒章显
志。汉代赋家谏说诸侯、帝王,虽然文学描绘的热情超过以往,讽谏
的内容降为其次,但它的"曲终奏雅",依然是从先秦散文的"卒章
显志"承袭而来的。此外,先秦散文与汉散体赋又皆设为主客问答。
不同的是,前者往来驳难,逐层推理,有对事理探求的热情和逻辑
运用的兴趣;后者的虚拟人物,或为引起话题,或为思想观念的代
言人,主客之间,并无真正的思想与逻辑的交锋。虽然如此,散体赋
的客主首引,仍然是从先秦散文的主客问答借鉴而来的。

　　散体赋的写物图貌、曲终奏雅、客主首引,属于文学表现的范
畴,并非文体最本质的构成因素。但因汉赋作家把上述表现手法模
式化,遂使它们成为散体赋最为显著的文体标志。文学的一般表现
手法,在此转化为文体的构成因素。

　　散体赋与先秦散文的关系,更重要的是表现在它对散文句式
的运用上。散体赋依照一定的程序,以铺张扬厉的作风,运用三、四
言或骚体句式,作集中的状物叙事、抒情说理,形成语言的"板块"
结构。汉赋作家在整饬华丽的韵文板块中插入简洁的散文,不独能
介绍人物、引入话题、推进表现层次,而且有助于语言节律的活脱
而富于变化,很适合散体赋中遗存的讲唱形式。赋体赋把散文作为
自己的文体构成因素,在古代韵文史上,是有革新意义的。

　　综上所述,散体赋是一种含有诗、骚、散文等文体因素的综合
性文体。这样的综合,并非简单的量的组合,而是通过赋家的创造
性劳动熔铸而成的新体。散体赋的初具规模之作是宋玉的《高唐
赋》,奠基之作是枚乘的《七发》,把散体赋推向成熟阶段的,则是司
马相如的《子虚赋》和《上林赋》。

二　散体赋的兴起与流变

　　枚乘一生,主要生活在文、景时代。他虽一度出入于诸侯之门,

却不同意诸侯王与中央分庭抗礼的行为。他的《七发》虚拟楚太子有疾，吴客往问病因，告诫居高位者不要迷醉声色、饮食、车服。之后，以畋猎、观涛逐层启发太子，最终归结到要太子听取圣人辩士的"要言妙道"，"论天下之精微，理万物之是非"。其说虽"腴辞云构，夸丽风骇"（《文心雕龙·杂文》），却也透露出诸侯王自恃政治与经济的力量，僭越制度、奢侈荒淫这一事实，同时，也表现了枚乘希望诸侯王要汲取历史教训，弃侈靡，绝野心，务明君臣之义。此外，《七发》之描写楚太子宫庭的衣食住行、音乐歌舞、驾车行猎，无不显示出汉帝国的经济、文化已相当繁荣。尤其是写登景夷之台，"南望荆山，北望汝海，左江右湖"，与偕诸侯、兄弟、朋友，"往观乎广陵之曲江"两段，更是物象纷呈，气势恢宏。没有汉帝国的统一和强盛，作家是不可能有这样的视野来撷取如此宏大繁富题材的。

《七发》描状事物之精细、富丽和生动前所未有。如曲江观潮一段：

> （江涛）似神而非者三：疾雷闻百里；江水逆流，海水上潮；山出内云，日夜不止。衍溢漂疾，波涌而涛起。其始起也，洪淋淋焉，若白鹭之下翔；其少进也，浩浩涫涫，如素车白马帷盖之张；其波涌而云乱，扰扰焉如三军之腾装；其旁作而奔起也，飘飘然如轻车之勒兵。六驾蛟龙，附从太白。纯驰浩霓，前后骆驿。颙颙卬卬，椐椐彊彊，莘莘将将。壁垒重坚，沓杂似军行。訇隐匈磕，轧盘涌裔，原不可当。观其两旁，则滂渤怫郁，闇漠感突，上击下律。有似勇壮之卒，突怒而无畏，蹈壁冲津，穷曲随隈，逾岸出追。遇者死，当者坏。……

这样的描绘方法发展下去，便进一步定型为散体赋的描绘模式。对于散体赋的这一文体特征，枚乘是有开创之力的。

司马相如（？一前118），字长卿，蜀郡成都（今属四川省）人。景帝时"以赀为郎"，为武骑常侍。后免官游梁，与枚乘等为梁孝王宾客，著《子虚赋》。后归蜀，临邛富人卓王孙寡女卓文君夜奔相如，二人卖酒为生。武帝即位后，读《子虚赋》，"恨不能与此人同时"《史记·司马相如列传》。经狗监杨得意推荐，相如赴长安见武帝，作《上林赋》。武帝大喜，任为郎。曾奉命出使"通西南夷"，著《喻巴蜀檄》、《难蜀父老》。后任孝文园令，因病免官。临终前作《封禅书》，称颂大汉功德。

《喻巴蜀檄》云："陛下即位，存抚天下，安集中国，然后兴师出兵。北征匈奴，单于怖骇，交臂受事，屈膝请和；……南夷之君，西僰之长，常效贡职，不敢惰怠，延颈举踵，喁喁然，皆向风慕义，欲为臣妾。"对汉武帝的统一事业，司马相如是由衷歌颂的。但他的自觉意识，又并非一开始就有的。《子虚赋》借楚国使者子虚先生之口，盛赞楚国云梦之大，山川之美，物产之富，畋猎歌舞之乐，藉以傲视齐国。齐国乌有先生则批评子虚"不称楚王之德厚，而盛推云梦以为高；奢言淫乐，而显侈靡"，是"彰君恶，伤私义"，未为可取。然后，乌有先生亦极力夸饰齐国的山川方物，说它可以"吞云梦者八九于其胸中，曾不蒂芥！"司马相如游于诸侯之门，对诸侯的争强斗富、淫乐奢侈是很不满意的。《子虚赋》客观上对此虽有所反映，主观上却并无正面的批评。

《史记·司马相如传》又载，相如由藩国而入于朝廷，对武帝说，《子虚赋》"乃诸侯之事，未足观也，请为天子游猎赋"。其《上林赋》借无是公之口，批评子虚、乌有先生说：

> 楚则失矣，而齐亦未为得也。夫使诸侯纳贡者，非为财币，所以述职也。封疆画界者，非为守御，所以禁淫也。今齐列为东藩，而外私肃慎，捐国逾限，越海而田，其于义故未可也。且二君之论，不务明君臣之义，正诸侯之礼，徒事争於游戏之乐、苑囿之大，欲以奢侈相胜，荒淫相越，此不可以扬名发誉，而适足以贬君自损也。

之后，无是公称："且夫齐楚之事，又乌足道乎？君未睹夫巨丽也，独不闻天子之上林乎？"其下，乃以更加铺排的形式，华丽的辞藻，丰富的想象，由上林苑的规模，写到山水林木、奇禽异兽、离宫别馆、良石美玉，以及天子的校猎、游乐之事。最后，则写天子游猎归来，恍有所悟，以为"大奢侈"：

> 于是乎乃解酒罢猎，而命有司曰："地可垦辟，悉为农郊，以赡萌隶；隤墙填堑，使山泽之人得至焉。实陂池而勿禁，虚宫馆而勿仞，发仓廪以救贫穷，补不足；恤鳏寡，存孤独；出德号，省刑罚；改制度，易服色，革正朔，与天下为更始。……从此观之，齐楚之事岂不哀哉！地方不过千里，而围居九百，是草木不得垦辟，而人无所食也。夫以诸侯之细，而乐万乘之侈，仆恐百姓被其尤也！"

> 于是二子愀然改容，超若自失，逡巡避席曰："鄙人固陋，不知忌讳。乃今日见教，谨受命矣！"

这样的结尾，不独有司马相如对诸侯、天子的讽劝，也有他对自己的社会理想的向往。但更主要的，则是在告诫诸侯要尊崇天子、维护统一，不能妄自尊大，逾越礼制。《上林赋》与《子虚赋》的主题，是并不完全相同的。

从枚乘作《七发》，歌颂四方风物，卒归于讽谏，到司马相如作《上林赋》，尊天子而抑诸侯，可以见出汉帝国统一事业所取得的辉煌成果。这对文人的心理是有影响的，其于文学创作的影响，也是十分深刻的。

司马相如又有《哀秦二世赋》、《大人赋》。前者哀胡亥"持身不谨"、"信谗不寤"而终至"亡国失势"、"宗庙灭绝"，实吊古以讽今；后者则讽谏汉武帝好神仙方术，只因过于铺陈其辞，武帝读后，反倒"飘飘有陵云气、游天地间意"（《汉书·司马相如传》）。

在武帝时代的赋家中，东方朔最富于个性色彩。《汉书·东方朔传》说他"指意方荡,颇复诙谐","不能持论,喜为庸人诵说"。他的《七谏》、《答客难》和《非有先生论》大抵抒发牢骚,别有寄托。《答客难》借宾客之口,称自己"修先王之术,慕圣人之义,讽诵诗书百家之言,不可胜数",却"官不过侍郎,位不过执戟","同胞之徒,无所容居"。其下,《答客难》以俳谐的笔调,诉说在专制一统之下,文人绝无独立价值可言:

> 圣帝流德,天下震摄,诸侯宾服,连四海之外以为带。安于覆盂,动犹运之掌,贤不肖何以异哉?遵天之道,顺地之理,物无得其所。故绥之则安,动之则苦;尊之则为将,卑之则为虏;抗之则在青云之上,抑之则在深泉之下;用之则为虎,不用则为鼠。虽欲尽节效情,安知前后?……使苏秦、张仪与仆并生于今之世,曾不得掌故,安敢望常侍郎乎?故曰,时异事异,虽然,安可以不务修身哉?

文人的用与不用,因时势而异,非自己所能主宰。此等悲剧不独东方朔一人为然。但身处天下一统之时,作者的不满,只能化作冷嘲与热讽,且只能借助于俳谐滑稽的形式表现。其后效之者有扬雄《解嘲》、班固《答宾戏》、崔骃《达旨》、张衡《应间》、崔寔《客讥》、蔡邕《释诲》和《客傲》等。但东方朔的《答客难》乃是"文中杰出",扬雄的《解嘲》"尚有驰骋自得之妙";至其后模仿者则不免于"屋下架屋,章摹句写"(洪迈《容斋随笔》卷七)了。

武帝之后的又一赋家是王褒。王褒,生卒年不详。蜀郡资中(今四川资阳)人。宣帝时待诏金马门,数上赋颂,后擢为谏议大夫。所作《圣主得贤臣颂》、《四子讲德论》,形同赋制,大抵为歌颂功德之作,但也表现了作者的政治理想。他的《九怀》纯粹摹仿楚辞,价值不大。以描写音乐为主的《洞箫赋》则是咏物的名篇。他还有用口语写成的游戏文字《僮约》、《责须髯奴辞》。前者写一杨氏僮仆,拒绝为王褒沽酒。王褒乃立券买仆,订下种种苛刻条款。如云:"奴当从百役使，不得有二言。晨起早扫，食了洗涤。……犬吠当起，惊告邻里。枨门柱户，上楼击鼓。荷盾曳矛，还落三周。勤心疾作，不得遨游。奴老力索，种莞织席。事讫休息，当春一石。夜半无事，浣衣当白。若有私钱，主给宾客。奴不得有奸私，事事当关白。奴不听教，当笞一百。"僮仆听毕契约，乃"词穷咋索，仡仡叩头。两手自搏，目泪下落，鼻涕长一尺。'审如王大夫言，不如早归黄土陌。丘蚓钻额，早知当尔，为王大夫酤酒，真不敢作恶。'"这样的内容，对了解汉代的奴婢制度有价值，而对下层人民所持的嘲弄态度却是不可取的。但它文笔简洁，语言生动，是汉代第一篇俗体赋，对后来文人之写作俗赋很有影响。

扬雄是成、哀之世的著名赋家。年轻时甚推崇司马相如，"每作赋，常拟之以为式"（《汉书·扬雄传》）。其《甘泉赋》、《羽猎赋》、《长杨赋》、《河东赋》皆因事而作，虽多颂扬之辞，但所言戒佚猎，绝奢侈，惜民力，崇国防，讽谏的意义较司马相如更进一层。扬雄的《解嘲》设为问答之辞，客嘲扬雄："何为官之拓落也？"扬子笑曰："客徒欲朱丹吾毂，不知一跌将赤吾之族也！"其下扬雄说，战国之世，群鹿争逸，"士亡常君，国亡定臣。得士者富，失士者贫"。天下之士，乃得"矫翼厉翮，恣意所存"。今天下一统，士无所用于当世，亦无可识其优劣，故"家家自以为稷契，人人自以为咎繇。戴继垂缨而谈者，皆拟于阿衡；五尺童子，羞比晏婴与夷吾。当途者入青云，失路者委沟渠。且握权则为卿相，夕失势则为匹夫"。其下又云：

> 故当其有事也，非萧、曹、子房、平、勃、樊、霍，则不能安；当其亡事也，章句之徒相与坐而守之，亦亡患也。故世乱则圣哲驰骛而不足，世治则庸夫高枕而有余。……当今县令不请士，郡守不迎师，群卿不揖客，将相不俯眉；言奇者见疑，行殊者得辟。是以欲谈者宛舌而固声，欲行者拟足而投迹。乡使上世之士处乎今，策非甲科，行非孝廉，举非方正。独可抗疏，时道是非，高得待诏，下触闻罢，又安得青紫？

《解嘲》所论,同于《答客难》。但扬雄更从眼前的现象伸发开去,对文人的历史作用和历史命运作了更深刻的思索,发出更深沉的感慨。较之一般地发牢骚,《解嘲》在思想情感方面更有份量,这正是后来的仿作者所不及的。

扬雄又有《蜀都赋》。其文描绘蜀地山川方物、农业生产、手工技艺,无不如数家珍,很有地方特色。但其状画城市风貌者,仅有如下一段:

> 百伎千工,东西鳞集,南北并凑,驰逐相逢,周流往来,方辕齐毂,隐轸幽辖,埃𡐔尘拂……万物更凑,四时迭代。彼不折贿,我罔之械。财用饶赡,蓄积备具。

号为都城之赋,这样的描画,当然是很粗疏的。但它对后来都城赋的兴起,却很有影响。

在东汉,以都城赋著称的赋家是班固和张衡。班固《两都赋序》云:"西土耆老,咸怀怨思。冀上之眷顾,而盛称长安旧制,有陋洛邑之议。故臣作《两都赋》以极众人之所眩曜,折以今之法度。"刘秀建都洛阳,在建武元年(25);班固作《两都赋》,在章、和之世(76—105)。数十年后,父老尤称旧都,可知长安之盛美。故《西都赋》以极尽"眩曜"之笔,借"西都宾"之口,描绘长安的地理位置、历史沿革、城市布局、繁荣富庶、人物风貌、京畿环境,进而又写宫殿群体建筑风格、重点建筑(昭阳殿)特点、朝廷百官职司,最后写帝王的畋猎、游乐,并以颂扬盛世之德总束全篇。其文描状事物层次井然,铺采摛文,绵密细致,同于司马相如赋。但以征实与夸张相结合的手法,描写都市风貌,却有开创的意义。例如:

> (长安)内则街衢洞达,闾阎且千;九市开场,货别隧分;人不得顾,车不得旋;阗城溢郭,旁流百廛;红尘四合,烟云相连。于是既庶且富,娱乐无疆;都人士女,殊异乎五方;游士拟于公侯,列肆侈于姬姜。乡曲豪举,游侠之雄。节慕原尝,名亚春、

陵;连交合众,骋骛乎其中。若乃观其四郊,浮游近县,则南望杜、霸,北眺五陵,名都对郭,邑居相承;英俊之域,绂冕所兴;冠盖如云,七相五公;与乎州郡之豪杰,五都之货殖,三选七迁,充奉陵邑。盖以强干弱枝,隆上都而观万国也。

然而《西都赋》的主旨,毕竟在颂美今上。故"《西都》始言形胜之壮,继言建竖之胜,末言狩猎之事。《东都》一概略过,专言建武、永平之治,武功文德,继美重光,所能以法度折其眩曜也"(《评注昭明文选》孙执升语)。其所言之"法度",即如"东都主人"所云:"往者王莽作逆,汉祚中缺。天人致诛,六合相灭。""于是圣皇乃握乾符,阐坤珍,披皇图,稽帝文,赫然发愤,应若兴云。霆击昆阳,凭怒雷震。""且夫建武之元,天地革命。四海之内,更造夫妇,肇有父子,君臣初建,人伦实始,斯乃伏羲氏之所以基皇德也;分州土,立市朝,作舟舆,造器械,斯乃轩辕氏之所以开帝功也;龚行天罚,应天顺人,斯乃汤武之所以昭王业也;迁都改邑,有殷宗中兴之则焉;即土之中,有周成隆平之制焉。"其后,又极言朝廷礼仪的盛美。可见《东都赋》不仅历数汉皇功德,也专替朝廷说教;虽与《西都赋》同为"汉颂",文学的价值却不及后者。

东汉中后期,国势衰微,散体赋亦由模仿而走向没落。作为都城大赋绝响的,是张衡的《二京赋》。张衡(78—139),字平子,南阳西鄂(今河南南阳市)人。博通五经六艺,才能出众,又从容恬静,不慕名利。安帝时公车特征,拜为郎中;后任太史令。出为河间相,三年后征拜为尚书,不久病逝。张衡是汉代著名的文学家和科学家。其《同声歌》、《四愁诗》在五、七言诗发展史上有重要地位;汉代辞赋向抒情化、小品化转变,张衡又起了开风气的作用。

《后汉书·张衡列传》云:"永元中,时天下承平日久,自王侯以下,莫不逾侈。衡乃拟班固《两都》,作《二京赋》,因以讽谏。精思傅会,十年乃成。"可见《二京赋》旨在讽谏,是不同于《两都赋》之侧重于颂美的。《东京赋》又云:"相如壮上林之观,扬雄骋羽猎之辞,虽系以颓墙填堑,乱以收置解罘,无补于风规,只以昭其愆尤。"又可见张衡对于司马相如等人的为讽反劝,是有所不满的。其《东京赋》谈秦汉迭代的原因曰:

> 秦政利觜长距,终得擅场,思专其侈,以莫己若。乃构阿房,起甘泉,结云阁,冠南山。征税尽,人力殚。然后收以太半之赋,威以参夷之刑。其遇民也,若薙氏之芟草,既蕴崇之,又行火焉。慄慄黔首,岂徒跼高天蹐厚地而已哉?乃救死于其颈,驱以就役,唯力是视。百姓不能忍,是用息肩于大汉,而欣戴高祖!

嗜欲无节,聚敛无度,秦亡其国。同样的危机复现于当世。故《东京赋》又借安处先生之口,警告凭虚公子:

> 今公子苟好剿民以媮乐,忘民怨之为仇也;好殚物以穷宠,忽下叛而生忧也。夫水所以载舟,亦所以覆舟。坚冰作于履霜,寻木起于蘖栽。昧旦丕显,后世犹怠,况初制于甚泰,服者焉能改裁?……臣济侈以陵君,忘经国之长基。故函谷击柝于东西,西朝颠覆而莫持。

张衡所云"公子",实指汉廷君臣。散体赋的内容有如此变化,与汉朝的每况愈下,是很有关系的。

然而《二京赋》毕竟成于十年的"精思傅会";张衡对于散体赋重铺陈描绘的传统乃是有所继承的。其于山川方物、都城宫室、帝王畋猎游乐的描写,颇似前人;所不同者,其中街道、市场、商人、富民、游侠、辩士、杂技、歌舞、马戏、魔术,林林总总,构成一幅生机勃勃的都市生活百相图,其描绘之细致生动,又是前所未有的。

从散体赋的兴起到衰落,歌颂汉帝国的政治统一,讽劝统治者戒奢侈淫乐、修明政事,始终是其执著不渝的主题。而且这一主题紧紧围绕帝王活动展开,其描绘又不能不著上浓厚的宫廷色彩。因以帝王为中心,其描绘的城市、建筑、人物、器用等,在客观上反映了世俗的生活,赞美了劳动的成果,表现了人民非凡的创造力。而且《西京赋》所称"何工巧之瑰玮,交绮豁之疏寮",则已由对建筑物的赞叹,誉及其创造者。仅此而言,散体赋对文学题材的开拓,主题的深化,也是功不可没的。

三　散体赋的艺术特征

在先秦文学中发展起来的文学描绘,成为散体赋最重要的艺术特征,并几乎成为它的文体功能。所以,散体赋可说是一种独特的描绘性文体。

从描绘内容和描绘手法看,散体赋在时空两方面都倾向于深宏博大,力求建立起一个极富于空间感和时间感的对象整体。如《子虚赋》写云梦之山:

> 其山,则盘纡岪郁,隆崇嵂崒,岑崟参差,日月蔽亏……其土,则丹青赭垩,雌黄白坿。锡碧金银,众色炫耀,照烂龙鳞。其石,则赤玉玫瑰,琳珉昆吾,瑊玏玄厉,礝石碔砆。其东,则有蕙圃,衡兰芷若,芎䓖菖蒲,茳蓠蘼芜,诸柘巴苴。其南,则有平原广泽,登降陁靡,案衍坛曼,缘以大江,限以巫山。其高燥,则生葳析苞荔,薛莎青薠。其埤湿,则生藏莨蒹葭,东蘠彫胡,……其西,则有涌泉清池,激水推移,……其中,则有神龟蛟鼍,玳瑁鳖鼋。其北,则有阴林。其树,楩楠豫章,桂椒木兰……其上,则有鹓雏孔鸾,腾远射干;其下,则有白虎玄豹,蟃蜒貙犴。

这样全方位的描绘,是对空间完整的追求。又如《子虚赋》写楚王游猎的程序:

1. 写楚王出猎的仪仗和声威:

> 楚王乃驾驯驳之驷,乘雕玉之舆,靡鱼须之桡旃,曳明月之珠旗……

2. 写楚王射猎的英姿和技术:

案节未舒，即陵狡兽。蹴蛩蛩，辚距虚，轶野马，轊騊駼。……雷动焱至，星流霆击。弓不虚发，中必决眦……

3. 写楚王射毕，观壮士猎兽：

于是，楚王乃弭节徘徊，翱翔容与，览乎阴林。观壮士之暴怒，与猛兽之恐惧……

4. 写楚王于射猎中小憩，观女乐：

于是，郑女曼姬，被阿锡，揄纻缟……眇眇忽忽，若神仙之仿佛。

5. 写楚王继游乐之后，夜猎飞禽，泛舟清波：

于是，乃相与獠于蕙圃，嫇姗勃窣，上乎金堤。掩翡翠，射鵔鸃……

6. 写楚王夜猎结束，悠然养息：

于是，楚王乃登云阳之台，泊乎无为，澹乎自持，勺药之和具，而后御之。

如此绵密的描述，是对时间完整的追求。

在此基础上，散体赋家更发挥想象与夸张的才能，借助知识的堆砌和词采的铺陈，对时空两方面的各个环节，作细密的描绘敷衍，使它与讲求对称、节奏、变化、夸张、繁富以及追求时空完整的图案具有相似的特征。司马相如说："合綦组以成文，列锦绣而为质，一经一纬，一宫一商，此赋之迹也"（《西京杂记》卷二）；刘勰说赋"铺采摛文，体物写志"，"丽辞雅义，符采相胜。如组织之品朱紫，画绘之著玄黄"，故"写物图貌，蔚似雕画"（《文心雕龙·诠赋》），都是对散体赋的图案化表现手法和图案化艺术特征所作的高度概括。

类型化倾向，是散体赋的又一重要创作特征。汉人的咏物赋、畋猎赋、郊祀赋、宫殿赋、都城赋等，各类之中，其描绘的程序、表现

的手法,都是十分雷同的。如枚乘《七发》写龙门之桐生长的环境:

> 上有千仞之峰,下临百丈之豀。湍流溯波,又澹淡之。其根半生半死。冬则烈风漂霰飞雪之所激也,夏则雷霆霹雳之所感也。朝则鹂黄鸧鹠鸣焉,暮则羁雌迷鸟宿焉。独鹄晨号乎其上,鸡哀鸣翔乎其下。

环境的艰难和凄凉,使桐树浸透了天地万物的悲声。它被琴挚斫斩以为琴,以野茧之丝为弦,孤子之钩为隐,九寡之珥为约,师堂操琴,伯牙作歌,其声为天下之至悲,以至"飞鸟闻之,翕翼而不能去;野兽闻之,垂耳而不能行;蚑蟜蝼蚁闻之,拄喙而不能前"。鸟兽尚且如此,更何况人!枚乘以乐器制作材料的生长环境,写乐器因之具有的情感表现力,在汉赋之中,是有开创地位的。然而后来的赋家,将这一方法奉为典则,一意摹仿而绝少创新。如王褒《洞箫赋》:"原夫箫干之所生兮,于江南丘墟。""托身躯于后土兮,经万载而不迁。吸至精之滋熙兮,禀苍色之润坚。感阴阳之变化兮,附性命乎皇天。翔风萧萧而径其末兮,回江流川而溉其山……孤雌寡鹤,娱优乎其下兮;春禽群嬉,翱翔乎其颠。秋蜩不食,抱朴而长吟兮,玄猿悲啸,搜索乎其间。"以如此之竹,制而为箫,各种人物,"闻其悲声,则莫不怆然累欷,撋涕抆泪;其奏欢娱,则莫不惮漫衍凯,阿那腲腇者已。是以蟋蟀蚸蠖,蚑行喘息;蝼蚁蝘蜒,蝇蝇翊翊。迁延徙逦,鱼瞰鸡睨。垂喙蜦转,瞪瞢忘食……"其后马融《长笛赋》亦写孤竹所生环境的凄苦,一旦制为乐器,不独令放臣逐子、弃妻离友"泣血泫流,交横而下",即飞禽走兽,亦抆泪忘食,悲哀长啸。枚乘从制琴材料与生长环境、器乐演奏与听众情感的关系入手,极写音乐之感人心魄,本来很有新意。后继者把这种角度、方法普遍化、定型化,不独推广为一种类型,自己的作品也因而丧失了个性。

又如宫殿、都城赋之描写建筑的高峻:

> 回天门而凤举,蹑黄帝之明庭。……封峦为之东序,缘石

阙之天梯。

（刘歆《甘泉宫赋》）

雷郁律于岩突兮，电倏忽于墙藩。鬼魅不能自逮兮，半长途而下颠。

（扬雄《甘泉宫赋》）

镂螭龙以造瑞，采云气以为楣。神星罗于题鄂，虹霓往往而绕榱。

（王褒《甘泉宫颂》）

神明郁其特起，遂偃蹇而上跻。……虽轻迅与儇狡，犹愕眙而不能阶。攀井干而未半，目眴转而意迷。舍櫼槛而欲倚，若颠坠而复阶。魂恍恍以失度，巡回途而下低。

（班固《西都赋》）

神明郁其特起，井干叠而百增。……上飞闼而仰眺，正睹瑶光与玉绳。将乍飞而未半，怵悼栗而怂兢。非都庐之轻趫，孰能超而究升。

（张衡《西京赋》）

以上所举诸家，一言及宫殿的嵯峨崔嵬，不是登之可上干云霓、揽摘群星，便是鬼神偃蹇而上，中道怵惕而后返，其手法的相似，已到了令人吃惊的地步。

用字造语的怪异、重沓，同偏旁字的联绵堆砌，也是散体赋的一大特征，以至后人有"字林"、"字窟"之讥。推究其原因，首先与汉赋作家在文字运用方面的复古心理有关。如《子虚赋》之言马：

阳子骖乘，孅阿为御。……蹴蛩蛩，辚距虚，轶野马，轊陶駼，乘遗风，射游骐……

又如《南都赋》之写竹：

其竹，则篠、簳、箽、篾、箛、篲、箎、箽……

上文加点之字，指称马属六种，竹属八种。这种现象，在散体赋中非常普遍,如扬雄《蜀都赋》铺陈树木名称近二十种,水草名称十余种,禽鸟名称十种,水兽名称十余种,水果名称十五种。如此罗列具体名词,与依部首编排的字书何其相似,无怪乎后人有"字林"、"字窟"之讥了。

当然,散体赋之热衷于铺陈辞藻,又与其颂美的内容有关。如《子虚赋》描绘云梦之山,只不过"盘纡弗郁,隆崇崒崒"等二十四字。及至司马相如作《上林赋》,尊天子而抑诸侯,其所言之山,则已推衍为"崇山矗矗,崔巍嵯峨……"六十四字。可见汉赋的艺术特征,与汉代政治和经学的环境、文人和文学的地位,又是很有关系的。

在先秦作为手段的文学描绘,在汉代散体赋中获得了最为相宜的土壤,因而有条件发展成为更加自觉的美感形式。凡有助于实现描绘目的的各种手段,诸如比喻、夸张、想象、拟人,双声叠韵、骈词俪句、散韵结合、奇偶相生,乃至中国文字在形声、会意方面的暗示性;凡有助于切入描绘对象的各个角度,诸如时间与空间、静态与动态、抽象与具体、声色形质的物理属性与主体感受等等,都被充分地调动起来,并被加以自由地发挥运用。虽然这种自由一度促使作者沉溺于对描绘的玩味,但正是这种迷狂般的热情,才把描绘推向极致,为其他文体,为整个古代文学,提供了成熟的典范和技法。仅此而言,散体赋在文学史上的地位,是不可低估的。

第四节　赋的抒情化与小品化

东汉中叶以后,汉王朝急剧走向没落。以颂扬帝国富强、声威为主的散体大赋,失去了存在的现实基础。文士目睹社会黑暗,道德沦丧,传统的信念,开始动摇;又因随时可能遭到迫害,内心的忧惧和愤懑,与日俱增。以辞赋趋奉权贵、娱乐主上的行为,乃为正直之士所不齿。这时的辞赋,皆主于言志抒情,或发为末世感叹,或发为玄虚之谈，或表现个人生活，或揭露社会弊端。铺叙描绘的成分大大减少，辞赋的体制，也就相应缩短。

赋风的转变，又与抒情诗的复苏相关。汉末赋家，多兼具诗人身份。其于辞赋的创作，不仅注意吸取、融铸诗的语言艺术、诗的意境创造，而且更注重开掘和表现个人的内心世界。赋家诗人化与赋的诗艺化、诗境化的结果，使赋的表现功能向诗歌靠拢，这才最后完成了赋向抒情化、小品化的转化。

汉末抒情赋的代表作家，是张衡、蔡邕和赵壹等人。张衡的《二京赋》，是汉代散体大赋的绝响，其《归田赋》又是汉代抒情小赋的开风气之作。赋之前半部分，作者慨叹"游都邑以永久，无明略以佐时"，乃思"超埃尘以遐逝，与世事乎长辞"；后半部分写作者归田之后，逍遥乎原野：

> 于是仲春令月，时和气清。原隰郁茂，百草滋荣。王雎鼓翼，仓庚哀鸣。交颈颉颃，关关嘤嘤。于焉逍遥，聊以娱情。尔乃龙吟方泽，虎啸山丘。仰飞纤缴，俯钓长流。……落云间之逸禽，悬渊沈之鲅鳢。于时曜灵俄景，系以望舒。极盘游之至乐，虽日夕而忘劬。

抒情写景，词句清丽，作者志趣，尽在其间；描写人物活动，笔调超迈，作者的神态和人生领悟，亦在不言之中。这样的文字，不同于传统的体物写志之赋，而更接近于诗。

《归田赋》既主张师法老庄，皈依自然，又声称"咏周孔之图书"，"陈三皇之轨迹"，未能免于折衷儒道，与之不同的是，张衡的《髑髅赋》则是一篇纯粹发挥玄言的作品。其文仿《庄子·至乐》，称作者"将目于九野，观化乎八方"，"倾见髑髅，委于路旁"。髑髅自称"姓庄名周，游心方外，不能自修。寿命终极，来此玄幽"。作者因欲告之五岳，祷之神祇，"起子素骨，反子四肢"，"五内皆还，六神尽复"，髑髅却回答说：

公子之言殊难也！死为休息，生为役劳。冬水之凝，何如春冰之消。荣位在身，不亦轻于尘毛！……况我已化，与道逍遥。离朱不能见，子野不能听；尧舜不能赏，桀纣不能刑；虎豹不能害，剑戟不能伤。与阴阳同其流，与元气合其朴；以造化为父母，以天地为床褥；以雷电为鼓扇，以日月为灯烛；以云汉为川池，以星宿为珠玉。合体自然，无情无欲。澄之不清，浑之不浊。不行而至，不疾而速。

髑髅"言卒响绝，神光除灭"，作者乃"为之伤涕，酬于路滨"。作者若未体验过人生的大喜大悲，不会有这样的大彻大悟；但若完全忘情于人生的大喜大悲，也不会写出这样貌似通脱的文字。张衡设主客问答，代庄子立言，说明他与庄子的苦恼相通。在《髑髅赋》的通脱达观后面，其实有对人生沉重的哀痛；张衡所为之伤涕的，当然不仅仅是为了庄子。

在汉末抒情赋中，以蔡邕的题材内容最为广泛。蔡邕（132—192），字伯喈，陈留圉（今河南杞县）人。曾任郎中，校书东观，迁为议郎。灵帝光和初年，因上封事陈政事七要，得罪宦官，流放朔方。遇赦后，又惧权贵诬陷，亡命江湖十二年。董卓擅权，被迫出仕。初平三年，王允杀董卓，祸及蔡邕。乃自求黥首刖足，完成《后汉记》。王允却称"昔武帝不杀司马迁，使作谤书"，"不可……复使吾党蒙其讪议"（《后汉书·蔡邕列传》），蔡邕竟因王允之流畏惧史家之笔，冤死狱中。

蔡邕以才高学博，时运不济，乃多有文人的悲秋之叹。《霖雨赋》、《蝉赋》虽仅余残篇，仍能见出他生在国事日非的时代，如枯蝉之挣扎于寒秋的处境和心情。然而蔡邕并不总是沉溺于哀怨之中。他有一篇《述行赋》，序云："延熹二年秋，霖雨逾月。是时梁冀新诛，而徐璜、左悺等五侯擅贵于其处。又起显阳苑于城西。人徒冻饿，不得其命者甚众。白马令李云以直言死，鸿胪陈君以救云抵罪。璜以余能鼓琴，白朝廷，敕陈留太守发遣。余到偃师，病不前，得归。心

愤此事,托所过,述而成赋。"赋云:

> 命仆夫其就驾兮,吾将往乎京邑。皇家赫而天居兮,万方
> 徂而星集。贵宠扇以弥炽兮,金守利而不戢。前车覆而未远兮,
> 后乘驱而竞及。穷变巧于台榭兮,民露处而寝湿。消嘉谷于禽
> 兽兮,下糠秕而无粒。弘宽裕于便辟兮,纠忠谏其骎急。怀伊
> 吕而黜逐兮,道无因而获入。

五侯大起府邸,死者甚众;朝廷纵容庇护,直谏者死。作者把批判的
锋芒,针对着具体的人和事,这在统治者既昏庸又残暴的时代,尤
其需要强烈的正义感和无所畏惧的勇气。张溥说蔡邕《上封事陈政
事七要》乃"抵触近禁"(《汉魏六朝百三家集题辞》)之作,《述行赋》亦属
此类。

蔡邕又有一篇《青衣赋》,主人公是身为奴婢的少女。赋文前半
部分,极写其妇容、妇德,并无新意。但其中有云:"金生砂砾,珠出
蚌泥。叹兹窈窕,产于卑微。"又云:"察其所履,世之鲜稀。宜作夫
人,为众女师。"可见作者论人,是不拘出身贵贱的。其下又云:

> 虽得嬿婉,舒写情怀。寒雪翩翩,充庭盈阶。兼裳累镇,展
> 转倒颓。吻昕将曙,鸡鸣相摧。伤驾趣严,将舍尔乖。曀冒曀
> 冒,思不可排。停停沟侧,嗷嗷青衣。我思远逝,尔思来追。明
> 月昭昭,当我户扉。条风狎猎,吹予床帷。河上逍遥,徒倚庭阶。
> 南瞻井柳,仰察斗机。非彼牛女,隔于河维。思尔念尔,怒焉且
> 饥。

作者抒写自己对青衣女子的爱慕、雪夜的幽会、离别的仓促和别后
的相思,可能是自己爱情生活坦率真诚的表露。鲁迅说蔡邕"并非
单单的老学究,也是有血性的人"(《题未定草》),于此亦可概见,不仅
止于敢对肮脏邪恶直言不讳,怒目相向。

在汉末文人中,赵壹对现实的批判最为峻直激烈。赵壹,桓、灵
间名士,生卒年不详。字元叔,汉阳郡西县(今甘肃天水)人。史称

其人"恃才倨傲，为乡党所摈"。虽"名动京师，士大夫想望其风采"，以至"州郡争致礼命，十辟公府"。终因不愿同流合污，拒绝就召，故一生"仕不过郡吏"（《后汉书·文苑传》）。后屡触禁网，几乎被杀，为友人所救。曾作《穷鸟赋》：

> 有一穷鸟，戢翼原野。罼网加上，机阱在下。前见苍隼，后见驱者。缴弹张右，羿子彀左。飞丸激矢，交集于我。思飞不得，欲鸣不可。举头畏触，摇足恐堕。内独怖急，乍冰乍火。幸赖大贤，我矜我怜。昔济我南，今振我西。……

季世陵替，党祸四起；正直之士，不免动辄得咎，难以全身。赵壹以穷鸟自比，悲愤之情，溢于言表。

　　赵壹脱祸之后，又作《刺世疾邪赋》，舒其怨愤。他首先斥责历代帝王以天下为私，不恤国计民生而争斗杀伐：

> 春秋时祸败之始，战国愈复增其荼毒。秦、汉无以相逾越，乃更加其怨酷。宁计生民之命，唯利己而自足。

又对汉末人妖颠倒、是非混淆的现实作了辛辣的嘲讽：

> 于兹迄今，情伪万方。佞焰日炽，刚克消亡。舐痔结驷，正色徒行。妪媮名势，抚拍豪强。偃蹇反俗，立致咎殃。捷慑逐物，日富月昌。浑然同惑，孰温孰凉。邪夫显进，直士幽藏。

推究造成这一情势的原因，赵壹认为在于"实执政之匪贤，女谒掩其视听，近习秉其威仪。所好则钻皮出其毛羽，所恶则洗垢求其瘢痕"，令有志于"竭诚而尽忠者"无由上达。朝政既已到了"德政"与"赏罚"皆无可挽救的地步，又加上"法禁屈挠于势族，恩泽不逮于单门"，豪门大族对细族孤门的压迫，更令作者愤慨，乃决然表示"宁饥寒于尧舜之荒岁兮，不饱暖于今之丰年；乘理虽死而非亡，违义虽生而匪存"。在作者看来，温饱与生存而外，人还有更高的原则值得追求和维护。

最后，赋以秦客、鲁生五言诗唱和结束全篇。秦客说："文籍虽满腹，不如一囊钱。伊伏北堂上，抗脏依门边。"鲁生说："贤者虽独悟，所困在群愚。且各守尔分，勿复空驱驰。"前者于不平中有辛酸，后者于孤愤中显绝望。中国古代文士对现实的反叛，大都以此为最后的归宿；赵壹亦难例外。

《刺世疾邪赋》对封建集权社会弊端的揭露、批判是大胆而深刻的，它无论思想性和艺术性都已超过了"怨刺"文学的界限，而更接近于"诗人的愤怒"，这在整个汉赋中都是极为罕见的。

第五章　汉代乐府民歌与文人诗歌

汉代诗歌,最有思想、艺术价值的,一是乐府民歌民谣,一是文人五言诗。

第一节　汉代乐府民歌

"乐府"的原义,是指国家设立的诗、乐、舞三者相结合的音乐机构。至六朝,人们对此机构制作、采集的可以和乐而歌的诗也称乐府,乐府便由机构名称变为一种带音乐性的诗体的名称。

设立乐府机构的记载,最早见于秦朝。1977 年陕西临潼县秦始皇墓附近出土的秦代编钟上,刻有秦篆"乐府"二字。汉承秦制,汉乐府由秦沿袭而来。《汉书·百官公卿表》载,秦、汉均设有乐府和太乐两机构,太乐掌祭祀雅乐,归奉常管辖;乐府管民间俗乐,权属少府。但"秦阙采诗之官,歌咏多因前式"《宋书·乐志》,真正乐府歌诗的采集,始于汉代。

汉初本注重掌宗庙祭祀的太乐,乐府形同虚设。元鼎五年(前112),汉武帝为适应"大一统"的政治需要,在"定郊祀之礼"、"作郊祀之乐"的基础上,重建乐府机构(见《汉书·礼乐志》)。这时的乐府,由汉初的乐府令、丞各一人,发展为"乐府三丞",人员达八百多。其职能除制定乐谱、训练乐工、填写歌辞、编配乐器进行演唱外,还负有采集民歌的使命。《汉书·艺文志》载,"自孝武立乐府而采歌谣,于是有赵、代之讴,秦、楚之风,皆感于哀乐,缘事而发,亦可以观风俗、知薄厚云。"此处所谓"立",含有重建、扩充之意。自乐府收集民歌,雅乐统治宫廷的传统受冲击,"内有掖庭人才,外有上林乐府,皆以郑声施于朝廷"(《汉书·礼乐志》),形成八方舞乐荟萃、雅乐俗乐并存的新局面。司马相如《上林赋》描绘汉家天子游猎完毕,观赏舞乐时有如下赞叹:

> 于是乎游戏懈怠,置酒乎颢天之台,张乐乎胶葛之寓。撞千石之钟,立万石之虡,建翠华之旗,树灵鼍之鼓;奏陶唐氏之舞,听葛天氏之歌;千人唱,万人和,山陵为之震动,川谷为之荡波;巴渝、宋、蔡,淮南《干遮》,文成、颠歌,族居递奏,金鼓迭起。铿锵闛鞈,洞心骇耳。荆、吴、郑、卫之声,《韶》、《濩》、《武》、《象》之乐,阴淫案衍之音;鄢、郢缤纷,激楚结风。俳优侏儒,《狄鞮》之倡,所以娱耳目、乐心意者,丽靡烂漫于前。

可见汉统治者采集、制作、表演乐歌,不独为观风察俗,也有愉悦耳目的作用,更有满足自己"大一统"心理的动机。但乐府机构的设置,客观上却起到了集中、整理和保存民歌的作用。

一 乐府民歌的分类

因乐府观念的不同,分类代有差异。东汉明帝时,把乐府中的庙堂诗歌分为郊庙神灵、大射辟雍、天子宴享、短箫铙歌四品(见《宋书·乐志》),对民间诗歌则未予重视。隋王僧虔《伎录》、智匠《古今乐录》为乐府分类,今已不可得见。唐吴兢《乐府古题要解》分乐府为相和歌、琴曲等八类,可见对民歌的文学价值已有相当的重视。宋郑樵《通志》把乐府别为五十三小类,不独繁琐,亦有欠精当。宋郭茂倩上起陶唐,下迄五代,总括历代所作,编撰《乐府诗集》一百卷;又将自汉至唐的乐府诗分为十二类:(1)郊庙歌辞,(2)燕射歌辞,(3)鼓吹曲辞,(4)横吹曲辞,(5)相和歌辞,(6)清商曲辞,(7)舞曲歌辞,(8)琴曲歌辞,(9)杂曲歌辞,(10)近代曲辞,(11)杂歌谣辞,(12)新乐府辞。这种分类法较为全面系统,也给了民歌以应有的地位。后之学者研究乐府,大都依从这种分类方法。

汉代乐府诗歌主要保存在郊庙歌辞、相和歌辞、杂曲歌辞和鼓吹曲辞之中。郊庙歌辞是专供朝廷祭祀燕享用的乐歌,体近《雅》《颂》,全是文人所作。其中某些篇章"锻意刻鹄,炼字神奇"(陈绎曾《诗谱》),艺术价值较高。相和歌辞含有"丝竹更相和"(《宋书·乐志》)之意,所录歌辞,"并汉世街陌讴谣"(《晋书·乐志》),是流行在当时的南方俗乐。鼓吹曲辞是武帝时代北方民族的新声,当时主要用于军乐。杂曲歌辞是指声调已经失传的无所归属者,其中杂有不少文人抒情言志的作品。汉乐府民歌主要保存在相和歌辞、鼓吹曲辞和杂曲歌辞之中。

二　乐府民歌的思想内容

"感于哀乐,缘事而发"(《汉书·艺文志》)是民歌的创作传统,汉乐府民歌与《诗经》民歌的现实主义精神自是一脉相承。汉代与先秦社会有着相同的宗法制度和相同的阶级剥削、阶级压迫,下层人民的现实生活、精神生活大致相似,汉乐府民歌与《诗经》民歌的思想内容因而不应该有质的区别。

今存乐府民歌多反映社会问题、政治问题,可看作汉代人民生活的实录。控诉战争罪恶,抒写行役之苦,是乐府民歌的一个重要内容。《诗经》之中,已有反映战争和行役的诗篇。汉乐府民歌对战争、行役题材的继承,又具有新的时代特点。汉代前期经过文、景两代的休养生息,到武帝时国家财富日增,统治者也就趾高气扬,忘乎所以。武帝不仅招致方士,幻想长生久视,而且穷兵黩武,奴役平民百姓。《汉书·贡禹传》说:"武帝征伐四夷,重敛于民。民产子三岁,则出口钱。故民困重,至于生子辄杀,甚可悲痛。"平民百姓受害如此深重,有些民歌也就表现出强烈的反战情绪。如《战城南》:

战城南,死郭北,野死不葬乌可食。为我谓乌:"且为客豪。野死谅不葬,腐肉安能去子逃?"水深激激,蒲苇冥冥。枭骑战斗死,驽马徘徊鸣。梁筑室,何以南,何以北?禾黍不获君何食?愿为忠臣安可得!思子良臣,良臣诚可思:朝行出攻,暮不夜归!

全诗描写激战后凄凉恐怖的战场和人乌间一场惊心动魄的对话,构思奇特,催人泪下,非但是对死者的哀伤,也是幸存者的自悼。末尾数句,岂止诅咒战争,更有对统治者的严重警告。

《十五从军征》写一老兵十五从戎,八十得归,所见荒冢累累,居室萧条。他"舂谷持作饭,采葵持作羹。羹饭一时熟,不知饴阿谁。出门东向看,泪落沾我衣"。战争葬送了人的青春,也破坏了农村经济,瓦解了成千上万个家庭。归来者数十年与亲人团聚的梦想一朝为现实粉碎,读者所能给予主人公的,也就不仅仅是一掬同情的眼泪。汉制:民年二十三为正卒,一岁为卫士,一岁为材官、骑士;五十六岁免兵役。核之此诗,可知并不认真实行。《十五从军征》揭露的事实是典型的,其影响及于汉末曹操《蒿里行》、王粲《七哀诗》和蔡琰《悲愤诗》。"后代离乱诗,但能祖述而已,未有能过之者"(范大士语,转引自萧涤非《汉魏六朝乐府文学史》第二编第三章)。沈约《宋书·自序》有云:"伏见西府士兵,或年几八十,而犹伏隶";唐令狐楚《塞下曲》亦有"黄尘满面长须战,白发生头未得归"句。可见在古代社会,这现象很普遍。

战争而外,更有赋税、兼并、灾害,迫使人们离开土地,漂泊异乡,遂有行役者的悲歌。"兄弟两三人,流宕在他县。故衣谁当补?新衣谁当绽?"《艳歌行》;"男儿在他乡,焉得不憔悴?"《高田种小麦》;"欲归家无人,欲渡河无船"《悲歌》;"离家日趋远,衣带日趋缓"《古歌》,这类作品格调悲凉,既写了漂泊者的愁肠和整个家庭的苦痛,也控诉了封建社会对个人物质与精神生活的蔑视与践踏。

汉乐府民歌另一个重要内容,是反映了人民的悲苦与反抗。两汉统治的数百年间,社会矛盾日趋尖锐,豪族日富,黎庶日贫。"贫民衣牛马之衣,食犬彘之食",以至"卖田宅,鬻子孙以偿债"(《汉书·食货志》),《妇病行》就是一篇反映民瘼的典型作品:

> 妇病连年累岁,传呼丈人前一言。当言未及得言,不知泪下一何翩翩。"属累君两三孤子,莫我儿饥且寒,有过慎莫笪笞。行当折摇,思复念之。"乱曰:抱时无衣,襦复无里。闭门塞牖舍,孤儿到市,道逢亲交,泣坐不能起。从乞求与孤买饵。对交啼泣,泪不可止。"我欲不伤悲不能已。"探怀中钱持授。交入门,见孤儿啼索其母抱,徘徊空舍中,行复尔耳。弃置勿复道!

病妇牵挂孤儿的遗恨;丈夫抚养孤儿的艰辛,孤儿啼哭索母的惨状,非亲历其境者难以写出。

《孤儿行》写的是另一种类型的悲剧。父母双亡,孤儿托身兄嫂,备受虐待。他长年外出经商,回家又供杂役。"冬无复襦,夏无单衣。居生不乐,不如早去,下从地下黄泉!"孤儿的不幸,还不限于家庭。"三月蚕桑,六月收瓜。将是瓜车,来到还家。瓜车反覆,助我者少,啖瓜者多。愿还我蒂,兄与嫂严,独且急归,当兴校计。"社会的冷漠自私,更加剧了孤儿的痛苦。孤儿的悲剧,不在于兄嫂的贫富与否,究其根源,在于财产私有而导致的道德沦丧。

朱乾《乐府正义》云:"读《饮马长城窟行》,则夫妻不能相保矣;读《妇病行》,则父子不相保矣;读《上留田行》、《孤儿行》,则兄弟不相保矣。'亡国之音哀以思,其民困。'"民困而忍无可忍,便不能不起而抗争。《东门行》就描述了一个贫家男子,因不堪困苦拔剑而起的事迹:

> 出东门,不顾归;来入门,怅欲悲。盎中无斗米储,还视架上无悬衣。拔剑东门去,舍中儿母牵衣啼:"他家但愿富贵,贱妾与君共铺糜。上用仓浪天故,下当用此黄口儿,今非!""咄,

　　行！吾去为迟！白发时下难久居！"

这男子显然是不顾妻子的劝告，铤而走险；"吾去为迟"，可能在东门之外，还有等待着他的同伴。这种对于剥削压迫的自发反抗，也是汉代"群盗并起"（《汉书·萧望之传》）、国之将亡的预兆。《东门行》一类民歌作品，远超先秦诗歌"怨刺"界限，反映了新的时代特点。

　　乐府民歌而外，汉代更有谣谚。它们大多为史书所录，旨在反映社会、政治问题。人民对于权豪势要的讽刺，多见于这类作品。例如《更始时长安中语》：

　　　　灶下养，中郎将；烂羊胃，骑都尉；烂羊头，关内侯。

据《后汉书·刘玄传》载，当时李轶、朱鲔擅命山东，王匡、张卬横暴三辅，其所受官爵者，皆群小贾竖，或有膳夫庖人，所以长安有这样的谣谚。可见城市平民对于官场的腐败是看得清楚的，其讽刺挖苦也是无情的。又如《桓灵时人为选举语》：

　　　　举秀才，不知书；察孝廉，父别居；寒素清白浊如泥，高第良将怯如鸡。

汉代选拔官吏，标榜"经明行修"，实则大谬不然。此诗载《乐府诗集》，或以为《后汉书》逸文。据《抱朴子·审举篇》载，灵、献之世，阉官用事，群奸秉权，危害忠良。台阁失选用于上，州郡轻贡举于下，牧守非其人，秀孝不得贤。因此时人有此谚语，对人材选拔予以绝大讽刺。又如《顺帝末京都童谣》：

　　　　直如弦，死道边；曲如钩，反封侯。

这首诗见于《续汉书·五行志》。史称顺帝之末，大将军梁冀专权，太尉李固敢于直言，被幽毙于狱，暴尸道路。而胡广等人阿附梁冀，都得封侯。正直之士死不得葬，邪曲之人加官进爵，为历朝历代普遍现象。这样的民谣，虽为一时一事而发，其讽刺意义十分深远。

　　爱情、婚姻与家庭问题，与人生最为切近，是民歌的永恒主题。

在《诗经》的时代,因政治、经济、文化发展不平衡,某些地区的礼教
压迫,尚不十分严重,男女交往还有相对自由,如郑、卫一带民歌,
便表现了男女在爱情中的欢乐。汉代自武帝尊崇儒术,礼教大兴,
青年男女性爱不免受到压抑。兼之选诗者的裁汰,爱情之作更少进
入乐府。但就仅存的作品看,其感情的浓烈程度,并不亚于《诗经》。
这种感情在礼教高压下郁积,在不可遏制中迸发,更有悲剧的色
彩。如《有所思》:

> 有所思,乃在大海南。何用问遗君?双珠玳瑁簪。用玉绍
> 缭之。闻君有他心,拉杂摧烧之。摧烧之,当风扬其灰。从今
> 以往,勿复相思。相思与君绝! 鸡鸣狗吠,兄嫂当知之。妃呼
> 豨,秋风肃肃晨风飔,东方须臾高知之!

此写一女子思念远方情人,本想赠以最珍贵礼品,却听说他另有所
欢。一气之下,她要烧掉礼品,且当风扬灰烧个干净,从此再不想
他。但这样深挚的感情,并不容易断绝。自己的一举一动,又生怕
兄嫂知道,内心其实非常矛盾。与此相类者为《上邪》:

> 上邪,我欲与君相知,长命无绝衰。山为陵,江水为竭,冬
> 雷夏震,夏雨雪,天地合,乃敢与君绝!

庄述祖《汉铙歌句解》说:“《上邪》与《有所思》当为一篇,……叙男
女相谓之言。”从感情之强烈看,两篇有相似处。但此篇实为女子笃
于爱情的誓辞,与《有所思》情事不合。诗中女子发誓说,我要和你
永远相爱,除非是山也平了,江也干了,冬天打雷,夏天下雪,天地
合一,才敢和你断绝。王先谦《汉铙歌释文笺证》说:“五者皆必无之
事,则我之不能绝君明矣。”以必无之事为誓,既可见爱情的忠贞不
渝,又可见男女双方都承受着巨大外部压力。他们的结局,其实是
很可忧虑的。

　　汉代礼教之严,超过周朝。两诗之中,女子情感之热烈,性格之
坚强,却并不逊色于《诗经》所写的女性。可见森严的礼教,是不可

能扑灭人的性爱本能的。

在汉乐府民歌中,占有更大比例的是弃妇诗。《白头吟》、《怨歌行》、《塘上行》、《上山采蘼芜》、《孔雀东南飞》诸篇,或以弃妇的口吻,或以第三者的叙述,抒发她们的哀怨不平,情辞悱恻动人。这些被遗弃的妇女,都曾有过"愿得一心人,白头不相离"(《白头吟》)的愿望,最担心的是"恩情中道绝"(《怨歌行》)的结局。但实际上,"白头不相离"是难得的,"恩情中道绝"则是常见的。《上山采蘼芜》写的就是一个典型的事例:

> 上山采蘼芜,下山逢故夫。长跪问故夫,"新人复何如?""新人虽言好,未若故人姝。颜色类相似,手爪不相如。""新人从门入,故人从阁去。""新人工织缣,故人工织素。织缣日一匹,织素五丈余。将缣来比素,新人不如故。"

诗中未写二人如何结婚,也未写女子为何被弃,只在一问一答中说出"新人虽言好,未若故人姝",又在"新人工织缣,故人工织素"的对比中,说出"新人不如故"。可见这个"故夫",看重的只在"手爪"的工拙,而不在故人的情谊。在古代社会,妇女劳动创造的价值,是家庭经济必要的补充。《诗经·氓》的女主人公"夙兴夜寐,靡有朝矣","自我徂尔,三岁食贫",丈夫依然"言既遂矣,至于暴矣",说明妇女在工奴的地位上付出得最多,获取得最少。可见即无封建家长的逼迫,这样的"故夫",也是不可能成为"一心人"的。

相反地,弃妇虽然伶仃孤苦,采蘼芜为生,而一见故夫,仍然如此温顺,很有情谊。和《诗经·氓》中那个说"反是不思,亦已焉哉",与过去愤而决绝的女子相比,可以看出汉代妇女在新的儒学影响下形成的新的性格。而最能体现这个新的性格的,要数托名卓文君的《白头吟》和班婕妤的《怨歌行》中的女子。这两篇诗出自上层妇女之手,主人公对自己命运的哀怨隐忍,超过了《上山采蘼芜》的弃妇。在以男子为中心的社会里,无论是上层还是下层的妇女,都难以避免被遗弃的命运。而上层妇女对自己内心的压抑，又是远甚于下层妇女的。

三　《陌上桑》与《孔雀东南飞》

乐府民歌中，反映妇女问题、爱情婚姻问题最成功的叙事作品是《陌上桑》和《孔雀东南飞》。《陌上桑》属汉乐府相和歌辞，最早著录于《宋书·乐志》。陈朝徐陵把它辑入《玉台新咏》，名为《艳歌罗敷行》。《乐府诗集》则题为《陌上桑》。

《陌上桑》全诗分三解，属说唱的形式。罗敷一名，民歌并不罕见，应是说唱文学中女子的共名。全诗叙述采桑女拒绝使君调戏的故事，歌颂劳动妇女不慕权势、不畏强暴的主题十分鲜明。罗敷的遭遇，在汉世决非偶然。东汉章帝、和帝时期，外戚、大将军窦宪贵盛，其弟窦景为执金吾，骄纵横暴，倾动京师。"奴客緹骑依倚形势，侵陵小人，强夺财货，篡取罪人，妻略妇女"（《后汉书·窦融传》）。顺帝、桓帝时外戚梁冀总揽朝政，所养门客"乘势横暴，妻略妇女"（《后汉书·梁冀传》）。豪奴尚且如此，主子的荒淫残暴可想而知。因有此背景，便产生了相关的传说。晋人崔豹《古今注》云："《陌上桑》者，出秦氏女子。秦氏，邯郸人，有女名罗敷，为邑人千乘王仁妻。王仁后为赵王家令。罗敷出采桑于陌上。赵王登台，见而悦之，因置酒欲夺焉。罗敷巧弹筝，乃作《陌上桑》之歌以自明。赵王乃止。"这传说未必就是《陌上桑》的本事，但在民间广为流传，说明豪门权贵掠人妻女，在当时已是很严重的社会问题。

《陌上桑》充分利用喜剧性的冲突，鞭挞上层人物的荒淫，表达出劳动人民维护自己爱情与家庭生活的凛然正气。与此同时，《陌上桑》在不同人物的心理活动的对比之中，还包含有更深的意蕴。诗歌在田园牧歌式的气氛中揭开序幕。初日下，桑林中，罗敷盛装出场：

> 青丝为笼系，桂枝为笼钩。头上倭堕髻，耳中明月珠。湘

> 绮为下裙,紫绮为上襦。

作为采桑女而有这样的妆饰,虽属夸张,由此却引出喜剧的效果:

> 行者见罗敷,下担捋髭须;少年见罗敷,脱帽著帩头;耕者
> 忘其犁,锄者忘其锄。来归相怨怒,但坐观罗敷。

观者的心神痴迷,当然也属夸张,目的不仅在衬托罗敷之美,更在显示人民对美的向往和尊重。与之相反者为使君的丑行。他以"共载"饰掠劫,仍无法掩盖始而惊艳、继而想据为己有的贪欲。所以《陌上桑》一诗的主题,还深刻地揭示了面对同一美好事物,不同的人所持的不同的态度。

罗敷为对付太守,首先是援引封建伦理喻之以理:"使君自有妇,罗敷自有夫。"因有一夫一妻的家庭,便有笃于夫妇伦常的观念。这是封建宗法制度赖以存在的基础,但使君一类人却未必真正承认和维护。所以,罗敷以婚姻缔结的神圣性和女性的贞操观念为正大堂皇的理由,未必能够说服太守。

其次,罗敷又以夸耀夫婿的风度和人品,令太守相形见绌:

> 东方千余骑,夫婿居上头。何用识夫婿?白马从骊驹,青
> 丝系马尾,黄金络马头,腰中鹿卢剑,可值千万余。十五府小
> 吏,二十朝大夫,三十侍中郎,四十专城居。为人洁白皙,鬑鬑
> 颇有须,盈盈公府步,冉冉府中趋。坐中数千人,皆言夫婿殊。

罗敷的这些言辞,亦属虚构。在崇尚权势、等级的社会里,单凭几句虚构的言辞未必能奏效。这里显然也是民歌的夸张描写,因为在专事扼杀美好事物的封建社会,罗敷很难只凭口舌之功取得胜利。她的命运,终究是令人忧虑的。

与《陌上桑》相比,《孔雀东南飞》则是一出震撼人心的悲剧。据其小序,知作于建安之末,是有一定事实为基础的。诗歌流传民间三百余年,留有不少加工修改的痕迹,最后经徐陵编定,载入《玉台

新咏》，题名《古诗为焦仲卿妻作》。全篇三百五十三句，一千七百六
十五字，是古代最长的民间叙事诗。吴乔猜测本诗"如董解元《西
厢》，今之数落《山坡羊》，乃一人弹唱之词"（《答万季埜诗问》）。倘无说
唱形式为助，这样的长诗口头流传如此之久不可想象。诗中一些抒
情性旁白，或为讲唱者情不自禁的感叹，或为讲唱者与听众的交流
性语言，也能证明本诗曾经有过的流传形式。此外，诗歌以"孔雀东
南飞，五里一徘徊"起兴，在当时并非绝无仅有。相似者如"飞来双
白鹄，乃从西北来，……五里一返顾，六里一徘徊"（《艳歌何尝行》），
"孔雀东飞，苦寒无衣。为君作妻，中心恻悲。夜夜织作，不得下机。
三日载匹，尚言吾迟"（《古艳歌》），可见本诗用以起兴的，乃是沿用民
歌的套语，合乎民间讲唱文学的特点。

　　作品讲唱了兰芝和仲卿从结婚到分手以及死后合葬的全过
程，情节空前完整。它不仅写了兰芝的悲剧，也写了男女的双双殉
情，和过去以弃妇为主角的相类作品不同。它以歌颂爱情忠贞，控
诉宗法制度为主题，深度超过以往。像兰芝、仲卿这样丰满的形象，
在当时和以前的作品都不曾有过。诗歌一开始，兰芝自求遣归：

> "十三能织素，十四学裁衣，十五弹箜篌，十六诵诗书；十
> 七为君妇，心中常苦悲。……鸡鸣入机织，夜夜不得息。三日
> 断五匹，大人故嫌迟。非为织作迟，君家妇难为。妾不堪驱使，
> 徒留无所施。便可白公姥，及时相遣归。"

据《大戴记·本命》："妇有七出：不顺父母去；无子去；淫去；妒去；
有恶疾去；多言去；窃盗去。"兰芝婚前颇受诗书教训，婚后勤于侍
奉劳作，无犯于"七出"，却依然被遣。探究其因，或谓焦母以兰芝无
子，怒而遣之。这样的解释，不尽妥当。倘兰芝无子，焦母正可例援
"七出"，而不必横加挑剔。观诗中有云"三日断五匹，大人故嫌迟"，
"此妇无礼节，举动自专由"，知焦母的苛严刻薄，兰芝不肯奴隶式
地服从，才是悲剧发生的直接原因。

女子嫁而被弃，是人生的莫大不幸；非逼不得已，兰芝不会自求遣归。其所以如此，实希望激励仲卿，为自己争得些作人的权利。不料仲卿却说"卿但暂还家，还必相迎取"。兰芝则提醒他"昼夜勤作息，伶俜萦苦辛。谓言无罪过，供奉卒大恩。仍更被驱遣，何言复来还!"仲卿虽有深情厚意，兰芝却见事甚明。她对婆母的凶残，深有感受，不相信事情可以扭转。之后，二人通宵达旦，依依惜别：

> "妾有绣腰襦，葳蕤自生光；红罗复斗帐，……物物各自异，种种在其中。人贱物亦鄙，不足迎后人；留待作遗施，于今无会因。时时为安慰，久久莫相忘。"

检点旧物，抚今忆昔，不胜感慨。名为留待新人，实望仲卿时时睹物思人，情系久远。这样的举措，既见深情，又见苦心。然而兰芝的性格又是坚强自尊的：

> 鸡鸣外欲曙，新妇起严妆。著我绣夹裙，事事四五通。足下蹑丝履，头上玳瑁光。腰若流纨素，耳著明月珰。指如削葱根，口如含朱丹。纤纤作细步，精妙世无双。

不以传统的弃妇形象示人，是兰芝的自尊；抑制内心的痛苦而郑重妆扮，是兰芝的自持。"著我绣夹裙，事事四五通"，兰芝为此，是付出了代价的。

兰芝辞别焦家之时，对婆母说："受母钱帛多，不堪母驱使。今日还家去，念母劳家里。"语含双关，而又不失分寸。对小姑却泪落如泻，一往情深，决无芥蒂：

> 新妇初来时，小姑始扶床；今日被驱遣，小姑如我长。勤心养公姥，好自相扶将。初七及下九，嬉戏莫相忘。

人在大灾难、大悲苦中能明辨是非，不迁怒于人，难能可贵。兰芝能够对小姑如此含情，很不容易。

兰芝回家面对母亲的"大悲摧"，只短短一语："儿实无罪过!"

并不过多申说自己的委屈与痛苦。兰芝之异于常人者,正在于强者的自信、自尊,不愿转嫁痛苦于他人。在这之后,对于县令、太守求婚,阿兄逼嫁,兰芝亦早有准备。在此之前,她已对仲卿说过:"我有亲父兄,性行暴如雷。恐不任我意,逆以煎我怀。"身为女子,寄人篱下,她对自己的处境,素有清醒的估计。所以她仰头回答:

> 理实如兄言。谢家事夫婿,中道还兄门。处分适兄意,那得自任专?……登即相许和,便可作婚姻。

既无哀求,也无抗争,有的是大智大勇者的沉着冷静。兰芝实已下定了必死的决心。

此后,情节转入对太守迎亲场面的描绘。面对财富与权势的炫耀,兰芝不为所动,却有如下表现:

> 阿母谓阿女:"……何不作衣裳,莫令事不举。"阿女默无声,手巾掩口啼,泪落便如泻。移我琉璃榻,出置前窗下。左手执刀尺,右手执绫罗。朝成绣夹裙,晚成单罗衫。晻晻日欲暝,愁思出门啼。

踏在生死的门限上,既无所爱者倾心交谈,四周又只是愚昧、自私和冷漠。兰芝只得借助缝纫这一单调、重复的劳作,排遣她孤苦无告的痛苦。"左手持刀尺,右手执绫罗",这左右的颠倒,正写出她此时神思的恍惚。

兰芝与仲卿,终于有了诀别的机会。她说:

> 自君别我后,人事不可量。果不如先愿,又非君所详。我有亲父兄,逼迫兼弟兄。以我应他人,君还何所望!

这里既有解释,又有试探。兰芝很想知道,仲卿是否还恪守当初的誓言。当仲卿愤激地说"卿当日胜贵,吾独向黄泉"时,兰芝口中虽说"何意出此言!"内心却是颇得安慰的。她同时又说:"同是被逼迫,君尔妾亦然。"可见即在生离死别时分,兰芝也是深明事理,很能体谅仲卿的。

诗歌最后以兰芝的"举身赴清池",完成了她的形象塑造。这个形象的内涵、层次是极为丰富的。首先,兰芝并不仅仅是一个爱得深沉、执着的多情女子。即以封建时代的人格理想而论,她的推己及人、深明大义,无愧于仁者;审察形势、明辨是非,无愧于智者;忍辱负重、自尊自持,无愧于勇者。其次,自东汉班昭作《女诫》,表明"卑弱"、"敬慎"、"曲从"一类"妇德"、"妇容",已造就出一批自觉的奴隶。兰芝却敢从争是非曲直,到自求遣归,直至以死相拼,足见她又是一个不容于世教的叛逆。此外,古之所谓大丈夫,"富贵不能淫,贫贱不能移,威武不能屈"(《孟子·滕文公下》),观兰芝一生行事,皆当之无愧,这又是古代标榜名节的须眉浊物所远不能及的。

与兰芝相比,焦仲卿的形象则有其复杂性。因身份教养所致,封建道德对他有很深的影响。他既爱兰芝,为其境遇深感不平,又不能不受孝亲观念的支配,在婆媳冲突中,一度表现得软弱、犹豫。为劝说母亲,他试图动以母子之情:"儿已薄禄相,幸复得此妇",又进而说出"女行无偏斜,何意致不厚?""今若遣此妇,终老不复取。"但在焦母的怒骂之下,他顿时丧失勇气,"府吏默无声,再拜还入户"。他对兰芝的一番谈话,感情十分复杂:

> 举言谓新妇,哽咽不能语:"我自不驱卿,逼迫有阿母。卿但暂还家,吾今且赴府。不久当归还,还必相迎取。以此下心意,慎勿违吾语。"

以婚姻大事,系于父母之命,仲卿既屈从于这样的现实,又并不心甘情愿。他明知"还必相迎取"只是空头的许诺,又以此慰人和自慰。弱者无力面对现实,却把希望悬挂于未来。仲卿的内心,其实是十分矛盾、痛苦的。

然而焦仲卿毕竟是非分明、忠于爱情。随着环境的步步紧逼,一切委屈求全,已不足维系渺茫的希望;兰芝必死的决心,更使他的爱情升华为自尊和反抗。他终于从退让和幻想中清醒过来,决心冒不孝的罪名,以生命殉情。但诗歌对焦仲卿形象的发展,又并不作简单化的处理。对于兰芝的"以我应他人,君还何所望",他愤然讥讽说:

> 贺卿得高迁!磐石方且厚,可以卒千年;蒲苇一时韧,便作旦夕间。卿当日胜贵,吾独向黄泉!

面对突来的"婚变",仲卿更多咀嚼的是自己的痛苦,少有顾及他人。这与兰芝的通情达理,是不可比拟的。可见在古代社会,男女双方即有真实的爱情,女性的胸怀,更显得宽厚无私。仲卿对兰芝所说的"吾独向黄泉",也只是一时的愤激之语,并无认真的思想准备。因此,他才会对母亲有如下一番言语:

> 今日大风寒,寒风摧树木,严霜结庭兰。儿今日冥冥,令母在后单。故作不良计,勿复怨鬼神。命如南山石,四体康且直。

显然,焦仲卿对母亲的回心转意,仍抱有最后的幻想。因而一当希望彻底破灭,他"长叹空房中,作计乃尔立。转头向户里,渐见愁煎迫"。直到此时,他才真正体味到了面对死亡的份量。

诗的结尾,兰芝"举身赴清池",仲卿"心知长别离"。他徘徊庭树之下,追念以往,悔恨交集,毅然殉情而死。焦仲卿由软弱而至坚强,由退让而至抗争,除了环境的逼迫,更重要的还在他对兰芝的深情挚爱。乐府民歌中女子反复咏叹的"一心人",如焦仲卿者,则可以当之。

刘兰芝和焦仲卿这样完整、丰满而感人的形象,在古代叙事诗中并不多见。这样真、善、美的青年却不能容于当时的社会,不能不说是人间头等的悲剧。鲁迅说:"悲剧将人生有价值的东西毁灭给人看。"(《再论雷峰塔的倒掉》)制造这个悲剧的社会,自然是罪孽深重的。

《孔雀东南飞》不仅歌颂爱情,批判社会,也表达了人民的爱情

理想。诗歌叙事到最后,凭添了一段非现实性的情节:

> 两家求合葬,合葬华山傍。东西植松柏,左右种梧桐。枝枝相覆盖,叶叶相交通。中有双飞鸟,自名为鸳鸯。仰头相向鸣,夜夜达五更。

连理枝、双飞鸟是爱的精魂的化身,是恋人死而复生的精神现实,因而成为人们寄托爱情理想的艺术象征。《述异记》载,三国时吴都海盐有陆东美,夫妻相重,寸步不离,时人号为"比肩人"。后妻卒,东美不食而死,家人合葬之。"未一岁,冢上生梓树,同根,二身相抱,而合成一树。每有双鸿常宿于上。"《搜神记》中的《韩凭夫妇》,南朝民歌里的《华山畿》,所述情事,亦与此相类。可见《孔雀东南飞》富于浪漫色彩的结局,表达的是人民的一种普遍愿望。

四 乐府民歌的艺术特色和文学史地位

在古代诗歌艺术发展史上,汉乐府民歌承前启后,有着不可忽视的贡献和地位。

在汉乐府民歌中,有的抒情诗如《上邪》、《有所思》、《白头吟》、《怨歌行》等,直抒胸臆,真挚强烈,和《诗经》相比,颇有新的时代特点。还有一些作品,无论抒情或叙事,都不同程度地带有浪漫主义的色彩,同《诗经》比较,也有新的时代特征。但最能体现乐府民歌特点的,是大量的叙事性的作品。这首先表现在情节的剪裁与安排方面。

汉乐府民歌情节的剪裁与安排,远远超过《诗经》。《诗经·氓》因女主人公痛定思痛、回首往事,叙事不尽依照时序,其间又穿插抒情和议论。《孤儿行》乃孤儿自叹悲苦之辞,为文的心态相类于《氓》。如历数艰辛之后,忽插入"居生不乐,不如早去,下从地下黄泉!"之后又写"春气动,草萌芽",孤儿蚕桑收瓜,瓜车翻覆。全诗"语意原不相承,然通篇精神脉络,不接而接,全在此处","通篇零零碎碎,无首无尾,断为数层,连如一绪,变化浑沦,无迹可寻"(贺贻孙《诗筏》)。《孤儿行》以情感为叙事的结构依据,方式与《氓》相似,但其情节描述之具体、生动,却又远远超过《氓》。

标志着民间叙事进入更加成熟阶段的,是《陌上桑》和《孔雀东南飞》。以人物关系构建叙事情节,以人物冲突推动情节的发展,并以此为挖掘人物性格、揭示人物命运提供一个典型的环境,是两诗共有的特点。所不同者,《陌上桑》截取事件发展最富于戏剧性的一段情节作横向展开,在此截面上,以罗敷为中心,构建起两组人物关系:罗敷与观者,罗敷与使君。一切性格的、道德的、伦理的冲突,皆围绕人物关系而产生。淫欲与纯洁、虚伪与真诚、愚鲁与机智,因强烈的对比而得以揭示,并由此为诗歌的喜剧风格,提供了最内在的特质。《陌上桑》结构上的又一特点是,在人物冲突达到高潮之时,诗歌戛然而止。这样的结构方式,虽不如《氓》和《孔雀东南飞》对主人公的命运有完整的交待;刚刚展开的矛盾冲突,也似乎未及见出分晓,不免给读者留下遗憾,但唯其止于未完之时,才给人以更多的思索余地。这样的情节结构,是有助于读者对作品的内涵作深入开掘的。

《孔雀东南飞》则既不同于《氓》的单线叙述式,也不同于《陌上桑》的截面展开式。把情节的推动和人物的性格、命运建立在更广泛、复杂的社会关系上,是《孔雀东南飞》获得新结构方式的最重要的依据。在诗歌的前半部分,作者把刘兰芝与焦仲卿的深情厚爱,交织在恶化了的婆媳关系和已不甚和谐的母子关系之中,从而形成维护爱情尊严与显示家长权威的矛盾。冲突以兰芝的自求遣归而告终,宣告了封建家长制的胜利。诗歌至此,似乎可告结束。古代社会中的婆媳冲突,大都以此为结局。被休弃的女子,也大都是在此后的寂寞孤苦中了结余生的。然而如此结局,却限制了作品对叛逆人物在宗法社会中的必然命运作深刻揭示。所以,作者又以迭起的波澜,引出诗歌的后半部分。此时,县令、太守的相继求亲,主簿、郡丞的巧言为媒,刘兄的趋炎附势,刘母的依顺软弱,焦母的冥顽不灵,进一步左右着人物的命运,推动着情节的发展。它们为主人公所提供的,已是最能显示宗法社会本质特征的典型环境。人物的挣扎、抗争,终于未能逃脱宗法、社会势力以及庸俗的社会意识织成的网罗,其悲剧的结局,自然无可逆转。所以,《孔雀东南飞》在情节上的曲折跌宕,结构上的复线交叉,不仅前所未有,也是后世民间叙事诗罕有企及的。

《孔雀东南飞》的结构意义还不仅限于此。在汉代新的儒学统治之下,人对自己命运的非理性认识,已随建安时代思想解放而动摇。人在自己的历史活动中,逐渐认识到复杂的现实客观因素对主体自由性的制约。仅此而言,《孔雀东南飞》的诞生,与建安时代人的觉醒与理性的觉醒似乎很有关系。它的结构形式,是并不仅具有表现手法的意义的。

汉乐府叙事诗的又一艺术成就,是善于刻画人物。这些作品于人物的形貌神态,或正面着色,或侧面烘托,无不毕肖,尤其善于捕捉人物的语言、动态,揭示其情感和个性。

《陌上桑》与《孔雀东南飞》在写人物方面也是最突出的。例如《陌上桑》写罗敷之美,运用了虚实相间的手法:以朝日桑田为背景渲染罗敷服饰、器用之美,其光艳照人,不言可知。又如写观者因罗敷而心醉神迷,忘其所事,其富于魅力,亦不言可知。这样的手法,较之直接地画像图貌,更给人以想象的余地。后世诗人,常有仿效。曹植《美女篇》的"行徒用息驾,休者以忘餐",即由此脱胎而来。罗敷于美丽而外,又很机智。她虚构的夫婿,具体到肤色、胡须,生动到步履、风度。虚构得越真实,喜剧的意味也愈强烈。

乐府叙事诗中,最成功的人物形象是《孔雀东南飞》中的刘兰芝和焦仲卿。首先,作品始终以动态而非静态的方式塑造人物形象。从兰芝的自求遣归,仲卿的求情失败,夫妻的依依惜别,黎明的郑重妆扮,车中的山盟海誓,到兰芝归家后的拒婚允婚、制作嫁衣,以及二人的夜中诀别和殉情而死,这一系列情节的升降迭宕,层层揭示出兰芝和仲卿性格的底蕴和发展。这样的人物形象,因有情节为其依据,血肉丰满,真实可信。

其次,描述人物富于个性的语言和行为细节,也是《孔雀东南飞》塑造人物性格最重要的艺术手段。其"杂述十数人口中语,而各肖其声口性情,真化工之笔也"(《说诗晬语》)。兰芝与仲卿的对话,对于性格心理刻画的作用,自不待言。即次要的人物,三言两语,亦颇能传神。如焦母所云:

"此妇无礼节,举动自专由。吾意久怀忿,汝岂得自由?"
……"小子无所畏,何敢助妇语! 吾已失恩义,会不相从许!"

兰芝有自己的主见,焦母便愤而生恨;自己愤而生恨,仲卿便无权作主。对于这样的逻辑,不但焦母自以为是,说话理直气壮;即仲卿也不以为非,竟向兰芝说:"我自不驱卿,逼迫有阿母。"类似的例子又有刘兄的插话:

"作计何不量! 先嫁得府吏,后嫁得郎君。否泰如天地,足以荣汝身! 不嫁义郎体,其往欲何云?"

婚姻的缔结,不言恩爱,只言财产权势。这样的价值观在标榜礼义廉耻的社会,不便公开言说,只在暗中实行。但刘兄不识诗书,不在官场,说市侩语而不说官话,是符合他的身份教养的。

《孔雀东南飞》的行为细节描绘,也很精采。兰芝的强压悲痛,精心打扮;神思恍惚,裁制嫁衣,在揭示人物性格、心理方面,有很深的意蕴。仲卿为母亲怒骂,不忘"再拜"。与兰芝相约必死,上堂启阿母拜,绝望后亦拜。如此三拜,可见封建的礼仪,已成为仲卿下意识的行为;虽志在一死,亦丝毫不能苟且。焦母与刘母,同为封建家长,言谈举止,并不完全一样。焦母闻逆耳之言,捶床大怒;刘母知爱女被弃,拊掌而悲。这样的细节描绘,是很能传达出不同的人物个性的。

汉代乐府民歌产生于辞赋兴盛、文人诗歌中衰的时代,在中国诗歌史上的地位和影响,尤其使人注目。

汉代乐府民歌"感于哀乐,缘事而发"的创作精神,其实质在于植根于现实人生,表现现实人生,抒发真情实感。建安作家"借古题写时事"的古题乐府,杜甫"即事名篇,无复依傍"的新题乐府以及白居易"歌诗合为事而作"的新乐府,不仅继承了这种创作精神,并以面对人生的积极姿态,自觉用诗歌表现自己干预现实、改造现实的理想和激情。在古代诗歌史上,汉乐府民歌曾不断向文人诗歌输入养料,促进文人诗的复苏,使它们有了新的风貌。

汉乐府民歌还在句型上突破了《诗经》的四言格式,增强了诗歌的容量和表现力。乐府中有所谓杂言诗,长短随意,句法不等,有一字、两字到八、九字乃至十字的。这些句式灵活地穿插使用,对于协调诗歌的节奏,形象地表达人物的神态、语言和作者的思想感情,起到了相当重要的作用。杂言诗后来直接发展为唐代自由奔放的歌行体,在中国诗史上,有更为重要的地位。汉乐府民歌还有不少比较完整的五言诗。五言诗比四言诗虽然只多一个节拍,却便于把单音词和双音词组合起来,寓变化于整齐之中,又扩大了诗歌的容量。乐府五言诗不仅直接影响了文人五言诗的产生,也孕育了后来的七言诗,具有诗体解放的意义。西汉乐府多杂言,东汉乐府多五言。两汉乐府很生动地展现了中国诗体由四言到五言的发展过程。

汉代乐府民歌,尤其是其中的叙事诗,更以其高度的艺术成就,成为后世诗人汲取养料的不竭之源。

第二节　汉代文人诗歌

与汉乐府民歌的成就相比较,汉代文人诗歌不免黯然失色。今存汉文人楚歌诗与四言诗数量甚少,质量不高。故钟嵘说:"自王、扬、枚、马之徒，词赋竞爽，而吟咏靡闻。"（《诗品序》）刘勰也说："自风雅寝声，莫或抽绪"（《文心雕龙·辨骚》），"而辞人遗翰，莫见五言。"（同上，《明诗》）但无名氏的《古诗十九首》，则标志着文人五言诗进入了成熟阶段。《古诗十九首》产生于东汉后期，与社会的变动颇有关系。

一　庙堂诗歌

庙堂诗歌为帝王的政治、宗教活动而作，辞惟典雅，绝少个人的抒情内容。汉代庙堂诗歌录在乐府，皆出文人之手。最有代表性的，是唐山夫人的《房中乐》与司马相如等人的《郊祀歌》。

唐山夫人，汉高祖姬。《房中乐》始于周朝，在秦曰《寿人》。"高祖乐楚声，故《房中乐》楚声也"（《汉书·礼乐志》）。《房中乐》虽为楚调，其歌辞却不能不受《雅》、《颂》传统的影响，如其四：

> 王侯秉德，其邻翼翼，显明昭式。清明鬯矣，皇帝孝德。竟全大功，抚安四极。

这类作品，"格韵高严，规模简古，骎骎乎商、周之颂"（《苕溪渔隐丛话后集》卷一引《元成先生语录》）。然而《房中乐》既为楚调，一些歌辞自然近乎楚歌。如其八：

> 丰草葽，女罗施。善何如，谁能回！大莫大，成教德；长莫长，被无极。

这样的三言诗，实则是两句间去掉了"兮"字的楚歌。也有一些作品，句型虽为四言，内容与构思，却明显可见楚骚的影响。如其十：

> 都荔遂芳，窅窊桂华。孝奏天仪，若日月光。乘玄四龙，回驰北行。羽旄殷盛，芬哉芒芒。孝道随世，我署文章。

颜师古《汉书注》谓"都荔遂芳，窅窊桂华"，"皆谓神宫所有耳"。因祭坛的享祀之物，而联想其馨香上达于神宫；又由神宫而联想及驭玄龙而上祭于天。这样浪漫的想象力,正是楚骚所特有的。

如果说《房中曲》多原于《雅》《颂》",则《郊祀歌》"多原于楚骚"(费锡璜《汉诗总论》)。究其原因,又与武帝"内多欲而外施仁义",好务文辞以润饰鸿业有关,也与楚文化的蔓衍、赋文学的勃兴有关。《汉书·礼乐志》载,"至武帝定郊祀之礼,祠太一于甘泉","以李延年为协律都尉,多举司马相如等数十人造为诗赋,略论律吕,以合八音之调,作十九章之歌","使童男女七十人俱歌,昏祠至明"。这样的祭祀规模,须有大型而华丽的祭祀套曲,方能与之适应。

《郊祀歌》出于众手,风格并不统一。"《练时日》,骚辞也;《维泰元》,颂体也,二篇章法绝整。《练时日》,三言之极奇者;《维泰元》,四言之极典者。一则赡丽精工,一则淳质古雅"(《诗薮》内篇卷一)。如《练时日》:

> 练时日,侯有望,焫膋萧,延四方。九重开,灵之斿,垂惠恩,鸿祐休。灵之车,结玄云,驾飞龙,羽旄纷。灵之下,若风马,左仓龙,右白虎。灵之来,神哉沛,先以雨,般裔裔。灵之至,庆阴阴,相放怫,震澹心。灵已坐,五音饬,虞至旦,承灵亿。牲茧栗,粢盛香,尊桂酒,宾八乡。灵安留,吟青黄,遍观此,眺瑶堂。众嫭至,绰奇丽,颜如茶,兆逐靡。被华文,厕雾縠,曳阿锡,佩珠玉。侠嘉夜,苣兰芳,澹容与,献嘉觞。

全诗以三言为句,倘缀以"兮"字,依然楚骚。不独如此,诗的前半部分,写请神、降神。神灵连袂而下,飘飘洒洒,壮丽辉煌,这样的写法,如《离骚》,如《九歌》。诗的后半部分,写祭神、娱神。神灵坐瑶堂、享祭品、悦五音、观女乐。这样的场面,实为帝王的世俗享乐,而非神灵的圣洁世界。司马相如《上林赋》末段写天子游乐,与本诗大致相似,唯繁简不同而已。其余如《天地》、《天门》、《景星》诸篇,其铺陈设色,亦与此相类。

《练时日》等篇"辞极古奥,意极幽深,错以流丽,大率祖述《九歌》"(同上)，而又兼受辞赋的影响，这是《郊祀歌》一个重要的特点。《郊祀歌》的另一特点是"奥衍宏博"(《汉诗总论》)，用字艰深。司马迁曾说："今上即位，作《十九章》。通一经之士，不能知其词，皆会集五经家乃能讲习，读之多《尔雅》之文。"(《汉诗总论》转引)看来汉代经学与文字学的发达并由此影响到文风，也是《郊祀歌》文字典奥的重要原因。

到了东汉，经学往神学方向发展，文人庙堂诗歌在西汉曾经有过的一些特点，很少留下痕迹。明帝时，东平王苍应诏改郊庙乐而进《武德舞歌诗》，杂糅天人感应说以应图谶。班固《两都赋》后附《明堂》、《辟雍》、《灵台》等诗，"则质而鬼矣。鬼者，无生气之谓也"(陆时雍《诗镜总论》)。颂扬文学写到这样的地步，也就成为徒具形式的点缀品了。

二　楚歌诗

汉初，因风气所趋，赋家言志借重骚体；诗人抒情，多用楚歌。楚歌之作，始于上层。文人因之，影响及于后世。最初作楚歌者，传为楚汉之际的项羽：

> 力拔山兮气盖世，时不利兮骓不逝。骓不逝兮可奈何，虞兮虞兮奈若何！

《史记·项羽本纪》载，项羽兵败垓下，乃慷慨悲歌；又云："此天之亡我，非战之罪也。"才性在我，运命在天。末路英雄的心态，大抵如此。

汉高帝十二年冬，刘邦还沛郡，作《大风歌》：

> 大风起兮云飞扬，威加海内兮归故乡，安得猛士兮守四方。

刘邦又对父老感叹说："游子悲故乡。吾虽都关中，万岁后吾魂犹乐思沛。"(《史记·高祖本纪》)思恋旧土，眷怀乡俗，乃植根于农村宗法社会的一种文化心态。但刘邦又贵为天子,渴求天下一统,传之万世。所以这首诗的思想感情,其实是十分复杂的。许学夷说:"《大风》词旨虽直,而气概远胜。《垓下》词旨甚婉,而气稍不及。元美谓'各自描写帝王兴衰气象'是也。"(《诗源辨体》卷二)气象兴衰,自然不同;但作为王者之诗,其风格也有相似之处。

帝王而外,楚歌诗亦及于藩王、后妃。赵王友为吕雉所幽,饥而作歌;梁王恢因诸吕擅权,深感倾危,作歌诗四章。其后,淮南王安有《八王操》,燕剌王旦有"归空城"歌,广陵厉王胥有"欲久生"歌,广川王去有"背尊章"歌,等等。这些歌诗既能和乐而歌,又能入乐伴舞。如燕剌王旦谋废帝自立,事泄,乃置酒万载宫,会宾客、群臣、妃妾,王自作楚歌,华容夫人起舞,一座皆泣,王遂自杀。可见在汉代,楚歌不独可娱乐声色,也是上层人士表情达意的工具。

武帝雅好词章,他作的楚歌,风格有了一些变化。如《秋风辞》:

> 秋风起兮白云飞,草木黄落兮雁南归。兰有秀兮菊有芳,怀佳人兮不能忘。泛楼船兮济汾河,横中流兮扬素波。箫鼓鸣兮发棹歌,欢乐极兮哀情多。少壮几时兮奈老何!

王世贞说:"汉武故是词人。《秋风》一章,几于《九歌》矣。"(《艺苑卮言》卷二)体近骚赋,固为一变。武帝以一代雄主,发百年之幽思,"虽词语寂寥,而意象靡尽"(《诗薮》内编卷一),其情致与文采,又近乎文人。武帝又有《瓠子歌》,言情之中,颇有描绘。这样的作品,与骚赋更为切近。楚歌诗发生的变化,显然与辞赋的勃兴有关。

其后的楚歌,有的逐渐脱离音乐而变为案头的文学。如哀帝时,息夫躬数危言高论,自恐遭害,作《绝命词》;东汉梁鸿行将之吴,作《适吴诗》云:

> 逝旧邦兮遐征,将遥集兮东南。心惙怛兮伤悴,志菲菲兮升降。欲乘策兮纵迈,疾吾俗兮作谗。竞举枉兮措直,咸先佞兮唌唌。固靡惭兮独建,冀异州兮尚贤。聊逍遥兮遨嬉,缵仲

尼兮周流。……悼吾心兮不获，长委结兮焉究。口噐噐兮余讪，嗟恇恇兮谁留？

日月不明，佞臣在朝，贤人失志，这是两诗共有的主题。前者题作词，后者题作诗，实皆近于汉人咏怀的骚赋。楚歌诗不待吟唱而体近楚骚，这是汉代楚歌诗演变的又一形态。

三　四言诗与杂言诗

《诗经》在汉代，列为儒家经典；四言诗式，乃为文人所宗。汉人四言，一体近《雅》《颂》，属庙堂诗歌；一体近《小雅》，如韦孟《讽谏诗》、《在邹诗》，韦玄成《自劾诗》、《戒子孙诗》，傅毅《迪志诗》。体近《小雅》的作品，或讽谏时事，或自伤贬黜，或自责过失，虽然都有新的时代内容和个人的情感体验，但形式多规模《雅》《颂》。

韦孟，生卒年不详，景帝时人。初为楚元王傅，后又为其子夷王、孙王戊傅。王戊荒淫无道，孟作《讽谏诗》以规劝。不听，遂去位，徙家于邹，作《在邹诗》。一说《在邹诗》乃其子孙述先人之志而作。刘勰说："汉初四言，韦孟首唱，匡谏之义，继轨周人。"（《文心雕龙·明诗》）《讽谏诗》不独为汉人四言首唱，全诗一百零九句，也是"四言长篇之祖"（谢榛《四溟诗话》）。这样的长篇，一方面是因于《雅》《颂》，"窘缚不荡"（徐祯卿《谈艺录》），另一方面，又"先后布置，事事不遗"（《诗源辨体》），以至篇长而冗，兴寄全无，"但如嚼蜡耳"（王士禛《带经堂诗话》）。但这样味同嚼蜡的作品，也有可取之处。如诗中对王戊的批评：

> 如何我王，不思守保，不惟履冰，以继祖考！邦事是废，逸游是娱。犬马骉骉，是放是驱。务彼鸟兽，忽此稼苗。悉民以匮，我王以媮。所弘非德，所亲非俊。唯囿是恢，唯谀是信。瞻瞻诎夫，咢咢黄发。如何我王，曾不是察！既藐下臣，追欲从逸。嫚彼显祖，轻兹削黜……

藩王荒淫如此，民间疾苦可知。韦孟傅楚元王三代，深察其弊，又敢直谏,故《讽谏诗》"恺直有余,深婉不足"《诗镜总论》,"忠鲠有余,温厚不足"《四溟诗话》。但不足之处,却正是《讽谏诗》的优点。

汉人学四言,"谛造良难"。"太离则失其源,太肖只袭其貌"(沈德潜《说诗晬语》)。因为有这样的心态,便很难有创作心理的自由,也就不能写出好的作品。直到东汉后期,儒学受到冲击,文人心性渐获解放,四言诗才有了新的面目。较有代表性的作家是朱穆和仲长统。如朱穆《绝交诗》:

> 北山有鸱,不洁其翼。飞不正向,寝不定息。饥则木揽,饱则泥伏。饕餮贪污,臭腐是食。填肠满嗉,嗜欲无极。长鸣呼凤,谓凤无德。凤之所趋,与子异域。永从此诀,各自努力!

朱穆作官,刘伯宗往来其门下;朱穆贬官,刘伯宗位为二千石,乃傲视其故交。"刘伯宗于仁义道何其薄哉!"(朱穆《与刘伯宗绝交书》)衰世风俗,本来如此。朱穆笃于仁义,而仁义又遭亵渎,乃愤而为诗。这样的作品,已脱卸汉诗格调,而近乎魏晋,"不当以古质目之"《诗源辨体》卷三)。

仲长统的《见志诗》二首,则已得魏晋通侻之先。如其一:

> 飞鸟遗迹,蝉蜕亡壳。腾蛇弃鳞,神龙丧角。至人能变,达士拔俗。乘云无辔,骋风无足。垂露成帏,张霄成幄。沆瀣当餐,九阳代烛。恒星艳珠,朝霞润玉。六合之内,恣心所欲。人事可遗,何为局促?

仲长统在汉,时人谓之"狂生"(见《后汉书》本传)。他崇尚的至人、达人,以天地为屋宇,逍遥无为。庄子的人生境界,莫过于此。《见志诗》其二又云:"叛散《五经》,灭弃《风》、《雅》。百家杂碎,请用从火。"这样的思想,"得罪于名教","盖已开魏晋旷达之智,玄虚之风"(吴师道《吴礼部诗话》)。可见汉末儒学衰微,庄老方兴,文人的思想、行为发生变化,四言诗才能拓开新的境界。

汉代四言而外,又有杂言诗。杂言诗源于乐府民歌,句型长短不计,抒情较为自由。汉文人的写作杂言,是受了乐府民歌影响的。

今存较早的杂言诗,是《史记·滑稽列传》载东方朔的踞地而歌:

> 陆沉于俗,避世金马门。宫殿中可以避世全身,何必深山之中,蒿庐之下!

东方朔自以为避世于朝廷,犹古之人避世于深山。在汉武盛世,如此态度,时人不能理解,"人皆以先生为狂"。像这样的狂生,不受四言羁缚,而采用长短不计的杂言,是可以理解的。

汉代的另一位狂生,是宣帝时代的杨恽。他作的杂言,录在《报孙会宗书》中。其中有云:"人生行乐耳,须富贵何时!"立身既不拘行迹,作诗更不受束缚。杨恽之选用杂言,也是可以理解的。

东汉马援的《武溪深》,则是又一种风格。建武二十五年,马援奉命击五溪蛮。"援门生爰寄生善吹笛,援作歌而和之。"(崔豹《古今注》)其诗曰:

> 滔滔五溪一何深,鸟飞不渡,兽不敢临。嗟哉五溪多毒淫!

这首诗写尽蛮烟瘴雨之酷毒,将士征战之艰苦,"情景相融,郁纡有致,是乐府妙境"(《诗源辨体》)。非身临其境者,不能如此。后之《从军行》,皆由此发端。

四 文人五言诗的产生

汉代民歌、谣谚,颇多五言。文人五言诗的产生,当在东汉。传为西汉枚乘、李陵、苏武、班婕好等人的五言诗都不可信。《玉台新咏》把《文选》所录《古诗十九首》中的"行行重行行"等八首和另一首古诗"兰若生春阳"题为枚乘所作,亦无根据。钟嵘说王、扬、枚、马等人"词赋竞爽,而吟咏靡闻",是言之有据的。《文选》又载苏武诗四首、李陵《与苏武诗》三首,实皆后人伪托。《文选》又将乐府古辞《怨歌行》题为班婕好作,也不可信。刘勰说成帝录诗,"辞人遗翰,莫见五言。所以李陵、班婕妤见疑于后代也"《文心雕龙·明诗》。可见西汉时期是不曾产生文人五言诗的。

东汉文人五言诗的产生与成熟,与作家学习乐府民歌、谣谚颇有关系。今存最早的作品,当推班固的《咏史》。这首诗咏叹缇萦救父、汉文帝废除肉刑的故事,可能是班固系于洛阳狱中所作。班固身为史家,"老于掌故",不免以史笔作诗,"质木无文"而兼有"感叹之词"《诗品序》及《诗品》卷下。其中"上书诣阙下,思古歌鸡鸣。忧心摧折裂,晨风扬激声"诸语,苍凉古质,亦有乐府民歌影响的痕迹。就开创文人五言诗而言,《咏史》是功不可没的。

自此以后,文人学习民歌,渐趋自觉。辛延年的《羽林郎》,是模仿民歌最为圆熟的作品:

> 昔有霍家奴,姓冯名子都。依倚将军势,调笑酒家胡。胡姬年十五,春日独当垆。长裾连理带,广袖合欢襦。头上蓝田玉,耳后大秦珠。两鬟何窈窕,一世良所无。一鬟五百万,两鬟千万余。不意金吾子,娉婷过我庐。银鞍何煜爚,翠盖空踟蹰。就我求清酒,丝绳提玉壶。就我求珍肴,金盘鲙鲤鱼。贻我青铜镜,结我红罗裾。不惜红罗裂,何论轻贱躯。男儿爱后妇,女子重前夫。人生有新故,贵贱不相逾。多谢金吾子,私爱徒区区。

这首诗虽脱胎于《陌上桑》,但又有自己的特点:主角是市井女子,对方是豪门恶奴。人物身份不同,行为方式便不一样。对方既动以手脚,胡姬的反抗,便不能不异常激烈。可见文人虽模仿民歌,但也融入了自己对人生的观察和体验。模仿民歌而又带有文士气的作品,是宋子侯的《董娇娆》:

> 洛阳城东路,桃李生路傍。花花自相对,叶叶自相当。春风东北起,花叶正低昂。不知谁家子,提笼行采桑。纤手折其枝,花落何飘扬。请谢彼姝子,何为见损伤?高秋八九月,白露

变为霜。终年会飘堕，安得久馨香？秋时自零落，春月复芬芳。
何时盛年去，欢爱永相忘！吾欲竟此曲，此曲愁人肠。归来酌
美酒，挟瑟上高堂。

诗人假设桃李与采桑女的相与问答，慨叹盛年一去，即遭捐弃的不
幸命运，由此想到人生不再，当及时行乐。这样的情绪，乃东汉后期
文人所有，而其炼字造语，也更有文人诗的特征。费锡璜《汉诗总
论》说《陌上桑》、《羽林郎》等诗"情词并丽，意旨殊工，皆诗家之正
则"。可见在文人五言诗的发展历史中，它们自有其重要地位。

东汉中后期，文人思想偏离正统，反映在文学上，热衷于表达
个人的内心体验。张衡《四愁诗》，"清典可味"（《文心雕龙·明诗》）；《同
声歌》"雅有新声"（同上）。传为蔡邕所作的《青青河畔草》哀良人流
宕不归，一托以梦，再托以鱼书，构思奇巧，情致深婉。郦炎《见志
诗》叹"富贵有人籍，贫贱无人录"；赵壹《刺世疾邪赋》的两首附诗，
叹"伊伏北堂上，抗脏倚门边"，对社会的批判，已不再囿于"怨而不
怒"的规范。高彪《清诫》，形同赋篇，实为五言。其诗阐说玄理，"苍
莽古直，与曹孟德相类"（《诗源辨体》卷三）。秦嘉《赠妇诗》三首，直写
夫妻间的情爱，则又是前此汉文人诗中少见的题材。

秦嘉，生卒年不详。字士会，陇西（今甘肃临洮县东北）人。在
京任黄门郎，妻徐淑因病还居母家，不及面别，乃互赠诗寄意。秦嘉
诗写分离之苦云："念当远别离，思念叙款曲。河广无舟梁，道近隔
丘陆。临路怀惆怅，中驾正踟蹰。浮云起高山，悲风激深谷。良马
不回鞍，轻车不转毂。"（其二）写相思之极云："遣车迎子还，空往复
空返。省书情凄怆，临食不能饭。独坐空房中，谁与相劝勉？"（其一）
"针药可屡进，愁思难为数。"（其二）"顾看空室中，仿佛想姿形。一别
怀万恨，起坐为不宁。"（其三）写身不由己的悲苦云："人生譬朝露，
居世多屯蹇。忧艰常早至，欢会常苦晚。"（其一）观秦嘉《与妻徐淑
书》、《重报妻书》，其中有云："不能养志，当给郡使。随俗顺时，俛俯
当去。""车还空返，甚失所望。"知其诗所写乃"真事真情"，"非他托

兴可以比肩"(《诗薮》内编卷三)。自《离骚》以来,文人之写男女的相知相悦或中道离异,大都用以比附君臣的关系,如秦嘉这样毫无虚饰地袒露自己爱情生活的诗篇,是不多见的。

许学夷说:"赵壹、郦炎、孔融、秦嘉五言,俱见作用之迹,而壹、炎、融则用意尤切,盖其时已与建安相接矣。"(《诗源辨体》)文人五言诗有造作痕迹,初学者盖不易免;其时与建安相接,则可见这类诗歌,已脱卸汉诗格调,标志着诗歌的新变。

汉末的《古诗十九首》是抒情文学复苏的产物,代表了当时文人五言诗的最高成就。

第三节 《古诗十九首》

《古诗十九首》最初载于《文选》,因作者佚名,时代莫辨,萧统泛题为"古诗"。其作者历代说法不一。钟嵘《诗品序》说:"古诗眇邈,人世难详。"胡应麟《诗薮》说:"古诗十九首,并逸姓名,独《玉台新咏》取'西北有高楼'八首题枚乘,差可据。……然钟嵘《诗品》已谓'王、扬、枚、马,吟咏靡闻。'《文选》、《文心》亦无明指。不知《玉台》何从得之。"近代以来,学者意见渐趋一致,认为它们非一人一时一地所作。由《古诗十九首》的内容、风格,联系到文人五言诗的发展历史、汉末文人心态的转变以及有关史实作考查,可判定它们产生的时代,大致在东汉顺帝末到献帝之间,作者是中下层失意的知识分子。

《古诗十九首》是乐府古诗文人化的显著标志。汉末文人对个体生存价值的关注,使他们与自己生活的社会环境、自然环境,建立起更为广泛而深刻的情感联系。过去与外在事功相关联的,诸如帝王、诸侯的宗庙祭祀、文治武功、畋猎游乐乃至都城宫室等,曾一度霸踞文学的题材领域,现在让位于与诗人的现实生活、精神生活息息相关的进退出处、友谊爱情乃至街衢田畴、物候节气,文学的题材、风格、技巧,因之发生巨大的变化。

一　《古诗十九首》的思想内容

王康说:"自汉以降,风气或殊。考调审音,均归一辙。盖其逐臣弃友、思妇劳人、托境抒情、比物连类、亲疏厚薄、死生新故之感,质言之、寓言之、一唱而三叹之。"(《古诗十九首绎后序》)《古诗十九首》深刻地再现了文人在汉末社会思想大转变时期,追求的幻灭与沉沦,心灵的觉醒与痛苦:

> 驱车策驽马,游戏宛与洛。洛中何郁郁,冠带自相索。长衢罗夹巷,王侯多第宅。两宫遥相望,双阙百余尺。极宴娱心意,戚戚何所迫?
>
> 　　　　　　　　　　　　　　　　　　　　　　　《青青陵上柏》

作者游戏宛洛,意在仕途。然而他发现这个宫殿巍峨、甲第连云,权贵们朋比为奸、苟且度日的都城,并非属于他的世界。在诗人貌似冷峻的态度中,蕴含有失去人生归宿感的迷惘,有从政理想被亵渎的愤懑。《明月皎夜光》则抒写了诗人的另一种失落:

> 昔我同门友,高举振六翮。不念携手好,弃我如遗迹。南箕北有斗,牵牛不负轭。良无磐石固,虚名复何益!

一些文人在为共同利益的斗争中,标榜气节和忠义,而一当他们在功名利禄的道路上展开竞争,平常的交谊就发生了变化。侥幸者和失意者的沉浮异势,使原来的友情徒具虚名,诗人一度笃信的伦理道德,也就在复杂的人际关系中顿时现出虚妄。

《古诗十九首》在揭露现实社会黑暗,抨击末世风俗的同时,也隐含了诗人对失去的道德原则的追恋。这种无可奈何的处境和心态,加深了诗人的信仰危机。事功不朽的希望破灭,诗人乃转而从一个新的层面上去开掘生命的价值:

> 驱车上东门,遥望郭北墓。白杨何萧萧,松柏夹广路。下
> 有陈死人,杳杳即长暮。潜寐黄泉下,千载永不寤。浩浩阴阳
> 移,年命如朝露。人生忽如寄,寿无金石固。万岁更相送,贤圣
> 莫能度。

《驱车上东门》

在社会的功过是非、贤与不肖之外,竟然还有一个永恒的存在。个
体生命面对这永恒的存在,既弥足珍贵,又卑微渺小。对老庄思想
的重新发现,不但启迪了汉末文人的玄思,也促使他们力求超越旧
有的价值观念,作出新的人生选择:

> 人生寄一世,奄忽若飙尘。何不策高足,先据要路津?无
> 为守贫贱,轗轲长苦辛!

《今日良宴会》

> 服食求神仙,多为药所误。不如饮美酒,被服纨与素。

《驱车上东门》

> 生年不满百,常怀千万岁忧。昼短苦夜长,何不秉烛游?为
> 乐当及时,何能待来兹!

《生年不满百》

无论是露骨宣称为摆脱贫贱而猎取功名,还是公开声言要把握短
暂人生而及时行乐,总之是丧失了屈原式的执着。在旧的理性规范
解除之后表现出来的生命冲动,毕竟受制于历史的传统、客观的环
境和自身的文化积淀,不可能获得健康、乐观的内容和形式。但值
得注意的是,诗人在感叹短暂的人生之时,虽出言愤激,却也并非
真是甘心颓废,有人仍在洁身自好,寻觅精神上的永恒:

> 盛衰各有时,立身苦不早。人生非金石,岂能长寿考?奄
> 忽随物化,荣名以为宝。

《回车驾言迈》

这里所说的"荣名",已超越了以爵禄为标志的事功,而是追求精神

的不朽。尽管这种不朽在当时尚乏具体内涵，却预示了诗人企望功业不朽、文章不朽的建安时代即将到来。

《古诗十九首》还有一类作品更深刻地反映了游子思妇的现实生活与精神生活的巨大痛苦。汉代的养士、选士制度，驱使文人不得不背乡离井，长期漂泊在外。徐幹《中论·谴交》说，这些文人"离其父兄，去其邑里"，"饥不暇餐，倦不获已"；"或身殁于他邦，或长幼而不归。父母怀茕独之思，室人抱《东山》之哀。哀戚隔绝，闺门分离。无罪无辜，而亡命是效。"安帝元初二年，曾派员收葬客死于京师的士子，可见这在当时，已是相当严重的社会问题。除此之外，汉末的黑暗政治和两次党锢之祸，更迫使文人大量亡命江湖。蔡邕因上书论朝政阙失，流放朔方；复因权贵陷害，隐匿在外十二年。延熹八年，张俭因党祸而辗转他乡，以至流亡塞外。这些文人或在仕途作无望的追求，或在异乡逃避政治的迫害，更渴求有爱情、家庭的温馨，以慰藉孤独而屈辱的心灵。极写羁旅行役、相思怀人之苦，遂成为《古诗十九首》的一大主题。《涉江采芙蓉》写了一位漂泊异地的失意者怀念妻子的愁苦之情：

> 涉江采芙蓉，兰泽多芳草。采采欲遗谁？所思在远道。还顾望旧乡，长路漫浩浩。同心而离居，忧伤以终老。

古代诗歌中，"寄内"、"怀内"诗不可胜数，而写得这样缠绵悱恻、情感真挚的，却并不多见。

《古诗十九首》的相思怀人之作，大量是从女性角度着笔的。首先，这是由于在宗法社会中，女性因其特定的处境，只能把全部的生命寄托于爱情和婚姻关系。一当爱情、婚姻受到威胁，她们作为社会存在的唯一价值便有可能完全丧失。故爱情、婚姻悲剧之于女性，尤为感人。其次，古代女性生活环境与心灵世界的狭小封闭，使她们只能在孤独中无止境地去咀嚼体味相思的痛苦，其感情的深婉细腻，又是男性所不及的。女性丰富的情感和敏锐的触角，与其生活环境中的种种事物相交流,又使这些事物成为女性心理最为动人的物化形式,并为诗人的创作,提供意蕴丰厚的意象和意境。

在古代宗法社会,男性对女性的情感世界是相当隔膜的。但汉末文人在君臣僚属的人身依附关系中历尽辛酸与屈辱之后,他们对女性依附于男性的悲剧性命运就有了较多的理解与同情。以男女之事比附君臣关系,先前还停留在简单的类比联想的层面上,汉末文人则已在相当的程度上,具有了与女性世界作心灵沟通的现实基础;他们抒写女性的不幸,不仅有真诚的理解与同情,也融入了自己饱经忧患与痛苦的人生体验。《古诗十九首》之多从女性角度写相思之苦,并能由此获得普遍而久远的艺术魅力,原因便在于此。例如《迢迢牵牛星》:

> 迢迢牵牛星,皎皎河汉女。纤纤擢素手,札札弄机杼。终日不成章,泣涕零如雨。河汉清且浅,相去复几许?盈盈一水间,脉脉不得语。

以牛郎、织女的传说,形象地表现夫妻间不可逾越的空间距离,并无新意。但机声札札,不成纹理,却写尽思妇借助单调往覆的劳作排遣愁苦的用心及其百无聊赖的精神状态。其后的闺情诗多以机杼、捣衣、杵臼、刀尺的声音描摹思妇的情感心理活动,盖多根源于此。又如《行行重行行》:

> 行行重行行,与君生别离。相去万余里,各在天一涯。道路阻且长,会面安可知?胡马依北风,越鸟巢南枝。相去日已远,衣带日已缓。浮云蔽白日,游子不顾返。思君令人老,岁月忽已晚。弃捐勿复道,努力加餐饭!

长期漂泊在外,不胜生离之苦,游子深有感受,却托为思妇之词。"道阻且长"之悲,美人迟暮之感,《诗经》、《离骚》,都有类似的感叹。但"弃捐勿复道,努力加餐饭"却写得深婉曲折,十分切近人物心理。这个思妇对丈夫的深切怀念,虽然蒙上了唯恐被弃的阴影,她最终还是搁下这剪不断、理还乱的愁绪,转而向对方致以一往情深的祝愿。没有对女性内心世界的深刻洞悉,是无法开掘出如此幽微的情感层次的。

《古诗十九首》以艺术的方式,表现士子的社会境遇、精神生活与人格气质,并由此透视出汉末社会生活的一个侧面,有相当重要的认识意义。

二 《古诗十九首》的艺术风格

《古诗十九首》的作者,都是文化素养较高的文人。他们在长期困顿漂泊的生活中,对民间文学有所接触和了解,并能与其中的某些思想情绪发生共鸣。这样的关系,使他们易于从乐府民歌汲取养料,滋养自己的创作。又由于汉代诗歌尚未进入文学的自觉阶段,文人无意作诗,其于诗歌的创作,大抵有感而发,决无虚情与矫饰,更无着意的雕琢,因此具有天然浑成的艺术风格。"情真、景真、事真、意真,澄至清,发至情"(陈绎曾《诗谱》),"随语成韵,随韵成趣,辞藻骨气,略无可寻","结构天然,绝无痕迹"(《诗薮》内编卷二),都是构成《古诗十九首》艺术风格的一些重要因素。

融情入景,寓景于情,是《古诗十九首》的一大抒情特色。自汉末文人把目光从外在事功转向朴实无华的人生,从宗庙朝廷转向与人生息息相关的自然,不独文学的传统题材得以突破,因两汉文人迷醉于赋的手法而一度被冷落了的比兴艺术也再度焕发异彩。这时的诗,因事命意,情物相感,"兴象玲珑,意致深婉"(《诗薮》内编卷二)。如《明月何皎皎》:

> 明月何皎皎,照我罗床帏。忧愁不能寐,揽衣起徘徊。客行虽云乐,不如早旋归。出户独彷徨,愁思当告谁?引领还入房,泪下沾裳衣。

诗人描写的月明之夜,已不只是给主人公提供的一般的生活场景。

究竟是照进罗帏的月光引动了游子的乡愁,还是游子本来就夜不能寐,才烦恼于撩人情思的月光;是主人公因情而见景,还是因景而生情,实在很难分辨清楚,因为情景在这里是融合为一的。其后,诗人写自己步入中庭,希望通过千里相共的明月,寄托自己的情思。然而月光虽无所不在,却清冷无言,更增添了诗人的惆怅和寂寥。仿佛为躲避这看似有情、实则无情的月光,诗人折回房中,泪水凄然而下,心中郁积的相思反倒更加深沉。这样的写法,在《古诗十九首》中是常能见到的。如《回车驾言迈》以初春荒野的景象,写诗人在现实生活中空虚而无着落的悲哀;《去者日以疏》以古墓残柏、白杨悲风,写诗人因感于生之短暂而倍增乡思之情;《孟冬寒气至》以冬夜北风之惨栗,寒星之寂寥,月圆月缺给人的无情暗示,写思妇"愁多知夜长"的凄苦。陆时雍说,《古诗十九首》"情动于中,郁勃莫已,而势又不能自达,故托为一意,托为一物,托为一境以出之"（《古诗镜总论》）。情、意、物、境的浑然交融,不独令比兴艺术再度生辉,即在汉人手中一度走向铺陈漫衍的赋手法,也因此获得了新的艺术价值。从《诗经》的比兴,到《楚辞》的象征,再到《古诗十九首》的意象相生,可以见出在东汉后期的诗歌中,情与物的审美关系、艺术关系已在更深的层次上得以实现。古代诗歌于诗艺、诗境的探索,在《古诗十九首》的时代,是取得了重大突破的。

语言浅近自然,意蕴丰厚,是《古诗十九首》的又一特色。汉代以来,辞赋尚铺陈藻绘,文人乐府追求古奥,民间诗歌则出语奇警,而稍嫌浅露。唯《古诗十九首》用字造语,务为平淡。所谓平淡,即"理明句顺,气敛神藏"（黄子云《野鸿诗的》）。《古诗十九首》的作者于情感厚积薄发,于辞藻不刻意求工求深,其诗"格古调高,句平意远"（谢榛《四溟诗话》卷四）,这正是文人五言诗艺术语言成熟的标志。与后来的诗歌相比,"《古诗十九首》平平道出,且无用工字面,若秀才对朋友说家常话"（同上,卷三）。如《孟冬寒气至》的"客从远方来,遗我一书札。上言'长相思',下言'久别离'",《行行重行行》中的"相去日已远,衣带日已缓","弃捐勿复道,努力加餐饭",正是以述家常的口吻,叙说最平凡普遍的情事。而后世文人,倘一有意为诗,即如"及登甲科,学说官话,便作腔子,昂然非复在家之时","魏晋诗家常话与官话相半;迨齐梁开口俱是官话。官话使力,家常话省力;官话勉强,家常话自然"(同上)。如此浅近的比喻实道出五言诗在文人化初期特有的语言风格及其成因。

　　但作为文人诗歌,也有不同于民歌的特点。《古诗十九首》极善于锤炼语言、熔铸典故,把丰富的内涵,纳入最简约的语言之中。如《东城高且长》的"晨风怀苦心,蟋蟀伤局促"二句,单从字面讲,"晨风"是健风的大鸟,"怀苦心"言其未能振翮高飞;"蟋蟀"是避寒喜暖的候虫,"伤局促"言其秋冬季节的窘境。然而《诗经·晨风》有云:"鴥彼晨风,郁彼北林。未见君子,忧心钦钦。如何如何,忘我实多!"这是为亲友所弃者的慨叹之词。《诗经·蟋蟀》又云:"蟋蟀在堂,岁聿其莫。今我不乐,日月其除。无已太康,职思其居。好乐无荒,良士瞿瞿。"这是感慨人生短暂、当及时行乐而又不容过度的自警之词。这两个典故熔入诗中,汉末文人的处境与心态乃获得更深刻的揭示。典故恰到好处的运用,可暗示诗人所未申明的含义,扩大诗歌的容量。而典故的运用,又正是民歌所少见,而文人诗所特有的。可见文人因有较高的文化素养,在学习、借鉴民歌的基础上,是可以创造出新的艺术成果的。

　　《古诗十九首》的出现,在中国诗史上有相当重要的意义。它的题材内容和表现手法为后人师法,几至形成模式。它的艺术风格,也影响到后世诗歌的创作与批评。就古代诗歌发展的实际情况而言,称它为"五言之冠冕"(《文心雕龙·明诗》)、"千古五言之祖"(《艺苑卮言》卷二)、"五言之《诗经》"(王世懋《艺圃撷余》)、"风余"和"诗母"(《古诗镜总论》),是并不过分的。